黑马 著

挥霍感伤
混亡北京的博客茶点

中国社会科学出版社

图书在版编目（CIP）数据

挥霍感伤：混在北京的博客茶点/黑马著.—北京：中国社会科学出版社，2009.12

（风景文丛）

ISBN 978-7-5004-8109-6

Ⅰ.挥… Ⅱ.黑… Ⅲ.散文—作品集—中国—当代 Ⅳ.①I267

中国版本图书馆CIP数据核字（2009）第158247号

选题策划	晓 颐 王 磊
责任编辑	张小颐
责任校对	李小冰
装帧设计	mtcff@263.net
技术编辑	张汉林

出版发行	中国社会科学出版社			
社　址	北京鼓楼西大街甲158号	邮 编	100720	
电　话	010-84029450（邮购）			
网　址	http://www.csspw.cn			
经　销	新华书店			
印　刷	北京君升印刷有限公司	装 订	广增装订厂	
版　次	2009年12月第1版	印 次	2009年12月第1次印刷	
开　本	710×980　1/16			
印　张	29.25	插 页	2	
字　数	328千字			
定　价	39.00元			

凡购买中国社会科学出版社图书，如有质量问题请与本社发行部联系调换

版权所有　侵权必究

作者序
感伤令肉身成道

偶然在网上看到董桥先生的一本书，名叫《文字是肉做的》，第一个反应似乎这不应该是董大师的文字，因为这表达法不够雅致，不符合我读过的一些他的文字行文逻辑。据说这说法来自"人心是肉做的"。可连我那文盲祖母，打小儿就告诉我"人心都是肉长的"。一个长，一个做，前者听着自然要雅。但终于不幸地确定董桥先生确有其书后，也就释然，心想人都是肉做的，还有每篇文字都雅的时候？

但恍惚觉得这句话似曾相识，在哪里，在哪里见过你，我依然想不起。只是不像花儿开在春风里，倒似有个符咒飘在脑海里。

那天翻译劳伦斯的文章时突然与《约翰福音》相遇，"太初有道，道成肉身"。哦，the Word was made Flesh，直接翻译就是"文字做成了肉"。可中文的《圣经》却翻译得很雅致，是"道成肉身"。一下子就把那个普通的英文make给虚

挥霍感伤

化了。后来翻译劳伦斯据此套用的句式，我自然就照猫画虎，把the Flesh was made Word倒腾成"肉身成道"，而如果我套用董桥的话，也可以翻译成"肉做成文字"。哈，找到了，根源在这里，来自《圣经》的英文。当然还是按照我效颦中文《圣经》的译法叫"肉身成道"好听。简单的英文，弄成中文就这么风雅了点儿。或许这就叫翻译，而"文字是肉做的"该算"转换"。

撇开这些不说，只说我们煞费苦心编排的那些文字，我们称之为创作的那些东西，应该是因着自然冲动写出来的血肉文字，而不是出自职业习惯或为稻粱谋逼着自己"码"出来的。《约翰福音》开宗明义说："太初有道，道成肉身。"道是上帝的话，道（Logos）这个词翻译成英文后是大写的"字词"（Word）。也就是说，耶稣基督是上帝的独子，是道的体现，但他又是肉身，是圣母圣灵感孕而生的人子，说俗点，是一个joint-venture，他要布道，就得用"本地化"（localization）的语言，于是道-字词必得通过血肉方得以传达给尘世，俗人们必须以血肉的感知领会道-字词，被道的光明照亮内心，从而肉身成道。也就是说字词是血肉煎熬而成的，我们写什么、说什么，要听从的是血肉的引领，那字词才"有血有肉"，才真切。我们所谓的"呕心沥血"、"焚膏继晷"似乎就是这种"肉身成道"的努力，是追求肉身提升的努力。但我总觉得这两个血肉模糊的词组还是偏重理智，不如"情动于中而形于言"或"心血来潮"之类的说法更贴切，当然最贴切的说法还是"肉身成道"，它是对《约翰福音》的良性补充——The flesh was made Word。

作者序

写作往往是心血来潮的产物，是冲动的产物，更能体现率真的性情。想想，我们写作是为了什么，它最初的动机其实不是当什么作家，也不是靠润笔养活自己，而是表达自我，表达后有人能看到，最好能知道别人对你叙述的反应，从这种互动中发现自我、完善自我。这个纯洁无功利的写作目的，高科技时代的博客替我们实现了。

于是我们写博客，在博客中肉身成道，自在地写点自自然然的人话，算是咱们的肉身之道吧。

而我最想抒发的"道"当然是我的感伤。不惑而知命而"奔五"，涌动于内的自然是一腔的感伤。而所有这些失落、失意的感伤，于我则是来自天性中的快活遭到挫折与压抑的结果。儿时的我是那么快乐的一个孩子，整天价"情动于中"，难以言表，便歌之蹈之。所谓歌，就是爱唱样板戏，整本整本地学唱，跟着戏匣子和电影全学会；所谓蹈之，就是当一个"胡同串子"，满街游荡，在那个畿辅直隶古城里游荡，寻找雕梁画栋的失落文明，最终表现为蹿房越脊，不小心落地摔断胳膊为止。这样随心所欲的快乐孩子长大后感受到的压抑自然是与对快乐的追求成正比的，也许在别人不算什么的挫折，在我就成了心病。比如我对那古城墙和老四合院的留恋，在别人眼里就是病态，那种土墙砖房，简直是现代化路上的垃圾，清除为快。叫我怎能不感伤？

积攒了多年的感伤于是成了我的财富，或者说满腔的感伤只有长歌当哭方可化解，于是我像挥霍财富一样挥霍感伤，挥霍之后尽显人之初那快乐的底色，这是不是古人云的"与化俱生"？阿们，这个奔五的年纪，再不能化，就可悲了。

挥霍感伤

感谢博客，让我"肉身成道"，化解千千结，恢复快乐的肉身本色。

而我最初对博客很不屑，觉得那登不得大雅之堂，仅仅是玩而已。所以博客出现很多年了我仍没有动作。2005年深秋我正在贡嘎雪山下游荡，手机响了，是批评家骆爽打来的，问我怎么还不开博客，劝我早点开并与大家链接，这样可以最迅速地把自己的言论发布出来并和大家交流。在贡嘎那种地老天荒的地方接到这个电话，感觉是莫名其妙，似乎是天方夜谭。那个纯净的雪山与网络和博客简直是两个世界，我甚至听不大懂，想不起博客是什么。

出乎意料的是，博客写作从此成了或改变了我的生活方式，成了我这个写作慢性子人练习短跑的一条跑道，慢热者热身的方式练的是我的爆发力，是冲刺的速度，这种短跑的快感美妙无比。从此，我把长跑和短跑结合了起来，把写书和翻译书设为长跑，博客则是心血来潮的短跑，想写就写，想怎么写就怎么写，想写什么就写什么，写了马上就发表（当然我的肉身之道经常被博客的字词查禁设置所禁止，发表不成，然后换个说法再发），就有读者的反馈。这是多么爽快的自由。当然，不是说这样就可以胡乱涂鸦，大放厥词，文责自负，但首先要对读者负责。

这样的文字得到了出版家的青睐，约我略做调整，裒集成书，供网友、同好卧读、如厕读、地铁读，不亦乐乎？谢谢青睐拙作的编辑张小颐女士，这已经是她为我开发的第二本书了，第一本是《心灵的故乡——行走在劳伦斯生命的风景线上》。这次我们约好，不谈学术，不使为累，轻松地挥霍感

作者序

伤,让大家看看黑马内里的光亮,看看黑马除了研究劳伦斯和写长篇小说,还有那么多别的文字可以挥霍,而这些才是最本真的黑马,是黑马的肉身之道——黑马是快乐的,也祝愿他的读者快乐。

黑马
2008年春分　月季花房

目 录

盖碗茶

写在圣诞边上……………………………………………002
纽约的中秋月……………………………………………010
正月十五雪打灯…………………………………………012
寻找心河…………………………………………………018
雪落无声箭杆河…………………………………………023
大宁河里的金子、月亮和鹅卵石………………………027
清江：美丽与遗憾………………………………………030
不配怀旧…………………………………………………035
童年的张力………………………………………………041
游走与"仰止"的缘分……………………………………045
牛车水，童年想象中的南洋……………………………049
Man and Boy……………………………………………059
名字从小给我带来的痛苦………………………………064
《北风那个吹》吹回我的粉墨生涯………………………066

挥霍感伤

也是亲情……………………………………069
没有冬玫瑰的1977年……………………075
福州的肥肉月饼与闽江的清流……………085
岁月让我感伤地庸俗………………………088
我和女儿当过同学…………………………091
女儿的红领巾………………………………094
习惯空落……………………………………098
海鸥、万紫千红、友谊……………………103
童年的法国时尚……………………………106
北京：根与树………………………………110
混在北京城圈外……………………………114
草籽里长出的葱与艾略特的诗与京郊得志小民……117
剃头…………………………………………120
我用60分自律………………………………123
咱也留过洋…………………………………126
书缘与人缘…………………………………135
散去的只是人………………………………140
地灵与人杰——记一个瑞士人……………144
见证与感念——冯亦代先生二三事………147
为了不能忘却的纪念………………………151
父爱如歌……………………………………155

目　录

麻辣烫

杨福家:诺丁汉的"形象大使"……………………160
崔永元:高雅不是谁都能练的………………………166
易中天:信口开河了…………………………………169
刘翔:翔大堤上的蚁穴………………………………172
钱学森的堂侄………………………………………174
阎崇年与耳光………………………………………177
奥巴马与他的演出…………………………………178
蔡铭超两记…………………………………………182
岔了气儿的喜剧与幽默……………………………185
英国硕士论高低……………………………………188
在英国租房子:先小人,后君子……………………193
英国最欢迎谁………………………………………197
访问学者,啊(ā)啊(á)啊(ǎ)啊(à)…………………202
谁也别想往外择自个儿……………………………206
我是"美男作家"我怕谁?……………………………211
花样男人的市场……………………………………214
京剧本应成为活古董………………………………219
齐匪,一色……………………………………………222
剽窃抄袭的大学"叫兽"……………………………225
央视新大楼:一根烟花一点就着……………………227
把星巴克轰出故宫:顺藤摸瓜………………………229
老萨被吊死,咱最好SHUT UP………………………231
五一期间我家—乐—福……………………………233

挥霍感伤

从"根"上培养的罪孽……………………………………235
读名片……………………………………………………238
有感于女人满嘴动词……………………………………241
呼唤心理医生……………………………………………244
纪念鲁迅,纪念长征,或什么都不是的杂记……………247
为何不"老问这个……"…………………………………252
质疑"品学兼优的贫困生"………………………………255
"狗日的"职称……………………………………………258
"附骥"并东窗事发之后…………………………………260
上海一日…………………………………………………263
乌镇豪华水乡……………………………………………266
我被盗版和侵权的故事(六则)…………………………268
论斤卖的世界名著………………………………………281
我被盗版侵权的故事2007年终纪念版…………………284
俺山东人就是爽快!………………………………………287
一桩剽窃案的侦破………………………………………289
草街,草街,那是个什么地方啊?………………………293
据说只买不看的书才叫经典名著………………………296

目 录

鸡尾酒

激情与凄艳	302
《混在北京》混回北京	307
边之缘之缘	312
我的"大学"笔记	315
分裂的文学人格	319
闲来爱读林语堂	322
林语堂的《朱门》	325
傅惟慈的《牌戏人生》	329
李辉的《封面中国》	334
刘绪源《解读周作人》	336
刘震云的花儿为什么这样黄	339
林凯的纯净与简单	343
廖杰锋的"悦读"文本	346
苍凉万里	350
人间重晚情——读《冯亦代、黄宗英情书》	353
流浪的辉煌	361
悲剧人生的喜剧审美	364
风化与进化的欧洲	368
蒸煮《三国》的意义与无意义	371
"斧正,存正,教正……"可以休矣	375
为读书生态的怀念	378
三十年前的念书与读书	381
翻译(家):艰难而理智的选择	385

挥霍感伤

翻译这个"活儿"……………………………………388
致网友:关于我的小说与翻译………………………392
经济实力与文学翻译…………………………………395
动物农场还是畜牧场?…………………………………398
小说家与作家的区别…………………………………400
致敬,安东尼奥尼大叔!………………………………403
裸与禁裸:西方文明的拉锯战…………………………409
电视剧《新结婚时代》:感慨与庆幸……………………415
幸亏我没进影院看电影《梅兰芳》………………………422
现实照进改编——芳伦斯作品影视改编的启示………424
英国的脱口秀……………………………………………430
电视里选出的英国首相…………………………………435
电视奖拼的是电视人的素质……………………………443

跋………………………………………………………445

附录 我的(被)出版、盗版与退稿小史………………449

盖碗茶

挥霍感伤

写在圣诞边上

傍晚下班时拐上长安街就被堵在十字路口中间动弹不得，然后开始一寸寸地蠕动。无奈中放眼望去，但见无尽的车流一路向复兴门堵过去，长安街恰似一条闪光的长蛇逶迤。这才猛然想起，今天是圣诞前夜，满北京的人在东奔西忙，奔赴一个个圣诞聚会。各大宾馆和餐馆早就张灯结彩，一派喜庆了。

找机会插到小路上去，仍然暴堵。路边的饭馆灯火通明，圣诞树上彩灯闪烁。二十公里的路，开到家居然花了一个半小时。以这个速度，我都可以步行到家了。我怎么就没有提前意识到今天是圣诞前夜呢，否则我一定要乘地铁上班。

可我就是没想到。因为我离开学校后不久，就不过圣诞了，所以哪年的圣诞都是周围的人提醒我我才想起。今天忙着开会，开会的人中没一个提起圣诞，就全然忘了。

1980年代时偶尔过圣诞节，是因为外国教师过节，我们和他们一起联欢。后来是单位的外国人过节，我们去"慰问"人家，跟着过。结果是过的"外国春节"，七吃八喝一通。不同的是人家吃的是奶油的，烤的，没有中国菜那么有

盖碗茶

油水，但吃来吃去一个奶油味。散了席回家，也说不上圣诞节是什么味儿。

到1990年代中后期，圣诞节成了中国大中城市里最时髦的节日，成了我们生活的一部分，大饭店大商店门口橱窗里装扮起了迷人的圣诞树，圣诞夜大小教堂人山人海，大饭店里奏响着圣诞颂歌，圣诞大餐吸引着八方食客。整座城市流光溢彩，气氛胜过春节。圣诞节成了国人不是法定节日的法定节日。

劳伦斯赞美的林肯大教堂

我感到惊诧：我们真懂得圣诞节是怎么回事了吗？真是由衷地过这个节日吗？

确实有那么一些人是骨子里相信基督教的。他们并不是改革开放后才认同基督教文化的，他们是世代相传的基督徒。他们中大多数人并不与外国人做买卖，不是合资企业的雇员，更不是外国公司的买办。相反，他们是相对贫寒的小知识分子和深居简出的文化人，我开玩笑说他们是中国的基督教原教旨分子。我认识的一些这样的教徒，他们清心寡欲，宽厚待人，虔诚仁慈，连那些面目丑陋的人看上去也很善。他们遵守教规，按时做礼拜，温习《圣经》，本本分分地活着。圣诞节到来时，他们就举家去教堂做弥撒，唱圣歌，神情严肃，边唱边流泪。我相信他们是真信教，他们在感情上有寄托。

挥霍感伤

而大多数中国人过圣诞，纯粹是出于现世的快乐原则。他们中留过洋的，应该算"中国人里的外国人和外国人中的中国人"，因为是半路杀出去又回来的，精神上是中西两不沾或者说是两边都沾不牢的那种。这些人在西方文明中洗心革面一番，却始终难以在西方的语境中安妥，在逃避西方的同时却在故里做了西方文明的传播者。这些人只有在中国的土地上过起圣诞来才找到了自己真实的存在感觉和定位。他们注定是在外国过春节，回中国过圣诞的人。过圣诞，在于他们是一种身份的显示。

还有的就是在校学生及社会上的白领一族们。对他们来说，圣诞节是最像节日的节，因为中国传统的节日在他们心目中早就腐朽了。那种鞭炮烟花、大鱼大肉的中国节早就让他们不齿了。落俗套的年年岁岁的春节简直不可救药。可又没有别的方式可以替代，那就拣一个现成的洋节代替它吧。这些青年学生和洋行里的白领们，应该是圣诞节最热烈的参与者了，过圣诞节是他们摒弃愚昧的庆祝春节方式的一种姿态。当然这些人里有一类人是凑热闹的痛苦者，他们被周围的人裹挟着，身不由己地附庸风雅，可心里并不很认同。

但这些年圣诞节似乎开始"春节化"了，成了一个洋食节和购物节，成了情人互赠礼品的小情人节。是中国人过的"洋年"。

我不知道我属于哪一类人，反正我是不过圣诞节的那类人，虽然我对圣诞节略知一二，也不反对别的中国人过圣诞。但我就不想过，因此每年都想不起来。我属于生下来就挨饿、开门办学不上课、似是而非念大学、糊里糊涂也能过的小知识分子，因为念了点洋文而崇洋，又因为一直混在国内而不媚

盖碗茶

外。烦透了传统节日，又无法认同洋节，干脆什么节都不爱过。如果非在圣诞和春节里选一个，我肯定只能选圣诞，凑热闹也要凑个比较有意思的，而已。

2000年我终于在英国凑热闹，跟着英国人过了个圣诞节。圣诞前夕，我和朋友到劳伦斯家乡的邻村安德伍德小村的礼拜堂参加一个圣诞联欢会。带我去的人是劳伦斯的青梅竹马女友杰茜·钱伯斯的侄女安妮·霍华德，她正致力于把爷爷家在海格斯农场的故居保护下来，建成文化遗产保护地。这个地方被劳伦斯写进了《儿子与情人》中，事实上是劳伦斯创作这部小说的最直接的灵感源泉。劳伦斯因为在这里认识了杰茜一家，受到了乡村自然美和人情美的感染，并有了自己的初恋情人及与情人长达十年的分分合合的经历，才写出了这部名著。

在那个圣诞联欢活动中我见到了劳伦斯的外甥女蓓姬，老人家长得很像母亲即劳伦斯的姐姐艾米莉，94岁高龄了，居然还十分健谈，精神矍铄，十分幽默。她还亲手做了蛋糕

圣诞树

挥霍感伤

松糕带来供大家品尝。听说我是劳伦斯译者，她乐呵呵地说："哦，你找着工作了——you've got a job（也可以说成'你有事儿干了'）。"她边吃边说："你们多吃点，省得我带回去。"因为按照习俗，谁带来的食品，没吃完还要由谁带回家。到大家合唱圣诞颂歌时，老人家居然放开嗓门快乐的一首接一首地唱个不停呢（不幸的是蓓姬老人在我们相见四个月后过世了，真是人生无常啊，四个月前还欢快地歌唱的人，说走就走了）！那个圣诞联欢会很朴素，也很感人，联欢者都是英国中部乡镇的普通小知识分子，都热爱自己家乡出来的作家劳伦斯。我和同去的日本朋友被隆重地介绍给大家，主人介绍我们是"诺丁汉大学的外国劳伦斯学者"，欢迎我们来到劳伦斯生活过的地方过圣诞节。大家看着我们两个东方人，像看稀有动物，不断地向我们提问题，问我们怎么翻译劳伦斯的著作。我们的到来成了晚会的一个热点。

那年圣诞期间，每天晚上我从诺丁汉大学新校园走回自己租住的房子，一路上灯火阑珊，透过霏霏细雨，能看见一座座独门独户的小家里窗户上的五彩图案和喷上去的雪花和星星装饰，看到亮堂的屋里高高的圣诞树，感到是在童话里穿行一般。那景色和北京满大街车水马龙、喧嚣热闹的情形截然相反。我喜欢那种朴实、安静的英国小城镇里的圣诞，每一盏小灯都让我心里温暖。

2000年的圣诞节期间，英国电视里直播了无数次教堂的礼拜活动。其中最为壮观动人的有两场：一场有皇室成员出席、坎特伯雷大教堂大主教主持，还有一场在《爱丽丝奇遇记》中小爱丽

盖碗茶

丝的原型人物家乡教堂举行。另外还直播了多场圣诞弥撒和圣诞赞美歌曲的演唱。那些赞美基督降生和德行的歌曲传唱了多少个世纪，久唱不衰，皆因为其词曲浸透了人们深深的信仰和爱，赞美的是超越尘世的最为伟大无私的奉献精神。不管你信不信教，当你置身于辉煌的教堂中，沉浸在那种为爱和慈悲之心所烘托的气场中，你就不能不暂时忘却外面汹汹的世界而随着那优美动听的旋律放声高歌。可以想象一个孩子从小在这种至善至爱至纯至真的氛围中长大，怎么能不受其影响呢。这其中我们中国人最为熟悉的就是那首《圣诞夜，平安夜》。诸如此类的歌曲，教堂唱诗班能一气唱上几十首。翻译劳伦斯的《虹》时，我对教民们唱诗的狂热之情实在不能理解，在英国过了一个圣诞节，身临其境，算是理解了一二。人们含着热泪唱出的歌曲一定是真正打动他们的歌曲，哪怕是在表达他们的幻想：

我灵魂的太阳，亲爱的救世主，
有您在身边，夜不再黑暗-

在迦南那片幸福的土地上
麦浪滚滚闪金光。

让我们崇拜他，崇拜他吧，
崇拜他啊，主是我王。

劳伦斯童年的精神生活似乎是被礼拜堂和主日学校占据了。他回忆说："我感激公理会对我的培养……我喜爱我们的

挥霍感伤

礼拜堂，高大明亮但静谧；教堂外墙颜色恬淡，似绿非蓝，形似莲花……"

在这里他获得了基督教的基本知识，《圣经》文学成为他文学修养的基础。日后他的小说诗歌散文经常借典于《圣经》，大多以暗喻出现，这一点尤其在《虹》、《袋鼠》和《羽蛇》中有突出表现。我翻译了前两部小说，感触十分深刻。从那些暗喻中看得出，《圣经》文学已经化作他文学血液的有机组成了，如同唐诗宋词的经典名句之于中国人，信手拈来。《虹》和《亚伦之笛》的书名就出自《圣经》。

但《圣经》对他情感的影响还远不及那些词曲一般的通俗赞美歌。日后他写道：基督的殉道确实深深打动了他的心；华兹华斯，济慈，歌德和魏尔伦以及莎士比亚的诗歌也深深铭刻在他意识深处。但这些都不及"那些颇为平庸的新教赞美歌"。劳伦斯著名的诗集《鸟·兽·花》，其标题就取自一首童年学唱的赞美歌。

不在英国过一个圣诞节我就无法体会这些通俗的赞美歌有多大魅力。

英国乡村教堂

所幸我们还能从历史照片上看到劳伦斯童年的公理会礼拜堂风采。1868年初建成时，它曾经是空旷的田野上一个辉煌的标志：小巧的哥特式

盖碗茶

礼拜堂和那高耸入云的塔尖有些比例失调，那塔尖显得有点孤独地刺入天空。就是这座小小的石头建筑，它是婚姻不幸的劳伦斯的母亲莉蒂娅的精神寄托。公理会与卫理会和浸礼会不同，后两者纯粹传播宗教信仰，参加者多是劳动阶层。公理会的宗教色彩则大大淡化了，除了组织宗教活动，更重视知识的传播和普及，这也是它吸引了众多知识阶层新教徒的原因。在这个偏僻的小镇上，公理会礼拜堂对较有知识的教民们来说是一个高雅脱俗的去处，很多人都把礼拜堂当成了社交活动的场所。礼拜堂牧师文学修养甚高，除了主持教堂事务，还办主日学校，指导教民学习《圣经》和学唱新教歌曲，甚至举办定期的科学知识讲座。劳伦斯的小说《迷途女》中对此有详尽的描述。

难怪劳伦斯的作品中对教堂和礼拜堂总是充满感情和热爱，《虹》中有一段是写英国中部地区最著名的林肯大教堂的，在我看来那是写教堂的绝笔了：

"远离时间，永远超越时光，在东西之间、晨暮之间，教堂矗立着，如同一颗沉寂的种子……沉寂中弹奏着乐曲，黑暗中闪烁着光芒，死亡中孕育着生命。"

这是何等超凡脱俗的散文诗，我翻译着，感觉是劳伦斯的手握着我的手写下了这几行中文。

有着这等宗教情怀的人，才会对圣诞节怀有虔诚的期盼，才能由衷地庆祝主的生日。而我们，永远不会。所以我们的圣诞，注定是世俗的享乐，是凑热闹。那就不过也罢。

圣诞夜，平安夜！那是基督徒们的祝福。

圣诞夜，寻常夜，这是我的一个普通夜晚，正好写这篇俗人的文字。

挥霍感伤

纽约的中秋月

中秋月又圆，家家户户早就备好了象征团圆和美满的月饼。但当我知道今年的中秋节是9月11日时，心情却要沉重起来，当我在举头望月把酒祝福时，我一定会想起纽约，我的祝福一定不仅仅是给我的家人和朋友的，还是给我并不喜爱的西半球那个城市的。

两年前的9月我第一次去纽约，热恋着英国古镇的我在那个世界第一都市里感到困惑压抑，进城走马观花一番，就回到郊外哈德逊河谷地里风光绮丽的农场安静地写作。就在那个时候，惨绝人寰的"9·11"爆炸案就发生了。从那天起，我和纽约人一起经历了悲痛、愤怒和恐惧。我放下手头长篇小说

"9·11"之前的世贸大厦

盖碗茶

的写作，天天呆坐在电视机前观看电视直播，也集中看到了城里的各个角落，似乎顺便熟悉了那个城市。不信教的我也开始不断地祈祷，为纽约，为劫难余生的人们，也为我自己能活着飞出纽约——因为我预定在"9·11"之后几天内回国。那是一种真正的同舟共济，真正的同呼吸共命运。

我在恐惧中离开了空荡荡的肯尼迪机场，和飞机上的人们一样紧闭双目在祈祷中飞离那座城市。我安全地回家了，心头释然，有一种逃脱后的轻松，但从此对纽约也多了一些牵挂——我去过的那几条街道，我路过的哈德逊河，我徜徉的中央公园，地铁站上看到我查地图就主动问我能不能帮助我的素不相识的美国人，这些就成了我心中的纽约。虽然从城市美学的角度我一直不太热爱它，但因了这些情感的缘故，我挂念它了。我与纽约人共同经历了"9·11"，心眼中的纽约就与一个普通游客眼中的纽约大不相同了，它成了一个情结而终生难忘。

可能我不配不喜欢纽约，也不配牵挂纽约，一个北京胡同里的升斗小民谈论大都会纽约似乎很牵强和附骥，但我还是要在这花好月圆之际，祝福那个我不曾热爱的都市，思念纽约的月亮，祈福那个城市里我与之素昧平生但共度劫难的人们，至少是和我一样普通的老百姓们。纽约的月亮今天会一样圆满，天涯共此时。阿门。

挥霍感伤

正月十五雪打灯

俗语说"八月十五云遮月，正月十五雪打灯"。果然如此。去年的八月十五是阴天，今年的正月十五就下大雪。天公造化，真是灵验。

昨天从上午就开始下雨，感觉是春雨绵绵，无声润物。园子里一冬都不曾枯萎的草坪让这小雨浸润得碧绿起来，清新水灵。月季和蔷薇早就酿出了紫红的新芽，尤其是爬藤月季，鲜绿的藤蔓开始疯狂地甩上了篱笆。春天来了，赶紧去园子里清理一遍草丛中的纸屑，再把去年结了红色果实的小灯笼椒翻进泥土中，让春雨一浇，过些天种子就发芽，继续长出美丽的小灯笼椒来。

去逛后海一带，那里已经是游人如织，柔顺的柳枝扫着清澈的水面，远看绿烟迷蒙，近看居然发现串串柳枝上柳芽已经不可遏制地喷薄怒放了！真是天街小雨润如酥，绝色烟柳满皇都。一路漫游下去，发现后海边上的恭王府和庆王府里的迎春花嫩黄地绽放，景山后街那一带权贵们的高门大院墙头也甩出了串串娇黄的迎春花。真是皇都啊，这紫禁城附近真个是一派

盖碗茶

紫气氤氲，春天来得好早。

温暖的春雨到晚上已经下得酣畅淋漓，成了中雨。坐在暖气充足的房间里听着窗外哗哗的雨声在灯下读书写字，仿佛觉得季节颠倒似的，因为烧暖气的冬天从来没下这么大的雨。

可到夜半十分，忽然觉得雨声住了，气氛有些异样，似乎是斜开的窗户里吹进的风忽然没了水气而成了干风。拉开窗帘向外望去，外面早已是大雪纷纷扬扬，遍地皑皑了。一天里经历了两个季节，在元宵节到来的第一刻，雨转成了雪，造化真是神奇！

清晨被雪白的天光晃醒，拉开窗帘，大地真是白茫茫一片真干净。园子里积了厚厚的雪，绿色的水蜡篱笆墙顶着一层厚厚的雪被，院子里高高矮矮的树木每根枝条都披上了绵白的树挂，东北人称之为"雾凇"，那只是松花江边上才能看到的美丽景色，居然在北京看到了，而且是在自家园子里！高大的竹子被厚实的雾凇压弯了腰，触到了草坪，但碧绿的竹竿没有折断，它富有韧性，雪化后依然能挺起，竹子这东西性格是刚柔并济，能屈能伸，生命力顽强旺盛，在零下十几度的寒冬依旧青青如许，给冬天的北方一抹难得的春色。

"雪打灯"的好日子，这个元宵节果真会有滋有味。可是人到中年，如此的良辰美景，看着"雾凇"渐渐被微风吹落，翠竹一点点挺起腰身，房檐下依稀滴答着化雪的水珠，我却没有感到那种过节的激动和兴奋，那是似乎并不遥远的童年的热血激荡。现在的我，坐在房里，挨着热乎乎的暖气，看着花园里的景色，感到了角色的错位。好像童年的我早就看到了我现在的样子，又似乎是我在看一场黑白片老电影：对面有个穿着

挥霍感伤

厚棉裤棉袄的穷孩子在雪地里堆着雪人，在雪人身上安个红炉灰渣作鼻子，摁两个黑煤球当眼睛，肚子上再点插几个煤球算是衣服扣子，伙伴们一起放鞭炮。那是童年的我，他抬头看看我，想进我的房间，但他却过不来，我想去拥抱他，但我也过不去，只能这么遥遥地对视，他玩他的，我看我的，我们是被白雪皑皑的花园阻隔的两个电影银幕，放着两个不同的片子。那个花园叫时光。那个时光里的我是我遗失多年的儿子，流落到了蓬门荜户里。但他是从一出生就丢了，因此在那个时光里他不觉得苦，还感到很快乐。

上个世纪的六七十年代，我是个小城市大杂院里的穷孩子，过的是底层百姓的穷日子。说起正月十五，眼前出现的是这样一幅景象：男孩子们在街上抽着陀螺（我们称之为"懒老婆"），推着巨大的铁环或在街边的残冰上滑着自家做的简易小冰车（一个小板凳下加了两根铁条，用绳子拉着跑），女孩子们在青砖墁地的院子里奋力地用脚尖勾皮筋，嘴里大声地念着什么跳皮筋的唱词，家家户户大人们在忙着摇元宵。到晚上我们点起自家大人给糊的各式各样的灯笼满街跑（手巧的能做出各种花样如各种动物，手笨的就用竹签儿搭个方方正正架子，糊上花里胡哨的彩纸），边跑边放鞭

元宵图

炮。整挂的鞭炮买不起那么多，给孩子玩的都是拆散的小炮仗，一个一个地放。

正月十五最重要的事当然是摇元宵。大人们忙着做各式各样的元宵馅儿，多是糖拌碎花生、核桃、瓜子、芝麻，然后用湿馅儿滚上干粉，滚一遍后往上喷水，喷湿了再滚面粉，像滚雪球一样越滚越大，好像还要放进笊篱里在水盆里过水，湿透后再滚面粉。

小孩子们不会干别的，就只能帮大人往湿元宵上滚面粉，用一个细网眼的筛子滚，折腾一个下午，把全家人要吃的元宵摇了出来。那个时候大家都挺穷，基本上家家都自做元宵。只有看望老人和拜访重要人物时才在点心铺里买元宵，用草纸包了，用细纸绳打上十字结拎着招摇过市。最讲究的则是装个纸匣子，匣子顶上铺块红纸表示吉利，那一定是去看望要人的阵势。家里如果收到一二包或一纸匣子元宵点心什么的，那一定舍不得吃，大人马上差小孩子们转送给爷爷奶奶姥姥姥爷或他们认为重要的人物，于是小孩子们就高高兴兴拎上点心包和点心匣子串门去了。临出门家长还要再三叮咛：小心走路，别摔了元宵！于是就小心翼翼溜边走，送到了人家总会给几块糖什么的犒劳一番。因为有利可图，小时候我最爱干这种差事，弄的特有人缘儿，被大人们夸作"这孩子真懂事儿"。可能是小时候干多了，现在反倒不会干了，连走动都懒了，所以越来越没了人缘儿。

到了80年代成了"知识分子"参加工作了，单位胡同口就是著名的北京稻香村食品店，每到正月十五店门口就排起了长队，那长队一直排到拐弯的东四十二条胡同里去，敢情大家都

挥霍感伤

想买名店的元宵。那里的元宵永远是供不应求，那大队一直排到晚上。估计那是80年代北京的一大盛景。我不信非买名店的不可，坚决不排那个大队，随便到别的店买没牌子的元宵，回家一煮，居然煮成了粥那元宵还心如顽石。于是每到正月十五便毅然决然放弃吃元宵，自顾瞪着眼睛回忆儿时自家摇的元宵，虽然馅子那么普通，可至少软和，全家人在一起忙得不亦乐乎，吃得热火朝天。那种感觉就叫幸福。

现在北方的粗硬元宵已经被南味汤圆不可抗拒地取代了，超市里的冷冻名牌汤圆随时可以买到，甚至成了我家周末必吃的早点，我们开始挑剔地"遴选"周末早点，换着牌子吃，直到锁定某一种紫米黑芝麻汤圆。一切都变得平常稀松，每周过两个正月十五，当年的幸福感早已云消雾散了。我怀念自家摇元宵的感觉，甚至一想就会眼睛发热。那个年代孩子们对过节的期盼是那么热切，愿望是那么容易满足，在如今的孩子们看来简直形同弱智。可我们那时就是那么幸福，有点幸福就高兴得犯傻。

但我不会毫无理智地批评现在的孩子是"身在福中不知福"，因为我知道，那时我们感到特别幸福是因为一年只有几次好日子过，而那种一年偶尔几次的幸福变成了今天唾手可得的天天幸福甚至没有幸福感的幸福才真是幸福。我怀念过去，也留恋，但我更热爱今天，今天的平静来得真叫不易。或者说，过去的时光和那个时光里的幸福是一种人类境况中的幸福，现在的安宁幸福也是一种。两种不可替代，不可比较，更不可相互替换，它们属于不同的维度。我们这一代有幸体验到了两种幸福和两种生命，这本身就是难得的福分。能让自己在

盖碗茶

两个不同的电影片里出现,两个片子同时面对面上映,这该是怎样的福气。

今天晚上去雪地里看灯!别人家园子里树上已经挂上了各式灯笼,到夜晚通上电会亮得一片灿烂。但我家园子里没挂,我想看的不是这种电灯灯笼,是那种里面插了小蜡烛的灯笼,有真火的笼才叫灯笼。

挥霍感伤

寻找心河

秋凉了。难得一个清静的周末下午。在这城郊临界处的高层住宅楼上遥远地瞭一眼平日里埋头穿梭而过但对它毫无感觉的京城，不见了人们大呼小叫挤公共汽车的壮景，不见了地铁中进城讨生活的人们含辛茹苦、黑汗汤汤的脸和散发着霉味的行李和货物袋子，忘了自己顶着烈日骑着自行车奔波时被炙烤得冒油的皮肉之苦，只觉得北京有几分清秀和挺拔，只觉得那些剑一样刺入云天的一根根高大建筑是属于我的一样。

心河应该这样宽阔

但我很快又会否定自己。不，我不是那么由衷地喜欢这座城市，因为它缺水，缺一条河，少一条江，因此少了点灵性。

我甚至更乐意走到西边的屋子，凭窗俯视一会儿楼下的凉

盖碗茶

水河。这一线河水,夹在青黄零落的杨树趟子中间,泛着粼粼的细碎光点。多沁人心脾的名字,凉水河。可我明白,那河污染得不成样子,只能这样居高临下隔着玻璃观望。看不清为净。

一晃我来北京很多年了,忙忙叨叨庸庸碌碌奔着生活,奔着"事业",竟把初来时的浪漫念头置之脑后——来寻找一条北方的河。至今没踏着自行车到郊外去寻找心中的一片水。

80年代初,在一个只有一条散发着臭气的旧护城河的北方城市里大学毕业了。就是在毕业前的那个秋天,我决定只身打过长江去,在有大江大河的地方游荡几年,或许就此永远把自己的名字写在那片水上。

果然如愿以偿,考上了研究生,到了闽江畔的一所大学。天暖时,几乎天天下江横渡。闽江的水那样柔滑,有着蜜一样的质地。可我是北方的儿子,习惯不了那四季没有色彩变幻的青山绿水。我更渴望北方,渴望一条北方的大河:冬日里封冻白茫茫,春日里蒸着水雾、朦胧着桃花,夏日里甘冽清凉,秋日里载着红红黄黄的落叶如一河床子浓艳的流动色彩。我知道,那才是我心中的河,是我的乡恋,是祖祖辈辈基因中积淀下来的集体无意识中一幅审美幻象。我一定要回到北方,去找到它。

于是就在这个清静的下午,在秋光秋影的阳台上,我展开了一幅北京地图。一下映入眼帘的当然是离家最近的西南角方向上几股清波样的示意图——永定河!我新搬的这个家居然离永定河这么近了。多少次坐火车从永定门站上下,竟没有注意到进北京前有什么河流,更没想到去寻找一下永定门外的永定河。哦,想起来了,张承志在他那篇有名的小说《北方的河》中很雄健地让永定河在我的故乡华北平原上奔腾过,同样

挥霍感伤

在我脑海里奔腾过的家乡一带的河流还有拒马河、子牙河、大清河、漳沱河，还有直接滋养我的一亩泉河。可怎么就从来没有去寻找过这些从小到大耳熟能详的家乡的河流呢？1980年代前，我们穷，交通不便，当然是最直接的理由，一个小孩子如果为了看一条河，就得赶路搭车，要花家里有数的那几十块生活费，这种"旅游"在那个年代里是不可想象的。今天就骑车远行，去看一看离家最近的永定河吧。河边还标有一座水库，取名"大宁水库"，让我立即想起长江支流那号称小三峡的一段清流，叫大宁河，河水清得让人一见就要跃入水中，一边甩开膀子游泳一边开怀透心地畅饮！

　　黄昏时分，我骑车到了小小的宛平县城外。这是一座实实在在的微型围城，城墙重新砌好了，像电影道具一样。不过，这道具中真的生活着一城人呢。我知道，穿过城区，城外就是卢沟桥了，桥下该是一条波光粼粼的大河，永定河了。我终于摸到这条北方大河的河岸上来了。

　　出了城门，但见一线古桥，桥上游人如织。可是没有涛声。热血沸腾地一口气骑上河岸，映入眼帘的却是干涸见底的河床。天外来客似的问一个老人，他的脸也被岁月风化，干枯褶皱，似乎全然失去了水分，他说这河早干了几十年了，大宁水库也早干了，变成了露天采石场。

　　人们似乎已经不再把桥、水与河联在一起想了，那似乎是久远的传说了。北京城里新筑起的一座座立交桥、高架桥，有几座是建在水上的？那些叫什么河沿的很多地方，哪里有河的踪影？即便一道桥跨过一线细水，那水也是浑浊的。

　　再看看永定河古道，还好，虽然没了水，但至少也没有

盖碗茶

污水。

毕竟是宽阔的古河道，当年是淌过大水的，也淌过鲜血，流出过一段血沃大地的历史，这河床子里的茅草生得蓬蓬勃勃，郁郁葱葱，野灌木竟有一人高，远看还真以为是一片片绿汪汪的水呢。人们在青草地上流连，小孩子们在茶白一片的茅草花中扑打着，采下一团团毛绒绒的白茅花，嘟起嘴巴吹，那白花就如絮轻飏，飘得半沟都是。

心中的河与城大概是这样的

这古河道如今成了荒凉的泄洪大道，没有百年不遇的大水，它是得不到水的恩泽的。生命本质的荒废，无论之于人之于物，都难免令人神伤。

为了这条我心中的河，我情不自禁下到河底，在草丛中徜徉，有一种足触血污的感觉，尽管我分不清侵略者和抗击者的血。

但打湿我布鞋的却是草丛中的水气，随之一股清凉袭上身来。这秋日的凉气告诉我，永定河没有干涸，地下深处一定还有水，不定什么时候，永定河还会沸腾起来，真正在色彩斑斓的北方大地上甩出一条碧澄的绿带。

天色暗了，我飞快地骑着车回城里，远方天际线上影影绰绰的林立高楼，那是北京城，在夜色中恍恍惚惚如海市蜃楼，

挥霍感伤

估计我要狠蹬上一个多小时才能到城边上的家。这种在田野和城市之间的空旷地带上独自飞奔的感觉真很奇妙。念天地之悠悠，独怆然而涕下。

独自沿着河岸上的公路前行。秋雾漫得古河道上下一片沼沼茫茫，古河道两岸的雾气比别处要浓重，这一定是因为这一带草木丰茂的缘故。这里仍旧生机勃勃，虽然无水，却透着水的灵气，河之神，水之灵依旧在此盘桓，这对于一个寻水而不得的人来说总算一种满足吧。

古河道里有人种上了庄稼，秋收后，人们在田野里燃起火来，烧玉米秆子做地肥。一缕缕烟雾中散发着玉米秆子湿漉漉的清香，唤起心中无限的温情——我想这一定是祖辈积淀在潜意识中的农家乡恋在暖着我的血液。我是北方神魂灵的一分子，与这大地结下了不死的亲情。我想我的祖先在秋收后的河岸上烧着玉米秆子时一定是十二分幸福地憧憬着第二年风调雨顺，盼着一河流水不泛不枯，悠悠滋润大河上下的子民。这种幸福原型只能在这月夜浓雾下的河畔找到，因为我们久居闹市，离这种感受愈来愈远了。

我北方家乡的河，什么时候你能奔流起来？什么时候用你蓝色的血液唤醒一个个北方的记忆之灵？我愿把自己写在你的水上。

永定河畔宛平城

盖碗茶

雪落无声箭杆河

在一个雪糁儿纷纷扬扬的清晨，我心血来潮，决定去潮白河畔看雪景儿，顺便按图索骥寻找儿时就想找的一条支流，叫箭杆河。70年代十来岁上，看过的一出评剧《箭杆河边》，戏匣子里也常播这个戏，我着实爱听。河北的那些地方戏种里，顶不爱听河北梆子和保定老调，嫌它们太闹太沉霾；京韵大鼓和天津时调什么的又太嫌油滑，倒觉得评剧比较兼容了京剧、梆子和大鼓书，亲切婉转，清丽上口。那个戏好像讲的是京郊箭杆河边农村里的"阶级斗争"，这内容是那个年月里人为的主旋律，看着就假，不怎么招人待见，但那年头老是唱八个样板戏把人听烦了，其他剧种也"移植"这些个样板戏，只是换了唱腔而已，于是，我们能看到河北梆子、豫剧、老调、粤剧等等的样板戏，已经看到厌恶的程度。猛丁儿出来个别的戏，只听唱腔，看布景，也觉得新鲜。这戏的布景是那种典型的新乡村农民水彩画，颇像传统的户县农民画，色彩是超现实的，红是怯里吧唧红，绿是嘎嘣儿绿，黄是鲜嫩黄，碧野上有一条蜿蜒的小河，鸟语花香的，那景致在我这个灰土城墙下生活的

挥霍感伤

城里孩子看来就是"广阔天地，大有作为"，就是社会主义新农村。所以我根本不是去看戏，而是去听唱腔，看布景的。当然吸引我的还有那个戏名上的箭杆河三个字，多好听的名儿，箭杆儿一样细溜，流窜在芬芳的社会主义新农村生机勃勃的大地上，肯定是一道潺潺溪水，跟画儿上一样婀娜。

"文革"之后，样板戏都销声匿迹了，这种样板戏的衍生物自然就更是自生自灭，但毕竟戏名里有箭杆河这三个清澈的字眼儿，让爱河的我难以忘怀。多少年后在网上搜房，发现一处高尚楼盘号称地处潮白河和箭杆河交汇点上，很有点"襟三江带五湖"的意味，如获至宝。但那房价令我望尘莫及，不敢妄想，但我终于找到儿时向往的箭杆河了，原来是顺义往通州流的一条真河。在地图上看去，发现这箭杆河就是潮白河的支流，便想着哪天踏访潮白河时顺便寻它一寻。

顺潮白河右堤路信马由缰往北，铺满落叶的河道让这场雨雪润泽得清爽淋漓，雾气弥漫在河两岸的白杨林里，飘荡在梨园和苹果园里，蒸腾在岸边的一座座村子里，红墙大院，外墙都刚刚粉刷得雪白，半截处有的还勾了蓝腰线。唯一可惜的是那著名的潮白河里并没有水，更没有潮，一片白茫茫倒是真的。从密云开始它的上游大坝就截住了那点宝贵的水，这条宽阔望不到对岸的大河一直这么干着，和永定河一样成了泄洪渠。不过这毕竟是条河道，湿度很大，河道里杂草丛生，四季里都弥漫着雾气，两岸林木葱茏，瓜果飘香，因此很受房地产商青睐，顺义的不少地产都靠河而建，号称亲水生活，澜花涛声，望潮观汐之类的字眼不时出现在楼盘的宣传册上。这无澜无潮无波无涛的河边的地产应该叫"望梅豪宅"才对，一条大

盖碗茶

河让你望梅止渴。沿途果然发现一处硕大无朋的别墅群，居然就建在河堤下，估计等什么时候南水北调后，潮白河里荡起汉江的碧波时，这些大house们就真成了观澜听涛的水岸家居了。但我总有点怀疑的是，汉江水长江水奔流在这条北方的河道里后，会不会和这里的土发生不服，那才是真的水土不服，这里的植物会不会发生变种或基因改变？北京人在北京喝上汉江水，肚子会服吗？我总感觉水这东西是有灵性的，应该发生在"本土"，是本土的天地阴阳交流的产物，本土的人应该喝本土的水才自然。当然也许，这样一来真的就南北融合，环球同此凉热了呢。这等闲愁提前发纯属杞人忧天。

终于按照地图的标识在一条林木遮天的小路旁找到了潮白河和箭杆河交汇的地点。我把车开进路边的林子里停下，眼前是天苍苍野茫茫的潮白河道。春天里我来过这一带，但就是不知道梦中的箭杆河就在这里。那时正是二月兰疯开的季节，满林子里幽蓝的小花，很像英国春天里铺天盖地的风铃草。那情景恰似劳伦斯形容过的爱花冥后波塞芬每年返地面，给大地带来盎然春色。二月兰和风铃草遍地的林子里倒真有点冥府之气弥漫。可初冬的岸上，只有萧萧落木，枯黄的二月兰草根。河道里荒草没膝，走几步鞋子就被水雾打得精湿，蹚着草恍若

潮白河有水的河段被称为北国江南

挥霍感伤

蹚着水一般。岸上有水务部门的警示牌：河道里禁止放牧。但这里经常有农民放羊，遍地的羊粪蛋和一坨一盘的牛粪马粪。见此，突然我想在这干河床里放一放自己，便奔跑，然后感到一阵冲动，便隐没在荒草中，任飘飘细雪打湿肌肤，望着头顶上轰鸣而过的飞机和白茫茫的河道，方圆多少里，只有天地和我，吸天地之灵气，吐肉身之污浊，完成了一次吐故纳新。

然后我找到了箭杆河与潮白河交汇处，那是一条干小河与另一条大干河河床的连接点而已。箭杆河果然很窄，丈把宽。

我失望而归，顺着地图的标识，继续往远处开了一段路，看到了箭杆河穿村而过，那箭杆一样狭窄的河道几乎成了沿途村庄的排水沟渠，里面的水分不清是河水还是污水。这里也在等汉江水来冲刷呢。

不忍看下去，掉转车头打道回府。等汉江的水来吧，据说为了奥运会，这条河里会放上水，那时我再来。奥运会之后呢？汉江水还会一直在这里奔流吗，流上一辈子？

雪还在纷纷扬扬着，无声。

盖碗茶

大宁河里的金子、月亮和鹅卵石

在箭杆河和潮白河河道里冒雪撒欢，但回来心里还是挺郁闷，因为那河实在不叫河，没水了，等南方的水来冲刷呢。于是想起1989年我畅游过一条真正的河，那就是长江的支流大宁河。我要特别对大宁河感激一下，因为它启发了我的两部长篇小说《混在北京》和《孽缘千里》中的一些段落。

《混在北京》里是这样写的：

"那天下火车汽车走旱路又坐船到山里去接翠兰，正赶上她一家人在河里淘金。男男女女赤条条泡在水里一折腾就是一上午。那山是真绿，山里的天是真蓝，从灰蒙蒙的城里进了山，眼睛都让那天光水色刺得睁不开。那儿的人很淳朴，赤着身体很自然地劳作着，有过路的船驶过，他们就停下手上的活计，手搭凉棚冲你欢叫，那山那水那人，收进镜头里显得很健康美好。沙新无法想象自己的外婆是如何从这里逃荒出山嫁到成都的。外婆若不出来，就会跟淘金砂的人没什么两样。说不上那是好还是坏，反正人人有自己的命。沙新在翠兰家船上吃

挥霍感伤

滋润了我两部小说的大宁河

了一顿盐水煮鱼,翠兰穿上一身翠蓝翠绿的衣服就跟他上北京来了。想着想着,沙新觉得心里发堵,早有两串眼泪淌下来流了一脖子。"

《孽缘千里》里则很诗意:

"还是在四川的大山中你找到了它,那是离开浑浊的长江突然拐进一道峡谷中,水蓦然清亮起来,山上的青草绿汪汪的很刺眼,山上的小石头屋子正嵌在刚冒顶的大红日头中随它燃烧。一家子一家子的男女老少在河中淘金沙淘鹅卵石。他们赤着身子通体泛着油光,沉入水中再捧着希望浮上来,河面上立时腾起一束束彩色的水柱,时光流水,满目的鲜绿,绿得人心痒心酸,心痛心悸。

盖碗茶

在那个满月的夜晚,峡谷里白花花透明,每道山褶子都惨白苍凉。头发让露水打湿了,鼻尖清凉凉的。你躺在草地上和月亮面面相觑。江畔何人初见月/江月何年初照人?今人不见古时月/今月曾经照古人/古人今人若流水/共看明月皆如此。便觉得哗哗流水载着你漂荡在峰峰岭岭之间。不知不觉中就除去了衣服,赤条条滚入湍急的河水中,闭上眼睛一任河水冲走。一头撞上礁石时才有了求生的欲望,在险滩上挣扎着爬上岸来,已是伤痕累累,月光下的血黑墨一样浓。一时间觉得自己很像基督被钉在十字架上,像普罗米修斯被镣铐锁在高加索山上任秃鹫叨食心肝。"

三峡水库建成,大宁河的水位便因此一下子提高了几十米,那里的水还像原先那么清澈吗?那里的乡民还能站在水里淘金砂和鹅卵石吗?他们的命运会因为三峡工程而得到怎样的改变?

我想再去大宁河。

挥霍感伤

清江：美丽与遗憾

阳春里个三月好放排哟哦呵哦——
头排去达！二排来哟！
头排去达！二排来哟来！

幺妹儿里个山歌逗人爱！
好似那个春风哟——扑我怀也！
春风扑我哟怀也——

嘿—嘿！漂过千重岭啰！
跌落百丈崖呀哈！
号子声声哟传天外呀！
嘿—唑！嘿—唑！
放木排哟送木材也！
万座高楼——盖起来哟啰！
呵——呵——呵——呵——
哟哟哟哟——哟呵呵呵……

盖碗茶

长阳城

这是上世纪80年代的一首民歌《清江放排》，演唱者是吴雁泽，可以说这首歌和这个歌唱家相互映衬，歌托人，人托歌，缺一不可。吴雁泽唱了那么多歌，这首歌最适合他，最能表现他的声线。

虽然不知道清江具体在什么地方，但凭着那高亢悠扬的曲调，即可判断是川江号子的变奏，那条浩荡的大江定是在四川靠近长江的地方。不知道为什么，这个曲子一直都在我心中萦绕，只要见到大江大河，心中就会回荡起这首歌的旋律，禁不住哼唱，以至于有的年轻人会问我：你唱的是什么老歌啊，我们怎么从来没听过。我说，这个歌子并不能算老歌，但正因为不是五、六十年代特殊背景"家喻户晓"的那几首有数的老歌，又没有《年轻的朋友来相会》等80年代歌曲的那种大众化政治内容，所以应该算艺术歌曲。可在艺术歌曲里它又算民歌，所以只能算很小众的歌，也就是说，只有被它打动了心旌

挥霍感伤

清江真是清澈的江

的人才会记得并哼唱它。在我心中，它是中国的《伏尔加纤夫曲》。当然这个看法会遭到很多人的嘲弄，说我没品位，我肯定。是的，它的旋律当然无法与《伏尔加纤夫曲》比，但我们的土地上只能产生这样的船夫号子。无法想象川江的船夫能喊出俄罗斯式的号子来。我估计这已经是我们这个民族里最动听的船工号子了。还有，我就是喜爱它，热爱从来是没有理由的。

这次到宜昌游西陵峡，当地的朋友一句话勾起我沉淀心中的这首老歌。他们说这里的旅游产品之一是清江一日游。怎么清江居然在西陵峡附近？不在四川吗？看了地图方知，清江发源于川鄂交界的大山里，一路奔腾，到宜昌汇入长江。如此一条大河，还有这样动听的歌子歌颂它，怎么就差点与它失之交臂呢？我要感谢这首心中哼唱了20年的劳动号子，它让我没有错过清江。否则，我会选择别的旅游项目。而在西陵峡，任何一个旅游项目听着都比"清江一日游"来得诱人，比如三峡两坝游等等，大家来这里首选的就是三峡大坝这等人工"世界奇观"。但我因了《清江放排》而选择了清江游。和清江比，三峡大坝竟然变得毫无魅力。什么叫喜欢，可能这就是了。

就这样我来到了清江。一路上看到峡谷里碧绿的清流，导游说那就是被隔河岩水坝拦截后流向长江的那一段清江。如此

盖碗茶

清纯的水流，绕着青翠欲滴的山林，很有神农溪的气韵，但比神农溪宽阔，两岸村庄集镇稠密，因此比神农溪有人气，后者因为是流淌在原始森林里，更像是仙境，因此，美则美矣，但少了亲切感。

一直上了水坝大堤，向清江逆流而上，方才认识真正的清江，领略其独特的气韵，那是一种少有的刚柔并济风韵——既有漓江的柔媚，也有峡江的气势。

清江的一江春水，在夹岸的绿峦青峰中浩浩荡荡奔流，山多是丘陵，坡上植被浓密苍翠，河道宽阔舒缓，绝无险滩激浪，天连水，水连天，透着一派柔情。这清江固然是山青水碧，但它两岸的低矮丘陵绵延起伏，与浩渺的碧水之间失去了层次，令这江几乎要化在那片丘陵的海洋中似的，倒让人觉得是在丘陵中飘荡一般，这种浑然一体的绿很是奇特。

前些年的清江可能不是这样，景色与小三峡大致相同，有鹅卵石滩，有嶙峋的石峰，山是山，水是水，水只是山间的通道。水库大坝将清江的水面抬高，才有了这狭长浩荡的山水一色的碧绿景色。我看到的清江已经不是《清江放排》的歌曲写作年代的"漂过千重岭／跌落百丈崖"的清江了，我不知道是该遗憾还是庆幸。

估计我在水库大坝下面看到的那段清江该是本来的清江面目吧。那清澈流缓的江水流过县城长阳，真像碧绿的玉带从城边飘过，远远望去，煞是美丽。可惜的是这样好的风水宝地，待走进去，你会发现它和普通的县城没有什么区别，拥挤，喧闹，新旧建筑错落交叉，是一个巨大的集市。碧绿的江水边那条滨江路本来可以建成最有民族风情和休闲的风景路，却停满

挥霍感伤

了货车和各种车辆,据说这座城是临江靠山,只是一条狭长地带,只能这样拥挤。

我带着无限的怅惘离开了长阳,心里替它惋惜,多么好的风水,本可以建成一座娇媚的意大利嘎达湖边那样的小城,那些小地方也是建在狭长地带的,房屋都建在山上,一座座别墅,俯瞰着湖水,平地上都是商店和旅店,湖边舳舻樯帆,宁静而不乏人气。

再看长阳,只能是无奈:唉,可惜了这么纯净的江水了。当然这只是一个旅游者的叹息,当地人要生活,现在还顾不上那么多风景的问题,如果我生长在这里也只能把车停在美丽的江边;如果我住在江边拥挤的房子里,夏天里也只能端着饭碗到江边乘凉吃饭,这条江首先是这里的人的水源,不是给外人看的,我特别懂这样朴素的道理。不知道什么时候,这个小城能建成一座风情四溢的美丽镇子。让我们等待。否则那水,真是可惜了儿的。作为大山外来的游客,也只能这么祈盼。

一首歌,一条江,与我毫不相干,却好歹占据了我记忆的内存,所以值得我为它写上几笔。

盖碗茶

不配怀旧

或许是离别故乡小城太久，或许是儿时记忆开始得太早，或许是在故乡经历的险恶太多，或许……干脆就是心老得太早，人未到中年心却已入暮年怀起旧来。我愈是发誓永不再见那个只离我300里远的古城，梦中的我却愈是一遍遍地还乡——不是还乡，确切地说是看见儿时和少年的我在故乡的大街小巷里玩耍，甚至还看到院门石狮子上的某个缺口，小时候我曾骑在石狮上作无端幻想，想象是什么人砸出这个口子的。我甚至看见一脸皱纹的我与小学或中学的同学在一起，考我最怕的数学，有时算不出最简单的数字，急醒时已是冷汗津津，心跳气喘。一个个清晰而又美丽绝伦的梦，让我怀疑我无可救药地因童年情结过重而

1940年保定城区街道

挥霍感伤

老钟楼

"滞留"在童年的人格上。于是我怀疑，我不是人未老心先老，而是肉体已老而心却仍未发育。或许是不得不在人欲横流的人生中扮演一个或倜傥或精干或老成或深沉的角色，厚重的人格面具，不，人格盔甲把一颗童心逼入了夜深沉梦深沉之时去还原、去放纵。这是不是尼采说过的"每个人内心深处都有一个想游戏的孩子"？我似乎因此而相信了弗洛伊德对梦的解析并成了他的半个信徒。这扭曲的童年梦或许真是"力比多"的曲折释放。

不管什么"力比多"吧，这些无休止的梦的确在冲击着我理性的决心，促使我真的回到了故乡。

那是在90年代初某一个大年初一早上，我发现我走在故乡的大街小巷中，一任寒风凛凛地灌进我发烫的领口。只有乡音依旧，是那种我甚至在梦中都不再说的或憨厚或愚蠢或残暴的口音，今天听起来恍若隔世，尤其是我发现这个我从小跑遍了每个角落的小城已经面目全非时，那声音更令我惊讶：仿佛一个陌生脸孔的人用我最熟悉的声音在说话，真像是借尸还魂。我不禁感到胆战心惊。

故乡大变了模样。我不愿用天翻地覆这个词，它已被注入了特定的含义，成了一个庸俗的褒义词。不，我宁愿说故乡经

盖碗茶

历了一场狂轰滥炸后正在废墟上新生。

记忆中故乡小城古朴、恬静、僵化、封闭,当然也有粗蛮,完全是北京城外300里处的一个小北京模型。窄街、槐树小院儿连成纵横的胡同,半壁城墙,百年老店鳞次栉比,北方名园古莲池娇小雅静。这些竟是我童年时探险的圣地。这个世界很大很迷人,还因了那么些传说和一部小说《红旗谱》及一部闻名全国的电影《野火春风斗古城》。一本本小说看下来,从中发现了我生长于斯的街巷的名字,开始神往这座平淡无奇甚至庸俗丑陋的城市的过去。这座世俗的城市在我眼中幻化成一个神奇的"别处",那里有真正的生活,有真正的生命。我开始生活在它的过去而不能自拔。我痴迷地照小说、电影里的街名和地名艰苦卓绝地在现实中寻找着,向老人们打听着,觉得这是全世界最迷人的城。于是我用一双小脚几乎丈量了古城的每一片土地,梦游般地寻寻觅觅。如此神圣的"文学活动"被大人斥责为疯跑。孤寂的童年于是在"疯跑"中幻影般地度过,一条条胡同看过去,偷偷地钻进一个个高门大院中张望着什么。雕梁画栋,石柱石狮,影壁雨廊,堂皇的高门石阶大宅第,简朴的窄门砖阶小户人家,通通走过,摸过,想过。那种游荡在大人眼中除了被看成"满世界野去了"和"吃饱了撑的"还能是什么?我就在这一条条胡同中疯跑着长大、长高。

我目睹着这个城市曾经绚烂的过去一天天地衰败下去:衰败中仍透着精致堂皇的城隍庙和直隶总督署前全国独一无二的大旗杆在人们的狂欢中毁灭了,宽敞的四合院在人口膨胀中变成了一道道壕沟,儿时戏水的清凉小河成了污水沟。但这幅画

挥霍感伤

面上分明叠印着它曾经有过的美丽和尊严。我对表象的它视而不见，固执地行走在过去。

当我终于以永别的姿态远走他乡后，汹汹尘世的纷扰，并没有将那幅淡雅的明清风格城池图景从心眼中抹去。我痴迷地向别人讲述这座城池的美，我甚至在自己的小说中"重构"它，让我的人物在真实的街景中上演过去的故事。我的同辈人不认识我这个故乡，都讪笑我在描述一件皇帝的新衣。我只能说，你们看不见它！而我能看见。

多少年后，我穿行在熟悉又陌生的城中，心头发紧发颤。小城几年之间横七竖八地蹿起无数幢模样千篇一律的红砖楼或水泥板楼，又有多少现在已拆得断壁残垣，活像一场浩劫后的惨景。仅存的几处，似乎人们已预知了它们的命运，没人收拾，为所欲为地往街上扔着垃圾泼着臭水，只等人来破旧立新。连那唯一的一拱旧城门洞子也被胡乱堵上，似乎开了商店。当年那儿可是一片葱茏，夏日里我最爱在幽长的城洞里吹凉风，如今这些已变成了永恒的记忆了。我来的不是时候。我若早来，尽可怀旧，若再晚来20年，或许能看到一个美丽的新城。偏偏此时此刻来，看到的正是它最丑的面孔。

我的理智告诉我，故乡在巨变。在这一片疮痍和废墟上，人们不是正披红挂绿地奔着富裕？人们的那服饰不是光鲜美丽了吗？这里不是处处透着希望？

是的，我已是异乡客，没资格因冷酷地寻找过去不得而伤感。理性告诉我，眼下的丑陋是一种必然的过渡，早晚有一天人们真正富裕了，会想起古城的旧貌有多么美，人们会复制一部分街景。像凭吊祖坟一样虔诚地怀旧。眼下，没人顾

038

盖碗茶

得上审美与文化，重要的是先住上现代化的寓所。谁让我们赶上这个一味先破旧的时代？再说，仅仅这杂乱布局的平庸住宅楼，已经是历史的一大进步了，能赶上，已是一大福分。

直隶古莲池书院

人只能解决他能解决的问题。

一个逃离故土的人不配怀旧。这儿的一切与你无关了。

本是要在童年的院子和街区拍摄几张照片的，天知道隆冬季节里照相机居然会在严寒下无法启动，我把它揣在怀里捂了很久也无法启动，只能遗憾而归，等待下次回来。

几年之后，忽有一个黎明，梦醒时分，一阵觳觫：告别的时候到了！这分明是神谕，是心灵感应。于是我又上了火车回到故乡。

总算赶上了这最后的时刻：旧城几乎全面拆除了，断壁残垣，废墟瓦砾，一片苍凉。最中心的地带早已耸立起一座座新楼来。凤凰涅槃！我为故乡的现代化祝福，但作为在老胡同中疯跑着长大并把文学的幻想附丽其上的孩子，我感到永别时刻撕心裂肺的剧痛。

曾经以为，这座古城是清代直隶省省会，有全国独一无二的总督署衙门，很多古老街巷会保留下来，二江学堂，各省

挥霍感伤

的会馆都会保留下来。故乡的旧貌永远会保留一部分，游子终归是有"家"可回的。可这一次，整个旧城都要消失。我穿梭在儿时街景中，分明是个矮小的孩子在举着相机，一卷卷地将残存待拆的门楼和街道拍摄下来。我用这种方式同我认同的家乡永别！但我童年生活的延寿寺一带的街道在我来之前就拆光了，二江学堂旧址、吴佩孚公馆和山东会馆等文化景点都没赶上拍下来，这成为我心中永久的痛。从此这座物质的旧城变成了我永远的蜃景。

现在，我借以寻觅透视过去的实景真的要销声匿迹了。那个附丽其上的魂灵无体可附了。这等失落，都是因为那几本写故乡的小说让我过于沉溺其中造成的，可我不后悔，反之，我感谢它们，即使真的是被一件"皇帝新衣"所眩惑，因为它们给了我寻梦的轨迹，让我走到哪里心里头都揣着一个玲珑的念想。

盖碗茶

童年的张力

去香港报道"回归",逛遍了港岛主要书店书肆,与一套在内地遍寻不得的故乡地方志不期而遇,着实教我自身向故乡回归一回。

在紧张地采访制作电视片的日日夜夜里,每得空闲,便翻看这套书,借着书上的文字,神游那座永远走不出的小城,别有一番欣喜和酸楚在心头。夜半时分,窗外依旧车水马龙,灯红酒绿,我却分明透过千里云月,将那小城街景看个透彻,细细把玩于股掌。一阵街车轰鸣,提醒我这是香港,可我却执拗地将两座城叠印起来看。这弹丸孤岛,似乎同我生长于斯的古城面积一般大小。两城叠印,我家那条古老的胡同应该在香港

儿时我常在保定老城墙上发思古之幽

041

挥霍感伤

的中环某个山腰上了。

可能那个时刻作如此无端畅想的只有我这个痴迷的人。我实在感谢这套书，它给了我这样绝好的契机温习童年的经验，在这个背景上虚构我小说中的人物和故事。

我实在无法摆脱那股强大的童年张力。似乎我命中注定就是要以这座古城的轮廓来限定笔下故事虚构的框架，即便故事中的人物走到了天涯海角，他/她们仍不能摆脱故乡的影响：意识层面上与主流社会和国际社会的认同，都无法抹去心象图上故乡的叠影；无论怎样流畅地使用主流社会的语言和外语，他们在最具感情色彩的语言表达上，最先冲上舌尖的仍是他们的"母语"——只不过这种冲动仅仅在千分之一秒内便被训练有素地扼杀了。但他们的潜意识却永远不会背叛自己，永远在用儿时的语言和意象进行思维，甚至嗅觉，亦然。这一切似乎以强烈的通感形式氤氲起一团浓郁的气场，萦纡缭绕，挥之不去。

人借以思维的意象和语言是那样依赖于童年的经验，这是只有在写起小说后才意识到的事，而且是在狠狠地甩掉了故

老四合院

乡的阴影和故乡的方言并将自己无情地同化于"主流"和"国际"之后。

这是因为小说是生命的叙述。当一个人精神与肉体的成型期在一个特定地域完成后再浪迹他乡，他乡的生活便不可救药地成为故乡生命的必然延续，故乡的底色永远顽强地凸显着，成为他观照人生的本能坐标。做小说，似乎更甚。而童年张力在某些人的生命中几乎形成了"固结"，那么，他乡的生命历程便成为他反刍童年经验的升华过程。

这些——故乡的视点和对故乡经验的反观，均是强烈的生命活动，注定一个人永远在对自己解释童年的经验，一遍遍重温童年的感触，以此寻到自己生命形态的雏形，把握自己行为的最初动机，在这一主旋律上分析出一切变奏的基调，从而有机地认识自我。

作为"固结"于那个地域之灵上的文学寄生虫，他怎能逃出对故乡之意象和语言的乞灵？

这样的人是可怜的，但亦是无比充实的。他活在旧时的丰富记忆中，又以外部文化作为味精来咀嚼，反刍记忆的食粮，品味有限生命的无穷滋味。

于是，那座曾经凋败无颜、蒿草满面的几百年城隍庙成为我心中可与故宫媲美的最温暖记忆。当它被当成"四旧"彻底夷为平地，把我们一代代人用手抚得油亮的小石狮子无情地一夜之间肢解砸烂后，儿时失去玩物的痛楚终于在30年后的香港刺痛了良知的神经。那种怀念绝不是简单的怀旧二字能解释的世俗关切，它成为某种文化失落的压痛点。那地方志仍然无情地描述着城隍庙的一砖一瓦，唤醒着我在庙里避雨时周身的寒

挥霍感伤

气,让我分明又透过雨帘看老房子流水的屋檐和胡同中打着油纸伞奔生活的人们的剪影。

作为这个城市标志的一个文化景点在人们欢快的野蛮中魂飞魄散了。接下来,

直隶总督署

那全国独一无二的总督府大旗杆也轰然倒地;那仅存的一段破败城墙在苟延残喘;那些苍凉美丽的古街巷在摧枯拉朽地让位于千篇一律的红砖楼房,那是时代进步的标志。一个有着"固结"的人甚至对北京城墙的解体毫无感怀,却从故乡小庙小墙的毁灭中体验着文化的衰败与世事的沧桑,因为那才是他血肉的关切所在,因为那石狮子上有他的体温,寄托过他许多美丽的幻想。

当你没有力量、也没有宏大的胸襟去拥抱世界,就去拥抱童年,反刍那种在别人看来是浅斟低唱的小小世界的失落吧,或许当你真正有机地体会了自己"固结"于斯的世界以后,你也就对这个现象的大千红尘有了真正的觉悟。谁知道呢?此时此刻,我耳畔再次回荡起John Donne的诗句:谁也不是自立的孤岛/人人都是整体的一份/任何人的死都教我失落/因为我是人类之一/那就别问丧钟为谁而鸣/钟正为你鸣。

盖碗茶

游走与"仰止"的缘分

　　李辉主编这辑《人踪书影》丛书时告诉我把拙作定位在游走异域、拜谒外国名人故居上。对此我欣然接受,因为这些年很是去了几个外国,只要知道附近有名人故居或纪念地都不放过,而拜谒劳伦斯在英国及欧洲和澳洲的故居则属于我的"专业游走"行为。因此写这样的书应该是水到渠成的事。但整理文字和照片神游故地,重温过去游走异域的心情,反刍这种游走对我感情上的冲击和知识上的提升,还是感慨不尽。作为60年代出身草根的平民知识分子,少年时代绝没想到日后会有这种"周游世界"的机会。

　　六、七十年代被父母寄养在古城保定一个淳朴善良的劳动者家里,是和那些文盲家庭的孩子们一起疯跑、打闹着长大的。但我那善解人意的"祖母"却断言我长大后会走得很远,理由居然是:我吃饭时手握到了筷子的最顶端。可能与奶奶的预言有关系,我和伙伴们摸爬滚打回家后,竟会安心地看中国地图和世界地图,把那些国家和城市名牢记在心。夏夜纳凉或冬季围炉聊天时,同院的那些拉排子车、卖菜、摇煤球、扛

挥霍感伤

大个的兄长们经常在聊够了家长里短后,让坐在墙角里听着傻乐的"小宾子"(我的小名)出来跟大家说说世界上哪个国家"怎么着了",因为我是那个院子里文化最高的初中生。那个年代没有电视,电影也少,人们的娱乐途径只有听半导体和看八个样板戏,我是个"人来疯",竟能学着说书人的口吻给大家讲点国际知识,居然能为大家带来茶余饭后一乐,起到了今天电视的作用,我的"节目"还算得上知识和趣味相结合的那一类。为了能经常在大人们面前显摆自己受表扬,我要加倍努力看地图、看报纸。是那些普通劳动者对外界的渴望,鼓励着我放眼世界的。

编辑这本书时那些游走异域的新奇或在名家故居前高山仰止的感觉反倒变淡了,我的第一感觉居然是还想当一回那个当年的"小宾子",在昏暗的灯光下操着浓重的乡音给那些淳朴的邻居们讲讲外面的故事。70年代,我们那么穷,穿着打补丁的衣服,吃着棒子面窝窝头,可那些跟外国似乎最没关系的底层劳动者却仍然想了解外国,而我那些质朴的表演给大家也给我自己多大的欢乐呀!人事倥偬,30年就这么

我的小学门口老槐树

盖碗茶

我家所在的街道双彩街

弹指而逝，小宾子长大了，被对外界的渴望之心驱使着永远告别了古城保定，那个青砖墁地的大杂院也早随着旧城改造工程和古城墙、城隍庙、尼姑庵、各省的会馆一起拆了，那座华北平原上面积仅次于老北京城的800年古城被拆得几乎片瓦不剩。那些老邻居们，那些听我"讲事儿"的叔叔、大爷、哥哥们有的已经作古，在世的也都离散了，消失在那座"崭新"的红砖与水泥楼房组成的新城市里，在那里我找不到任何与过去血脉相连的参照物。但我今天能写出这些关于外国的文字，似乎是在延续着儿时的游戏，我游走在世界上任何一个地方时，心中都会想起我的古城四合院和那里的人们，他们是我"放眼世界"最初的动力——幼小的我经常站在老城墙上发愣，望着尚未污染的护城河水，渴望着城外遥远的天地。长大后我不可救药地脱离了那个城市和那个阶层，写的东西那些老街坊们或

挥霍感伤

许读不懂了,因为那不是用"小宾子"当年说书的语言为他们写的,但对他们我永远心存感激,如果不是爱的话。他们是我的底色,是我心中一个永远的情结,影响着我的价值取向,不管我走多远。

我还应该感谢很多外国人,包括我小说的德文译者、德国代理人和出版商及法兰克福书展国际部,德国、捷克和澳洲一些大学的朋友,他们为我创造了不少去国外游走的机会。

不信命,不信神的我,有时也会猜想,是否有"命运"和"缘分"这些东西在一个人的生命中起着作用,不知道为什么我跟"异域"有不解之缘。或许这种"缘"从根本上说还是起源于童年在古城老院子里的那些表演,过多的向往和努力为我蹚出了游走异域的路来,而我错以为这叫缘?总之,理性上我能明白的就是童年的经历对我的推动。因此从根本上我要感谢那些土城墙根儿下的老邻居们,感谢与他们一起度过的贫穷但有滋味的童年日子。(《名家故居仰止》,湖北人民出版社2005年1月版)

盖碗茶

牛车水，童年想象中的南洋

从小就知道国家也叫江山，就是有高山大川的地方。小时候看地图看到那么多小岛居然也叫什么共和国，只觉得可笑，那小岛与其说是国不如说是家。后来才知道世界上还有一个地图上都看不清的小城市竟然也是一个国家，而且这个国家里大多数是黑眼睛黄皮肤的我们同一个祖先的后裔，那个地方就是小时候看到的祖传的饼干盒子和旧画报散页上标名叫"南洋"的地方。南洋，在我幼小的心灵里曾是个神话。那个地方就像老歌《告别南洋》里唱的，"海波绿海云长"，到处是椰子林和棕榈树，是芭蕉林，遍地的中西合璧风格的小楼，它离我们很遥远，但又因为那里到处是跟我们一样的中国人而显得离我们那么近。因此它和西洋和东洋这两个地方在我们心中的概念全然不同，亲近但又遥不可及。经常听说的就是谁家的亲戚当年很有本事，下过南洋，带回来很多洋货，但那洋包装上印的都是穿旗袍的中国女人，文字是繁体字和外文。因此一度我曾经把台湾和香港都当成了南洋呢。南洋人在我们生活中的一次大规模出现是印尼排华的60年代，一下子回来了那么多的华

挥霍感伤

侨，他们在我们的中学里当起了教师，英文都很好，说一口很南方的普通话，但话语方式又像是外国人说中国话，总和我们隔着一层。在那个清教年代里，他们衣着很花哨洋气，给我们的生活增添了一点点亮丽。

后来这些年大家关注的是西洋和东洋，一转眼，那个南洋成了亚洲"四小龙"。电视里的航拍镜头中，那个大海中的弹丸之地，插满了摩天大楼，一根根如寒光耀目的剑戟，恰似一艘樯帆如林的航船。虽然是一个国家，其实只是一个城市。这个城市的水泥森林与香港很有一比。我心目中神秘的南洋，古色古香的南洋怎么变成了这个样子？发达、成功、现代化就意味着变成这个样子吗，第二个香港？我隐隐觉得，如果经济学上有泡沫一说，我感到新加坡这个靠转手贸易、服务行业、度假休闲而繁荣的大都市，似乎像茫茫南太平洋上一个色彩斑斓的巨大泡沫城市，是海市蜃楼，所有的美丽都可能是过眼烟云，所谓"浮华"。我这种来自幅员辽阔、有山有水有贫穷有富贵的大国寡民如果生活在这里会感到脚底无根、手足无措。因此无论如何也想不到来新加坡这个小而招摇的地方。新加坡，除了这种流光溢彩、熙熙攘攘的国际大都市的繁华嘈杂，还有什么？我宁可去丽江，去任何贵州大山里的小石头古寨发思古之幽情。

可据说作为旅游城市，新加坡每年吸引着成百万的游客前来观光，其中不少是我们大陆的"新马泰"几日游"产品"带来的。我们这个13亿人口的大国，想看"现代化"洋景致的人海了去了，足以支撑任何一个国家的旅游业。

还有不少欧美游客，他们把新加坡当作度假胜地，尤其喜

盖碗茶

欢冬天来这个热带城市度过一个温暖的圣诞节。这里既有大都市的浮华奢靡，又有英国殖民地的遗风，更有热带风情。特别对英国人来说，来到他们的前殖民地，一定会有外人难以体察的一种自豪与荣耀：这里到处都是19世纪开始兴建的英式建筑，这些维多利亚鼎盛时期的建筑无不透着帝国的庄严、豪华、典雅，与英国本土的建筑完全可以媲美，而在婆娑的棕榈树映衬下，这些帝国大厦豪宅甚至平添了在英国本土环境中所没有的别样风采，似乎更骄奢淫逸、更富丽堂皇、更霸气逼人。

新加坡还充斥着澳洲人。他们面临着被欧美边缘化的趋势，审时度势地选择融入亚洲，身为英国人的亲戚，他们发现新加坡这个过去的英国殖民地是离澳洲最近的亚洲现代化国家，从语言环境到人情世故最适合作他们进入亚洲的大门。这里的英国殖民地痕迹让他们感到宾至如归，因此这个大海对面的小国家成了他们度假消闲的最佳选择，经济实惠，既领略大英帝国的旧日辉煌，又能饱览东方情调。

可这些不是我要看的。要看这些，我可以直接去英国，去欧洲，阮囊羞涩的话就去上海，看黄浦江畔的万国建筑群，也可以去广州、天津和汉口看那些洋租界里原汁原味的老洋房。

华人住宅区建筑

051

挥霍感伤

论城市现代化,新加坡除了出奇的清洁,我们的一些大都市比它并不逊色。看这些的是那些去新加坡"取城市规划和卫生之经"的官员们,让他们看看新加坡人的"素质",学学怎么不随地吐痰扔垃圾,学学新加坡的环卫工人连一片落叶都要赶紧扫干净的"专业精神"。看这些,还可以去香港,去澳门,去首尔,因为很多亚洲的城市在这方面都令北京上海自惭形秽,我们的大都市除了大,除了商潮滚滚,城市空气和卫生条件简直令人发指。当然人家那里有严格的罚款制度,如扔烟头要罚几千港币/新加坡元,而我们这里不能这么罚款,如果如此严格罚款则会罚掉一个人一个月的低保生活费。所以我们各个城市的官员蜂拥来到新加坡取经,在"游人如织"中扮演着看客,繁荣着新加坡的旅游业,结果是我们的城市照样脏乱差,因为脏乱差,还会有衮衮诸公不断去新加坡"考察环境"。

新加坡,在我眼里心里确实毫无"旅游目的地"的期待值,似乎只适合路过时扫上一眼。前些年去澳洲时在新加坡有几个小时转机时间,不愿在机场里虚度,就打了一辆出租车进

满城的缅甸花梨木如此壮观

盖碗茶

城里去消磨。新加坡的政策是转机的旅客不须过境签证，就可以自由地进入这个国消磨时光，自然也在此消费金钱。

那次我对司机说去你们的市中心，司机就把我带到了最繁华的一条商业街上，高楼林立，灯红酒绿，满街的人摩肩接踵，广东话、普通话，英语不绝于耳，我漫无边际地游荡了几个小时，全无身在异国的感觉，除了干净、干净，还是干净，其他方面和上海、广州和深圳的闹市区别无二致。它甚至让我全无感觉，连拍照片的欲望都没有，只觉得天色由明变暗，我该打车回机场转飞机去澳洲了。说起来我那次也算莫名其妙地顺便出了一次国，在一个外国逛了几个小时，怎么就像在国内逛了几条大街呢？在国内我也不会出差时在一个陌生的城市逛街。因此那次新加坡之行让我感到似有似无，倒像是梦游。从那以后，听说谁要去新加坡旅游，我就对他充满同情。

这次去新加坡为电视节评奖，午夜时分抵达，从机场到饭店，一路上灯火璀璨，光影迷离，只觉得这个城市的夜景眩惑于目。一早连饭店的门都不出就地工作，一连工作了三天直到结束，已经是黄昏时分。各国评委互道再见，有的立即去机场回国。我因为当天没有回北京的班机得以滞留，因此又像上次一样有了几个小时需要光阴虚度。不过这次我似乎感觉与前次不同，因为我看了饭店房间里几册新加坡旅游景点的介绍，里面有关中国城的照片吸引住了我。原来新加坡这个世界上最大的"中国城"里居然还有一个小中国城，照片上看居然一派古风犹存，似乎有几条老街巷，完全保留了中国东南沿海一带的民居，古色古香，看似是原生态的保存。看来这是这个城市里最值得我看的景色了。好心的新加坡电视同行还热情地带我参

挥霍感伤

观那几座英国总督府和议会大楼，甚至说动了工作人员为我们开了门，让我在李光耀的座位上留影。但我心里最渴望的是奔向中国城。当我们终于到达了中国城时，夜幕已经降临，我已经拍不到自然天光里的景色了。

但我还是在走进中国街道的那一刻浑身过电般地震颤了一下，我知道那种感觉应该叫感动，这种感动里还有一种感恩的情愫，一种怀旧的乡恋。我似乎是找到了很久以前属于我的家，似乎我就从那里走出，迷失在大千世界，昏睡了几个世纪后又转回了家，亲人都失散，只有家园如故。每次我走进一个古镇，都有这样的感动，因为我生长于斯的古城保定已是名存实亡，我是从70年代开始眼看着它一次次惨遭现代化的毁灭直至容颜尽毁，从而我会把任何一个古镇当成家乡膜拜。但这一次感觉更加强烈，这次是在遥远的南洋，是在高耸入云的林立大厦包围下，我找到了一片散发着祖先体温的低矮房屋。这里是真正的住宅区，仍然生活着活生生的居民。它有一个苦涩的名字叫"牛车水"，因为当年没有自来水设施，人们的日常用水都要用牛车从河里拉来。面对此情此景，我感到的一个苍凉字眼是：物是人非，逝者如斯！

牛车水这个地方只是巨大的华人区里保存下来的几条街道，其他街区都在城市现代化的进程中拆除了。1960年代之前的华人区几乎沦为新加坡的贫民区，街道脏乱，一家房子（排屋中一个门户）被几家人分住，孩子们拥挤地睡在地板上，房子的窗户里伸出无数的竹竿，挂着衣物恰似万国旗满街飘扬。如此拥挤的空间，空气污浊，污水横流，疾病肆虐，简直成了这个国家身上的一块丑陋的疮疤。但这里的华人移民们就这样

盖碗茶

世世代代苦熬了过来，在此繁衍生息，混得出人头地的，就回祖国大陆家乡盖楼置地，从而创造了一个南洋的神话，似乎那里的海上漂着金银等着大陆的人去捞。我从小看到的很多带有南洋字样的商品广告和包装，就是那个神话的载体。而在南方的乡镇里，很多归国华侨建起的中西合璧风格的楼宇更是那个南洋神话的风光纪念碑。南洋给了我们太多的憧憬和梦想，比去美国淘金要更现实。可大多数没能衣锦还乡的华人就把自己的梦葬在了这个地方，祖祖辈辈坚韧地生存于此，心里还揣着那个风光的还乡大梦，死不瞑目，这是多么悲壮的理想。

老照片上的牛车水，几乎全是两广和福建一带的商住排屋，似乎又融入了一些马来风格，一楼开店，二楼以上住人。这种房子的别称是骑楼：一楼店铺外有很宽的人行道，人行道上是二楼的卧室厅堂。当年的牛车水真叫繁华，但是那种穷人的繁华，满街的劳苦人，满街的杂货铺、小吃店、小庙、青楼、戏园子，华人在这里生活娱乐，这里就是他们的现实世界和梦归故里的基地。而印度人和阿拉伯人则有自己的生活区。只有新加坡河那一带才是英国殖民者的生活区。

这四类人就这么分成了几个区域共同生活在这个小岛上，每个区域都有自己鲜明的特色。当初的英国城市规划者采取了分而治之的办法确实是很实际的做法，在开荒时期民不聊生的环境中防止了种族纷争，多民族和多元文化就这样在新加坡和谐共生，直至日后高度文明条件下的共融。现在的新加坡人似乎对当年的殖民者并无诟病，独立后也没有拆除最早的殖民者莱佛斯的雕像，莱佛斯依旧在他最初登陆的河边和蔼地迎接着游客，他的背后和附近全是古典的英式大厦，其中的富勒顿大

挥霍感伤

厦是世界顶尖级的大酒店。

相对来说，华人的处境并不是最苦最差的，当年满街的苦力似乎多来自印巴和锡兰一带，那些人只围一块兜裆布，几乎是赤身裸体地干着最苦的活儿如运输和筑路。华人虽苦，但还没有沦为最惨的苦力，因此华人社区渐渐开始形成了一定的文化氛围，富有者开始修建起了奢华的住宅，雕梁画栋，金碧辉煌，不断地提高着华人区的品质。

如今作为文物保存下来的一些街区的楼房经过修缮装饰，恢复了当年的典雅风貌，不仅成了漂亮的居住区，更是活的博物馆，供旅游者流连。我就是这类怀旧的游客，它深深地感动着我，吸引着我在此驻足。这种活的保护和开发似乎最富人性，比起那种没有活人居住的保护更为艰难，但这是真正的保护。没有人气的仿古建筑简直还不如没有好。

在那片透迤起伏的山坡一带，我忘情地游走着，透过窗帘能看到里面的居民在影影绰绰地做着家务或走动。二楼以上那种热带地区独有的落地门窗最迷人，乍看以为只是装饰，甚至以为那些雕花木窗门是画上去或钉在墙上的装潢，门窗全落地，漆的五颜六色，家家色彩不同，外面并没有外飘的阳台，但门确实能打开通风，原来是里面修了半人高的栅栏。所有的骑楼都是这种风格，估计是为了安全原因，也许是为了节省建筑材料才不在外面修阳台。

还有一些住家敞开着门，其中一家是中医药店，我差点走进去，真想走进去看看是真还是假。那是我小时候见过的典型的名医药店，店堂和诊室就是家里的客厅，摆着红木八仙桌，太师椅，墙上挂着字画，垂着书法字幅，高大的瓷瓶，瓷瓶

盖碗茶

中插着鸡毛掸子。这阵势，那么一丝不苟，那么地道讲究，一派古典风范，在大陆的城市里都少见。久违了！我甚至开始怀疑那是不是旅游景点，是不是一种真人实景秀！假作真时真亦假。就算是真人秀，做到这份儿上也着实是用心良苦了，人家就在厅堂里用晚餐呢，不会是晚餐秀吧。我之所以怀疑，是因为这一切太像电影里的场景

新家坡河畔的老街景

了，太真实，太典雅，太温暖了！更是因为如此原汁原味的生活离我们太久远了，只是在60年代童年时见到过。以后的"破四旧"毁了那种生活方式，最近的城市改造，又把那些传统的老宅子夷为平地，腾出地方建了高楼卖了大钱。一座座承载着古老文明信息的古城迅速摧枯拉朽地葬身推土机下，稍有良知的开发商和城市规划官员还会偶尔留下一座孤零零的老房子作文物供人们"凭吊"过去。传统，我们从此越来越远离它，远离活的传统。却原来在现在这高度现代化的时代，我们还可以保持一种如此古典雅致的生活氛围和情调，继续祖先一脉相传的生活方式，虽然这样是要付出巨大的代价，尤其是在新加坡这种寸土寸金的地方。但如果可能，我真的愿意过这样的生活，尽管那是多么奢侈。人就应该以自己的方式诗意地栖居，如梦如幻地栖居。而眼前这种方式就是我理想中的诗意方式。我们周围很多这样的环境都被毫不留情地拆除、灰飞烟灭了，

挥霍感伤

所谓的保护也不是整体保护，还有拆了旧的用水泥建起仿古的屋宇，据说那样拆和建，两个分解动作能给规划者和开发者带来巨大的利润，而如果只是保护性修缮则无利可图。所以我们要到新加坡这个南洋之地来寻梦了。

因为这次我只有几个小时而且是在晚上在牛车水消磨，我没有看够，也没看太清，所以我还惦记着它，想什么时候再来新加坡，在光天化日之下，好好看牛车水这片在寒光四射的玻璃大厦包围压迫下的古屋古街，这里有我寻梦寄情的景物，我来新加坡，就是来看这个。如果没这个，我断乎是不要专门来这个南洋的。

带着这个念想我在清晨离开了新加坡。因为有了这份感情我开始喜欢新加坡，一路上那种像大伞一样的油绿油绿的树似乎让这个拥挤的城市变得很大气磅礴。我问了很多人，都不知道那是什么树，只说新加坡人都称之为雨伞树。只有一个华人准确地告诉了我它的名字，叫angsana，就是缅甸花梨木，是紫檀木的一种。在菲律宾它的名字叫纳拉树，是菲律宾的国树。这种枝干挺秀、树冠如云的碧绿大树成了机场大道两侧的风景林，煞是美丽壮观，能给任何到达和离去的游客留下深刻的印象。于是我眼中的新加坡风景就成了中国城、摩天楼和缅甸花梨木的奇妙组合。

告别了，南洋。再见，南洋。

盖碗茶

Man and Boy

　　这个英文词组极其普通，意思是"从小到大一直……"但我更喜欢望着这两个单词畅想：人到中年的man（男人）我与童稚无瑕的boy（男孩）我之间有何不同？因了无数"七岁看大、八岁看老"的不变因素，我的boyhood(男孩时期)与我的manhood（成人期）似乎永远一脉相承。童年难忘，并非是记忆好，而是因为童年经验深深浸透了骨血，塑成了成年的性格。那个boy似乎一直在我内里。

　　这几年，发小儿们的生活都稳定了，或者说前途已经清晰可辨/不可改变，生命进入了一个套路，不再会脱轨，只需依着惯性走下去即可，便都开始莫名地怀旧了，多年不联系的同学竟然经常会打电话约着聚会。因为早就离开了故乡，家中也没有人留在那里，就没再回去过。于是同学的各种聚会中都少我一个。

　　如果是为了聚会，我只需开车一百多公里就回去了。但总是没有动力，不，有一个动力，那是逃避聚会的动力。

　　这是因为童年的心结太重的缘故。童年的阴影一直笼罩在

挥霍感伤

我的小学毕业班照片

心头,让我无法面对过去,特别不敢面对那些老了三十多年的面孔。因为看见他们我会仔细辨认当年他们稚嫩的青春颜面,耳畔响起他们当年的声音,那种过去与现实的交错会让我在谈话中精神错乱。所以,不如不见,俗话说相见不如怀念。当然,我写小说,因此我有自己更为"专业"的怀念方式,那就是在小说里重新活过或通过写作忘却过去的阴影。

1966年"文化大革命"爆发,学校"停课闹革命",一连三年没有招生。一直到1969年我九岁那年"复课闹革命"我才得以入学上一年级,成了名副其实的大龄学生。为挽回失去的时间,学校需要挑出一个班不断跳级,在三年内完成小学学业。我有幸入选。等待我的是这个优等生班里异常激烈的竞争,大家几乎不分伯仲。可班里"干部"的坐次是按照学习成绩排列的,要保住最高坐次,分数上就要出类拔萃。可能就是

盖碗茶

从那时起，毫无戒备之心亦不骁勇好斗的我，变得好胜心强、不甘雌伏。我本不好数学，且毫无灵气，可为了稳保那个最高坐次，竟能使出浑身解数钻研，保持永远不败纪录。

也是在那个时候，我开始领教了嫉妒与背叛的厉害。童年伙伴之间的友情几乎总是笼罩在这二者的阴影中。尖子生之间毫无友谊可谈，有的尽是猜忌、诋毁和拆台，好不了几天便出现搬弄是非的"叛徒"，便不欢而散。为此，我曾向老师提出"辞职"，遭到严厉批评。善良的老师可能根本不知道个中原委，那个时候的我也懵懵懂懂百喙莫辩，可能我是想以"官位"换取友谊，因为那种众矢之的的滋味对于一个十来岁的孩子实在难以言表，更难以承受。

这种心态和状况一直持续到中学毕业考大学。中学时期，我更是偏爱文学而轻数理，终日忙于刻蜡版出油印刊物、办广播站、画黑板报，过的是一种很文学的生活。是文学这东西让我与现实若即若离，总感到"生活在别处"，对现实可以忽视。可一旦发现在数学上稍有落后，又会急起直追。珠玉在侧，自觉形秽，必须取长补短。动机只有一个：保全能冠军，保第一把交椅。我智商平平，却跛鳖千里，使智商甚高的同学相形见绌。但牺牲的是友谊。甚至有无话不谈、情投意合多年的发小儿，一直在对我暗中使绊儿我却毫无察觉。无法想象平常一起打球、游泳、读书、畅谈，比亲兄弟还亲密的人会有这等小动作。至今我都奇怪，那些年，若不是我们情同手足，相互促进，那个1970年代的童年时代该是多么黯淡愚昧。可这样亲密无间的友谊竟能莫名其妙地终止。我当然对友谊的破裂负有责任：我因大愚若智而"官"运自至，不免洋洋自得喜形

挥霍感伤

于色,在学校里"忙于社会活动",热心自己的文学阅读和写作,只把伙伴当成了玩伴,人家自然会有道不同,不相为谋的想法。以至于我失去了友谊还莫名其妙。

当年的小城秀才们上大学和研究生后,分散到了全国各地。这些大杂院的孩子筚路蓝缕数年终于各得其所,均学有所成,从一个土气十足的北方小城市冲了出来,进了大城市,出了国,进了高校和科研院所,至少算是获得了进入现代社会的通行证。我们的"出息"或多或少应归功于那种煮豆燃萁式的"较劲"心态。我是一个实力不足但暴虎冯河的领跑者,在竞争中拼出了潜能;他们也一定因了我异化了的领跑而超常发挥。否则我们可能都难以杀出那个窒息的小城。可我们没有留下友谊,更何谈拔茅连茹,因为童年时代留下的异化经历过于不堪回首。但偶尔见到故乡发小,肯定会打听相互的近况。

我在想,若不是因为那几年人生的演练,我或许一直是个与世无争、人云亦云的应声虫角色,像《鲁滨逊漂流记》里的星期五。也许,若不是"官迷心窍"、死保"冠军",不是因为对文学的过分沉溺而忽视了现实间的人际关系,我会获得更多天然的、充满童趣的友情,在人到中年时能够暖色调地回忆童年,甚至能返老还童,享受儿时伙伴团聚的博爱之情。

这一切,永远不会改变了。

现在,我毫无总角之交可言,只有少少遗憾。这是性情使然,后悔不得,尽管我羡慕许多别人:他们和儿时最杰出的伙伴保持着友谊并仍能比翼齐飞,man and boy,那是多么美好的境界!

谁能说"We've been friends, man and boy(我们是

总角之交）"？请接受我衷心的祝福。

  但对于聚会，我还是一直逃避着。这不仅是因为童年的阴影，还因为，文学——作为一个译匠和写匠（堂而皇之的称号叫翻译家和作家），我在现实世界中扮演的是一个旁观者的角色，是一个边缘人，既没有一官半职可以为别人做什么，也没有足够的财力去资助谁，而现实中的同乡会、同学会，往往是一个感情和友谊基础上互利互惠的交流平台，而我恰恰缺少任何"互利"的价值和潜质。于是我的选择自然是退避三舍。文学，其实也挺害人，它让我选择了孤独（抑或是孤独的我选择了这个孤独的职业），这是我年少时代爱上文学时绝对没有想到的。

  Man and boy，我也只能这样走下去了。

挥霍感伤

名字从小给我带来的痛苦

说起给孩子起名字，家长往往是把自己很多沉重的理想寄托其上，或把很多美好的愿望寄寓其中，结果是挖空心思，弄出很多奇怪的名字，甚至很多生僻的字。其实名字这东西还真的不能信息量"超载"，否则对孩子传达的信息过于偏门或过于扭曲都不好。在这方面俺是有沉痛教训的。当初爹娘是小知识分子，自觉水平不高，就请了什么北大毕业的大知识分子起名，结果这个名字估计是全中国"蝎子拉屎"——独一份儿，至今没见到重音重字的，上网一敲毕冰宾三个字组合，那肯定只有我一人。似乎这名字也很有文化，文雅得无以复加。但他们并不知道，这个超凡脱俗的名字给了一个小孩子多么无奈的尴尬。父母工作忙，就把我放在劳动人民居住区里，跟爷爷奶奶生活，于是我就在大杂院小胡同里，和那些卖菜的，拉车的，修路的人家的孩子一起玩耍，打成一片。60-70年代里，那些家庭的孩子名字都特别简单，叫什么国庆，建华，建国，卫东，我这个名字简直是羊群里出骆驼，仅仅因为这个名字就让人觉得格格不入，大家会经常拿名字开涮。害得我几次去派

盖碗茶

出所要求改名字，也要改成卫东什么的。那是个不能突出个性的时代，那种生活环境中人更不能"各色"，否则就是"装蒜"。因此说这个名字一直让我很痛苦。

但这个名字也确实让我感到了什么独特的信息承载和暗示，容易让我向着不同于那个环境的方向做离心运动。所以我从小就觉得我应该做一些与这个名字相称的事情，就是文学，艺术，至少是当个"文化人儿"。于是尽管我很留恋那个老街道大杂院，我还是坚决要搬到父母所在的中学教师宿舍区，过另一种生活，那个时候我最大的愿望就是能当一个中学教师，中学教师就是我眼中最高的知识分子，郊外的大学似乎离我有十万八千里，一道护城河把我和大学隔开，永远不可能越过那道鸿沟。但后来考进了大学又觉得大学并不神秘，还可以再上研究生，继续向前奔。这些似乎都与我有一个与众不同的名字有关。结果是路越走越窄，竟然成了一条文学小径，远离了社会，走得自己走火入魔，成了一种宿命。

我应该感谢命运对我的眷顾，好歹让我没有过于沉溺其中，还能让我在文学上有点成就。我知道还有很多背负着各种超凡脱俗的名字的孩子，最终因为接收了名字的各色信息的导引而变得执著于一些远离世俗的追求，永远无法脚踏实地，但一直因为各种原因而不能如愿，人变得落落寡欢，甚至抑郁不得志。他们一定会在人到中年后痛恨自己的那些虚无缥缈的名字。

所以我奉劝家长给孩子起名字，真的不可过于追求高雅，让孩子一懂事就处在一个高处不胜寒的位置上无所适从。好名字也很害人呢！反倒是有个普通的名字，但日后有所建树，人们会说："真想不到，二蛋这孩子这么出息！"

挥霍感伤

《北风那个吹》吹回我的粉墨生涯

看电视剧《北风那个吹》，觉得如果当正剧看，基本上这剧是个失败，中国的知青下乡悲剧生活，还是当年的《年轮》那一类的真实可信些。现在这个就看着玩吧，挺娱乐化。但里面那个"牛鲜花"的喜剧表演还是挺招人耐看，看的是她的表演功力。

剧中出现的知青们演芭蕾舞《白毛女》，还是勾起我一些对1970年代初童年生活的回忆。那个时候我在保定市向阳小学念书，小学的音乐老师阎老师是个全市闻名的文艺大才子，居然自己看了无数遍《白毛女》电影，把全部的舞蹈片段都记住了（那时根本没有录像机），然后一个人编舞，居然能复制舞剧《白毛女》。他要把这个剧搬上舞台，就在学校里挑些学生组织了舞蹈队。他居然成功了。舞蹈队加合唱队，一个小学校的师生完成了舞剧《白毛女》折子戏，一次能演一个多小时。

还没说我呢，不知怎么，我被他选去演喜儿爹杨白劳（估计这个名字的意思是指旧社会劳动人民白劳动，一无所有

盖碗茶

吧）。我是个胖墩墩的少年老成相，演老头倒是合适，就是胖点，杨白劳应该是饿得皮包骨才对，可皮包骨的都像耗子，于是就让我上了。反正杨白劳没什么动作，跟着喜儿转，最后手里的一袋粮食被地主狗腿子抢走，大家愤怒地群舞，高唱："看人间／穷苦的人受剥削遭迫害……诉不尽的仇恨啊，汇成波浪滔天的江和海／压不住的怒火啊，定要烧毁这黑暗的旧世界！"就算完事。为演这个剧，我穿了爷爷的老头装，头发上打满白扑粉算是一头白发，脸画上一道道皱纹，就粉墨登场了。全学校的人都叫我"杨白劳"。每次演出前，我化好妆到处流窜，走到哪里哪里就爆笑。我们这些粉墨人物是排着队走路去各个剧场演出的，今天去"大舞台"，明天去"河北剧场"，还去过"红星剧场"。一路走去，引起路人围观欢呼，感觉就像现在的大明星走红地毯，可我们是穿城而过，走好几公里呢，那叫过明星瘾。到现在，我还能用心眼看见老保定城里闹市区，一条条明清风格的街道里，我们的队伍浩浩荡荡向前向前向前，阎老师高大的个子，像个将军率领我们前进。估计他的成就感最大，他最牛。全保定，就他一人玩了这么一个大戏，带着我们满世界耀武扬威。

舞剧里的喜儿好像换了至少三个，据说有的是因为不听老师的话乱来被换的，现在应该叫跟导演叫板。但她爹一直是我一个人老老实实地演，咱不是角儿，不敢跟导演叫板呢。跳喜儿的都是高年级大姐，反倒她爹是三年级小孩子，真是不可思议。最终，一个喜儿被保定文工团挑走去跳舞了。那女孩长得并不出众，但就是舞蹈感觉极佳，柔软度十分好，跳那个"喜儿在深山"一场，简直像专业演员。女生独唱，我们男生关

挥霍感伤

键时刻伴唱"狼嚎虎叫何所惧,盼啊盼啊盼东方,出红日",她跳得十分投入,每次都轰动。就凭那个片段她被选走了。但是别忘了,每个动作都是阎老师亲自示范的,他一米八的大个子,跳起喜儿的动作来居然十分标准柔软,真是难得的人才。后来那女孩回来看老师,穿着军大衣,当时的文艺战士都这个打扮,十分神气,让大家羡慕,人家从此就吃上公家的饭了,参加工作拿工资啦。那个年代中学毕业就下乡,所以能早早有了工作,的确让人艳羡不已。

对我来说,粉墨登场的生涯还真有好处。反正那个年代学校里也不正经学东西,能参加排演,确实好玩,而且锻炼了我的胆量,从此,登什么台咱都不犯怵,该唱该说该跳,台下黑压压多少人,就当没人一样。你想,保定东大街的"大舞台"剧场,那是当年多少大名角们"走穴"演出过的地方,据说1923年梅兰芳就在这里演过京剧。咱上去也照样演哈,那叫"见过世面"。小小年纪时的这段粉墨生涯,当初是被老师踢上台的,就当好玩,没想到从此就天不怕,地不怕了,北京话管这叫横不吝。

盖碗茶

也是亲情

看到有关亲情的文字，常有无法面对之感。儿时孤寂的体验令我在亲情文字面前落荒而逃。

亲情，是一种于我的奢侈。最终因为太珍惜这种对亲情的渴望而对亲情生出阴暗的妒忌。恰如一个穷孩子面对别人家的奢华——甚至是一支自己买不起的玩具冲锋枪会啐一口道：我压根儿不稀罕，我那木头削的枪比你的好玩儿。

我的情况正好相反。我有嘎嘎响的冲锋枪，有打"子弹"的手枪，有那么多四面八方的亲戚送的时髦玩具(这在1960年代简直是阔少的日子)。可我会把它们拆个七零八落，丝毫不爱惜。大杂院中买不起玩具的孩子眼睁睁地看着我玩这种"高档"的毁灭游戏。我的兴奋不在于毁灭，而在于看他们看我毁灭时那眼巴巴的样子，我高兴。

可除了这，我一无所有。我那些送玩具的亲戚(包括父母)，来去匆匆一阵子，把玩具和我摆在一起尽情喜爱一番后便又离我而去。最终轮到我去扒着窗户看别人家的孩子围着父亲等他削一支枪或用铁丝窝一支结结实实的枪，然后神奇地装

挥霍感伤

上皮带和火药纸"叭叭"地开火。我穿着七姑八姨送的灯芯绒裤子,却一眼不眨地看着别人的母亲为她的儿女在昏暗灯光下补裤子,那一针一线我看得心里发酸。

这些都变成了我永久的憧憬与向往。

冷漠地感知这世界,不曾有过一点非分的奢求。我开始了漫长的流浪,在那个"停课闹革命"的年月,无所事事,孤寂地漂泊在那个北方古城的大街小巷,大人们称之为"野跑"。

终于"复课闹革命"了,在九岁上入了学上一年级了。这种无可奈何的随大流上学,却为我意想不到地找到了心灵与感情的寄放。我不敢说我找到了亲情,但我开始像精神病人爱上自己的心理医生那样把感情的宣泄对象别无选择地倾注在一个个老师身上.

我得到了我渴求的东西,我相信那应该叫亲情了。对我来

我的俄语老师(前排中)

盖碗茶

说，没有比那更教我温暖的了。而我并没做什么，只是老老实实认认真真地学好每一门课而已。

最让我感到温馨的莫过于置身于教员办公室中帮老师改作业了，数学、语文、外语，我都改过。黄昏时分的教员办公室里，小灯泡亮着黯淡的光芒，屋中间炉火通红，炉子上的大铁壶里嘎拉嘎啦烧着开水，烟雾轻缭，水气弥漫，置身其间的记忆至今都笼罩着一抹金灿灿的暗红光雾，似乎那不是真的，而是天国里才应该有的景象。

智识的交流自然教人升华，但似乎更吸引我的还是同老师在一起交谈时他们那人的气息的流溢在陶醉着我，每一个眼神，每一个动作，喜怒哀乐在他们来说是不经意的流露，而对我来说这种人的气息是那么宝贵。我是谁，我算什么，一个毛孩子罢了，却值得他们那么认真地待我。就在那段时间里，我确立了将来当中学老师的理想，就想将来坐在那样的屋子里和他们一起改作业，像他们一样和学生谈话。

上高中以后，我开始放纵自己，心里爱着我的老师们，但又开始反抗，有时会同他们吵得面红耳赤。可他们并不因此讨厌我。这样的人际关系，似乎是一种亲情的关系了。

中学里我的最后一任班主任最让我感到像一位父亲。这人脾气暴躁，可心却很善。他半生不顺，一生蹉跎。一个风流倜傥的外语学院高才生刚当了两年中央部委的翻译就因性情狷介、心直口快被冤枉，打成了右派发配小城教俄语。他是个汉子，始终仪表整洁，在那个衣服灰黄蓝的时代，他梳着光亮的背头，身着呢外套，裤线笔直，皮鞋光亮可鉴，一副可杀不可辱的派头。在全社会大批"师道尊严"的时候，他坚决不检讨

挥霍感伤

自己，对上课捣乱的学生照样一脚踢出门去。他高兴起来又像个孩子那样天真地大笑，有时想维护一下师道尊严强忍不笑，我们便没皮没脸地逗他"笑了，笑了，笑一个"。他便扑哧笑出来。我那时正是个"犯浑"的半大小子，脾气乖戾，不服管教，他一气之下就撤了我的"班干部"。我便不理他，可一到上俄语课，我们又成了朋友，他阴沉着脸提问题，我阴沉着脸答那些全班别人都答不对的问题，流利得令他瞠目，他便扭过头去不看我们，这时我们都明白他是在扭着脸偷笑，便纷纷要求"笑一个"。他便嗔着脸转过来说："笑什么!有什么了不起，少骄傲!"话没落音先自笑起来。全班便大笑。下了课他又叫我去帮改作业，我们又热烈地谈天，特别爱说点他在中央当译员时如何风光，苏联电影多么好看，我相信那时我对他佩服得五体投地，那眼神一定是一个乡下孩子看大上海的样子。这样的交流至今都让我留恋，早就在我心中定格成了一幅暖色调的油画。我不知道这叫不叫亲情，但之于我，没有比这种感情的交流更美好而亲切的了，他不是很像个父亲？你可以反抗他，他可以冲你发火，对峙一阵子，又和好如初。一个少小孤寂的孩子，还能期盼什么样更美好的亲情呢？

他一如既往地热爱俄语，悲叹学了俄语却没去过苏联，更没上过苏联的大学，不亚于当年高尔基对上大学的渴望他希望我能什么时候圆他的梦——他没直说，只是说"中苏早晚会好的，你们还有机会去看看"。

可1977年大学恢复高考时没有任何大学的俄语专业在我那个省招生。这着实叫他大为失望。我也不知道该怎么办。他说你可以报别的外语专业，仍然考俄语，只要你俄语考好了，也

盖碗茶

许别的专业也会收你。这种主意只有他能出，因为他是外语学院的毕业生，在行。

可我却一门心思要考中文系，将来当作家，第一志愿坚定地报中文系。他很失落，但仍然劝我第二志愿报外语。托他的福，我考上了，录取我的却是大学英语专业，对这个出乎意料的结果我很平静，不很高兴，因为那意味着我要去从头学一门知识，而别的考生都是学过几年英语的，我只能当尾巴。可我的老师却比谁都高兴，逢人便讲"这孩子有出息"。

我真成了他的一件"三包"产品，上大学后他又到学校去找老朋友，求人家辅导我，帮我这个末等生尽早赶上去。看着他一天天苍老下去，仍在蹬着自行车为一个当年的学生奔走，我心里能不热辣辣的？他不懂英语，只能干着急，那样子又真像一个不识字的农民老父亲在一旁为自己学文化的孩子捏一把汗。

多少年后，我总算有了点出息，开始一本一本地出版译著，一篇篇地发表作品，我用英语做的电视片也通过卫星在海外播出了，昔日的同学能在美国的电视上看到我操着英语介绍中国的事。可他没能看到我"出息"，我还没拿到硕士学位，他就一梦不醒。我甚至是半年后从遥远的福建回北方才知道的。那半年做论文，很少写

我的中学钟楼

073

挥霍感伤

信。他那么刚健的一个汉子，谁会想到他溘然离去呢？刚过耳顺。

这些年也走了不少国家，流连忘返的异域风光自是难以数计，可最刻骨铭心的却是1988年的苏联之行。尽管那个国家不像儿时想象的那么好，甚至让我厌倦，可我对它倾注了前所未有的热情。这多半是因为我在怀念逝去的老师。不能不怀念他。在苏联，我结结巴巴地说着俄语，那是十几岁上在中国的一个小城里偶然学了并爱上的语言，谁知道那点有限的俄语里有那么绵长的情感故事和亲切的记忆？我热切地逛莫斯科，在莫斯科大学拍了一张张照片，我知道我也是在替一个渴望来而永远来不了的50年代的一个中国俄语青年教师在看莫斯科的一切。

他教过那么些学生，"出息"者众多，我不过是他关怀过的学生之一，他是广施爱心的。可对这众多者来说，他却是我们各自的唯一。

从上大学到现在，三十年的光阴，似乎多忙于智识的追求，可这背后的底色，却是一个情字。刚才讲的，无论如何是我亲情的重要部分，说到亲情，我不能逃避它。

盖碗茶

没有冬玫瑰的1977年

1977年10月里突然宣布12月就开始恢复高考，全国为之沸腾，积压了十年的高考热情像火山一样爆发，下乡的知青、工厂的青年工人，还有各个行业里的青年立即开始紧张的复习。那两个月，几乎家家都有一个或几个人在忙着复习参加高考，有的是父子或母子共同备考。最忙碌的是各个中学的高考补习班，教室里灯火通明，一直亮到很晚，各个学校门口出出进进人流如织，学校外灯光昏暗的街道上是成群结队喧闹的年轻人，像过节一样。特别兴奋的当然还有那些"文革"前就带毕业班的老师们，他们有十年没有送过学生进大学了，现在终于迎来了自己业务上的又一个春天，又能以高考录取率为衡量自己业务水准的标志了，那是他们当教师的价值所在，尊严所系。他们和参加补习的学生一样兴奋，都是义务地为大家做辅导，那个年代根本没有加班费或讲课费这一说。在补习的人们眼里，他们就是通向大学的指路明灯，看到他们就像看到救星，感到他们站在讲台上的身姿特别威严、优雅。

每天晚上走在参加补习的人流中，我的感觉很是异样。作

挥霍感伤

为在校生的我，其实对此根本不热心，因为我早就从肉体到精神上准备好下乡当社会主义新农民，改天换地建设新农村的。突然要恢复高考，反倒感到不知所措。人生的道路要变了，我甚至傻傻地希望那不是真的，那样我还可以照样下乡，实现自己为之准备了多年的革命理想。我早学会了针灸，还学了中草药知识，准备下乡去当赤脚医生，给缺医少药的农民看病。那时有个电影讲这种"赤脚医生"，歌词是"一根银针治百病／一颗红心暖千家"。我就是准备去暖千家的。现在看来我那时是个多么淳朴的小城市少年啊。按照当时的政策我是属于被照顾不下乡的，可以在城里当工人，也可以留在中学里当代课教师。但我决心要下乡，因为除了要"暖千家"，我还有一个理想，就是一边当乡村医生，一边写出一部农村长篇小说来。那个时候的梦想是当一个浩然那样的农村作家。因为那个时候小说很少，而浩然的小说写的就是我的家乡河北中部的农村生活，家乡方言让浩然提炼得如此精当，如此活络，让我感到亲切、令我崇拜。我真高兴自己的家乡出了这样的大作家，认为自己有条件学他的样子，甚至可以超过他呢。年轻，真好，敢暴虎，敢冯河。恢复高考打碎了我为之辛苦准备多年的浪漫革命理想，估计上大学毕业后就得变成一个小资产阶级知识分子，在城里无病呻吟了。那个年代我全盘接受了革命理想教育，心里就是这么想的。

难忘的倒是这之前的选拔考试。在校生要参加高考必须先参加选拔考，名额只有3%。为此，各个中学都组织了隆重的选拔考试，气氛十分紧张而热烈。原先评价一个学生优秀与否都是看他是不是当了团干部，是不是有体育和文艺特长，是

盖碗茶

不是有群众威信，是不是在学工学农活动中吃苦肯干和手艺灵巧，现在则要比谁的文化课成绩好了。那几年为了争先进、当学生干部，我从来都是逼着自己在劳动中吃苦，在学工中苦学技术，认为这样锻炼自己才能成为"革命事业的接班人"。现在评价一个人的标准变了，

我的中学旧大门

为了证实自己在学习上也出类拔萃，为了争口气，虽然不热心，但还是兴冲冲地参加了选拔考试。那两天正是秋雨连绵。那年的秋天比现在冷多了，我记得我都穿了毛衣毛裤，却光着脚丫子穿胶鞋（为了少洗一次袜子）。一路打着伞跑到学校，手冰凉，脚冰凉，心里也冰凉。我下午迟到了，人家都开始答题了，班主任韩老师焦急地在雨地里等我，因为我是他的一张王牌。看我终于到了，他长出一口气，恶狠狠地骂我一句什么，然后推着我进教室，亲手把卷子给我拿过来，"你行，好好答，看清楚，别糊涂！"在这之前，他就一直鼓励我，说我是最有希望入选的几个尖子，只要沉着冷静，就能答出好的成绩。当初觉得他小题大做，虚张声势，但现在想起来，那就像教练在赛前照顾自己的运动员，怎么当时就不懂老师的苦心呢，确实是不懂事。我就是那么轻松地获得高考资格的。

高考前报志愿，我毫不犹豫地报了北京大学中文系，并准

挥霍感伤

备后面的志愿都报各个等级的大学中文系，认为上了那个系就能当作家了。但韩老师苦口婆心地劝我差开科别报，万一中文系考不上还有别的专业录取我。我还觉得他是低估我的能力。他教了一辈子俄语，特别希望我第二志愿报个外语专业，我不从，他就生气，连骂带哄，我总算第二志愿报了外语专业。后来事实证明，那年中文系是文科里的最大热门，最难考，多数报中文系的考生都进了历史和哲学等别的专业，我进了外语专业，是这个志愿挽救了我，成就了一个差强人意的翻译家。外语专业起步阶段是念书而不是读书，比的是鹦鹉学舌的本事，年轻的自然书就"念"得好，因此让我有了信心。而如果我有幸进了中文系，以我十七岁高中在校生的水平和那些长我十来岁的饱读诗书的同班师哥师姐比，我会彻底崩溃。

两个月后高考那几天风雪大作，简直是冰天雪地。我每天蹚着雪赶到考场去考试，一路上几次差点滑倒。我们穿着棉裤棉袄，戴着棉帽子，教室里生着火，但依然冻得手发僵。我很幸运，我是在母校保定三中的考场考试，我的座位正好是我初中二年级时坐过的那个座位，加上我对高考并不热心，答题时我很放松，轻而易举就考上了。

但因为我上的大学不是一流大学，专业也不是我要考的中文系和俄语系，而是英语专业，我要从头学英文，所以我是闷闷不乐地进了大学的，根本不知道自己是多么幸运：后来才知道30年前那个历史性的冬季，960万平方公里国土上五百七十万人过独木桥的壮观场景，并世无俦！但二十六比一的残酷淘汰率仅让二十万人上了大学，让五百五十万人积压了十年的大学梦化为乌有。那是民族的盛会，亦是百万人和他

盖碗茶

们的亲人精神的滑铁卢。可我就那么轻松懵懂地走过来了，根本不懂恢复高考的"重大意义"。我只是高中升大学而已，和那些蹉跎了很多年的师哥师姐们心情完全不同：他们在农村和工厂干了很多年，有的都是孩子的父母了，那次如果上不了大学，就永远埋没在社会最底层了。而我才十七岁，还有很多机会，还可以考几次大学。我身后没坎坷，没有什么阴影，我纯粹是来上大学的，很在意上的是什么样的大学，学校风景美不美，学校里名教授有多少。因此我上了大学，反倒不开心。这心情在当年被大家视为身在福中不知福，甚至是有毛病。幸福的人就在于他根本不知道什么是幸福。

上了大学后，我才真正感到自己知识的贫乏，原来我们整天忙着到工厂学工，到农村学农，到部队学军，接触社会本是好事，可就是没有学什么知识，甚至鄙视知识，认为"知识越多越反动"，五年中学下来，据说知识水平只相当于"文革"前的初中生。我这个优等生充其量是"文革"前初三的中等生。而大学里使用的教材不过是"文革"前的旧教材，英语专业的课本还是苏联专家审定的那些，文学课的任务是补"文革"十年被禁止的那些"古典资产阶级文学"，从莎士比亚、狄更斯和杰克·伦敦的小说和彭斯的诗歌甚至安徒生的童话英文本念起。等于过去的十年我们没有进步，知识断层很是严重。所以我必须心无旁骛，埋头苦学，紧赶慢追，在教材之外多补一些更新的知识，争取毕业时上研究生。这个时候我狂热地爱上了外国文学，准备以后成为一个学者和翻译家。

而七七级里有的人因为年龄的关系，上大学仅仅是镀金，他们更关心的是毕业后在社会上站稳脚跟，获得自己的势能，

挥霍感伤

当官,做社会的主流,因此最现实的是找好的工作单位、分配在好的城市。因此他们在校时就热衷于社会活动,为自己毕业后的仕途打基础。可能是年龄上的差距,让我与那个"成人"世界拉开了距离,他们所热心的都非我的关切,所以我基本上是游离于整个七七级大环境的少数"小孩"之一,仅仅热衷学问。估计那时我的形象倒像《青春之歌》里沉迷于故纸堆的那个余永泽。也许我本来也有从事社会活动的热情,但在这些大龄生面前自惭形秽,所以根本就退避三舍,只读书考研了。

几年寒窗,我在毕业前考上了研究生,我们那一级八百多人,只有二十五人上了研究生。因为南方大学比北方大学开学早,我是提前离开学校的,在同学师兄师姐们进行毕业分配的斗争时,悄然离开了他们,没有赶上毕业典礼,至今不知道毕业典礼是什么样,典礼时应该怎么表现,是哭还是笑还是哭笑不得。那个年月是包分配,名额由上面下达,斗争的结果是有人进了国家部委和省直机关,有人却去了县城教中学。我相信,毕业典礼上肯定是有哭有笑。我年纪太小,这种事肯定争不过,考了研究生早早溜之大吉也好。可怜的是还有很多自觉争不过的,也上了考场,结果没我幸运,只能下了考场再上战场。成才与否,多取决于那个"毕业分配",分配的好坏,

我的中学校园,就在这排教室里我参加了高考

盖碗茶

往往决定了同学之间以后天壤之别的差距。计划经济年代的"分配竞争"与市场经济时代的谋职竞争性质上完全不同。

七七级里多数都当了官，而且不断上升着。其中不少人在学术单位获得了势能后又重新捡起了学问，官场和学术上都有杰出表现，令人望尘莫及。做学问本来靠的就是综合实力，能当官就能拿到更多的科研经费，学术上出成果会更快。所以当官也是救学问和做学问的途径之一。

由此我想到，以后的事实也证明了，七七级作为时代的标志性群体是辉煌的，这个群体包括整个新三级，他们填补了"文革"后的知识分子青黄不接的空白，也因为恢复高考的幸运成了1980年代人才短缺时的应急力量，以至于在这之后成了社会中坚力量。但他们绝大多数只能是人才和各层"官"而已，却难以出大师，因为他们在幸运地成为新三级大学生的同时，也不幸地成了知识的过渡层，他们上大学前多年丰富的社会阅历和世俗的历练锤炼了他们为人处世的精明世故，让他们可以成为杰出的管理人才，应对各种人事纠纷和社会问题，但这种特殊的经历妨碍了他们的知识结构更新，妨碍了学术思想的正常发育，如果他们能在当年中学毕业直接升大学，其结果就不会是这样。所以他们当中难出大师，甚至很多人不过是平庸的官僚而已。大师要等后几代学弟们中出了。

2007年12月下了第一场冬雪，我刚刚搬进带花园的新房子里（这是我在新一轮房价高涨前懵懂中以较低的价格买下的高品质房，后来的涨价令我瞠目），早晨被白亮的天光晃醒，还抱怨"今天怎么这么亮"，拉开窗帘发现落雪了。楼下的园子里景色这个时候最奇特：清冽的空气沁透心脾，窗外雪糁儿

挥霍感伤

纷纷扬扬,落在依旧没有落叶的竹子、玫瑰、蔷薇、棣棠,还有刚刚生出一层嫩叶的水蜡篱笆上,煞是美丽。这细雪落在地上立即化作甘霖,浸润着青草,打湿了院子里平日干冷的水泥路面,那湿漉漉的水泥路便让人觉得亲切了许多。放眼望去,与这漫天飞舞的雪花相呼应的只有园子里静静绽开的玫瑰和月季了,大朵大朵地迎着雪花盛开着,着实冷艳。深秋时节没有绽放的那些花蕾不甘心就此萎缩干枯,一直含苞欲放,但寒冷的天气就是不再转暖,因此那些开了的玫瑰和月季花像干花一样冻结在枝头,而那些含苞欲放的就永远半开半闭,在白雪的映衬下,碧绿的枝条和这些花朵显得十分生机勃勃,我称之为冬季里最后一茬玫瑰和月季。英国的冬天里绽放一种鲜艳的冬玫瑰,俗名儿是圣诞玫瑰,因为这种皮实而鲜艳的花能越冬,在最冷的圣诞节时分都能开放,给英国的冬天很是添彩儿,所以大家很亲切地称之为圣诞玫瑰。咱家园子里的这些迟迟不肯枯萎的玫瑰完全可以与英国的冬玫瑰媲美了!但愿这景色能一直持续到圣诞节,我也可以自豪地说我家园子里也有圣诞玫瑰了。

我被我的幸福生活感动着,这时才发现电视里开始了恢复高考30年的评说、回忆,还隆重推出了高考第一年的七七级精英谱,打头榜的有部长、省长等,人们似乎把七七级的成功定位在出了多少政要和各级官员上,可能因为七七级中的这类人才占的比例很高吧。这才想起我还算是他们的同学,但我没有产生那种热切的"我们"感。我想,七七级可贵就可贵在它的不平常也就是非常上,那些积压了十年的高考梦想终于实现了,人由非人和废人变成了正常人后的激动,从五百多万考

盖碗茶

生里脱颖而出的二十万，多么不正常啊，所以，考上的从此出人头地，而且因为那个年月大学生的物以稀为贵，毕业后很多人官运亨通、财运亨通、学（术）运亨通，真应了"书中自有黄金屋，书中自有颜如玉"的古话了。所以每每回忆，这些人都会百感交集、豪情澎湃、激情万丈。人的激动、愤慨等与血液沸腾有关的生理波动都是在非正常状态下才有的，因了历史的巨变而出现的不正常会伴随他们一生，每每念起都会难以平静。他们还沉浸在昨日脱离苦海的幸运和这之后成为社会名流的辉煌中，因为一个上大学让他们自己有了天壤之别的变化。而平平常常的人就不会。

平实的读书人经历让我与骄傲自豪的七七级或新三级拉开了距离。所以，我总是忘本或者说是忘了光荣的过去，每年12月下大雪的时候都想不起1977年大雪中的高考，反而是总被媒体提醒着想起来，而且并不心潮澎湃。看电视上那些七七和七八级的人声音或哽咽或高亢地谈论理想和苦难，感到那是另一批人，跟我没关系，为此每每惭愧不已，为自己成为七七级的游离分子感到自惭形秽。可到了第二年的第一场雪落下时，我估计还是记不起1977年的高考来。真正幸运的人可能就是这样。

平实的我看电视里位高权重、指点江山的他们，想到的是：1977年的冬天里，我是个小城的后街男孩，没见过私家花园，更没见过大雪里玫瑰绽放的景色，我是被老师催着去参加高考的，被他逼着报了外语专业，被裹挟着成了七七级，苦学苦练，加强知识修养，慢慢成长为一个差强人意的翻译家和作家，这是我这个文化基础薄弱的穷孩子最好的出路和结果了。

挥霍感伤

二十多年后，我有了自己的私家花园并在花园里欣赏"冬"玫瑰的景色，我的幸福感与这些叱咤风云的七七级师兄师姐的幸福感比是那么渺小但实在，可能我上大学的感受更像以后几届小师弟师妹，比较纯粹，是"正常"的"求学"感觉，读书－考研－工作－生活，业余从事文学写作，是一个渺小但正常的读书人。也就是说，我是"文革"后第一批有"正常感"的大学生，从我开始，上大学成了正常生活的一部分，上大学本身并没让我产生天壤之别的质变，我依旧是我。或许，这就是我这类七七级小部分人的意义。

　　当然我深知，1977年恢复高考肯定改变了我可能走的路和未来：如果不是1977年恢复高考，或者说高考再推迟一年，我可能就下乡去当赤脚医生了，可能走的会是另一条与现在完全不同的路，也许因为苦尽甘来而变成那些七七级们的样子，永远在亢奋地回忆当年，为自己从"苦中苦"到"人上人"的变化而永远自豪，也许和他们当中没上成大学倒霉的人一样现在早就下岗吃救济了。如果不是我的老师骂着我报了外语专业，我很可能上个比河北大学更差的大学的中文专业。那就不会有我后来翻译的这些劳伦斯作品，也不会有我极具特色的小说代表作《混在北京》。历史不能假设，假设甚至会让我不寒而栗。所以我只能在三十年后道出一个被历史裹挟者真实的感受，也算七七级的一个小侧影吧。

盖碗茶

福州的肥肉月饼与闽江的清流

二十多年前在福州读研究生，第一次在那里过中秋节，师大食堂给每个学生发月饼，拿到大月饼我张开嘴就是一大口，结果吃了满嘴的肥肉，顺嘴流油，腻到极点。周围的福建同学哈哈大笑，说：你好好领教一下福州月饼的厉害吧，里面全是肥肉！这才知道福州老式月饼竟是如此独特。奇怪的是，福州人那么个吃肥肉法，却很少有胖子，真是奇怪。估计是那里的水和气候下，人体内会缺肥肉吧？

于是中秋节，大家爬到楼顶上把酒问月吟诗时，省得买肉食了，大家只买酒和水果，把发的月饼切成一条条的，摆在盘子里，吃一口肥肉月饼喝一口烈酒，哈，那种甜肥肉与酒混合在一起的味道十分美妙，肉也不觉肥了，酒也不觉辣了，感到香气四溢。穷学生的生活立即充满乐趣。我就那么在福州过了三个肥肉就白酒的中秋节，在闽江畔，俯瞰着江上的渔火。

1980年代初的福州还是个古风犹存的中等城市，817路是一条狭长的窄路，路边都是老旧的木屋商店，能买到各种诸如肥肉月饼之类的地方小吃，半夜里街上还有卖鱼丸的挑子，小

挥霍感伤

店里能看到店小二在大汗淋漓地打燕皮（用瘦肉磨成肉糜，最后打成薄薄的肉纸，晒干后包肉煮汤）。师大所在的仓山街上更是布满了小铺子，周围还有不少西式老洋房，高高的墙头上开满茑萝花，爬满青藤，感觉就像20—30年代旧中国的电影。

随着时代的进步，估计古老的福州老式月饼已经停止生产了吧。很久没回去过，在电视上看到的是摩天大楼林立的福州，这样的地方肯定不卖肥肉月饼了。

无论多少年过去，我依然留恋当年纯净的研究生生活，怀念长安山满山的野龙舌兰和冬季里满校园的扶桑花，当然还有当年在闽江里畅游的日子。那三年的学习和生活居然奠定了我以后二十年文学生涯的基础，才有了现在这些小说、散文集和劳伦斯作品的译文。一个北方人在闽江畔获得了润泽，心灵里酿出了文学的酒，那里面一定有福建的水分。我心里一直对福州这地方充满感念。

因为福建师大是一所纯省大学，省外人极少，我算是掉进福建人堆里了，班上其他六人全是福建人，不说英语时他们的方言对我来说如同另一种外语。这种"和外国人一起学英语"的感觉特别好。也因此我一直不了解他们的内心，也不了解他们的过去，只是相伴三年读书考试交流学习经验，我就像远方飞来的一只小鸟，在闽师这棵树上和一些叫声不同的鸟儿结伴玩耍了三年，然后我注定要回生我养我的北方去，他们也知道我注定要回家。没有窝里斗，没有猜忌，甚至没有误会，我只看到了他们身上的长处，向他们学到了很多宝贵的品质（不知道他们是否认为我身上有什么可宝贵的），因此我们之间的友谊是世界上最纯洁的。我们听不懂

盖碗茶

相互不同的鸣啭，但都觉得那啁啾很悦耳，这就够了。学生生活就应该这么清纯才好啊，学校本应是个避风港，大家友好相处，然后相忘于江湖。我幸运地享受了这样三年这样的生活。我耳畔永远回响着那些鸟鸣。

我要特别感谢我的导师林纪焘先生。当年我选择劳伦斯做硕士论文，导师对此毫无兴趣（他曾建议我研究非虚构的写作文体），但他善良宽容，违心批准了我固执的选择并对我的论文进行了指导，这在遍地学霸的今天简直是不可能的事。林先生之所以宽宏大量，超然物外，其中一个重要原因我想应该是他出身名门（他是林则徐第六代长房长玄孙），自身又是德高望重的教授，因此对年轻人十分包容，只把年轻人的固执冒昧当成趣事把玩，毫无愠怒。也正因此，我才得以潜心进行自己的课题研究并通过学位答辩。我真的不知道我何以如此幸运，遇上了这样的恩师。我一直对先生的雍容大度心存感念，他教我懂得了什么叫"宰相肚里能撑船"，但从没面对先生说过感谢的话，因为我知道以先生的大德大量，他不会允许我如此的表达，因此我一直在心里遥远地祈福感念。

吃着肥肉月饼就着白酒，在碧绿的闽江里遨游，在开满扶桑花的校园里研读劳伦斯的作品，如果没有这样的日子陶冶，我能沉溺在文学之中吗？没有那三年的纯净生活，我能把自己的后半生交给文学吗？断然不会的。文学，文学，奢侈得很哩。

挥霍感伤

岁月让我感伤地庸俗

　　这两天北京难得地下了小中雨，空气湿润，人也滋润了许多。忙着整理翻译劳伦斯的文论，偶尔向花园放眼，忽觉满目碧绿生机，似乎刚才还只是冒芽的蔷薇，几个小时间就绽开了，紫红的叶子上滴落着雨水。小小的花园真的总是让我忘本，每次都是在我陶醉在花草中时，被人提醒又该纪念些什么往事。这不，有人提醒我这个三月是我们1978年春进大学报到的月份了，整三十年了，该聚会纪念了。

　　上帝，我怎么根本记不得这些日子，生命中的纪念日怎么那么寥寥无几。人家怎么什么都记得。看来，不在大学里，不在老同学的环境里，流落在社会上，真容易变得很健忘，大脑的内存里很多纯美的东西很容易被删除。

　　想想那相对纯美的大学校园，估计老同学们成了老同事，走在楼道里随便聊两句就能聊出个纪念日来，于是就招呼大家聚会什么的。那种日子应该说是十分美好的。可我已经落草为寇了，不习惯这种纯美了，听到这种消息甚至会觉得有一种刺痛。我怎么变得这么庸俗！

盖碗茶

1978年初春我好像还穿着棉衣棉鞋，围着毛围巾，拿着入学通知书拎着铺盖卷迷迷糊糊进了大学，那几天大学迎新，似乎到处是红标语和红旗飘飘，大家都喜气洋洋，那是大学停止

北京普特的居家生活

招生十多年后第一次有了正式的大学生，荒芜的校园里真是喜庆。

念了一阵子书后似乎朦胧地产生了一点向往，那就是毕业后能在家乡的河北大学里当一个"人民教师"。那时的保定城还是一个古风犹存的地方，古城是一张被无数四合院和胡同织成的网，那些古建筑破败了，但依稀可辨旧日畿辅直隶辉煌。我曾迷恋那个最近的过去的辉煌，很想在大学里谋个教职，自己生活在一个老四合院里，教教书，闲时回家养养花草，出门即汇入市井人流。这等没落的理想丝毫不受任何人的待见，最终自己都觉得没趣。那个人民教师可不那么好当，多少人在为那个位子拼命争抢，这种你死我活的斗争，我一般是不战自败的，连上战场的勇气都没有。还有那个古城，根本不合时宜，很是妨碍现代化，一路败落，拆除了没人心疼。我居然还想在一个"古城"里当"光荣的人民教师"，真是病得不轻。

怀揣着不可告人的美好理想，我离开家乡浪游，让时代潮流裹挟着，东考考，西考考，考了研究生，接着考班儿上，

挥霍感伤

我的花园兼菜园

多少年混下来，居然成了北京郊区花园住宅里的居民，即《小人物日记》里的那个普特，而且十分地Pooterish，渐渐淡忘了那一切。那不该属于我的，忘了也就忘了，据说这叫"必要的丧失"，心灵和大脑内存都有限，该删除的就删除罢。但毕竟那是当年的一点"美好理想"，删除了的记忆一经外界什么契机的点化，偶尔也会死灰复燃，"垃圾箱"里的东西又会恢复到最初的文件里。于是就有了这篇叙述，小小地感伤一番。叙述后不久，感伤的记忆又会被删除。

盖碗茶

我和女儿当过同学

女儿刚出生那几年我们一家三口和一群别的一家三口们挤住在一层臭气冲天的筒子楼里，让"小太阳"们把这层楼折腾得昏天黑地，那时我曾预言：从此生命就开始走下坡路，一天不如一天了。

谁知女儿三岁以后竟给我带来无穷乐趣。因为跟她能有交流，我们竟不知不觉成了同学。从此，日子开始有了转机。

熟人见面，总打趣："又写钱呢！"我实在惭愧地直言相告："顾不上了。教女儿学电子琴呢。"哈，朋友们更要戏谑一番：还望女成凤呢，大好时光，还不赶紧写出成名作来，至少写点什么捞几张儿也算实实在在。

对此我只能报以无言的苦笑。孰不知，我哪里是在"教"女儿，我是在给自己补课，在与女儿同学，而且女儿绝对比她爹学得有长进。

说起来好不脸红，我这个正儿八经混了张硕士文凭的人，是在"文革"中长大的，又非书香门第出身，没有那种家底，从来就没摸过什么乐器和画笔这类神圣的器物儿，离艺术有

挥霍感伤

十万八千里，如果不是后来靠着考试进大学成了知识分子，基本上就与文学艺术无缘了。上了大学已经是揠苗助长了，所以从上大学起就一头扎进专业中去，哪还顾得上匀出点时间来学点音乐知识、读点古典文学作品来提高修养？高兴了跟着录音带唱几首通俗歌曲，可是什么叫音乐仍旧一窍不通，翻开五线谱只见满目黑蝌蚪不知所云。

谁知当家庭兴起"智力早期开发"时，竟是千篇一律地教这些小祖宗们学琴、学画、背古诗。眼看着周围不少人家都置了"卡西欧"、"雅马哈"或形形色色的电子琴，孩子们背上了画板，走路坐车都念念有词地背着"粒粒皆辛苦"，我自然也不能免俗。干，人家会什么我女儿也不能"落后"。从此逼上梁山。直到这时，才发现我这个当爹的在这方面纯属一大盲！想当年意气风发的少年时代，我一个月就背会了一本《毛主席语录》和《毛主席诗词》，八个样板戏的唱段一哼到底。我自以为拿出当年的背功和唱功，不愁学不会这些小黑蝌蚪。

我们给女儿买了一架"卡西欧620"，又买了一辆三轮车。每周一个晚上载着女儿和琴奔向几里开外的电子琴班。这个班的麻老师很有点名气，他主讲的课程录了像在中央电视台播过。一上课他就宣布他其实主要教家长，"没有笨孩子，只有笨家长"。原来他是在课上教完家长，然后由家长回家去辅导孩子。从此，我们马不停蹄地跟着他转上了。一周学会一个曲子！我们两口子从音盲开始认五线谱，头两个晚上自己练指法，第三四天与孩子"教学相长"，第五六天就可以居高临下地指点江山，让女儿这样那样。这是一种比赛，因为第七天去上课时老师要每个孩子表演，凡孩子表演不好者，老师就让其

盖碗茶

家长亲自弹一遍，谁愿意三十大几的人出那份丑？为孩子也为自己，练，死活练会。现在想想，这样的班真不错，一期三个月，交一笔学费，等于一家三口人上学；一架琴被充分利用，百分之三百地实现其使用价值。三口人轮流弹，可爱的"卡西欧"忠实地大气不喘为我们效劳。几周过去，我的音乐潜能终于在三十岁以后被开发出来，一手琴弹得如醉如痴。我甚至常把速度调快，追求一种暴风骤雨的效果，为的是疯狂地找补失去的童年，也为忘却没有童年之金色的痛苦。有时看着女儿沉醉在行云流水般的琴声中（或许她弹得并不很好，但我看着她那刚成活了三年的小嫩手指头儿能奏出勃拉姆斯的曲子我就认定她弹的每个乐句都似"行云流水"），我几乎要流下泪来，为她的幸福也为自己童年的不幸。我确信，花掉一些"写钱"的大好时光同女儿一起学琴并不损失我什么。我找回了童年，找回了本该属于我的用钱无法买到的东西。我不顾人们对"电子琴热"的嘲讽，坚持同女儿一起学。我并不奢望女儿当钢琴家，只希望弹琴成为她正常生活的一个组成部分。

　　也是在学琴中我发现我老了，手指头硬了，脑子跟不上了。到了双手和弦时，我就彻底败下阵来，顾左顾不了右，弹得瓦釜齐鸣。女儿很快超过了我，甚至会在我弹琴时说三道四，报复性地说我"笨死了"。她的小嫩手指头，很像玩魔术一样地弹出每个曲子，而我则无可奈何了。

　　尽管年岁已长，但同女儿在一起学这学那仍然干劲十足。我像个三岁的孩子一样，是女儿的好伙伴，一块儿学着对我们来说都是新的东西，她甚至是"班"上的优等生。这里的乐趣是那些忙赚钱而顾不上孩子的人们所不能品味的。

挥霍感伤

女儿的红领巾

女儿终于在新年前一天戴上了红领巾，这似乎是她这有生以来八年中最最珍惜的一件宝贝。回到家中她也不愿解下那条鲜红的领巾，吃饭、弹琴甚至睡午觉时也要戴着，一脸的阳光灿烂，随时都在笑，微微地，像是天生自来笑那样。这条红领巾真是来之不易。

忽然这幅景象上就叠映出二十多年前的我。一条红领巾像一条红线，似一片红色的雾霭，把两个生命的体验连在了一起，似梦非梦，好不教人动心。

那个时候我们当的不是红领巾少先队员。而是叫红小兵。"文革"一开始，那个少先队和共青团就一起解散了，代之而起的是小学里的红小兵和中学里的红卫兵组织。后"文革"时期的1970年代，每个学校还都有一个红小兵团和红卫兵团，其最高的领导叫团长，我就迷迷糊糊地当过两次"团长"，考大学时填的履历表里还写着"红卫兵团团长"呢。1973年我们小学毕业时虽然戴上了红领巾，可还是叫红小兵，一直到1978年我都上大学二年级了，才从报纸上得知少先队组织恢复了。红

盖碗茶

卫兵组织也烟消云散,恢复了学生会,当年红卫兵组织里低我几年的小同事转身当上了学生会主席。

"红小兵"最早戴的是一个红底黄字的小臂章,到1972年才换成了红领巾。为当红小兵,我们都是充分展示自己的天分和能力,早晨抢着早到教室生煤炉子,扫厕所,上课(尽管那时大兴批判"师道尊严","读书无用论"猖獗)我们"好学生"们仍然是遵守纪律,学习上一丝不苟夺满分。那种荣誉感十分强。而且仅凭"表现",我们都能得到应该得到的荣誉。只要你"表现好",你心里尽可以有数,你肯定能当红小兵,可以当干部。那个时候的我们全凭实力,便显得很"一根筋",从来不会"曲线"干什么。

可到了女儿这一辈却不同了。我们仍以过去的经验教育女儿,女儿也确实很不错,尽力在"表现"自己,经常是总评第一。那小脸儿上的灿烂在告诉我们,她是第一批入队的苗子。

关键时刻这个班换了老师,随之便是"一朝天子一朝臣",原先最是苗子的几个纷纷落马,取而代之的是几个出乎意料的"黑马"。后一批人理所当然首批入队。那几个过时的苗子纷纷哭成泪人儿。他们不知道在新老师面前怎样"表现"自己,上学期那种表现方式似乎"不对"了。

那小半年,女儿情绪很低落,小小年纪开始变得很"絮叨",一回来就倾诉说入队的那几个考试如何抄别人的、如何两面派……她甚至说"老师眼睛坏了,让这样的人入队,红领巾没什么了不起,好学生戴不上"。这观点着实把我这个当年的少年先进分子吓了一跳,我不允许她怀疑少先队的纯洁与崇高,因为那是我少年时代理想的旗帜,不能让它在下一代人眼

挥霍感伤

中变色。我便说："只要你还跟从前一样好，早晚老师会看出你好来。"

可女儿后来告诉我，"教师节"她给老师写的充满感情的贺卡老师连看都没看，只哼了一声。

和同事说起来，人家告诉我："你这种少年布尔什维克早过时了，现在时兴给老师送高档礼品了。××学校尽是巨富子弟，人家老师得到的是家长的彩电，香港东南亚几日游的来回机票，签证都是家长办好的。"

我知道××学校毕竟是少数。但我也检讨自己跟不上时尚，不应该只给老师送贺卡。

正在我考虑改变自己的时候，女儿高兴地告诉我她年前能入队了，理由很简单："老师眼睛好了。"

原来那几个"后起之秀"太不争气，入队后便开始不思

红卫兵臂章

盖碗茶

上进，胡打胡闹，成了全年级有目共睹的捣乱分子。老师毅然决然公开批评了那几个，甚至撤了一个队员的红领巾资格。随之，几经考验的我女儿这几个当初的先进人物全入了队。

经过这样的挫折，女儿大有"平反昭雪"之感，倍加珍惜那条红领巾，经常洗一洗，抚平，叠得整整齐齐。这是她的人生第一课。今后的路还长着呢。

挥霍感伤

习惯空落

小时候家里养猫，每次母猫生崽后，奶奶都是背着猫妈妈一个一个地把小猫送人，但最后还是给她留一个在身边。猫妈妈会发现孩子少了，叫唤一通，但只要还有一个跟着她，她慢慢就不闹了，但如果一个不留，她就会疯了一样暴跳如雷。人也是一样，儿女各奔东西，父母会思念难过，但只要身边留一个，日子就好过。可现在家家都是一个孩子，一旦离开，那种空落感，就一直挥之不去了。

女儿报考大学前，我们从来没有想到她会去外地。看到有些孩子去了外地的家长那种魂不守舍样子，我总是报以同情，这同情中更多的是怜悯和嘲讽，也有叹息：我们现在这种独生子女政策虽说控制了人口爆炸，可大家要承担很大的心理负担和压力，这种心理亚健康状态几乎从孩子出生就开始萌生了——三口之家的"核心家庭"，小时候怕孩子患孤独症，家长要装疯卖傻充当孩子的玩伴，一个孩子被当成太阳皇帝捧着，弄得孩子娇骄二气，家长也神经兮兮，一家三口倒是相濡以沫，情浓于血，但如胶似漆地透不过气来，偶尔分开几天

盖碗茶

就撕心裂肺地想念。到了上学，全家的宝押在一个孩子身上，似乎像赌命，家长和孩子的头上都悬着一把刀，神经紧张到极点。好容易熬到考大学了，一旦孩子去了外地，核心里一下子少了三分之一，而且

只要身边有一只幼猫,老猫心里就踏实,可如果一只不剩,老猫会发疯

是最核心的那三分之一，只剩下两个家长，你看我、我看你，那种失落简直如同失重，一颗心变得没着没落。

理性地分析别人一通，但不久这种情况就成为我们必须面对的现实：女儿高考前的"三摸"成绩出来，就勇敢地提出去外地，理由是：同样的分数，在北京只能上比人民大学差的大学，去外地可以上一个与人大档次相当的大学，这样在全国排名前十的学校在全世界都能得到承认。从女儿义无反顾的眼神里我们看出了她的成熟和理智，为她高兴，但也为女儿这么快就离家独立生活感到黯然神伤。录取通知一到，我们就有一种妻离子散的感觉了。我们这些年只顾盯她学习成绩，盯着她一分一分地往高考，一个名次一个名次地往前拱，等她熬出了头，我们也如释重负，结果却是她刚十八岁就离我们远去，我们图的是什么呀？！

似乎是为了补偿什么，那个暑假里我买了车，拉着她旅游。她长这么大，其实连北京到底什么样还说不上来，小时候

挥霍感伤

没条件到处旅游，大了又忙功课，忙考这个班那个班，参加各种比赛，她最了解的北京只限于宣武区那几条街，别的地方都是坐着车来去匆匆，跟外地人偶尔来北京差不多。那一个暑假，过一天少一天，随时感到那种"长相思，长别离"的日子就要到来，我开着车看女儿玩累了在副驾驶座上呼呼大睡的样子，恍惚觉得她还是个不懂事的小孩，不同的是，那时我们是挤公共汽车，她是睡在我怀抱里，嘴里的涎水流了我一肩膀。那个时候，我一手高高地拉着汽车上的把杆一手抱着沉甸甸的她，感到辛苦，感到幸福，但从来没想到时光一晃她就要离开我自己闯事业去，就傻乎乎地以为女儿一辈子也不会离开我，至少不会离开北京，我们会相守着，一直到我们老。这才几年呢，我们就要分别，简直无法接受这样的现实。

更无法接受的现实是送女儿去了武汉，为她安排好了一切，叮咛嘱托直到她生气厌烦。火车启动，回北京，那一刻我感到心里酸痛难忍，泪水在眼里打转，手上还给女儿发着开玩笑的短信安慰她。这种欲哭无泪的感觉已经好多年没有过了。

回北京后那一个月就没有消停，仍然天不亮就醒，准备叫醒她给她做早餐；晚上不习惯女儿的房间没有灯光，总要过去看看；半夜还会猛地醒来，要去查看女儿是不是还在偷着上网。终于熬了一个月到国庆节放长假，当天晚上就装了满满一车吃的用的，风驰电掣地一天之内开了一千多公里赶到了武汉去看她，我真的懂得什么叫"一日千里"了。

但女儿并不太感激，说我这样做有点神经，弄得她在同学眼里没面子，好像她没有独立生活能力，还要家长千里迢迢来照顾她似的。还有，她早就有了自己的假期安排，不能如影随

盖碗茶

形地天天陪老爸，她们学生会假期有比赛，有排演，有会议，她都不能缺席。我只能一个人开着车逛武汉，在武汉的几座长江大桥上来回穿梭，围着东湖打转，只有晚上才能和女儿团聚，而女儿和我谈的全是她的学校生活，还在为自己独立后的新生活兴奋不已呢，她需要的是我给她出点小主意，提点小建议，她认为可行的就接受并表扬我"你还行啊"，她认为不可行的就断然否决，我仅仅是个参谋。

又一次一日千里，开回北京，节日期间的高速路上空荡荡的，如同我的心。飞速行驶着，脑子里不停地过电影，全是女儿这十八年的闪回镜头。是坚强面对未来的女儿给了我启示，我不能一门心思只把女儿当成自己的乖乖女了，她真的大了，要有自己的生活了，不可能还围着家长转了。我们也必须学会面对空落，重新开始自己新的生活，否则只能作茧自缚。我们从此要做的是当好她的参谋，给她及时的忠告和建议，不让她犯我们年轻时犯过的错误。从那之后我们短信电话不断，少了儿女情长，多了平等的交流。当然每天我们看新闻时都会关注武汉的天气，一有异常，就会警告她注意什么，因为她还缺少南方生活的常识。

一年很快就在牵肠挂肚的短信和电话联络中过去了，我们过了这一关，习惯了这样的生活。妻子有忙不完的工作，我有写不完翻译不完的书稿，打球，散步，郊游，把双方老人的生活也照顾好，家里的房子和花园我们都不请工人打扫和整理，所有的家务都自己做，这样的每一分钟才过得十分充实，我们要开始一种完完全全两人世界的生活，活得精神抖擞，只有自己生活得好，才是对女儿最大的支持。估计到

挥霍感伤

了老年时，更应该是这样吧，现在我们就做好准备。女儿毕业后或许会回北京工作或回北京读研究生，那样我们还会有几年三口小家团聚的日子。但谁知道呢，也许她会出国留学甚至留在国外，那样我们也会尊重她的选择，但那就意味着真正的"长相思，长别离"，意味着望眼欲穿。人比猫强，有脑子，知道自己的孩子在远方，知道还有能相聚的日子，因此不会像老猫一样发疯。有这四年的别离经验垫底，我相信以后再长的别离也能对付。

盖碗茶

海鸥、万紫千红、友谊

这些年流行"后殖民主义"这个词，讨论点国际问题，如果不谈后殖民就谈不起来。而在实际生活中，后殖民倒是看得见摸得着：我们连洗发水都被"后殖民"化了，除了"海飞丝"和"飘柔"等合资的，所有国产的都劣质似的。俺的头发盛产头皮屑，用过以上那两种再用别的就感觉头发发黏，心想完了，我这头发彻底被"后殖民"了，离了它们就麻烦。那天洗脑袋头发都冲湿了，却发现海飞丝没了。赶紧擦干头发，临时到门口的上海"迪亚天天"小超市去买，结果那里没有任何"后殖民"牌子的洗发水，都是民族牌子的，价格很低。我问过，人家说这种超市不进高价东西。可我的头发还湿着，不能再跑很远的高价超市去买海飞丝，就毅然打算支持一下民族工业。这时我眼前一亮，发现了少年时代天天用的海鸥牌洗发膏！对呀，那个时候我的头皮屑比现在还厉害，用海鸥一洗就特别顺，后来海鸥就不见了，还怪怀念的呢。直到1980年代在大学里，用海鸥还被有的农村同学看成是"资产阶级"，很多同学都用香皂和肥皂甚至洗衣粉洗头，大家都年轻，用了洗衣粉洗头也没发现谁过敏，对头发有什

挥霍感伤

么损害，反而觉得人家很简朴，我等用海鸥牌的很奢侈或者说穷讲究，为此我还内疚过呢。

现在发现它还是那么朴实，鸭蛋青色的包装，再看包装上的说明，其厂址居然是上海市保定路，那条小路我去过，在上海的闹市区，很僻静的小巷子，里面有家庭小店卖用发黄的白面做的菜肉大馄饨（那种面里据说加了碱，筋道），一大碗馄饨上顶着一个大荷包蛋，特别实惠好吃。当初我发现上海有这么一条用俺家乡的名字命名的路就觉得亲切，觉得上海更像首都，它的街道用全中国的地名命名。当初如果再大胆点，弄几条伦敦路、纽约路和布宜诺斯艾利斯路就好了，就成了世界的首都。

我如获至宝地花几块钱买了一罐海鸥回家。一洗，那种香味如故，就是在我这后殖民的头发上有点不柔顺，看来要改回来还需要点过程。用过几回就习惯了，照样去屑，比海飞丝并不差，还便宜，就一直用了下来。海鸥，还活着呢，当然是在这种小店里才能买到。但说明它不亏本，否则早就没了。想想，中国还有多少人在用海鸥啊，能养活一个厂，真不容易。我要继续支持它。

不久，我家所在的教子胡同里居然有一个小铺子改成了"二元店"，里面什么日常用品都是两元一件，深得那些老北京胡同居民欢迎。老太太们居然发现里面在

海鸥洗发膏

盖碗茶

卖老式月份牌，一天撕一张的那种，感觉特别像"过日子"。还有1960年代开始风靡中国的两种名牌擦脸油，一个叫"友谊"，另一个叫"万紫千红"，是铁皮盒装的，盒子的颜色是

友谊牌擦脸油

浅黄和花里胡哨的，看着十分朴实而喜庆。这两种东西在我的童年时代似乎只有条件好点的家里的女人才用，劳动人民家的女人和男人在那个年代脸上是不擦什么油的，只用大块的凡士林擦手防止冻裂。

现在的那些高档擦脸油里不少都有激素，有些老人用了会皮肤过敏，大家都怀念友谊和万紫千红，说那东西虽然不"高级"，但用了不过敏。现在发现这些朴素的东西仍然还在生产着，只是只能进这种两元店，给这些旧时代过来的人们用，她们买到了自己的化妆品，个个欢天喜地。关键是海鸥、友谊和万紫千红让这些老人们感到没有被时代抛弃。所以这些厂家生产的不仅是老产品，还是供人们怀旧的玩物，它还有心理安慰的作用，治怀旧病，一举两得。中国这么大，人这么海了去了，任何产品出来都应该有特定的销路。真希望我们童年时代的很多东西能再以旧面目出现，让大家感到温暖，感到时代没有断裂。这似乎也属于文化这种"上层建筑"的范畴。

挥霍感伤

童年的法国时尚

　　记得上世纪的1971年读小学时，那个参加"八国联军"烧咱们圆明园的法国一连好些天成了我们生活的中心。乍暖还寒的时候，我们这些迷迷瞪瞪的毛孩子穿着大棉袄顶着刺骨的北风在大操场上开大会听老师们纪念巴黎公社一百周年，大唱国际歌，还看了不少巴黎公社的小画书。我们一面大讲学习他们英勇无畏，一面暗自喜欢看他们的服装：男社员们穿皮衣皮靴背着枪，女社员们有的穿裙子，一头波浪滚滚的卷发，真美。这些人在高楼大厦之间打仗和我们的农民革命武工队破衣拉撒的样子就是不一样。就觉得这些在巴黎闹革命的人挺神气，好看。幼小的心里还谴责自己有"资产阶级思想"呢，其实那时就开始有了追求时尚的萌动。

　　过了也就六年的工夫，中国就大变了，我不知怎么就成了大学生，从小学到大学，也就六年的时光，我完成了从小学生到成年人的转变，光阴荏苒，白驹过隙啊！"文化大革命"中遭禁十几年的西方小说都开禁了，我们得以饕餮傅雷等人翻译的法国小说，从《悲惨世界》、《九三年》一直看到《红与

盖碗茶

黑》，再看这些名著改编的彩色电影，简直人人成了法国迷。那些小说电影里展现出的法国生活，洋里洋气的城市建筑，明媚的乡村田园风光，法国人的思想和情操是如此魅力无穷，在我们眼中，法兰西就是自由、平等、博爱的象征，就是浪漫，就是爱情，就是时髦，就是美，就是……天上人间。

念英文念到一定程度就发现英文里凡是与美食、时尚、性感、爱情、情调、风格、政治、外交和法律等相关的"上档次"的词儿居然都原封不动照搬法文，连吃饭前祝大家尽兴的祝词都直接用法语，甚至前卫这个词本身就是法文（avant-garde）。于是那法兰西在我们眼里就更加神秘浪漫，而且高不可攀，难以企及。

可一转眼法兰西就进入了我们的生活。80年代改革开放开始，崇文门街口上出现了两家法国西餐馆，一曰马克西姆（意思是大），一曰美尼姆斯（小）。当初那可是北京人眼中的法国啊。那个"大"咱吃不起，菜太贵不算（随便一个小菜就是大学毕业生一个月的工资），还不收中国钱，而是收外汇券。那个"小"的一开始咱也不敢进，后来收入高了才敢进，发现不过是西餐快餐而已，生煎牛排配炸土豆条，面包黄油果酱，奶油蘑菇汤等等，几次吃下来也就没了新鲜感。几年没去，有一次经过崇文门想再重温一下当年的热情，发现它竟关门大吉了，可能是因为西餐快餐厅太多的原因吧。那个大的还在，依然是挡在厚窗帘里的贵族，普通人不敢接近也接近不起，尽管菜谱都摆到门口了。（这在外国大饭店里是大忌，菜谱挂在门口是小饭馆的做法。）

随之进来的是名目繁多的法国香水，商标上都印着法文的

107

挥霍感伤

巴黎公社图是我最早的法国记忆

"巴黎香水"字样，朋友间送礼特别时兴送那个，显得高贵脱俗。但后来发现那些大瓶的喷雾式香水很廉价，你衣服上不能在正式社交场合上出现那种香味，那不过是除臭水而已。而名牌如"夏奈尔"之类还是价格不菲。当然最深入中国人生活的是"皮尔·卡丹"系列服饰，西服、领带、腰带手包等等，那等典雅高贵堂皇，令人晕菜不算，我们改革开放初期的那点工资在这个系列面前着实显得阮囊羞涩，于是卡丹产品成了送礼佳品，卡丹先生的创业传奇故事随之家喻户晓了。等遍地都有卡丹产品时，我们发现这东西在法国是大路货牌子，卡丹先生走的是"为人民服务"的大众路线，在他之外，还有无数别的贵得买不起的华服时装每年每月从巴黎的时装展示会上发布出来，流光溢彩，美不胜收，但就是见不到街上有人穿，跟我们没什么关系，但就是引得服装商模特媒体观众趋之若鹜，因此巴黎成了时尚之都，牵着世界时尚的鼻子走。也就是到了这个时候，我们才真正知道法国，知道法国时尚的魅力，也知道法国时尚基本上对普通老百姓来说是中看不中用，但象征着人类对美的不懈追求。

法兰西真的离我们很远，法兰西时尚我们天天目不暇接，但离我们的生活很远。真正让我们时时刻刻都看得见摸得着的

盖碗茶

法国，是满北京跑的"富康"出租车，但问问老百姓，他们有几个知道那是法国的玩意儿？普通而耐用，还起了个地道的具有时代特征的俗到家的中国小市民名字，是"发家致富"和"奔小康"的合称，还有那个超市"家乐福"，中文名字在中文语境里更是俗到家了，真不如"雪铁龙"和"爱丽舍"什么的有异国风韵。于是法兰西的浪漫典雅在这个全球化日益逼近中国的时代，混在舶来品里，再加上翻译的"国产化"和市民化，在中国反倒不显山不露水了。人口相当于一个中国省的法国要真正"进入"日益发达日益与世界接轨的泱泱中国，还须努力才行。

但是有一个法国形象牢牢地进入了中国人心中，那就是中国学生都读的那篇都德的小说《最后一课》，它被选入了我们的中学课本，那个穿崭新制服的老师和那个可爱的小学生可比"富康"、卡丹、夏奈尔和家乐福什么的更有永恒魅力。

挥霍感伤

北京：根与树

我们1960年代出生的人都是唱着《我爱北京天安门》长大的。同样的歌曲还有《北京颂歌》，《雄伟的天安门》，《北京的金山上》，《伟大的北京我们为你歌唱》等等，从西洋唱法到民歌唱法到藏歌和维吾尔歌唱法，能开个音乐会。通过这些歌，不仅唱了北京，还学会了各民族的曲式，知道西洋唱法得憋着嗓子唱，唱的不像自己的声音了那才叫美；民歌唱法嗓子要亮要脆生；少数民族唱法要载歌载舞，还学会了双手一摊来个"巴扎嘿"。但最最重要的是：一些歌词记得刻骨铭心，如："我们的红心和你一起跳动/我们的热血和你一起沸腾"，"每当我们想起北京/浑身就有力量"。对北京的感情似乎与生俱来，近乎一种神圣的宗教感。

直到1980年代初念了硕士来北京工作了，还有进了神圣殿堂的谦卑与自豪呢，总是恍惚中觉得自己没长大，还是那个对着太阳唱《我爱北京天安门》的小孩子。

但这种神圣感很快就被日常琐碎的工作和生活冲淡，开始脚踏实地混在北京。分不上房子，生活拮据时，看着外省同学

盖碗茶

早早有了海边江边宽敞的住房，甚至后悔过，认为自己是在为一个虚无缥缈的儿时幻想付出代价。但自己最终没有南下，也没有出国，就是因为内心里依恋着北京。当初的神圣感没了，取而代之的是对北京的亲近和依恋。在北京举目无亲，但就是觉得在这里兴奋，因为它在日新月异地变化着，一天一个样；在这里感到踏实，自在，因为这里总有一些骨子里不变的东西同样让你觉得亲切。

这些年在北京蹬着自行车穿大街绕胡同，从东城到崇文，从宣武到西城，出了筒子楼进高层，又进红砖居民楼，又住进胡同里的住宅楼，陷在最传统的胡同文化和最地道的京味儿市井声中，但过着品位与之截然不同的生活。直到这时才觉得自己找到了自己的真正坐标，踏实了下来：在传统与现代之间。

北京胡同

闲时在阳台兼花房里品茗，看着窗外的胡同听着胡同里人们高低错落的京腔对白声，细细咂摸，北京这地方吸引我的不就是这种传统与现代的和谐吗？而这种和谐不也正是现代人心理的外化吗？

作为脱胎于草根、从事文

挥霍感伤

学的知识分子，对胡同四合院中京腔京韵和古朴民风的依恋与对现代文明的追求是并行不悖的，前者是根，后者是树。过大杂院的生活显然已经不现实，似乎难以彻底融入胡同文化，对那种生存条件也似乎无法适应——仅那个街上的公共厕所就让你感到不堪回首。但我深深知道我在内心深处是属于这个阶层的，我不能远离他们，特别不能听不到地道的俗语和俚语，不能抗拒用这种活生生的语言与他们交流的诱惑，因为那是我的根之语言，是早已浸透了精血中的话语方式，我不能与之割裂。高楼大厦中讲了一天英文和累人的官腔，我只能在胡同话语中真正放松自己，还原自己。看多了洋人和官人，我必须看这些胡同大院里的人才能平衡视觉。吃了酒店大餐，吃了超市的塑料包装袋里的食品，最终发现还是家常菜最对胃口，早晨还是喜欢时常端着锅去胡同口买豆腐脑和油条包子。有这胡同里的豆腐油条包子垫底充电，精神十足地去班上和老外讲英文，可能那英文带点韭菜包子味，但觉得自己活得特别充实，觉得特别是自己。有时在酒店的咖啡厅里听着音乐泡上两个小时，点了什么爱尔兰或意大利咖啡，品足了，走出来，漫步在散发着烙饼和鱼香肉丝的胡同里，顿时觉得自己需要这种食物，很为自己胃口之好感到骄傲。

今天的北京像一幅后现代的拼贴画，时光交错，扑朔迷离。在这里你总有根的感觉，它让你不会迷失自己，这根就是那些辉煌的宫殿、古树参天的寺庙和迷宫似的胡同、四合院，还有那鲜活动听、韵脚别致的京腔。在这里你不会觉得自己落伍，因为这个城市在全球化阵阵紧逼之下正在成为一个国际都会，创造着让你走向世界的机遇。你可以选择传统，更可以追

盖碗茶

求先锋。你西装革履或一身时装地出去，回家可以换上圆口布鞋趿拉上拖鞋去逛西瓜摊儿讨价还价。总之你可以活成别人，也能保全自己。

我选择了传统与现代之间，选择了酒店咖啡厅和早市的豆腐脑油条并行不悖，正如我幸运地住在胡同里的现代化住宅楼里一样。

我是1980年代中期来的外省移民，不会像土生土长的北京人那样由衷地唱"最爱我的北京"，但"混在北京最受用"却是实在话。

挥霍感伤

混在北京城圈外

写《混在北京》时，就住在天安门附近正义路上的筒子楼里，所以说混在北京是名副其实。现在人住在南三环外，工作的地方在西三环外，每天仅仅是顺着三环来回一趟四十公里，总是在车上向北京城里张望，成了"望京"一族。现在的日子是混在北京城外。城里什么样，基本靠想象。

一年偶尔进城几次，多是去出版社办书的事，也有看看外地来京的朋友，结果和外地的朋友一样惊叹城里的变化。在灯市口的天伦王朝广场喝咖啡时，我东张西望，四下顾盼，活脱儿一个不开眼的乡下人模样。

今天一早去地处东四的人民文学出版社看三校样，不敢开车进城，一堵一个小时，还要烧着自己的汽油，心不疼肉也疼。就起个大早，坐684路公交车，一直从南坐到北，穿过大半个北京城。坐在684上，全程才四毛钱，它爱怎么堵，我也不心疼，反倒有时间张望着看看北京。

一进二环就看到了体育总局的天坛公寓，里面住着刘飞人什么的奥运冠军们，但门脸很一般，像普通的单身宿舍。就是

盖碗茶

这个地方，练出了那么多大牌，真不可思议。这里应该搞成大风景区才对，让游客们来景仰。

磨磨蹭蹭进了城，到了崇文门一带，这是我当年混在东城时经常游荡的地方，我家的活动吃饭桌就是在这里花市的小铺子里买了，扛上60路公共汽车，多打了一张票运回家的。现在已经是一片繁华奢靡，难辨当年了，绝不会卖那种活动吃饭桌了。只有111路车站还在原地。我意识到我开始沿着二十年前天天骑车上班的路线前进了，再往前的东四一带，就是我打游击的那片热土了！协和医院，东单，我全不认识了，像在看西洋景。一个多小时后在东四下了车，赶紧找个地方吃早点。抬头就看到了著名的"明华烧麦店"，老字号，当年排队都吃不上的大馆子，现在挪到街角上了，居然空空荡荡，早点高峰过去了。我进去，要了烧麦和粥，一个人在半边店堂里悠闲地吃着，看着窗外的街景，和我二十年多年前来北京比，真的是天翻地覆。懵懵懂懂地坐在这里的小铺子里吃馅饼喝豆浆呢。

奇怪的是9点左右的大街，商店刚开门，东四一带反倒十分安静，人很少，倒像是大萧条一般。这个时候的二至五环路上正是车流缓慢，堵的水泄不通，北京有一半人在那几条环路上挤着呢，而我却在最中心的地带，一个人占着明华烧麦店的半个店堂在吃早点，真好呀！快哉。

这一带的标志建筑估计除了老外交部大楼就是这座几乎没变样的人民文学出版社和它对面的那座王府大院。这几座建筑还让我感到踏实，否则会感到是到了另一座城市。

看完校样我和编辑朋友找了个街边羊肉泡馍馆，在窗户边看着流水般的汽车和行人吃那碗十分鲜美的陕西饭，聊着活

挥霍感伤

着和死去的共同的朋友。我们都是二十多年前毕业来北京的那一拨，曾在这一带骑着车乱串，互相请吃点小馆菜，也激扬文字，也畅谈点理想。我后来毅然离开了东四一带，把它的繁华、古典和痛苦都远远地甩开，而现在我发现我是多么怀念留恋这片老城区，这里是文化的我成长的地方。他们能一直生活在这里看着它变，而自己的楼并没变，他们是多么幸福的人。

因了书的缘分，我又回到了这里，我还会常来，像个外地人，像个刚毕业的外地大学生。

我还要说的是，9点钟进城，这个时候的城里最可爱，所有的商店似乎都是为你一个人开的。好像二十年前的北京城里这个点上不是这样安静的。这是为什么？

不出几个月，在三环外"望京"的我终于因为地铁5号线的开通而过上了城市生活！前两天英国诺丁汉大学时期的同事来京，住在王府井。要进城去看望老朋友了，就坐五号线，从宋家庄到东单才用了十二分钟就到了！简直如同我家住东单一样了。

跟朋友聊完，到东单地铁站时发现我过去天天骑车上班路过的东单一派星光灿烂，还发现了东单的国家话剧院剧场，立即感到这座城市属于我了。我终于可以只花十几分钟就能进城看话剧了，不用怕堵车，不用花一小时十元的存车费了。

于是今天就在东单和老朋友们小聚，顺便把新书发给大家，然后十几分钟后就从地铁里出来到了郊区的家里。一个字，爽，我又回到东单的怀抱了！地铁真能改变生活，它让我享受郊区的花园住宅，又能快速进入市中心的生活流，感到一种"入世"与"出世"之间随时切换的游刃有余。

草籽里长出的葱
与艾略特的诗
与京郊得志小民

抓了一把草籽撒在花园边，不成想长出来的竟然不是草，而是鲜嫩的小葱，原来是我把葱籽当成草籽了。原来葱可以这么容易就长，和草一样哈。于是就开始了不用花钱买葱的日子。每天要炒菜或做汤了，临时到院子里去割几根小葱，无比鲜嫩。我现在开始很奢侈了，不像原先是把葱切碎吃所谓的"葱花"，而是胡乱用剪刀剪了吃葱段儿，反正是自家地里长的，不心疼了。前两天内人告诉我菜市场上青葱卖到五元一斤了，大家真得省着吃葱花，山东人那种烙饼卷大葱的吃法太奢侈了，不能那么吃了。而我不用吃葱花，咱整根着往烙饼里卷，照吃不误哈。小时候我家房子边上只有一块尺把长的空

草籽里长出的葱

挥霍感伤

地，我都给种了望日莲，秋天里收获几盘瓜子，沉甸甸的，就梦想着将来有个院子，想种什么种什么，但就是没想过种了草长出来的是葱。估计明年我可以考虑种麦子或玉米，六月里收了麦子，可以用麦粒直接熬粥，麦子稀饭肯定比大米稀饭好吃。

南墙根下的月季开始发芽了，荒芜了一冬的土地浇上水，开始到处冒芽，美人蕉也蹿个儿了，春天啊春天，美丽的春天。可大诗圣艾略特却说四月是最残酷的季节，死过的土地里冒出欲望的植物。诗圣就是诗圣，咱俗人真没那境界。光看见荒地上的绿色了，不知道地下竞争的残酷。

  四月最残忍，从死了的
  土地滋生丁香，混杂着
  回忆和欲望，让春雨
  挑动着呆钝的根。

据说这是大诗人穆旦的译笔。不管它吧，俺的小葱残酷地从死过的土地里长出来了哈。《圣经》里不是说过吗，一粒种不死就不能发芽。人间地下天上，不都是这么个残酷法吗？不去想那些吧，朋友，带着烙饼和大酱来我家，我提供鲜葱哈。

译友孙仲旭发给我一本他翻译的《小人物日记》，那里的伦敦郊外人普特先生终于有了一套房子后就得意地记述家里的琐事。看来我快和普特差不多一样俗气了，也在写我的小人物日记，不过是博客日记，是电子版的，还能被读者分享俗人的快乐。当初咬了牙贷款买了房子，成了北京郊区居民，

盖碗茶

很为那笔巨大的贷款感到心中沉甸甸,后来发现房价疯长了三倍,我那百分之几的贷款利率就等于零,甚至是"负增长",居然同样的一笔贷款,现在成了财富,还着贷款反倒感到是在从银行里偷钱,不由得不小人得志。咱这等小小普特儿们,也就剩下这点便宜可沾了,可以因此合法地洋洋自得,怎能不乐和地写自己的小人物日记?

记得劳伦斯曾激烈地讽刺威尔斯,说他从贫民之子靠写作当上了伦敦郊区人,摇身一变成了中产阶级,忘了自己的穷根,与劳动阶级断了血脉,

丁香没有艾略特说得那么残酷,暗香浮动,很美

浅薄了,为此不与威尔斯为伍。后来采访萧乾时,萧老告诉我威尔斯其实也看不上劳伦斯没品位,估计是嫌他衣着寒酸,生活没档次吧。不过最终还是威尔斯体恤劳伦斯,在劳伦斯死前亲自赴法国看望并请人为他做了面模,那是从劳伦斯脸上脱胎的面模,为后人留下了最真实的劳伦斯死前的面塑。可见威尔斯多么仁义。这样的中产者终归是同情同出一个阶级的兄弟的。威尔斯是个奇迹,没有堕落为势利小人的中产者,又靠自己的努力得到了有品位的生活。我们都该学习威尔斯才是。

挥霍感伤

剃头

　　第一次去美国出差一个月，出国前做了很详细的准备，结果是身外之物考虑了个周全，独独忘了自身的头发，没有理发就出国了。到美国一吃黄油奶酪之类，生长激素竟让我焕发第二青春，十来天过去这头黑发不仅乌亮了许多，也飞扬了许多，颇有日长一厘米之势。

　　我这个分头样式还好办，细细梳理一下，显得比往日油亮可鉴些。被人说成"抹多了头油"，大有奶油小生之嫌。可那位洒脱无比留着齐刷刷"板寸"追求阳刚的哥们儿则愁不胜愁，因为那个发式需要三日小修，半月大修，才能保持男子汉风度，否则就显得长毛散乱如囚犯一般。

　　于是每天上班见到美国同事首先就是打听哪儿剃头便宜。有说三十几美元的，有说二十几美元的，最便宜的也要十五美元，且是只剪短不管洗和吹。再问理发店何在，答案叫人不可企及：在他们各自的住宅区邻居家里，要去一趟就得搭人家的汽车，因为人家都住几十英里外的郊区，没私人汽车是去不成的。如坐出租，车费要几十美元。再问城里理发店，美国人说

盖碗茶

那是有钱人去的地方，最便宜的也要三十五美元，那就是小三百人民币了。

我当然不甘心剃这"冤枉头"。好在我的电动剃须刀还有个功能，就是简单修理鬓角，为此专门装有一个小剃刀。我得以每天自己修理一下鬓角，顺带修一下过长的头发。这样总算对付了下来。

后来又到了法兰克福书展上参加拙作《混在北京》的首发式，本想照旧天天修理鬓角，以对付报刊电视采访时的拍照。可不幸的是，德国插座是欧洲大陆式的，陷到墙内有一寸深，我的充电剃须刀插头无法插入。原来我忘了带欧式转换插头了。看来我只能进德国的理发馆了。天知道，德国的理发店价钱会不会比美国更贵？因为它的物价普遍高于美国。但我当天必须剃个头，因为第二天就有德国电视三台的访谈和德国通讯社的各国作者存档拍照。

天色已晚，要么去超市买转换插头，要么进理发馆剃个高价头。这时我侥幸地打开电刀，它居然还有电！在美国充的电还没耗尽。我决定保留这点电能，只用电剃刀修理头发，而用飞机上发的一个手工剃须刀刮胡子。就这样我在德国几天没有理发，照样对付了电视台的录像和德通社的采访拍照，看看德国摄影师拍的照片，我那头自己修理的黑发还很柔顺，并不掉价儿，省了三百来元呢。

回国后，我照旧去楼下马路边的理发摊儿。一拉溜儿四五个师傅，不用排队，坐上去围块大布单子就理。

眼前是流水般的行人自行车，观着街景儿和师傅谈着物价，听他说着自己的老伴儿和儿女，觉得挺惬意。依稀觉得

挥霍感伤

回到了童年,串街的剃头师傅拨棱着一个"铁拨子",嗡嗡作响,走门串户一毛钱剃一个头,一边剃一边讲故事哄小孩子。这种剃头"铁拨子"早成文物了,可那嗡嗡的响声还在我耳畔萦回,童年那简朴温暖的生活方式再也没了,但它总在提醒我节俭着过日子。

盖碗茶

我用60分自律

　　作为外省知识分子到北京来寻找属于自己的一方天一寸土，多年的磨砺，苦涩中洗掉的不仅仅是当初的纯真与方刚血气，老成的不仅仅是一贯珍视的"成人的童心"。似乎那叵测的日常悲剧和为了生存连好人也会生出的歹毒(更不须说势利小人发扬光大的刻毒)早已教我变得心静如水——感谢上帝，我自以为没有变成一汪浊潭，但我早已不再有二十岁时的同情心与动辄就激动就敢于挺身而出为民请命的"少年冲动"。大都市的生存竞争中，能落个这样守身如玉、明明白白的下场而非同流合污沆瀣一气，已算是守住了知识分子的气节，说俗了，也算"不容易"。

　　总在告诫自己要抵挡住诱惑，总在双手击着太阳穴提醒自己不可有负于人更不可为蝇头小利变节丧名，更不可害人。

　　但也仅此而已．剩下的只能是冷漠，是无奈的英国绅士气，因为当你一而再再而三地热情助人却被人看成是"联络感情"甚至遭遇以怨报德，你还能怎样？

　　面对身边潜伏着的那种隔肚皮的险恶，能保持住这"绅士

挥霍感伤

气"已算委实不易。

但我绝没想到连我这样的"绅士"(不啻一种自嘲)还能感动人。

那是个黄风铺天盖地的早春日子(北京的春天就是这么可怕),一个满身油污的年轻人上门来清洗抽油烟机。一听口音就知是山东一带人。

外面狂风正烈,我说就在楼道里干吧。刚铺开摊子,电梯工就恶狠狠地过来:"去,去!上外头去!"我忙说那样的天气还不把人吹死?就在楼道中干,后期打扫卫生归我了。那清理工小声说:"大哥,你这人真不错。我这几天都是在露天地干的,手全裂了。"

干完活已是午后一点,我很自然地说误了午饭,多付两元饭钱。

那人竟好半天不语,回头看时发现他已很激动了,一边洗手一边开始诉说来北京后的遭遇,说北京人如何欺负人,对他连骂带损,但为了讨生活费,他从来不还嘴,都忍了。

望着他消失在狂风中的背影,我竟有点被自己感动。随之又是感慨。我还在回味他刚

住在这样不接地气的高处,人心难免不叵测

盖碗茶

才边洗手边语无伦次与我"唠"的话。他在那短短几分钟内竟把他干了几年海军机械兵，怎么复员又怎么进城打工的事说了个遍。我做了什么竟能让他把我当朋友同我唠唠？我不过是做了件合情合理的事，公事公办而已。我没有乐善好施，更没有怜悯与同情(因为我觉得我本身就不易，不配同情别人)。可就连这样的正常之举都能感动别人，这又说明什么呢？

人们进个"衙门"不敢奢望热情，只要碰上个"五官端正"(心不歪，眼不斜，嘴不馋……)的人秉公办事就已谢天谢地。碰上个小贩，不求热心，只求不上当不缺斤短两就很感动。待人接物，不求热，只求不冷就是"好人"了。

那么，我们是否应该欢呼自己万岁了呢？因为做个仅仅是不冷的好人现在都成了件不容易的事。我有理由认为我是个60分的"好人"。可现在低分的人又太多了点，能不能让我们都用60分来自律呢？

挥霍感伤

咱也留过洋

据说身为"翻译家"却没有洋学位是黑马的软肋。但为了让拙译的读者适当地放心，我还是晒一晒我的留洋经历，这就跟菜市场上消费者要吃"放心肉"一样，俺那光滑白皙的译文上也要扣一个蓝戳子，上书：此译者留过洋。虽说英雄不问出处，但有个明确的出处还是让读者心里踏实些。我要说的是，俺没念个洋学位，一直是个土硕士，但好歹咱也留过洋。

去日本、澳洲和德国开会、访问和举办小说德文版首发式的经历暂且按下不表，只说几次有点学术嫌疑的留洋经历。

1996年到CNN（美国有线电视新闻网）公干一个月。这里是《飘》的故乡，如今是CNN、AT＆T和可口可乐公司的所在，一直号称是美国"南方的首都"。

亚特兰大真是个好地方，森林环抱，市中心那么袖珍，但整个城市地域又是那么辽阔，到处都是城乡之间的景色。美国有线电视新闻网的总部居然在这么一个看似一点都不国际都市的地方。但它居然成功了，成了世界著名电视台，一到大事直

盖碗茶

播，全世界都看它的表现了。

我怀着一份古典情怀来到亚特兰大，以为这座南方古城像《飘》里那样古朴，但现实中的它却完全天翻地覆，市中心只剩下了几座19世纪的老房子，其他地方全然被现代化给化得了无痕迹。这里首先是一个世界新闻的中心。我在这个电视台考察学习了近一个月，自然感到了这里紧张热烈的工作气氛，很受感染，同时感到了自己的不足：我的素质决定了我肯定干不来这个，还是好好研究一下《飘》什么的吧。现在的亚特兰大是再也不会有什么文学了。

CNN大楼(右)

还好，在CNN我和一些外国电视记者同行交流，发现了自己的一大优点：那就是我能干全活儿，他们不能。外国记者只管当记者，连节目带编辑都不会，有地位低的图像编辑伺候他们。而中国电视记者则是粗细活儿都能干，从编辑到配音到自己推音频编辑国际声道，最后到图像声音合成，全行。所以，那些天里，他们在CNN的图像和音频编辑后面排了长队，等人家给编辑，但人家到下班时间就要下班，急得他们什么似的。而我则早早完成了自己手头的工作，悠

挥霍感伤

闲地喝咖啡吃点心。于是我成了我们那个小组里最受欢迎的人，大家都抢着要跟我合作，其实是让我帮他们剪辑、做国际声和合成配音。看来他们真是等级分明，记者是白领，一门心思挖新闻，能成名记。而我感到自己全能，什么都拿得起，但是灰领儿，永远也成不了名记。不过灰领也很好呀，不用求人，自己辛苦点，但能支配自己的时间。还有，灰领记者平庸，但快乐。

1997年在香港做完香港回归的电视报道，就去澳洲的 Edith Cowan 大学两个月做访问研究员。这是西澳大利亚第二大高等学府，前身是师范大学，因此学校的建筑风格十分朴素淡雅，特别是劳利山老校区，更是如此，掩映在绿荫中，周遭是朴素但不失讲究的花园住宅区，看上去很像英国的大学区，安谧，恬淡，实在是做学问的好去处。我住在罗素街2号，那是一座花园木屋，从那里可以远眺佩斯城。澳洲的郊外小镇太像英国，但比英国宽敞，安静，多了些野趣，特别是澳洲的春天，野花遍地，金合欢盛开，着实令他们的英国"老家"相形见绌。这个被英国的流放犯们的后代建立起来的新国家不是英国，胜似英国。

大学的朋友安排

Edith Cowan大学

我在秋天（澳洲的春天）来此游学两个月，除了开设几场公开讲座讲讲中国的电视和文学，留给我大部分时间考察澳洲的生活和研究劳伦斯以澳洲为背景的小说《袋鼠》，这是对我的最大理解和支持。大部分澳洲人其实不喜欢《袋鼠》，认为那是劳伦斯以大英帝国子民的视角俯视澳洲的作品，很有点"殖民主义文学"的嫌疑。但他们对我这个第三方国家的学者还是很宽容，竟然允许我以此为题开设讲座。一所大学，如此宽容的精神，让我很感动。大学者，无此宽容精神就不成其为大学。

在美丽的西澳度过了优哉游哉的两个月世外桃源的日子，回国后我完成了《袋鼠》的翻译和出版，还写了《烟花十月下澳洲》和《劳伦斯在西澳》的散文，收入了我的散文集《名家故居仰止》中。

对这个国家，该怎么表达我的感受呢，借用劳伦斯的话说：如果命运让我再次来到这个地方，我愿意永远在此住下去。哈，不知我是否有此福分。

研究翻译劳伦斯十几年，我终于在2000年来到了英国中部的诺丁汉大学学习一年，身份是访问学者。这是劳伦斯的母校，是在离劳伦斯家九英里的地方，在这里我能脚踏实地地学习劳伦斯的作品，感觉十分特别。英语系所在的大楼是诺丁汉的城市地标，建于上世纪20年代。被劳伦斯讽刺为为培养赚钱技能而开立的"诺丁汉的新大学"。

这次留学的直接收获是在那里写了两本书，一本是关于劳伦斯故乡与作品关系的图文集《心灵的故乡》，另一本是2001

挥霍感伤

年英国社会生活的观察和评论实录《情系英伦》（其实我给书起的原名叫《看英国》，很是褒贬了英国一番。但编辑大姐说她从中读出了我对英国的热爱，就代我改为那个"情系"，我只能从命，大姐的洞察当然有道理）。据说我是留学英语系一年内出了两本书的第一人，哈，这个第一让我感到替中国学者很挣了点面子，但不包括那些留而不学却拿着国家奖学金天天上饭馆里洗盘子的中国大学教授及副教授们，他们用不着我替他们挣面子，他们压根不需要面子，只要爬地上撮英镑硬币，满满地贴脸上，就是面子了。

但我最大的贡献（贡献给谁了呢？估计只是读者）应该是在《情系英伦》中（章节发表在《南方周末》和《作家文摘》上）向国人解释清了英国的大学校长一职是荣誉设置而非名副其实，说明了杨福家教授的诺大校长其实等同于形象大使，而不是真正行使校长权力的校长，真正的校长其实是副校长。这一点在杨教授当上诺大校长的新闻传回国内时似乎没人向国民们解释这其中的奥妙。还有就是，我在2001年就预言诺大会在中国办分校，结果言中，果然2003年就在宁波办起了分校，杨教授这次真当上了校长，在宁波，他的故乡。作为半个记者，我记下了一个记者该记的，所以这次留学名副其实。

因为那一年都在英国，离德国很近，来回的机票花费不贵，所以鲁尔大学亚洲部的中文系才能拉我去讲了两堂课：他们经费有限，付不起北京到波鸿的来回机票，或者还可以说我这样的半瓶子醋学者不值得人家那样破费。那两天中忙于学术，只有中午和晚上才在学校和附近转转，结果是我根

盖碗茶

布拉格与伏尔塔瓦河

本没看清这座号称德国最大的大学区到底是什么样，就迷迷糊糊离开了。

  这座大学的确是个奇迹。据说鲁尔地区在1960年代前是个烟雾弥漫，煤尘遍地的老工业区。经过改造，现在是绿荫遮天的大学区了，一下子从工业化进入了后现代生活。但鲁尔大学却是一片广大的钢筋水泥建筑，屋顶上开辟了广场和通道，可以如履平地，随意穿梭在各个教学楼之间，学校自己有地铁口，有高速路口，商业也很发达，完全就是个水泥城，但由于绿化做得好，并不显得那么生冷。虽然号称有4万大学生，但除了中午饭时分各个餐馆比较拥挤，平时这里并不显得人多。它让我想起多年前去香港城市大学的情景，那也是个水泥楼楼群，人们都在楼内穿梭，像在地道里一样。但城市大学和鲁尔大学比，可就小巫见大巫了。鲁尔大学就是这么有特色：钢筋水泥的校园，铁路穿梭其间，但并不让人觉得反感，反倒觉得

挥霍感伤

诺丁汉大学

别具风味。当然我更喜欢自然环境中的校园啦。但偶尔世界上有这么一所大学，完全是后现代感，也不错啊。

最大的奇迹是，这里的中文系是欧洲汉学的一个中心，这让我感到些儿惊奇。据说完全归功于马汉茂教授的努力，才得以有如此规模。

我去鲁尔是因为我的小说《孽缘千里》的德文译者Karin Hasellblatt那段时间在那里任教，她邀我去她的课上帮助讲解小说的语言难点和解释些社会背景。来听课的居然有不同年级的本科生和研究生，水平自然参差不齐，刚刚开讲几分钟，老师就告诉我请用英文讲，因为那些低年级的学生听不懂我的中文，为了照顾他们，我得讲英文。德国的大学都要求学生首先过英文关，也就是说英文是德国所有大学专业的第一外语。中文系的学生也是先过英文关，再开始学中文。所以在德国的中文系讲英文并不奇怪，甚至很正常。他们的系主任冯教授告诉我他去其他国家当博士论文评委，往往是几个国家的中文教授齐聚，为了"效率"，大家一律讲英文。中文博士论文答辩并不讲中文，这让我大为吃惊。因为我们国家外文系的学位答辩是必须讲对象国的语言，论文也得用那种外语写。但我听说欧洲大学中文系的学位论文好像很少有人用中文写，原因很简

盖碗茶

单：中文太难。

于是我就用英文在中文系讲课，讲我的小说，必要时讲几句中文，要放慢语速，字正腔圆，像练习发声一样，口型要十分到位才行，否则低年级的初学者就惨了。恍惚中觉得是在对英语国家的人讲课，时而被老师的德文插话打断，那是她怕学生听不明白，再用德文解释一遍。

出乎意料的是对鲁尔的访问为我带来了去布拉格大学的机会。鲁尔大学的冯铁教授告诉我他刚刚从布拉格大学当评委回德国，我立即表示艳羡说那是我最喜欢的城市之一。他说，也许我可以去，但得去那里的汉学系讲课。我当然求之不得。于是就收到了邀请。打开邀请信，我吓了一跳：邀请方的信纸抬头居然是"查理大学蒋经国汉学中心"。原来这个系是受到台湾的蒋经国基金会资助的。管它谁资助的，反正地主是布拉格大学。再说了，阿扁上台后，国共又成朋友了嘛，去。到了那里，我明明看到里面有台湾人在办公，但主人并没介绍台湾朋友认识我，我也没主动打招呼，两人只是对了个眼神而已，一切尽在不言中，我的台湾同胞啊。

我是去放一场根据我的小说《混在北京》改编的电影并回答观众的问题。但刚开始用中文讲，就遇上了在鲁尔大学讲课时同样的问题：现场很多学生其实是初学中文，听不懂我的中国话。为照顾这批人，我又得拿着中文讲稿讲英文。布拉格大学热爱中文和中国文化的学生太多了，坐了一礼堂。那个系居然有很多中文教师，而且教的是很深奥的语法和古典文学，简直令我吃惊！可惜的是，一切交流用的都是英文。有了鲁尔大

挥霍感伤

学的经历，我再也不感到别扭了。不过在结束的闲聊中，那些大学教师都与我讲中文，他们的中文好得很。

有趣的是我在这里遇到了著名的俄罗斯汉学家斯格林，他一张口就是地道的北京南城腔，着实把我吓了一跳，赶紧称他为"斯老师"。回国后看到报纸上报道斯老师出的新书，是用中文写的有关老北京风俗的著作，就奇怪，我们的电视台为什么不请这样的中国通去现身，这"斯"的中文和学问绝对让大山五六儿的自惭形秽。

以上就是我几次有点学术嫌疑的留洋经历，交代给大家，但我从来不敢因此自以为有国际背景，我的背景还是中国，这个中国甚至只意味着河北、福建和北京这三个我生长、学习和工作、生活的地方。但因为这些年点缀了这些留洋色彩，我的中国背景上就斑斓了许多，而这些对于一个所谓的翻译家来说并非可有可无，甚至是必不可少和多多益善。

盖碗茶

书缘与人缘

1982年我有一个绝对"前卫"之举，选择了劳伦斯做硕士论文。大家劝阻我，说研究这个作家要冒论文通不过、拿不到学位的危险，我对此置若罔闻。可面对图书资料匮乏的困境，我反倒心里没了底。我所就读的福建师范大学图书馆里哪儿有一本劳伦斯的书？仅靠外教手里那几本私人藏书，做硕士论文简直是天方夜谭。好在那时候研究生寥若晨星，学校很把我们当宝贝，图书馆特别支持我们，暑假期间派研究生们跑北京上海等地的大图书馆查人家的馆藏书目，每本书的编目都要抄写仔细正确，然后通过馆借方式邮寄借来书，复印装订成册，糊上牛皮纸封面借给我们。我就靠这些千辛万苦"淘换"来的书写了论文，得了稀有的劳伦斯研究硕士。不知道福建师大图书馆里有没有保留这些特殊的藏书。估计早就字迹模糊，卖废品了。

毕业后还想业余时间继续劳伦斯翻译和研究，但我不在研究单位和大学供职，就得经常挤公共汽车去北京图书馆，很是吃不消。即便是北图这样的国家图书馆，其实这方面的书也并

挥霍感伤

不是应有尽有，毕竟我们外汇有限，不可能买所有的单个作家研究方面的著作。因此经常发现国外出了最新的研究著作，千辛万苦挤车去了北图，却只能空手而归，白跑一趟。便梦想有一批自己的劳伦斯藏书。每月100元的工资，一分外币没有，这真的是在做梦。

但似乎冥冥中我是有贵人相助的。1985年我获得了难得的机会被派去澳大利亚开一个文学会议，会上结识了澳大利亚某出版社的发行经理，作为"外国发言人"我获得的一个小小待遇是一册该社的出版目录，允许我挑几本我感兴趣的书作为送给我的礼物。这简直是天上掉馅饼。我就煞费苦心地斟酌着在一长串劳伦斯作品中筛选了几本重要作品打了勾。就这样我算是有了自己的第一批劳伦斯基本藏书。会上还认识了西澳师范大学讲师坎先生，他就像导师和大哥关心我，给我讲他的国，他的家，讲文学，讲劳伦斯，带我到大学附近的二手书店淘书。他还慷慨地从自己书架上拿下《查泰莱夫人的情人》一书送给我，就这样我又有了一批书。12年后坎哥又帮我斡旋，使我获得大学的邀请去做访问研究员，这次我经历了多年的改革开放，工作了十几年，加之访问研究员的生活费不菲，我已经用不着省吃简用了，便狠逛一手和二手书店，越洋背回不少书来。有这么一位洋哥哥帮忙，我的基本书目算是很充足了。可惜，坎哥英年早逝，去时才50多岁，我在阴雨霏霏的诺丁汉收到了坎嫂洒满泪水的刊有悼词的报纸。他和家兄年纪一样，却这么早就走了，真让我伤心。

另一个贵人是弗雷泽先生，是我在德国国际青年图书馆年会上认识的，他是美国新泽西一位大学图书馆馆长。闲聊中

盖碗茶

知道我的劳伦斯兴趣，回国后很长一段时间里经常给我寄来图书馆下架的旧书，多是些研究类的理论书，虽然在美国是"过期"书，但对我来说作翻译参考仍是雪中送炭。那些用专门的软包装信封包裹的书每次从美国寄来，都是我的一次节日。弗雷泽教授，我永远感谢你。

还有一本特殊的劳伦斯的书不能不提，那是一位苏联的教授给我的，在苏联出版的英文版《虹》。

记得刚开始做劳伦斯论文时就听说北大的一位研究劳伦斯的研究生，其论文被枪毙，此人至少当年没拿到学位，便不寒而栗起来。我想引用一些马列观点的文章，但那时全国只发表了一篇劳伦斯研究的论文。于是想到了苏联人的著作，居然在图书馆里发现一本莫斯科列宁师范学院教授米哈尔斯卡娅写的一本20世纪英国文学史话，书名是《英国小说的发展道路1920—1930》，里面有一章长文谈劳伦斯。便如获至宝，心想这下我的论文可算是有马列观点了，绝对能通过，便把几段重要的文字翻译成英文引用在论文里。80年代初写劳伦斯的研究文章能借用苏联人的马列观点不仅能给论文"保驾护航"，也算是劳论斯研究方面的一个新鲜点，当然首要条件是要粗通俄文。后来我翻译了米教授的文章发表在华东师大的刊物上，忍不住写信给她，看她还有什么高论发表，顺便告诉她我在翻译《虹》。米教授很高兴地回

劳伦斯小说封面

挥霍感伤

信，并出乎意料地寄给我一本苏联出版的英文版《虹》。我又如获至宝，因为那时英美还没有出版《虹》的英文注释本，这本俄文注释本里的注解就帮了我大忙，有不明白处，就直接从俄文翻译过来，算是较圆满地完成了这本劳伦斯名著的翻译。

1988年从德国坐火车回来时在莫斯科转车，因为莫斯科-北京的火车一周只有两次，我便可以在莫城等四天车，等于有四天时间旅游了。顺便去列宁师范学院拜访了米教授，她已经是知天命的年纪，那么雍容大度，但仍然看得出年轻时绝对是一个俄罗斯大美女，完全符合我们这一代人对《钢铁是怎样炼成的》里面那个冬妮娅的想象。在俄语系的外国文学教研室里我们用英文交谈，周围都是系里的教师和秘书在进进出出。米教授讲了几句英文就要求我说俄语，理由是"在我们国家我们更愿意说俄语"。我知道，那个年代，苏联还没解体，很保守，对外国人很警惕，周围的人可能不大懂英文，她可能是怕被人汇报上去说她什么坏话吧；也许是苏联人的大国沙文主义在作祟。但我用结结巴巴的俄语告诉她我的俄语口语很差，只能说简单的俄文，讨论文学绝对不行。这番话周围的苏联人全听得清楚，对我抱以同情的表情，她这才同意继续讲英文。

列宁师范学院的校园真美，古典风格的漂亮教学楼坐落在森林里，高大气派的很，感觉比莫斯科大学要小，要紧凑些，但没有莫大那种威严和雄伟，更能让人觉得亲切些。苏联解体后好像改了名字，叫国立师范大学之类的了吧，或许在十月革命之前就叫这个名字吧。一转眼20年过去了，俄罗斯沧桑巨变，老"冬妮娅"教授还好吗？

这些年间，出国的老同学们都会捎书给我，结果有的书目

盖碗茶

和版本都重了,自己出国时只要有时间就会去偏僻的小书店淘些二手书,每次都是满载而归。现在我们又有了双币信用卡,能在欧美的网上书店淘旧书或买急需的新书,我的劳伦斯图书馆就基本建立起来了,不用跑图书馆了。

翻翻这些来之不易的书,很是感慨,从那么穷的年代开始,我居然一本一本地攒了那么多劳论斯专业的书,几乎每本都让我想起人缘和书缘曾这样那样地交织,每本书里都蕴涵着人气的温暖。

挥霍感伤

散去的只是人

　　燠热的八月天儿，在南方水乡采访，穿行在庄稼地里，恍若置身于一个大蒸笼中，不断升温的水蒸气在蒸熟你的肉体，蒸发掉你的灵魂，一个北方人第一次下到江南农村，早先对这南方水田的美好想象立即被现实打破。这"风景如画"的江南水田里，溽热打消了从书上读来的一切诗情画意。

　　采访内容是我其实并不很热心的农业话题，我仅仅是来完成报道任务的。当地干部把我当作"北京大记者"，穷追不舍地打听"京城动态"，令我这小百姓张口结舌。我知道"上头"什么？只想快结束拍摄早日打道回府！眼前的一切只当是为小说写作积累生活体验吧。但我不是专业写作人，这样无聊的体验当然与专业作家们"下生活"滋味大相径庭。我是为挣生活而机械地完成我的报道任务，实则心不在焉；专业作家下生活则会感到处处充满情趣。旁观是潇洒的，是抒情的，甚至可以激昂，可以忧愤，而身陷其中则只有无可奈何。蒸在水田中，我在想扔在北京的半部小说稿，写的是与农村生活迥然不同的城市青年生活，在苦苦思索那段燕园中的孽缘的结局，可

盖碗茶

能这就是"业余作者"的尴尬之所在了。但我仍然时时在为自己解嘲，也侥幸地说服自己：从长远的观点看，这样的尴尬境遇亦是写作的一部分，这种不经意的经验，或许将来会对自己的某一种小说"有用"呢。

就在那几天昏昏然的采访中，不期而遇的一个县城电视记者为我吹来些许清风。

那天摄像师换了，换来了一个文弱书生，介绍说是县电视台记者时，我十分怀疑他柔弱的肩膀能否扛得动几十斤重的摄像机。他眉清目秀，谈吐轻柔，举止文雅，大热的天依然是里面一件背心外面一件短袖衫，这似乎是老一辈南方书生的打扮，在现代城市青年中早就成了古董。最经典之处是他上衣袋中别一支笔。这个人在电视圈里绝对是个另类，甚至看上去有点"刺眼"，绝无人们眼中那种长发披肩，面目模糊、浑身"邋遢帅"的摄像记者做派。我们两人一导一摄，配合得很好，他显得很专业，对镜头的把握十分到位，甚至会超出我的要求，多拍几个镜头，有的镜头设想要比我设想的好，我自然表示采纳他的设计。编导最喜欢与之合作的就是这样的摄像，他明知他的设计比编导的好，但绝不口头争论，而是用行动来证明说服编导。

歇息时在田边闲谈，他递过名片，一看我不禁心动：名片上除了印着某电视台记者外，还印着这个县一个文学杂志的编辑。我问他是否兼职，他说不是，是几个文学爱好者自费办的一个小刊物，与电视台无关。他业余写小说散文，自费办刊，堂堂正正把刊名印在名片上。

我出于庸俗，问你们领导对你这样一心两用的人会不会有

挥霍感伤

看法？他不语，随后说："我是业余做文学，不关别人的事。"

我便不再问。同样身为业余作者，我太知道一个业余作者在一个与文学无关的单位里的"正常"人们眼中的形象。我更知道一个县电视台的普通记者在日常工作中被数不清的杂务缠身之中如潮的文思会受到怎样的无情干扰。我又实在太懂一个有着文学追求的人在那些毫无文人气质的小官僚"手下"所受的难言之苦，甚至在那几日中我亲眼看到他的小上司对他颐指气使。

但他在"明目张胆"地从事他的文学，敢于把自己的刊物名称印在名片上。令我心中顿生惭愧。我知道我永远不敢把"黑马"二字印在我的名片上，这其中虽有几分"出道"后的淡漠，但更多的还是想省去许多世俗的麻烦，深怕陷入文学给我带来的俗祸。这既是活世故了点儿后的"精明"亦是向世俗屈服的苟且。

因此，在这个纯良的底层文学青年面前，我只有自愧不如。他虽没太大的文学成就，但他活得本真、自然。他还年轻，我相信他这样追求文学，即使不会成"腕儿"，但他的文字绝不会苍白。在这蒸笼样的氛围内，他可能会构思30年代苏州城的妓院生活吗？他会无端地写"外婆桥"下的"风月"吗？

我没敢提出要读他的作品，因为我没想告诉他我也是个用笔名发表作品的业余作者。一直到离开那个地方，我都没有告诉他我的业余写作生活，在那个因特网还没有普及的1990年代，他不会知道黑马与这个编导毕冰宾之间的关联。但我默默地心怀敬意地注视他，心中为他祝福，尽管我很虚伪地掩饰了自己的身份。

盖碗茶

文学并非在什么时候在什么地方都可以放谈的。

我们没有谈文学，就散了。但我清澈地记住了他的影子，尽管早就忘记了他的面目。

后来我把以上这些感想寄给了一家文学报纸的一个著名编辑，想在那里发表。那个编辑好意地给我回了信，告诉我他不能发表这样业余的自称为散文的文字，并劝告我，你只是个记者，还是写点"符合你身份"的采访文字吧，不要写小说和散文这类纯文学的东西了。我虽然受到了轻蔑，但我特别感谢这位名编辑，他能那样开诚布公地打击我，说明他是个心直口快的人，不会阳奉阴违。他的打击，只能让我更多地反省自己，更努力地打磨自己的文字。

但那个县城电视记者瘦弱的身影却像他那双柔弱的手在坚定地支持着我走在业余写作的路上。他不知道我认识了他对我有多大的意义，他不知道他在我心中有多伟大，不知道他竟然无意间帮助了一个来自北京的"大记者"。我们短暂地相聚，再也没联系过，但散去的只是一个有形的人，他无形的身影一直在我身边。

其实我们都可以在无意间帮助别人，成为别人的力量，用你诚实的言行，这就够了。

挥霍感伤

地灵与人杰
——记一个瑞士人

走进瑞士,那种旖旎风光、如画风景,那雪峰平湖、嵯峨灵秀,像一个个电影镜头,看过也就看过。再走几个欧洲国家,那种美丽宜人的景致大致相似,说来说去,左不过一个"江山如此多娇"。满足了感官,每每在回到我们这个污染严重的文明古国后要回味的,并非那山水,而是那风景中的人。在一个处处明媚的国度里,风景倒该是背景和道具,人则该成为真正的风景,叫人难忘的是那一国的人才对。作为电视记者,拍片子时,往往聚焦人物表情,而把背景虚化。

记忆中的这个矮个子巴塞尔小伙子(在人高马大的欧洲人中,一米七已算苗条细巧),应该算瑞士普通知识分子的缩影了。我们去瑞士拍片,主方说好来机场接机。本以为会来个对方的小领导,带着助手,可出现在我们面前的只有一个年轻的小伙子。他是在我们进大厅时才匆匆赶到的,气喘吁吁地直道歉。

只来了一个普通的听差,让我们感到接待规格"低"了,为此心中生出一丝不快。但这个司机模样的人却很快让我们快

盖碗茶

乐了起来。他看上去就像个善解人意的聪明听差。一头油黑的细卷秀发，一张白里透红的脸膛，身材细巧颀长。他帮我们肩扛手提那些沉重的摄像器材，装车打包，麻利熟练，可开上车飞驰向巴塞尔时，他又神采飞扬，用流利的英语同我们天南地北地神侃起来。他告诉我们他父母是意大利人(他长着黑黑的卷发，目光柔情似水、热情奔放，是标准的古伊特鲁里亚人的后裔)，长在瑞法德交界处，因此能讲三国语言外加瑞士德语，而英语是从上高中始慢慢练的，自称"英文最臭"，迫切需要我们当中谁会讲法语、德语之类，甚至说讲西班牙文也比讲英文顺！天，他还会西班牙文。我开始对这个小听差刮目相看了。

他说，"瑞士人靠的就是个好学，夹在欧洲中心，没出海口，没资源，不学点本事与外界打成一片，我们怎么活？在瑞士，会个三四国语言毫不稀奇，谋生之道，否则就得饿死"。

一来二去，方知他是个自由职业者，以拍电视片为业。因为我们受瑞士方面邀请，对方公关部无人懂电视，才请了他来接待，这个接待其实是个"全活儿"。再问下去，方知这哥们儿是大学艺术系戏剧导演专业出身，有戏导戏，无戏做电视甚至拍广告，难怪此君步态优雅、举止如伶、口若悬河、表情丰富呢。

闲聊、吃饭、逛街，我们像久别的朋友，谈亲朋至友、谈国事家事，谈外交经济，这个瑞士小伙子像一扇窗户，教我们得以管窥瑞士普通知识分子的心态。可干起活来，他绝对忠于职守，一丝不苟地打着下手。因是电视同行，他的忙帮得总是及时到位，你一伸手他便知你需要什么，就像做手术时身边的

挥霍感伤

助理那么心有灵犀。其实他自己玩熟了摄像机，可他与我们在一起的角色就是这样设定的，他甘当配角。一周中，他每天最早来，最晚走，辛辛苦苦，却总是那么快活。忙完这次任务，他说他要一连三个月当戏剧导演，率团巡回瑞士上演话剧了，好好过一把大导演的瘾。

这个与我们同样是导演的人，当了一周的小催巴儿、保姆、司机，离别时我们难舍难分，他含泪亲吻我们每一个人，车开走后他又转回来从我们的身边开过，从车窗中伸出长长的手臂一直挥到暮色深沉处。

干什么像什么。这绝非因为他学戏剧出身的缘故。他是巴塞尔市立医院院长的独生子，家境优越，可干起力气活来，那纤巧的体内却能爆发出惊人的力量。那种娴熟的技能是"表演'不出来的。临走之前，我们猜这个快乐的意大利大男孩"贵庚"几许，全拿他当小弟弟。我是凭他眼角上几丝皱纹，才报了个最大的年龄："撑死跟我一般大。"别人全笑，说"最多二十五六。"他却开心大笑："我三十九了，是你们大哥！"好不教人尴尬。我们这些自以为是的家伙，未老先衰，小小年纪要么一脸五千年，要么目光流盼中透着狡黠诡谲，要么一身拎抢拎抢的流油肥膘，独独少了青春与童稚、健康与快乐。自惭形秽。

几年过去，他一定还是个大男孩样，这样的性情该有多么可贵。这样的人融入瑞士风景，那风景能不妖娆？

我们说到一个好地方，往往称其为钟灵毓秀、人杰地灵，其实这几个要素互为表里，人景绝不可分。

盖碗茶

见证与感念
——冯亦代先生二三事

文化老人冯亦代以九秩高龄辞世,京城当日白雪纷纷。告别仪式举行的那个早上,天空又飘洒起绵薄的春雪。那两场雪似乎是为先生而落。去北大医院告别,一路上清风细雪,雪糁落地即化,滋润干涸的地面,让我想到冯先生白雪清正的品质和落雪护苗的情怀。

告别大厅外人流涌动着,是来自各界的朋友,大多互不相识,但都是来最后看一眼冯先生的。冯先生,他戴着扁平的帽子,神态安详,宛如生前一样平和,只是闭着眼睛睡着。我把一捧黄菊和百合轻轻放在老人脚边,感觉如同当年与先生促膝交谈。

二十年前我毕业进中国青年出版社工作,因一件小事误以为他是个厉害老头,给他送样书时连屋都不想进,但那对老夫妇说我骑车送书辛苦,一定留我坐下喝水说话,那间简陋但堆满了书的房子立即像磁铁吸引住了我,那样的书房是我梦中都想的,当时我还在住办公室。和冯先生谈选题的事,戴着套袖的郑妈妈则置若罔闻地自顾小声念外国报纸,还会起身进厨房

挥霍感伤

照料一下水壶和饭锅。和郑妈妈聊几句,冯伯伯则自顾低头找资料写什么。只有那次我代表出版社出国参加一个会要用英文发言,稿子需要他们审定,他们才一起同我说话,讲要修改的要点。冯先生一再说:"你郑妈妈英文比我好多了,但她没精力改稿子。"然后给我推荐了新华社的专家。我第一次出国讲中国的青年文学,讲演稿就是这么定的。麻烦了他们很久,出版社也没表示要有酬劳,只是逢年过节差我去送个挂历和新出的书而已。那个年代,就是这么单纯。

冯亦代照片

后来才知道,我见证了冯先生的创作过程和创作环境,那几年正是他晚年发力最猛的时候,由郑妈妈翻找英文资料,冯先生执笔写出了当时报刊上风靡一时的书话和散文随笔并不断结集出版。熬过"文革"劫难,病魔缠身,本应安度晚年的古稀之年却迸发出难以想象的创作力,老骥伏枥、落笔灿烂,成为一道别致的文学风景线。冯先生是集七十年的人间沧桑阅历和文字洗练而迸发出文学井喷的,他的文字形散神聚、外飘内敛、味香淡而口感却醇厚,回味无穷,令年富力强或骄矜婉约或才华横

盖碗茶

溢的专业作家们难以望其项背。我有幸见证了那个过程：昏暗的房间，光线朦胧中一对老夫妻像蜜蜂一样在书报杂志堆里辛勤劳作，两人都习惯性地口中念念有词，像钢琴家演奏时嘴里不自觉地呢喃着什么。冯先生能伏案几小时不动，郑妈妈则屋里屋外地迈着小碎步忙碌。当初要是有摄像机拍下这情景该多好！

郑妈妈走后几年冯先生迎娶黄宗英，才子明星的结合轰动全国。但我每次去看到的都是他们平常的日子：他们在卧室里各守一张书桌写各自的文章（大明星用的还是一个活动的小桌子）。一个夏天我去办事，病愈的冯先生在有空调的房间里休息，我们的大明星则素面朝天、白发散乱着在外屋的饭桌旁读书。这情景依旧是那么平常而感人。

突然有一天有人告诉我看到《大学生》杂志上冯先生为我的第一部长篇小说《混在北京》写了很长的书评，还在报纸记者采访时顺便表扬拙作。那本评论家们不屑一顾的小说是我不经意间送给冯先生的，可他却那么认真地对待我，是出自一个老翻译家对一个敢涉足创作的翻译界后生的怜惜。后来书要再版，我私心顿起，要求先生允许把这篇书评收入作为代序，先生来信慨然授权，戏言"荣幸"。之后根据小说拍的电影得了上海的记者奖和百花奖，尽管是导演和演员们的成功，但年高德劭的冯先生的评论对大家的观点不能不说是有影响的。因此我一直心存感念。

这就是我在去与冯先生告别的路上看到飞舞的雪花时想到的。我感到冯先生就像春雪，广施爱心，呵护了很多幼苗，真是雪落无声，大德无形。

挥霍感伤

老人仙逝后报界朋友立即要我写回忆文字。但我一个也没敢答应，因为我只是冯先生当年慈悲为怀提携过的无数普通文学青年之一，那在于他是一个文坛前辈对一个后进的善举，我和先生没有深交，没有资格和更好的机缘深入了解冯先生，因此不配在那个特殊时刻在媒体上抒发私人化的感念。但我一定要写点什么来告诉大家我见过的冯亦代，在一个平常的日子。于是我在春暖花开的时候写他，感觉他仍然活着。

盖碗茶

为了不能忘却的纪念

听到老校友自裁的消息，心头忽悠地一沉。可惜，可叹，可——！——我始终不敢说出那个字，皆因为我们命运与追求太相似，我没有权利怜悯。如果他再坚强点，再达观点，再淡泊点，他就不会这样甩下美丽的妻子和伶俐的儿子一个人融入北京郊外的大山中。

我们本科时就读于同一所普通大学，他在中文系，我在外文系，在那个学术环境十分一般的校园中卧薪尝胆，寒窗四载，分别考上了硕士研究生。那一届八百多名毕业生中，只有二十五个人考上了研究生，我们算得上"佼佼者"了。我们这二十五人在母校召开的研讨会上见面才知道了各自的名字，以前同在一个食堂买饭，经常见面，但相互并不了解。随后我们这二十多人就天各一方，也没有人组织我们相互联络，大家都很矜持，都有点独行天下的气概。可硕士毕业后我们二人竟不约而同进了北京出版界。他分配进了一家名牌外国文学出版社当编辑，我去的出版社则缺少外国文学的专业品质。我们是偶然在那个大出版社的楼道里再次相逢

挥霍感伤

的，他那个出版社的牌子简直令我艳羡，也妒忌，因为在新闻出版界毫无背景的我们追求是那么相似，都是想借助出版界的"东风"，在写作和翻译上有所作为。而他的"势能"则意味着成功的一半。

大约有八年左右的时间，我们都没有攀附谁，也没有横向联系什么同学会以求拔茅连茹，只顾各自埋头奋斗，很累很苦，不仅是因为初出茅庐难得机遇和伯乐，还因为文化底蕴不足加之结婚成家生存艰辛。我们都太迂腐，厚不起来也黑不起来，只有发奋，与青灯相伴，刻苦地翻译写作，以求厚积薄发。偶有小聚，却都装得轻松潇洒，半是炫耀半是较量地交换各自的最新出版物。至于那点成功背后的艰辛与屈辱，都很大丈夫气地忽略不提。我们在较量，在表演，试图显得轻而易举。那个时候我们是多么学生气！

这种暗地较量的关系很难维持，渐渐便断了联系，暗中希冀着有朝一日在某个辉煌的场合相会。可短短几年不见，他就去了，一个人在严冬吞食了安眠药长眠于京郊的高山之巅。他单位的人轻松地说：他近几年神经有点失常，抑郁孤僻，去了总算解脱了。

可我知道那是因为他太渴望及早成功和辉煌，他是在焦虑和挫折之下才变成那样的：而立之年的我们都过于隐忍、过于要面子，决不在人前表现自己的软弱。同学间暗中较量，不通款曲，表面上还要装得洒脱，以成功男人自居，实在难为书生们了。而钟情文学的人往往因用心专一而落落寡合，这就难免遭到周围人的奚落。心中块垒无以化解自排，终于撑不住男子汉大丈夫的面子时，他便去了。我知道，长

盖碗茶

我几岁的他外表看上去成熟隐忍，实际上比我脆弱，练达成熟的外表下是一个大男孩儿的心地，不肯示弱，不肯宽宥自己，不肯与周围的世界有丝毫妥协以创造一个较为宽松的环境，更不会举不起时就放下。

文学不是体育比赛，不是赌注，你不能指望苦练几年终生受益或赌上血本赚下一生的财富。文学是一生的追求，是该用一生来走的路；若说赌，那也是用一生来赌的，要准备输个精光。文学的小路不能那样急匆匆地走，在学会做文之前首要的是修炼自己的平常心。追求文学艺术的缪斯，就要耐得住寂寞和冷清，忍得下屈辱、适应得了世俗的环境但又不能与世俗沉瀣，精神的狷介和入世的妥协并行不悖。这样，即使不成什么家，仍能做一个心性至纯，介乎出世与入世之间的文化人。过于执著于是否成功，执著于是否被"文坛"吸纳，忘记了文学是自己的事，成不成功是身外的事，就难免在屡受挫折后抑郁坐病。为什么就想不通呢？

其实他身在出版界，颇具"势能"，也取得了不俗的成就，只因京城人才济济，相形见绌而已。若能退而结网，乐观地苦心修炼，持之以恒下去，或许能出类拔萃也未可知。这是后话了。

斯人已去，我本不该说三道四。但因为我们有过那样的暗中较量，有那样相似的追求和遭遇，我感到他的离去就像我自己的一部分本质也随风而去一般。谁也不是一座孤岛，任何一个人的失落，都是其同类的失落。分析他的性格悲剧，恍惚就像在剖析自己，从而变得心静如水。

现在是午夜一点钟。或许我的老校友在九泉下嘲笑我呢：

挥霍感伤

与其不成功辉煌还不如去死,以求得解脱。可我要说,好好儿活着,做一个懂得文学的知识分子和当个成功的作家翻译家一样重要。

此时我眼前浮现出的是他那个聪明漂亮的儿子。一个从小没了父爱的儿子,这一生将过得无比艰难。他本是儿子的世界,不该那样轻生。错,错,错。

父爱如歌

> 上帝的羔羊，带走尘世罪孽，
> 赐我们仁慈；
> 上帝的羔羊，带走尘世罪孽，
> 赐我们平安。

这是世间广为传唱的宗教歌曲《羔羊颂》（Agnus Dei）。圣餐崇拜或弥撒中，《羔羊颂》被用作祈祷文，由崇拜者向神的羔羊(耶稣)祈求和平。

在过去几个世纪中，这几行祈祷文反复被许多作曲家谱曲，曲调各异，寄托了每个作曲家的情感。而在安魂弥撒或丧礼中，"赐我们仁慈"被替换为"赐彼安息"；"赐我们平安"则替换为"赐彼永恒安息"。

我们经常听到的是莫扎特作曲、伦敦圣菲利浦童声合唱团演唱的《羔羊颂》。曲调凄美绵长，一遍遍起伏跌宕，在教堂中回响，恰似天籁之音，字字声声似天国洒落的洁白丁香花瓣，也让人想起佛教语境中的"法雨天华"。如此圣洁的歌

挥霍感伤

声，与教堂钟声鸣和，又似人间的真善心声，随风飘舞，向着九霄云外而去。

而这首歌的另一个版本是比才谱写的男声独唱曲，被很多男高音歌唱家演唱过，以帕瓦罗蒂的演唱最为动人心弦。一个雄浑但隐忍的男人的声音，时而深沉，时而激越，传达的是一种尘间大爱，既表达了对圣子深深的感激、无限的崇拜，歌颂他如山似海的恩德，又寄托了人间无限的哀思与眷恋。

在北京，有一个年逾耳顺的男人，虽然不信教，却有着深厚的宗教情怀，平日里埋头于哲学工作，业余时间则参加一个天主教会的合唱团，从事宗教歌曲的演唱。他和他合唱团的歌手们用一曲曲宗教赞美诗给一场场礼拜天的教堂弥撒带来了圣洁的天国之音，给多少人的心灵带来抚慰，给多少绝尘而去的人做了超度。

他听了帕瓦罗蒂演唱的《羔羊颂》，深受感动，自己也开始听着帕瓦罗蒂版本练习演唱这首饱含仁爱的宗教歌曲，以一曲《羔羊颂》歌颂上帝的独子牺牲自己给人间带来幸福安康的美德并为他超度。可他绝没有想到，日后自己却要用这首歌来送别自己的爱子！

在一个傍晚，他的独生子，一个叫驰的弱冠青年，开着自己心爱的红色轿车疾驰在京北的盘山路上。他平时就是个热心助人的孩子，这次是开车出京为朋友办事。办完事天色已晚，他回家心切，在暮色中匆匆赶回北京。车开到一个急转弯时情急之下没有刹住车，那辆红色轿车载着他飘出了盘山路，落到了谷底。一个年轻的生命就这样没有来得及和亲人说上最后一句话，就像一道嫣红的晚霞飘逝在京北苍翠的峡谷里了。

盖碗茶

他的父母和亲人赶到山里与他告别，悲伤过度的母亲无法为自己的儿子最后一次穿衣，是父亲忍着悲痛亲手为儿子最后一次擦身，为孩子穿上他平时最喜爱的衣服。他一直紧紧地握着儿子的手，就像儿子小时候那样；为他穿衣，恍惚觉得就像儿子小时候清晨起床时那样。只是这一次，没有温暖灿烂的霞光照耀着父子二人，没有散发着儿子气味的被褥，只有他在清冷中默默地打扮着儿子，儿子却再也不能顽皮地在他手中躲闪同他逗趣。他多希望儿子是在装睡，可无情的事实告诉他，儿子永远地睡过去了。

在送别爱子的仪式结束后，这位父亲决定亲手把儿子的灵柩推送到告别间门口，推送到那阴阳两隔的最后一道分界线上。那短短的路程，那父亲是当作万里来行的，每一步都走得无比沉重，他走得那么缓慢，是骨肉难舍，或许还有最后的一丝期盼，期盼儿子会在他的延宕步伐中苏醒。天边外的门就在眼前，此一去千山万水，此一去海角天涯，生死两茫茫。他知道死生乃万物大伦，有生就有死，可他怎么也不明白，儿子还这么青春年少，还有那么多的天伦没有来得及与父母分享，就要斩断尘缘，独自抽身，留给父母的是漫长的思念之痛。他不畏惧死亡，但他畏惧的是白发人送黑发人这样的惨痛。也就是在这一刻他似乎受到了神谕，似乎有所顿悟，随之冥冥中有一个声音冲上来，冲破了沉默的喉咙，一曲《羔羊颂》竟油然响起，直到那歌声响彻了告别间，震撼了没有走出去的亲朋，他才意识到那歌声来自自己的肺腑，发自自己的丹田！

他缓缓地移动着脚步，旁若无人地唱着，一遍又一遍地

挥霍感伤

唱着那几行祈祷文，推着儿子的灵柩，走向天国之门，似乎是走在一条洒满天国金光的路上，直到儿子的灵柩消失在尘世尽头的金色光芒中，他的心也随着儿子走进了那浓重的天国余晖中。

一个知天命的慈父，就这样用歌声送爱子最后一程。都说母爱似水，父爱如山，而这位父亲却是在送别儿子的最后关头，把自己如山的父爱化做了一曲天籁，让儿子乘着歌声的翅膀飞翔，就如同小时候坐在父亲那厚实的肩膀上一样。

父爱如歌，震撼着阴阳两界。

麻辣烫

挥霍感伤

杨福家：诺丁汉的"形象大使"

2001年。

阳春三月，英格兰中部，美丽得神奇，似乎造化独宠这片土地。诺丁汉大学校园里更是四季不分：雪落湖中，立即融入碧澄的湖水，湖面上天鹅游弋。

我坐在大学电脑室里，望着窗外的风景和人，再看看这个能容纳100多人的公共电脑房里居然有将近四分之一的中国学生，讲着南北各地的方言，时而会发生错觉，感到我是在一所中国大学里。那些外国人不过是来中国留学的罢了。

诺丁汉的中国人海了。

刚到诺丁汉做访问学者，校园里就传开喜讯：中国著名科学家、复旦大学前校长杨福家教授在2001年伊始荣任英国诺丁汉大学校长一职。这实在是中国人的骄傲，令海内外华人欢欣鼓舞。在报界工作的朋友们纷纷给我发"订单"，这个要我抽时间采访杨校长，那个要我追踪杨校长，从上任一周开始写，不断地写到上任一月、一季度等。

我成了这些报刊的杨校长题材专题记者。重任在肩，不敢

麻辣烫

怠慢，随时准备着恭候杨校长到任，等着全校的欢迎大会上一睹杨校长风采，聆听其就职演说。

盼了很久，还没有音讯。骄傲地向英国同事打听，他们却大多表情惊讶，好像我在散布小道消息：是吗，我们怎么不知道有这回事？

再过了两天，有同样盼星星盼月亮想见校长一面的人怒气冲冲地告诉我：杨校长来了，和留学生学者代表数十人见了面，聚了一聚，吃了一顿自助餐，合了影，然后，打道回府！早回上海了。

这是怎么回事？我的特约记者工作还没开始呢，黑氏独家报道炸遍国内媒体的宏伟蓝图连纸都没铺开就溺毙胎中了。

很久以后看到了那些有幸成为代表见到杨校长的人骄傲地传看着与校长的合影，他们在怀念与校长相聚的宝贵一刻，我们这些被代表的则特别感到壮志未酬。杨校长，您怎么悄没声儿地走了？

什么时候能才能见到他？得一年以后才行，我被告知，他是名誉校长，一年只象征性来一次颁发学位证书。他其实就是形象大使。

大失所望，但毕竟是个良好开端，能当上英国大学的形象大使也是光荣的，中国的大学校长退了休还有如此魅力，能为英国发挥余热，我们照样该为他欢呼。我个人认为这是中英教育交流史上最大的一件事了。

但"校长"一词在国内引起的误会及扬眉之后没有吐气的失望，倒让我静下心来切实地考量了一番新形式下英国对中国留学生的策略大转变及形象大使对推动中国学生留英所起的实

挥霍感伤

际作用。

对杨福家教授的到来英国报纸曾以"大学校长在五千英里之外"为标题报道此举，一语双关：他人离学校五千英里；他离真正大学校长的位子也有五千英里之遥。

事实上，是我们对英国甚至英联邦的大学校长制度缺乏了解。其实我们只要查一下《新英汉词典》的chancellor这一条，就会发现里面讲了：名誉校长。什么叫名誉的，就是不拿工资，不驻本校办公，只一年来一次出席结业式并为本校做形象大使。这里的真正校长是副校长即他们的vice chancellor。你能看到泊车处给副校长和校长助理们的保留车位，但看不到校长的。不少中国人对此不了解，还专门打听，想在校长的泊车位等候见上一面合个影留个念。回答是校长不是校长，没车位。杨校长上任也没有大张旗鼓的仪式，很朴素很低调。

诺丁汉大学的新闻稿及本地报纸都与此同时对前任校长为本大学所做形象大使的功绩予以高度评价。以前都是聘请有爵位的年高德劭者当，现在英国人开始摆脱皇家传统，实事求是，请著名科学家来当，这是英国人思想解放的标志——他们有动议，连白金汉宫都要部分出租给重大的财团和国际会议用呢。这也没什么，我们的人民大会堂不是经常派商业用场？

请著名科学家，是因为诺大在文化方面已经打出了劳伦斯牌，劳氏生长于斯，求学于斯，名扬全球。请哪个活的文人学者也敌不过仙逝70年的劳伦斯。所以请科学家。从十三亿人中选出的一个，本身就是优中之优的巨大象征，亦是教育国际化的象征——跨国跨种族，国际色彩再鲜明不过了。

麻辣烫

现在中国人出来主要是学企业管理、金融、电脑和教育等立竿见影的学科，否则对不起那一年十几万的学费和几万块的生活费。仅在诺大注册的中国学生就有四百来人，这个数字还不包括台湾和香港的学生。

如此之巨大的教育市场让英国人看准了，他们立即改变了对策，不再像10年前那样拒绝甚至刁难中国人了，他们甚至采取了比美国人宽松的宽进政策：对语言考试要求并不很严，实在不行可以来英国现上语言速成班，把那巨额学费交上就办签证。毕业后想留英国则是难于上青天，打道回府，为国效力去。有本事去美国找工作。在英国留学是真正的留学，留是为了学，学才能留，学完就不留，一刀切齐：交钱上学，拿了毕业证打道回府。只不过亚洲学生交的学费大大高于本国、英联邦或欧盟的学生。和英国学生比，亚洲学生交的学费至少要高出一倍来，最没用的英国文学专业都如此，商科和工科等实用学科的收费差别可能更触目惊心。但没关系，英国人明白：能来英国读书的中国学生家长不是大官就是大款，他们带动了留英市场水涨船高，所以往狠了收没问题。

要知道，英国对本国人收的学费是福利性的，因为英国的穷人也不少，一年三千英镑的学费都有很多人交不起。电视上报道很多劳动阶级的高智商子女没钱上大学，呼吁社会伸出援助之手，还建议对这些穷人的孩子实行选拔制，选出最优秀的一小部分，为他们解决全额奖学金，痛心疾首地呼吁：不能因为钱而耽误了这些聪明绝顶的穷孩子。看来这三千英镑的学费已经是某种极限了，再高又会把一些中低收入家庭的孩子挡在

挥霍感伤

大学校门之外，造成社会差别拉大，会激化社会矛盾。英国人可是有解决不了问题就上大街甚至堵在唐宁街10号不让首相安生的传统。据说经过各种减免优惠，有些困难家庭的学生每年学费能减到一千多英镑，是一个普通英国工人半个月的工资。

但对海外特别是亚洲人，高价，没商量。亚洲人来英国上学是择国又择校，是周瑜打黄盖的事——我花大钱，你出师资，我得个英国学位，中间是资本市场，双方皆大欢喜。美国卡中国人卡得严，是因为它要吸纳专业人才，认定你是人才就提供全奖，吸引你留下效力。而英国似乎并不急于吸纳中国人才，这个小岛国装不下那么多人和才，反正它也不要和美国竞争。对英国来说中国人的钱比中国人重要，收钱比留人简单又合算。把钱留下，拿着学位走人，就这么简单。

2000年诺丁汉的一个MBA海外学费是一万三千英镑；2001年杨校长在这里转了一圈后就长到了一万四千英镑。别看就一千镑，乘以十三的汇率，那可是一万三千人民币，是一个下岗工人三年的生活费。一万三千对英国人来说只是一个难民打黑工一个月的收入（中国学生和访问学者打工也是黑工价钱）。但对国内的中国人来说就是个大数目了，有人为了来英国上学七大姑八大姨都借遍了。

有这么愿意往英国撒钱的一大国人，这样的巨大财源，英国人算是开发定了。英国人一旦明白过来，就开始全力以赴促进这项国际生意。他们再也不像十年前那样刻板，那样冷漠了，甚至开始频频主动出击中国市场。北京的使馆签证处现在很有改进，效率大大提高，而且秩序井然：中国人再也不用起五更睡半夜甚至千里迢迢赶到北京排大队等签证了，现在采取的是电话和信函预约方式，轮到你，你再来北京，当下就能出结果。

在这样的背景下他们选择一个中国名人———一个著名科学家、著名大学前校长来做形象大使，实在是顺历史潮流而动的明智举措。说不定还会在上海办分校——在马来西亚已经办了。这和我们的不出国留学理念是很合拍的。

诺大发布的新闻稿说得再明白不过："实事求是地说，以中国为基地对杨福家在海外特别是在远东代表诺丁汉大学发挥作用将会有所助动。"新闻稿还说："聘请杨福家任名誉校长是本大学的一个前瞻之举，因为本大学正在试图向远东扩展。"而且为了扩展得更有力，隆重推出了一个土生土长的中国科学家做它的形象大使，使其魅力剧增！英国学位在等我们去摘取呢，而且是由一个中国人一年到英国来一次给你颁发，多么独特的学位。

因此，我们应该说，杨福家教授的荣誉是他自身实力的体现，是中国科学界骄人的象征，也是中国在新的历史时期资本流向之水到渠成的结果，三者缺一不可地促使英国人把这项只给爵爷们的荣誉奉送给了杨教授，所谓时势造英雄。

但杨教授离那个真正校长的宝座还很遥远，不只是5000英里。那一天远没有到来。

（本文首发于2001年4月的《南方周末》，不久诺丁汉大学的中国分校在宁波成立开学）

挥霍感伤

崔永元：高雅不是谁都能练的

据说物伤其类是同行们的不成文恻隐。但也有同行是冤家之说。总之，一个锅里吃饭，不到万不得已，"家丑"是不外扬的。但崔永元这位"央视名嘴"却是个例外。听说他最近动作很大地"炮轰"起电视节目来了。上网打出他的名字，果然哗啦一下亮出层出不穷的文章，标题多为：央视名嘴崔永元炮轰电视庸俗。

崔先生在有意识地往外择自己。

印象中的崔先生走的是那种品位无论如何也算不得高雅的主持路子。电视这东西挺毁人的，不管你台下多么仪态万方，观众只凭屏幕效果评价你。可能崔先生就属于被"毁"的那一类。当然也不排除一不小心表里如一一阵子的可能。反正其屏幕效果就是通俗那类的：京腔儿，但侉点儿；幽默，但强弩之末点儿；服装名牌，但穿他身上后视觉一般。据说这叫平民化。这个路数主持这个路数的节目应该说挺般配，因此颇受崔先生谈话中提到的"世界上电视观众最多的国家"的观众的欢迎（当然这个"观众最多"也被崔先生认为是电视庸俗的诱

麻辣烫

因——"之所以庸俗电视得以存在，是因为它有着巨大的市场"。估计这句话的意思是：人多，俗人也就多）。

当然崔兄炮轰的是"庸俗电视"，庸俗与通俗还是有区别的，但无论如何离其所倡导的高雅相去甚远。于是我开始想象，如果这次不是在文章里和网上，而是崔先生在电视上正襟危坐谈高雅，那种收视效果会是什么样？我知道，我会笑，因为崔的主持风格和外在条件都与他极力倡导的那个高雅不够和谐。美学理论告诉我们喜剧效果往往就来自不和谐。

电视是个视觉和听觉东西（让我们别提艺术两个字），很是残酷，其视听效果决定了某些主持人只能或不能怎么样。崔子很不幸，他的路数决定了他不能谈电视高雅了，因为他一直靠某种不和谐产生的俗的亲和力吸引着观众"爱看"，至少我爱看他的主持是部分地出于这个原因。

因此我觉得崔子此举很有点行为艺术的效果。抛开电视的视听效果不谈，我觉得崔子挺悲壮的，他炮轰的是他的饭碗所在，但他倡导的又是自身的专业条件无法企及的事。

估计崔永元内心有万种高雅的情愫，但电视"毁"了他这一切。如果他是个从不露面的媒体学者，他的很多话应该说是振聋发聩的，言词之激烈，甚至是学者们难以企及的。但现在我会说，崔子我求你别高雅，我们爱看你俗的主持。电视本该是一种infortainment(一个行业新词儿，意为信息加消遣)。太高雅的节目无法满足消遣需求，放一个频道里给少数人看就是了；信息太多太滥太淡等于没信息（有多少人在真看新闻），还不如多点消遣，满足大众（包括知识分子下班后俗的需求）。这种两极分化，就是崔子说的"世界上电视观众最多

挥霍感伤

的国家"的现状。

一个国家国民的品位是受其条件制约的，电视改变不了这些。改变这些的是教育，是国家的文明程度，总之是其"社会存在"。崔永元似乎对这一切视而不见，对自己的外在条件不加考虑，盲目地谈高雅，除了产生点"名嘴效应"，还能怎样？当他谴责电视从业人员的素质低下时，他知道不知道整个国民素质偏低的现状？房子车子票子二奶什么的成为人们生活的主旋律时，几个高雅的电视节目能改变什么？崔氏谈话一出，网站什么的一哄而起转载，不过是因为"名嘴"说话了，其实很多皓首穷经的学者谈这个问题谈了无数年了，人微言轻而已。这本身就说明了传媒的俗，弄得崔永元的话比那些教授的话还重要。

这一切用崔子的话说，不过如此。崔永元你还是接着主持那个俗但不庸俗的节目吧，好歹它还算个infortainment节目，你要拼命高雅，我反倒不看你了，因为比你高雅或故作高雅状的主持人有的是，但他们的电视节目一出来观众们就按遥控器关之大吉了。

易中天：信口开河了

易中天教授信口开河，估计这是对很多他的粉丝的巨大打击，更是对广大学生家长的打击。据北京《法制晚报》6月29日的娱乐版（B10）的本报记者报道，如日中天的学术明星易中天教授在采访中声称要建议国家立法，让高中毕业生不管考没考上大学，先去"当一年兵，当一年农民，或者到我们兵团干一年活儿"。易教授花甲之年熬成了"学术超男"，成为因学术平民化而终于获得了巨大声誉的成功人士，本是件好事，可不知怎么人一阔或一有名气就干涉公众生活，要干涉全国人民的后代的成长和生活方式了，还要向"国家"建议把他的话变成法律。易教授有点像范进，中了个举就闹笑话。我可以想象他说这话时一脸严肃的表情是多么喜剧化。

他在新疆兵团干了十年活儿，吃了苦，一边干一边学马列并考上了武汉大学的研究生，然后一路走下来，到老靠着蒸煮三国等古典名著终于熬出来了。可他只是他那个年纪人中的一个特例，怎么能以此为现在的年轻人当指路明灯呢？也不问问现在的年轻人愿意不愿意当他那种成功人士。请睁开眼看看现

挥霍感伤

在的社会现实,这是个学习型时代,是全球化的时代,是高科技的信息革命时代,不是你当年所处的农业文明时代和阶级斗争时代。蒸煮三国是某种娱乐加小小文学研究的事,干完农活回家都可以干的事,只要你坚持,到八十都不晚的事。其实很多民间说书人讲起三国来都比你要精彩,很多民间盲人说唱,比你说的三国更有娱乐性呢。你的成功不过是某一种娱乐方式的成功,怎么可以因此膨胀到干涉别人生活的地步?年轻人不喜欢像你那么成你这种才,他们有更多更紧迫的新知识要学,要跟上世界的发展。别的不说,各国已经开始进攻太空了,如果我们现在不赶紧追,弄不好将来世界没能源了我们再进攻太空就得向美国申请专利了。你居然以农业文明的说书人姿态想"立法"让大家下下乡干农活去,那就是一代人的一年时间,你可以浪费你自己的时间,但没权利浪费别人的时间和国家进步的时间。

　　还有一种可能,就是易教授心理确实变态了,他吃了那么多苦,难道全世界的人都和他一样吃一遍他才心里平衡?这可太恐怖了。人之恐怖,就在于妄图控制和干涉别人的生活方式和人身自由。当年全国青年上山下乡运动,是民族的噩梦,你身为噩梦的受害者,反倒要立什么法让国家重蹈覆辙,人,不能这样没有心肝。易教授,你行行好吧,我求你了。

　　关键是易教授欺软怕硬,他要逼着吃苦的对象是弱小的年轻人,而不是那些脑满肠肥的贪官污吏和奸商们,有本事你利用你的名人效应向"国家"建议把那些贪污受贿和生产假冒伪劣产品的人送去兵团干农活呀!你先把你的孩子送去当一年农民吧。(那也不对,要征得孩子同意自愿去才行。)

麻辣烫

当兵或当农民确实对有些孩子有好处，但那是个人选择和家庭选择的事，但非要"立法"让全民一致跟着你干这个，就是太过分。易教授好好想想，别去给"国家"建这个议吧，"国家"要忙的事多着呢。我相信易教授要蛊惑的那个"国家"至少比他脑子清楚，不会搭理他这种愚蠢倒退的建议。接下来"国家"要忙的是奥运，是澳门回归十年庆典，是统一祖国，是股市，是互联网与国家安全，是各种体制改革……估计没谁理睬你的这种"易想"，你还是自己关起门来臆想吧。

易教授还是上电视娱乐去吧，你说三国四国的都是过去的事，说的都是死人和虚构的人，那是你的正业，别拿现实开涮，还要国家帮你立法，不能老了老了，既没脑子也没心肝。

这篇博客小文发在人民网的强国博客上，立即招来几十条评论，多数在破口大骂——骂我，完全出乎意料，若不是因为技术原因在我修改文章后它从重点推荐榜单中消失了，还不定有多少痛骂的跟帖。我着实领教了"易粉"们的厉害，但坚持我的立场。

挥霍感伤

刘翔：翔大堤上的蚁穴

看到刘翔这样的巨星在全世界人的注视下如此黯然退场，大家都非常悲伤，紧接着要问的是：怎么会这样？居然是因为一个脚后跟上的水泡发展成茧子造成的悲剧！人们对伤痛的关注从来都是发生后才重视，而且重视的都是大的伤痛如骨折、肌肉拉伤等，从来都不在意点滴的小伤，居然连国家队也是这样，居然对一个国宝也是这样。据体育官员说甚至在比赛前他的伤都没有向体育总局汇报，似乎都以为是小伤，靠毅力挺过去就行。可别忘了，这个小伤都已经有好几年的历史了，从水泡开始，挑破，再变成老茧，然后是茧子向内长，变成肉刺之类的东西不断刺激跟腱，最终酿成大祸。这就是蚁穴溃堤，可惜从来没人重视这样的蚁穴。但人的身体是不能糊弄的，尤其是关键部位的小伤，更不能忽视，连一个小水泡也要防患于未然。

举个不恰当的例子，但是切身体会：俺的脚掌上有一小鸡眼，从来都不当一回事，厉害了修修就算了，但偶尔踩到小石头上时就会有钻心的疼。好在我不是运动员，也就无所谓，但

麻辣烫

我知道那肉刺绝对能引起钻心的疼。如果是运动员关键时刻疼这么一下，当然就会毁了他的一次战绩，如果是奥运会，那就会毁了一块金牌甚至一个国家的荣誉。所以绝不能轻视任何一点小伤，尤其对刘翔这样的国宝，连一个水泡都不能放过，这不是耸人听闻。可惜我们的皇家御医重视的都是大的伤痛，而偏偏这种害人的小伤不入高科技和医生的法眼，却毁了一个国宝，这样的教训真是惨痛。这种小伤算不上医学问题，但是常识问题，我们往往因为缺乏常识，反倒坏了大事。所以作为国家队的医生，医术高明是必须的，但细心和常识同样重要。

前两年我听一位著名的医生说过一个笑话：某高级领导人吃鸡时一块小骨头卡在嗓子眼里，连忙送进医院，居然有顶尖医生居然动用了各种仪器拍照透视，然后居然束手无策，居然提出要做手术取出来。亏得有人有常识，说，只是一块骨头，可以用普通方法顺下去或软化或用特殊方法用工具探入领导的嗓子眼吊出骨头，这才省了在领导脖子上开刀。这种笑话居然就发生在我们的顶尖医生那里，他们什么高精尖仪器都会用，就是对血肉之躯缺乏常识，居然动不动就要开刀。

刘翔的小伤变成大伤似乎就与缺乏常识有关，一个水泡演变成了医学难题，据说还要去美国做手术，连我们中国的顶尖医生都做不了了。可对一个金牌运动员来说，即使去月球上做手术也弥补不了他的历史性损失，这个水泡酿成的悲剧毁了他今年的所有比赛，更历史性地毁了他的奥运之梦，甚至可以说让中国金牌第一的辉煌黯然失色。

挥霍感伤

钱学森的堂侄

一个美籍华人钱教授得个诺贝尔奖，我们的媒体却在人家姓名前加个定语"钱学森的堂侄"，不知是出于什么心理，反正我看着和听着都别扭。似乎钱学森比他这个堂侄子在这个时候更重要，似乎如果他不是钱老的堂侄子他就得不到诺奖似的。真不明白人们都怎么了。这么个称呼估计也不是小钱教授乐意听到的，人家首先是自己，然后是他老婆的丈夫，儿女的亲爹，他爹的儿子，爷爷的孙子，亲叔叔的侄子，然后才是钱学森的堂侄子，在人家的亲人队列里，钱学森应该排得很靠后，却被我们的媒体几乎弄成了主语，真是可悲。其实是冲那个奖去的，因为没有土生土长的中国人得过那个火药商的钱设立的奖，就死活把钱老拉出来遛遛，估计我们德高望重的钱老也不同意这么个宣传法儿，也替这些人感到可悲。

真正的新闻顺序应该是：美国什么什么大学教授钱什么什么获奖，然后是讲他的发明创造和功绩。都说完了，作为"花絮"可以提一下他与钱老的关系，如果他们之间过从甚密，还可以多讲几句，但不是在新闻里，而是在小专题或花絮里。

麻辣烫

对那个奖为什么没给土生土长的中国人，没必要五迷三道地着急，那是时间问题，早晚会有，至于这样吗？太可笑。其实文学奖得主高行健就是土生土长的中国人，只不过加入了法国籍而已。事实上我们的同胞里有人得了。还有杨振宁，也是中国大学毕业后才去的美国，相对来说，比起钱老的堂侄子，他们都更值得我们骄傲，更值得我们认同，你把钱老推到前面，我们在感情上还是不觉得作为abc的小钱教授离我们更近，更近的还是高行健和杨振宁。

我还在电视上看到日本的领导给美籍日本人的诺奖获得者发贺电了，而我们的高作家就没得到这样的贺电，连他的中国同行及他曾经属于的组织作协也没给他发个贺电，死活把他当成是外国人，臊着他。这就叫马车过河——没辙。没有宽厚的心胸。

还有，看到咱们的驻外记者如此恶劣地提问钱永健，问他是不是中国人，身为中国科学家如何如何，逼得人家"数典忘祖"地声明自己不是中国人，不是中国科学家，简直要把人气死又笑死，这是who and who, where and where啊？真是开国际玩笑啊。真不知道我们的大学新闻学院传播学院是怎么办的，我们的什么新闻媒体是怎么培养人才的。

在国内，你的祖籍是哪个地方，你就算哪里人，尽管你可能压根都没去过那个祖籍地，尽管你家几代人都没再去过那里，但户口簿上一定要填上那个地方为你的祖籍。于是，你就算那里的人了。如果你一辈子平庸，也没人搭理你的祖籍；成了坏人，没人管你祖籍何方，没人关心你是"哪里人"，而一旦你有了点大小成就，就有人拿你祖籍做文章，把你宣传成那

挥霍感伤

里的人，于是，祖籍的人就开始为你骄傲，精神上沾你的光，弄不好还给你奖励，为你建个纪念馆什么的。在国内，玩这个好像还有点意义，可出了国还整这个，就成了国际玩笑。记住，什么叫语境啊！你不那么逼着钱教授回答，人家心里肯定还觉得自己是中国人，对祖籍国肯定感情要超过对第三国的感情。可你那么庸俗地一逼问，人家不得不科学地回答你：我不是中国人！我们的大记者们，如此缺乏常识，如此搞笑，在国际场合乱套近乎，乱动感情，结果是招来不屑，俗话说热脸贴了冷屁股，真是活该，谁让你素质那么低，老想迎合老板的旨意，玩点花活儿以哗众取宠呢？设想如果钱教授顺着回答说："身为炎黄子孙，我为祖国骄傲"什么的，那天我们的电视和报纸的头条就都是这个了，那些采访记者就立了大功，能加官晋爵了。可惜啊，理智的钱教授坏了他们的升官梦，他们弄巧成拙，反倒弄不好会革职降级呢。唉，这碗饭不好吃哦。所以我一看到广大的大学都办什么新闻传播学院我就替他们揪心，花那么些钱，培养出来的都是什么记者啊？谁来指导那些培养记者的人啊？

麻辣烫

阎崇年与耳光

大名鼎鼎的"百家讲坛"讲师阎崇年被观众打了耳光，视听哗然。俺没看过阎崇年老师的讲座，只看到他在屏幕上晃几下子，听几句觉得不够学术，也就换台了。如果真像这个作者兼掴耳光者所说，那阎崇年是理该挨掴的——但绝不能真去打人，那太不文明，而且人家是老人，万一一个耳光抽过去打成脑溢血，你要偿命的，绝对不可以，哥们儿，斗争要讲究方式，要文明，比如投掷鸡蛋或西红柿什么的，足以表示愤怒，还可以高唱"臭鸡蛋向阎崇年的脸上投去／全国爱国的同胞们／倒阎的一天来到了／倒阎的一天来到了／前面是蛋花脸的阎崇年／后面是他的舞台百家讲坛……"比如我看到易中天要号召立法让所有的高中生毕业不上大学而是去农村当一年农民的讲话，我给登这消息的报纸写了抗议信，但报纸不理睬我，我报国无门，如果正赶上易中天在书店签名售书，我就会上去让他当场讲清楚他是错误的，如果他死不承认，我就扔个鸡蛋到他脸上，大不了赔他西装而已哈。所以同胞们，如果你是愤青，千万别动粗，衣袋里装着臭鸡蛋准备着就行。

挥霍感伤

奥巴马与他的演出

听听奥巴马那富有朝气和理性的演说,你就明白他为什么能获胜。

在这个宁静的下午上网,发现该发生的真的发生了。从马丁·路德·金到鲍威尔到赖斯到奥巴马,美国黑人的美国梦达到了顶峰。强大的民主制度,能把懒散的非洲人改变成如此优秀的人中之杰,这一切就说明了一切。奥巴马的获胜演讲一开始就告诉人们:今天美国的选择再次证明在美国一切皆可能,美国不是一群个体的集合名词,它永远是美利坚合众国。这样听起来朦胧而诗意的句子发自一个肯尼亚移民的儿子,天壤之别的变化仅在两代人之间发生。中国人移民美国多少代了,他们的后人在干什么?

此时我马上想到的是我们几年前开始的几个可怜的村委会民主选举,现在都不了了之了。据说那标志着我们国家民主的开始。

我想到现在很多的知识和政治精英们在宣称中国人不适合搞民主,一弄就会回到军阀割据混战的年代里去。咱们就这样

麻辣烫

在历史的长河里慢慢地游着自己的蛙泳吧。

可咱们慢慢游蛙泳的水呢，有干净的水吗，呛一口，吐出来化验一下有多少毒素？当美国人选出自己的黑人总统时，我们在忙于应付奶粉和饲料里的化学毒剂，在忙着给记者发封口费阻止报道矿难，在惶惶不可终日地担心自己吃下的每一口饭喝下的水呼吸的空气里的毒素明天靠什么排出去。举国推奥运冠军，平均培养一个冠军的成本是7亿人民币，居然举国无法解决自己的空气和食品毒素问题。我们整天举国在干什么呢？我们这样下去什么时候能举国赶上黑人领导的美国？

奥巴马的当选无疑是一场精神地震，震撼着大洋这边我们的心灵，以至于一时失语。先失语些日子吧，也许以后继续失语下去。

此时我一再想到马丁·路德·金当年的讲演（拙译）：

"站在正义宫殿那温暖门槛上的人们，我必须向你们进一言。在争取我们合法地位的过程中，咱们千万不可误入歧途。咱们绝不能饮鸩止渴，以仇恨的方式获得自由。我们必须严守纪律，恪守尊严，在斗争中不失高尚。绝不允许我们创造性的抗议沦为低下的暴行。我们必须不断地升华到用灵魂对抗暴力的崇高境界。"

"尽管困难重重、挫折无数，我仍有一个梦，这个梦深深地根植于美国梦之中。"

马丁的美国梦今天实现了，面对这个美国，我们除了失语，还有什么？

随后看美国总统就职仪式，就那么几个简单的节目，但个

挥霍感伤

个精彩,能看到各色人等粉墨登场,表现各异。你就看老布什夫妇吧,穿着一身情侣装,特别喜庆的样子,而老布什居然拄着拐杖,走路如此颤颤巍巍了,天啊,这个当年的美利坚驻京办主任曾那么意气风发,怎么这么快就老成了这样?时间啊,不饶人啊。

那几个文艺节目,恰到好处地先选了黑人女歌手,然后选了三个肤色的名人演奏,简单而隆重。那口若悬河的牧师的祈祷词真是震撼人心,带着哭腔的对上帝的感恩,简直令我肝儿颤。这些教堂牧师们都有这样金属样的音质,都应该是戏剧男高音,能把空气震荡,把人听得痴醉。

但仪式的最重头戏是奥巴马的演说,可谁也想不到,马子一上来就演砸了,居然第一句誓言就跟不上领词人的速度和节奏,干脆不知所云,带他宣誓的人不得不重新念一遍,奇怪的是第二遍又即兴改了词儿,害得马子囫囵吞枣跟着过了关。这可真是出人意料,somehow muddle through。这要是在春晚,还不得让观众喝倒彩给他哄下场去?

但咱们马子微笑着混了过去,然后开始了自己行云流水的演说。

大意失荆州啊。估计马子是太专心准备自己的演说了,把誓词当成了一碟小咸菜,没好好练跟读,结果小河沟里翻了船。

对一个总统来说,跟不上词当然不算什么过失,但人生最重要的演出居然出师不利,上来就演砸一下,至少对他个人来说是个遗憾,如果不是预兆着今后的革命道路上坎坷的话。

总之这场戏看得挺来劲,看戏看戏,就得看到点笑话才叫戏，太完美了，就不么好玩儿了哈。马子你加油啊，毕竟你代表着人类的希望，以后可要注意小节呀。

后来有报道说，奥巴马和美国还是很认真的，又重新组织了一个小规模宣誓，这次估计奥巴马信誓旦旦，行云流水了，应该叫"小规模回肠荡气"一回。

挥霍感伤

蔡铭超两记

蔡铭超先生智斗法国拍卖行，令圆明园的文物事实上流拍，激起热议。我看了新浪一条新闻，先是鼓舞，后是不懂，加上一些担心，不知道蔡兄的爱国心和爱国行为会有什么样的结局，干脆摘录这文章的几条，梳理一下思路。拍卖这一行水很深，战略战术都要高明才能胜出。希望蔡先生智勇双全，终获全胜，因为看得出，国家文物局并不表态欢呼支持，他就没了"祖国母亲"胸怀的温暖，只能冷暖自知了。想想，打电话到外国去爱国，真不容易啊。

"买而不付款，不结账"这意味着，法国佳士得的此次关于兽首的拍卖已经变相流拍。

记者电话采访了国家文物局相关负责人。国家文物局表示，在上午的新闻发布会之前并不知情买家是谁，他们也是在蔡的新闻发布会后才知道此事。这位负责人说："这完全是个人行为，非官方的，对此我们不发表言论。"当记者问及买家最终不付款，是否会影响中国人的信誉，文物局该负责人表示，买家既然作此决定，就要对自己的个人行为负责。

麻辣烫

有法国专家认为，如果蔡铭超违约，可能面临法国方面的刑事制裁。法国的一些法律专家对蔡铭超将承担什么样的责任，意见不一致，主要有两方面意见。

一种意见认为，蔡先生将面临刑事制裁。根据法国法律的规定，蔡先生有可能面临6个月的监禁和22500欧元的罚款。也有一些人认为，蔡先生不会受到刑事的制裁，而只是会受到民事的处罚。在民事处罚方面，蔡先生将有可能面临巨额的赔偿金。

挺蔡派认为，他是中国最牛收藏家。网友"寒江独钓翁"说："义无反顾地支持他，那种场合是一个中国人就应该站出来，是可忍，孰不可忍？蔡明超的做法是正确的！"网友"转角"则称他是：中国最牛收藏家！

讽蔡派认为，他是不顾后果进行炒作。网友"手牵手"说："他是在利用国人的爱国心进行商业操作，他本身是从事拍卖的商人，这一举动让他的名气大大提升。"

对于蔡铭超的决定，王定乾认为，动机可以理解，但做法值得商榷。这事发生后，从表面上看，蔡铭超失去的是个人诚信问题，但实际上却是以整体华人的诚信为代价的。日后，中国人前往海外参与竞拍的难度将更大，难免会遭到严格的信用体系审核过程。

还有业内人士认为，国外的拍卖行可依法提起民事诉讼。另有藏家直言：蔡铭超此举并不明智，他使我国改革开放30年以来在外国人心中构建的诚信机制受到致命打击。

"不是我不明白，是这世界变化快"，这句话用在"蔡铭超"事件的评判上最合适了。这不，昨儿个我们的报纸还欢呼的蔡铭超先生戏耍法国拍卖行的英雄爱国行为，今儿个同样的

挥霍感伤

一家报纸评论员文章就说他"不着调"（北京话，意思是不靠谱，天津话里就是二二忽忽的意思）了。一个英雄，就这么在一天内倒毙成了滑稽人物。这报纸甚至说："如果他不是法国拍卖行的托儿……"之类的冷言冷语。据分析，蔡的这个高招事实上为法国拍卖行解了套儿。

　　这世界可真阴险啊，关键是把我们那么多热情高歌的网民都涮了——据统计赞美蔡的占70%呢。还好，我从一开始激动了一下后就开始小小地怀疑并担心了，没敢跟着欢呼，而是理性地摘了几段评论帮助自己梳理思路。看来这里面有很多猫腻是只有天知地知"你知""我知"的。咱们还是等待事件的继续披露吧。退一万步说，这种国对国的事儿，还真得听"国家"的，真得"党叫干啥就干啥"，别玩自选动作，别自己去乱逞英雄，弄不好当不成烈士反倒成"不着调"。唉，套用那报纸的话说，如果蔡兄不是法国人的托儿，也是个可怜的"智慧值得怀疑"的人。如果是他办了傻事，我就不明白了，我也在福建念过几年书，知道晋江一带人杰地灵，估计蔡不是智慧值得怀疑，而是太精明聪明反被聪明误。错，错，错。

麻辣烫

岔了气儿的喜剧与幽默

新时期应运而生的喜剧小品在各种晚会上大行其道,抢了传统相声的饭碗,据说是比相声好看、幽默。于是,随之诞生了无数的"笑星"和"喜剧明星"什么的。渐渐地,这些头衔已经不招笑星们待见,似乎非要称之为"幽默大师"或"戏剧艺术家"才行。不过,这里面也有实诚的,毫不掩饰地承认自己就是靠耍巴自己逗观众一乐,以此为生甚至赚了大钱。他们甚至说那就是"作践自个儿"卖块儿挣钱,因此活得气实,打嗝儿放屁都山响,才不在乎别人叫他们什么呢。对这后一种爷们儿我就特宾服,因为他们特质朴,说话喘气都特本质。而前一种人里却有不少非把自己的噱头和逗乐儿往幽默上靠,以为凭贼眉鼠眼样儿就算幽默大师了。装什么倒无所谓,人么,总要适当地扯个面具。关键是这做法儿歪曲了喜剧和幽默甚至是一种玷污。任何明白什么叫喜剧和幽默并热爱之的人,都有责任说两句,把闹剧、杂七杂八的练贫,甚至以不惜口头作践"我老婆"和"你爱人"为代价逗观众肌肉抽动的作品从喜剧与幽默中轰出去。这是因为,喜剧与幽默是文学艺术中最深层

挥霍感伤

的神经，只有那些最懂得"悲剧"并超越了悲剧观的人才懂得喜剧与幽默的真谛。

说到笑，不能不提及钱钟书先生的那篇《说笑》，短短几页，却字字珠玑地道出了幽默的真谛："一个真有幽默的人别有会心，欣然独笑，冷然微笑，替沉闷的人生透一口气。也许要在几百年后，几万里外，才有另一个人和他隔着时间空间的河岸，莫逆于心，相视而笑。假如一大批人，嘻开了嘴，放宽了嗓子，约齐了时间，成群结党大笑，那只能算下等游艺场里的滑稽大会串。"随之钱先生称这类"冒牌"幽默者为"小花脸"。因为冒幽默之牌而身价大增的小花脸纵然也使人发笑，"但他跟真有幽默者决然不同。真有幽默者能笑，我们跟着他笑；假充幽默的小花脸可笑，我们对着他笑"。小花脸只算"卖笑"。

"大凡假充一桩事物，总有两个动机。或出于尊敬，例如俗物尊敬艺术，就收集古董，附庸风雅。或出于利用，例如坏蛋有所企图，就利用宗教道德，假充正人君子。幽默被假借，想来不出这两个缘故。"

至于喜剧之被假借则更为昭然。究其原因，如果说幽默还因了译名儿的障碍让人借起来不那么容易得手，喜剧则是可望文生义张口就来的，因为它既喜又剧。

可当我们真正读了点《儒林外史》，读了点马克·吐温或巴尔扎克什么的，我们才会明白什么叫喜剧。当我们读着伊索寓言时发出会心的笑声(不是钱先生说的那种"马鸣萧萧"似的笑)，我们才真正体会到了喜剧的力量。如果说我们相信悲剧就是把有价值的东西毁灭给人看让人生出怜悯、同情和

麻辣烫

崇高；那么我们同样会相信，喜剧是把丑恶与罪行活化成一具打了花脸的行尸走肉，让人对之发出愉快的笑声，这笑声包含了人类的智慧、宽容与善良，也笑出了人生的意义与无意义。因此我们相信喜剧更接近人的本性，是对悲剧的超越——让酒神精神弥漫人的悲剧存在，用全部的生命之轻来对抗存在的沉重。于是我们得出结论：真正的喜剧体现了艺术的最高价值。这样的喜剧与闹剧笑剧有着本质的不同，正如钱先生所说的人之幽默一笑与马鸣萧萧的笑那样截然不同。

眼下似乎中国的文艺进入了一个崭新的喜剧时代，人们似乎经常"约齐了时间，成群结党大笑"。这种"下等游戏场里的滑稽大会串"当然有其存在的理由和必要，因为并非人人需要幽默且幽默得起来。即使真会幽默的人，也需要时常做"马鸣萧萧"状以解脱幽默之累，因为造成幽默的往往是悲剧。于是卖笑作为一种职业当然赚钱且理所应当赚钱，因为卖笑与卖哭一样不容易是一种艺技(也偶尔成为一种艺术)。但大会串式的卖笑买笑决不可与幽默喜剧同日而语。卖笑者你就老老实实卖大钱但不必非往喜剧艺术家与幽默大师上头靠，否则就是对艺术的玷污。

当然，艺术因为太洁白而最易被玷污，玷污了你你也奈何不得，只有有心人替你勤擦着点儿。真的，擦去污秽便还其本洁；假的，如何也擦不净。这块抹布，擦上哪个算哪个了。

挥霍感伤

英国硕士论高低

不久前各媒体都报道了"中英两国相互承认高等教育学位证书"的消息,这个消息令准备赴英国留学的人们深受鼓舞,因为它意味着今后凡是取得中国学士学位的大学毕业生,在达到英国高校招生条件后,可以到英国攻读研究生学位;中国硕士学位获得者在满足英国高校的录取条件下,可以直接攻读英国的博士学位。而以前凭中国的学位和学历是难以直接到英国读高一级的学位的,必须通过补课或考试这个过程,往往意味着要花去一年以上的时间方可。

20世纪90年代初,中国学生赴美留学频频受阻后开始八仙过海,各显其能,开始攻克最封闭的英国。一部分有钱人成功了,是靠香港机构代理,交大笔的代理费,委托港方代办赴英留学手续。一时间,北京光华路的英国大使馆门前人山人海,热闹非凡,来的是天南地北的赴英留学者,在等那宝贵的签证。由于英国使馆没有料到如此的排山倒海奔英国之势,居然一时没了对策,只能让人们排大队等候,造成大门口车水马龙的拥堵,使馆周围小旅馆爆满。有人为了等待签证官召

麻辣烫

见，每天早晨到使馆门口排队等候叫号，一次次叫不到，便回旅馆闷睡，满北京乱逛消磨时间，这样反复十来天甚至半个月才轮到，可能等到的却是——拒签。我曾经发表过一篇大特写《1991，奔英国的人们》，记录下了那个特定时代里的几个可怜场面。

这些年大量的中国学生赴英，成了英国大学的财源。中国如果每年有十几万学生来英国上学，就等于把英国大学养起来了。不仅如此，还能拉动英国的消费市场和住房市场，拉动两国的航空运输业等等。开个玩笑，中国学生一多，英国的市民不用干别的，只出租房屋当食利者就行了。英国城市里很多原本美丽典雅的维多利亚洋房衰落得一塌糊涂，特别像上海解放后资本家的洋房让几家老百姓合住以后的惨相。这些衰落的洋房空置着，挂着牌子要学生们来租。英国城市生活费用高昂，房价也高，许多人便在乡下盖了房子常年住乡村，城里房子空着出租，中国人一来就解决问题了，物尽其用，双方皆大欢喜。

教育是企业吗？我问一位著名的英国教授，他的回答是：对，英国出售教育。中国人拉动了英国的教育市场，这是毋庸置疑的。这是十多年前中国青年们拼命要突破英国防线时绝没有料到的——十年后英国人"与时俱进"，杀了回马枪，主动出击中国市场，中国学生最抢手。

现在去英国读书的人，少数是初中或高中就去读，然后准备读大学的，那都是些特有钱的大款子女，而大多数是去英国念硕士学位的，因为去英国读硕士最经济合算，因此英国硕士学位成了最大的留学热门。相对我们三年制的硕士学位教

挥霍感伤

诺丁汉大学旧照

育，英国的硕士只需读一年，这是中国人赴英国读硕士的一大诱惑：它能省去你两年的宝贵时间。等你在英国拿了硕士，你的同学在中国还要读上两年才毕业，这两年里你可能已经升迁发大财了。我们的硕士学位甚至比英国的副博士（或叫哲学硕士M.Phil.）还要多花一年的时间，很有点得不偿失的味道。而在国内读完四年大学，相对国外读四年本科要便宜得多，打好基础去英国读硕士，学费十几万，生活费可以靠打工挣，一年学位就到手，省了两年时间，拿的还是洋学位，感觉比国内的土硕士要高出几个心理价位，英国的硕士学位真叫"物美价廉"。两国之间如此巨大的差异，不能不驱使很多人去英国拿硕士学位。

英国的硕士课程一年内有四至五门课，每门课每周上2－3小时，每门6000字的课程报告，最后的论文1万至1.2万字。这里一年有近五个月的假期，实际上课时间是七个月。假期打工挣的钱完全够一年的生活费了，就这样容易的硕士还有人不读，有些出类拔萃的人能跳过硕士直读博士，三年就从本科生

麻辣烫

变成了博士,那可是金子一般的大英帝国的博士学位。

人们会以为英国的硕士太容易得了。但事实是,在英国,没人把硕士当一回事,那不过是向博士过渡的一个跳板,热身练习而已。因此没人特别标榜自己是硕士。除非是博士,别的学位你别乱往名片上印,印了只能说明你没本事或没毅力去读博士。还有人读硕士是因为本科入错了门,毕业后找不到工作,于是交钱转科读一个硕士。即使你本科是读历史的,交了钱照样读一个电脑专业的硕士,硕士成了调整一个人生活道路的某种培训班了。不少中国人在国内读的都是什么英语,历史,政治,出来到英国照样读一个电脑硕士,进公司找到了工作当程序员,年薪能挣两万英镑,相当于大学讲师的工资。硕士如此容易读,不少专业根本没有考试,有英语考试成绩,见个面考察一下,有完整的本科档案就上。

拿着这个一年到手的软塌塌学位在英国是混不出个身价的,只有回中国来才稀罕。因为我们国家的制度就是把外国一年的和国内三年的学位等量齐观为硕士,自我贬值。这完全是我们效仿苏联教育体制造成的差异。

当然,任何事物都有其两方面。当我们的土硕士们看着人家洋硕士拿得轻而易举时,也该看到人家培养硕士时有效和得力的方法。我曾跟着三四个硕士班上课,有文学,有传媒,有政治学,也有语言学,对此深有体会。

简单说,英国的硕士培养,重在分析问题、研究问题、训练综合能力。一门课别看一周只上两个小时,老师开的参考书单是长长的一串,足以读得你七窍生烟。如果是死读书,结果只能是读书死。课堂上教师讲课只是提纲挈领,启发式,大量

挥霍感伤

的时间是提问题，让大家发言讨论，然后是写报告。所以你会发现，积极发言的总是那些优秀分子，他们口才好，脑子灵，文笔也上佳，样样行。肉的、木的、哑巴的，也总是那么几个，他们可以一学期下来一句言不发，但笔试成绩合格，论文说得过去，就能拿硕士学位。反正这个硕士也没人当回事，无法凭此沽名钓誉。这样的教育方法造就了精英，也便宜了笨蛋和混子。

由此我明白了，我们国内的研究生教育模式已经走进了一个费时费力又不讨好的死胡同，在全球化日益逼近的时候我们不能再如此躲进小楼成一统浪费青春浪费光阴了，赶紧接轨是真的，否则倒霉的是我们自己，是这些在国内苦读三年的莘莘"土硕"。估计精简课业，摒弃那些大而无当的课程，集中精力读专业课，一年拿个硕士其质量不会比英国的硕士专业水准低。否则大家就都凑钱去英国念硕士了，我们的"硕导"们就面临下课的境遇了。

麻辣烫

在英国租房子：先小人，后君子

去英国读书或做访问学者，首先遇到的是租房子问题：租什么样的房子，租什么样人的房子，怎么个租法，这些问题最重要。弄不好会赔钱、费时还令你十分撮火，何以安心读书？这是个"安身立命"的问题，不可不重视。

住学校的学生公寓当然最简单省事，但往往入学时房子供不应求，暂时要住在学校外面，就得租房。另外，学校公寓费用比在外面租房要贵一些，管理上很严格，如晚11点锁大门之类，假期期间管理员们也放假，学生一律搬出来回家度假，这一点最让想留在学校打工挣钱的外国学生烦恼，他们还得另找临时住房，等开了学再退房搬回学校公寓。为了省麻烦，很多人干脆愿意在学校外面租老百姓的房子住。

一般情况下是英国本地人将一整套房子出租给几个学生合住，一人住一间，厨厕等公用，水电煤气费均摊，英国房东不负责管理，房客们大家轮流值日搞卫生。一栋房子里住上4-5人，还有人带家属同住，这样的房子往往是脏乱差，住成了国内的筒子楼模样，纯粹是混在英国。但房租比较便宜，在伦敦

挥霍感伤

等大城市里月租在300英镑上下，而普通小城市里100来英镑就行，有些6平方米的小房间70英镑就可以。为了省钱，也只能惭愧地混在里面，一旦有了较好的收入赶紧搬出。在英国很少有两人合住一间的，一般都是住单间，两人合住有同性恋嫌疑，房租减一半，但各种费用仍按两个人头付，得不偿失。

比较好的房子是英国人（多为印巴裔）家，房间多，出租其中一间，其他设施与人家家人共用。这样的房子月租在伦敦要360英镑以上，中等城市如利兹要200英镑，小城市里也要160英镑上下。其优点是环境好，干净卫生，又方便学习地道的英语，了解英国文化和习俗。但中国人往往感到受限制，最大的麻烦就是那个厨房，由于饮食习惯不同，人家很少爆炒，中国人要炒菜，一炒就油烟四起，灶台狼藉，而英国人家里又都不装抽油烟机，人家会强烈要求你随时清洗灶台，不得留下油垢，甚至要求你停止炒菜，给不吃炒菜就活不痛快的中国人带来巨大的麻烦，往往因为饮食习惯的原因而无法住在英国人家里。

英国小镇上的住家

麻辣烫

相比之下，中国人还是愿意找中国人合住。一般是住在中国二房东家里。所谓二房东即长期住在英国的中国人，自己买了房子或将整栋房子租下来，自家人住其中一至二间，将另一间和小厅摆上床和桌椅出租赚点钱补贴家用，这些二房东几乎靠房客的房租就能付掉整座房的租费，等于自己白住。房客一旦了解其中奥秘，往往心中不忿，觉得受了剥削。但房主也是出于无奈，但凡收入可观，谁也不愿意家里住两个外人。这样的房子里容易出现房东和房客之间的矛盾，且往往出在房东的"剥削"行为上，经常闹得不欢而散。

为了避免矛盾，就要"先小人，后君子"，入住前把什么什么问题都说清楚，分清房东和房客的责任和义务。比如：电话、电视、洗衣机、煤气灶、淋浴器、吸尘器和开水壶等所有公共生活必须设施房东必须提供，甚至大的炊具也应提供，电器在正常使用情况下损坏应由房东负责维修，这是出租房屋的基本道德。别看这是小事，真出了问题就要争论伤了和气。有的房东故意在租房时不提这些问题，只泛泛说家里有这些设备，可住进去了他才会告诉你：电视请自己买一个放自己房间里看，客厅的电视房东自用的，电话租线费你要平摊，洗衣机坏了你要平摊修理费，电视税要你分摊，等等。还有要讲清：冬天房客有随时使用暖气的自由。英国非公寓住房大多没有公共供暖系统，各家点煤气取暖，房东为了省钱，经常关闭暖气开关总闸，提前讲清楚随时使用暖气的权利，否则你刚开了房东就给你关上，或别的要省钱的房客也同意关暖气，你就只好冻着钻被窝！那时就会发现自己上当受骗了，但晚了。最好每个房间都有暖气分开关，冷暖能自己掌握，不能住那种只有总

挥霍感伤

闸,全楼"同此凉热"的房子——很多来自中国江南一带的房东最抗冻,他们一冬天几乎不开暖气,有的只在晚上开两小时。这类房东的房子坚决不能租啊。

还有,房约开始只签三个月,磨合一段时间,处得好再续签,千万不要一签半年以上,即使如此,也要说明,房客提前一个月声明迁出,房东可以重新找房客,到期迁出,房东必须全额退押金等等,否则房东会说你违约,拒不退押金。

总之,英国的房东特别是中国二房东里什么险恶的人都有,有的人为了赚钱,什么损人利已的事都做得出。合住确实是个大问题,弄不好就难以相处,经常搬家换房子就成了家常便饭,影响学习和工作。因为我有过上当受骗的经历,所以才告诫那些老实人:千万别轻信那些什么博士硕士的花言巧语,多留个心眼儿,中国人到外头专坑也只能坑中国人,别管他什么士。记住:先小人,后君子,讲清楚,白纸黑字立了字据再住。否则后患无穷,理由很简单:见钱眼开。

麻辣烫

英国最欢迎谁

2001年英国电视四频道热播一个轰动性的中学教育题材电视剧《老师》，里面校长训那些吊儿郎当的青年教师，要他们拢住学生："没学生，就没学校，没学校就没工作。"(No students, no school; no school, no job.) 老师们的话接得也好："没工作就没女人，也就没吵闹了。"(Then no woman, no cry.) 作为教师，你就从此一了百了，歇菜！对私立中学是这样，对大学更是这样：一个教师的课没人选，你就得下岗；生源少，学校就没财源。而对英国学校来说，国际学生是最大的财源，一个人的学费顶三个英国学生的！中国如果每年有几万学生来英国上学，就等于把英国大学养起来了。不仅如此，还能拉动英国的消费市场和住房市场，拉动两国的航空运输业等等。开个玩笑，中国学生一多，英国的市民不用干别的，只出租房屋当食利者就行了。这是真正的无烟工业。

继复旦大学前校长杨福家教授出任诺丁汉大学名誉校长轰动英国教育界后，诺丁汉大学最近又轰动一次：由于在大规模

挥霍感伤

招收国际学生方面在英国教育界名列前茅，获得了一个女王颁发的大奖，名为"女王国际商贸企业奖"。听起来好像两不搭界，但名副其实。这个奖号称"英国企业的奥斯卡奖"，奖励的是"企业精神和活力"。英国贸易大臣称赞获奖者是英国的"精华"（crème de la crème）。

你看英国人在钱的问题上是不是一点都不含蓄？他们到现在也不为鸦片战争内疚，因为据说向中国卖鸦片是中国国内腐败分子的强烈内需造成的——官员商人军人全吸鸦片。中国向英国出售丝绸茶叶，英国就用鸦片平衡贸易，谁让这么多人好这一口儿呢！

现在我们强烈的内需是什么，好哪一口儿？答曰：英国学位。那你就得高价买！他高价卖呀。

教育是企业吗？我问一位著名教授，他的回答是：对，英国出售教育。诺丁汉大学能得这个奖，跟你们来英国读书有很大关系。确实是这样，诺丁汉大学现在有来自一百二十五个国家的3600名"国际学生"。他们说的国际学生可不包括欧盟的学生，因为欧盟学生和英国学生待遇一样，支付的学费是"国际学生"的三分之一，这是欧盟国家之间的互惠。而国际学生才是"大款"，是英国人最爱吃的美食。而中国大款们正呈猛增趋势。

英国对本国人收的学费是福利性的，因为英国贫富之间是天壤之别，穷人海了，交不起太高的学费。威廉王子到美洲度假，一周仅食宿就7000英镑，10万人民币。而据英国电视报道英国有一半家庭没有存款。一年2700英镑的学费外加6000英镑的吃住行，9000英镑，实在是个巨大负担。电

麻辣烫

视上在报道很多劳动阶级的高智商子女没钱上大学，呼吁社会伸出援助之手，还建议对这些穷人的孩子实行选拔制，选出最优秀的一小部分，为他们解决全额奖学金，痛心疾首地呼吁：不能因为钱而耽误了这些聪明绝顶的穷孩子。我看到电视上那些成绩优秀的穷孩子扑闪着明亮的智慧大眼睛，心里着实替他们不安，他们其实比很多的有钱人家的孩子更有前途。看来这2700英镑的学费已经是某种极限了，再高又会把一些中低收入家庭的孩子挡在大学校门之外，造成社会差别拉大，会激化社会矛盾。英国人可是一有解决不了的问题就上大街甚至堵在唐宁街10号不让首相安生。农民们急了眼都会用卡车和麦秸垛堵住主干道，这么小的岛国，一条路堵了，就半个英格兰地区瘫痪。那反对党也不是吃素的，它的任务就是找茬子在议会发难，一点小事就吵个没完，想办法抓执政党的小辫子逼它下台。反正政客们的任务就是吵嘴，谁夜壶镶金边儿——嘴好，谁得胜。泰晤士河畔那么辉煌的议会大厦就是吵嘴用的，实在奢侈。所以在大学教育这么大的事上，他们不能太资本主义，太一切向钱看，一定要照顾普通老百姓利益，也省得人们闹事。要知道，年年"五一劳动节"都是劳动阶级的狂欢日，都要在伦敦的"王府井"——牛津大街十字路口聚众大闹一番，抗议资本主义制度。2000年闹得最厉害，砸银行、商厦和资本主义全球化的象征麦当劳。今年这些富人早早儿就把闹市区商店窗户全用木板钉死，警方出动6000警察，最后警察比游行的人还多，连拉带扯，分割瓦解，驱散了这些穷苦民众，闹市区总算过了个和平的"五一"节。但劳动人民改变了战术，智取富

挥霍感伤

人，到偏僻的街道砸了几家商店，顺了些东西，算是出了口恶气。这一招警方和富人都没想到。看来是应了那句名言：卑贱者最聪明，高贵者最愚蠢。今年"五一"，营业损失达2亿镑，闹完了光清扫费就得20万英镑。英国政府明白"光脚的不怕穿鞋的"这个道理，一定要照顾百姓的利益。今年政府出台了一个新招：新生儿一出生家里给孩子一笔500英镑的存款，16岁生日时再存300英镑，一直存到孩子18岁成年，政府按照到期的存款本利数补贴一笔同样数目的钱。两者相加，会达到几千镑。这笔钱可用来上大学（或经商）。如果用来交学费，对穷人来说很管用。

而加大教育出口的力度，向国际学生收高额学费，是平衡国内损失的一个高招，可谓"堤内损失堤外补"。谁是国际学生？第三世界的阔人，特别是以中国阔人为代表的亚洲人。你们酷爱英国学位，不吃你吃谁？

去年在北京举办的英国教育展上人头攒动，人山人海，人们由此看到了出国留学的捷径，蜂拥而来。今年英国教育展又进军四川了，《人民日报》海外版以《国外高校入川抢生源》为题报道了这一壮举。四川不是属于待开发的西部吗，那里的人怎么这么有钱？让英国高校盯上的地方肯定是有钱的地方。一边是吸引国家资金去开发，一边是大量的金钱流向英国，不知这个地方是真穷还是假穷。但愿不是这边进那边出，支援西部的钱转手支援了英国，大巴山的人民该怎么穷还怎么穷。

相对来说中国大学招收外国留学生（咱们以后也叫他们国际学生吧！）的收费是太客气了。据说是北京的优等大学半年

麻辣烫

1500美元，外省的800美元，某省大学标价500美元贱卖，便宜得吓人，反倒人家不敢来了，恐有诈。我去澳大利亚时，人家就问我：那个大学是大学吗，不会是学院吧？害得我拼命解释中国的地区差问题，告诉他们如果只学语言，最好找个离北京近的外省大学，民风淳朴，物价低廉，腐败场所难觅，可以清心寡欲地把书念好，想玩了还可以就近到北京玩，又省钱，又逛了北京。可人家又嫌太便宜，怕便宜没好货。

挥霍感伤

访问学者，啊(ā)啊(á)啊(ǎ)啊(à)

　　顶着高级职称头衔出国当访问学者，是我多年梦寐以求的事。四十岁上梦想成真，却不成想出了国下了飞机进了一家中国人办的招待国内人的招待所里，就遇上了这么一些访问学者：他们带来了妻子儿女，那土里土气的妻子儿女一身寒酸的打扮加猥琐的举止不必多表，那个"主体"——访问学者本人就让你不敢恭维。他们洗了澡，光着膀子披着劣质西装，光着脚跟拉着皮鞋，叼着烟卷在各个屋里串游着找人打牌。这些操一口方言的人据说是大学教授，来国外当了一年访问学者，学成了，准备回国建功立业了，回去前在大伦敦逛逛。此情此景给了我一个下马威：还不知道将来会遇上什么样的访问学者呢。他们怎么访问的，又怎么当的学者，我们的大学教授堆里怎么混进这样的人的？不敢想，不寒而栗。

　　到目的地安营扎寨后，果然发现了有类似的人和我一样是顶着副教授和教授头衔的访问学者，听他们说英语的口音就知道他们是哪个省来的中国人了，再看其衣着，讲究得发傻，上了台面手脚无处安置，就知事情不好，渐渐发现其学术水准也可疑。我怎么跟这样的人同顶一个访问学者的帽子？不寒而栗。

只听说改革开放初期我们的访问学者出国有人闹过笑话并因此流芳至今：那时有过二至三人合租一间房的，为的是省房钱回家买免税大件儿。结果是一座三个卧室的房子里一气能住十来人，连厅都睡人，可谓关起门来乱七八糟地活着。这些人被外国人看成是同性恋混居，以为中国提倡性自由，个个是同性恋，此种误会着实延续了不少年。

现在情况好了，开始一人租一间了。但有人带了家属照样老婆孩子挤一间里，如果一座楼里三家全带家属，那楼就和筒子楼差不多了，鸡犬相闻，百味俱全，纯粹是混在英国。

我没有想到的是：拿着国家的奖学金，一些身为访问学者的大学教授会积极地投身于餐馆中洗碗，那一小时3.5英镑的黑工工钱，比科索沃及阿尔巴尼亚难民打工享受的3.75英镑法定最低工资还低！但乘以13倍的汇率，足以使他们折腰。他们顶风冒雪地早出晚归，欢天喜地地进账，脸上绽放着科索沃难民式的得意笑容，让你不能不为他们高兴。

在这里断断续续洗一年碗能揣几千英镑合几万人民币回去，不虚此行。家属来陪"读"，其实是增加一个劳动力打工，只能拣早班和晚班干——英国人不要起早贪黑，中国教授或教授夫人能早晨6点摸黑去干活，在人家上班前把厕所和院子清扫干净。两个人干上一年能揣十来万回家，再带上旧货商店一镑一堆的衣服，其乐无比。中国访问学者回国的行李可以是七十五公斤免费托运，你就看他们大包小箱地往回运宝贝吧，能装半卡车。不知道的还以为是被遣返的难民。

挥霍感伤

久而久之，学校里给中国访问学者专门开的课上座率大大下降，有的课居然为零，逼得学校给这些人下最后通牒：再不来上课，学年末不发结业证书，没有这个证书这些人回国后就无法交差。于是只好放弃部分打工时间硬着头皮去听课，心里直心疼那一小时3.5英镑的黑工工资。乘以十三，就是五十块呢，一下午净损失二百块。

国家的奖学金成了供他们打工挣英镑的基金，吃饱喝足去卖块儿，毫无身份和尊严。这些人在国内估计也过得没有档次，出了国见什么都新鲜，尤其见了金灿灿厚墩墩的英镑亲。他们还有充足的理由：奖学金低，比发达国家访问学者低得多，还学什么，挣钱吧。好像是谁逼他们出来当访问学者似的，其实他们为争当访问学者在单位里互相掐得一塌糊涂，谁胜了谁出国——打工！这类人确实很给国内的大学教授丢脸。

不寒而栗之余，我感到困惑：他们国内工资保留，在国外拿着国家资助的外汇，却浪费大把的深造时光忙于从污水里捞英镑，这说明什么？

仔细观察下来，有所发现：这些人大多出身于贫困地区农民和小镇市民家庭，读了几年大学，因为"听话、表现好"或者为人圆滑而留校教书。几年大学不过是学会了混饭的手段。他们随时能知识分子的外衣一甩，赤膊上阵耍把式练活儿挣黑工资，好在这些人出身微寒，干体力活儿原本是正业，进大学其实是误入歧途，现在正本清源，如鱼得水，好不快哉。

金钱的诱惑能让他们找到理由："大学教师工资低，出来这么好的机会，打工找补。"果真如此你在国内公开卖馅儿饼好了，还能引起社会争论。当着自己学生的面还要面子，不干

麻辣烫

他认为下里巴人的事，还要在课堂上堂而皇之地教书育人，出来到没熟人的地方就大显英雄本色，毫无尊严和档次地混在国外，一年后又要冠冕堂皇地"学成回国"，继续学为人师、行为师范的把戏。这真让人不寒而栗。

面对这种人，别的我不知道怎么做，至少我会对报考大学的熟人的子女说：千万别考某某大学或某某系呀。当然这只是自欺欺人，我不知道的别的大学的这种人谁能保证就少了？

一遇合适的土壤和环境，就轻而易举地暴露其本色。我们的大学里居然充斥着这样人格的混子教授。我们的大学和知识界这么多年进步如此之慢，绝对和充斥着无数这样人格的知识混子有关。而且这样的人在国外草包镀金（同时在污水里捞了金）回去还能晋升当领导，然后再任人唯亲，恶性循环。我们大学的前景将会着实看好。为此我不寒而栗。

什么访问学者，反正我决定回国去不随便对人说我是访问学者，知道点情况的一听就会说：你既没访问，也不是学者，在国外活动了一年筋骨，污水里捞了两袋美元英镑发了！你要说你没参加洗碗运动，别人心里会说：呸，别作了婊子还立牌坊了，你跳黄河里也洗不清。所以我干脆不说我是访问学者，反倒落个清白。访问学者，啊(ā)啊(á)啊(ǎ)啊(à)。

挥霍感伤

谁也别想往外择自个儿

让我们从最小的事说起。

春节到来之前,院秘书通知大家:院里要在院长家里开一个中国春节聚餐会,邀请各科最著名的教授参加,希望中国访问学者们来各自献艺,炒几个拿手的好菜。我因为那几天刚好去一所德国大学汉学系讲几节课,就没参加。从德国回来后和英国同事打招呼,自然要问的是聚会上是不是饱餐了一顿中国菜。结果人家告诉我个不幸的消息:没聚。一问才知,春节期间正是中国餐馆生意兴旺的时候,中国访问学者大都去洗碗挣钱,没人舍弃那个机会来参加聚会。我说如果我不去德国我就给大家包饺子了,一个人能包10个人吃的。人家将信将疑地看着我:你去德国了,你没打工啊?没有啊,我说。那多可惜,春节加班工资还高呢,他们替我可惜地说。

我无言地走开。我知道他们是真的为我可惜。

就这么简单,你生不起这个气。在他们眼里,中国人全一样,你别想往外择自个儿。

当初看到中国访问学者拿着国家的奖学金还去打工,我就觉得这样形象不好。但这些大学教授给我的回答是：大多数人都这样，你不这样，回去人家也认为你在英国洗碗挣了钱，还不如洗吧，反正你回去是跳进黄河——怎么也洗不清。

果然我洗不清。中国教授忙于洗碗挣钱在英国人那里都不是秘密了，你却说你没打工，还去了德国讲什么学，别编天方夜谭了，谁信你呀？

同样的道理，中国人来外国读了这学位那学位，除非你表现特别突出，一般情况下人家是先雇佣本国人。很多有关优秀的中国人在国外创业的报道中似乎都提到了这一点：在人家国里，中国人必须付出成倍的努力表现出绝对优势才能得到人家承认。这说明什么？就是不平等。因为我们起点低，处于劣势，人家可不管你个人素质多么优秀，他们对中国人有先入为主的定势观点：中国人普遍素质差。你若想在这里立住脚跟，就得往外择自己，表现出自己的非凡之处来。你和人家不相上下的情况下，当然人家本国人优先。我们设身处地想想，别的第三世界的人如果来中国找工作，如果其表现仅仅是混同一般，我们优先录取谁呢？

特别优秀是很难做到的，因此大多数人想往外择自己就难了。尤其是在普通场合下，人家对你一点儿都不了解的情况下，你的特征只有一个：中国大陆来的，什么PhD, MA, MBA, 教授，博导（国外没这个职称，只要给博士生上课都是博导，讲师也可以是博导，所以有人出来以博导示人却遭到莫名其妙的不热烈反应），这些是不能写在脸上的。你的形象就是中国大陆的形象，中国大陆的形象就是你的形象，真正是那首歌唱的那样"你属于我，我属于你"。谁也别

挥霍感伤

想往外择自个儿。

那些天英国媒体连续的头条新闻是——福建偷渡难民窒息案审判结果！那个关了通气孔的万恶的荷兰司机被判14年监禁，那个在英国接应的中国女翻译（绝对是个知识分子）也被判了几年监禁，因为她是主要人贩子之一。

看着电视上那惨死的画面，看着某遇难者的父亲林老爹泣不成声地说："就是想让他出去多赚钱给家里啊！"听着英国记者哀怜的现场声：这些人花上万的英镑偷渡，就是想来西方奔富裕，来英国挣大钱，却落个如此悲惨下场，再看那些死者的妻儿惨兮兮的模样和那贫穷的背景画面，这些不用解说词的连续画面，似乎就写在每个中国人的脸上了。

在英国的中国人这几天最没面子了。英国人和你闲谈起来就是说Oh, poor thing！哦，可怜的人啊。福建是什么样的地方，那么穷吗？

我似乎又听懂了那意思。赶紧说：不，绝不是，那只是少数人。我是在福建的大学里读的硕士，福建风光很美，号称中国的瑞士，你们去看看就知道了。那一刻我成了福建的义务宣传员。但我知道他们将信将疑，因为他们可以不知道这些，只知道福建人都往外偷渡就够了。如果你还是福建来的，那你也有穷疯了的嫌疑，别再说什么了。但我必须告诉他们真相：中国是个发展不平衡的国家，富裕的地方已经很现代化了，人们的生活比普通英国人的日子还好。穷的还很穷，所以往外跑。但不是所有的中国人都想往外跑。

说这干什么？当然是爱国动机，因为这个时候你必须爱国，说明中国的情况。当然也是在择自己，言外之意我比普通

麻辣烫

英国人的日子好。但我知道我择不清。弄不好遇上个心胸狭隘的,还会怀疑你们家就有人偷渡,谁让你拼命说福建美得像瑞士?那些画面组接和记者评论比我说一个小时还厉害。有这些惨烈的电视画面,有这些污水里捞英镑的中国教授,我甭想择我自个儿。我们是一体。咱们是一体。

想让自己体面,唯一的办法就是中国人在国外要争气,我们国家自己要强大,繁荣,昌盛。

出来的中国人出来之前都充满幻想,以为来这个发达的世界只要受了和他们一样的教育就成了英国人美国人欧洲人了,就可以把成千上万的穷中国人甩在身后,也可以说Oh, poor thing了。但残酷的现实让他们清醒了:这里对中国人的歧视是骨子里的,不是说你认同了他的价值观人家就欢迎你。高谈阔论怎么都行,真正要过日子了,那就是抢饭碗的问题。你是来抢饭碗的,人家怎么能随便给你同样的生活?这里没有免费的午餐。Oh, poor thing.

前些天电视上播出一个60年代英国学生抗议美国侵略越南的大型纪录片,那种高速公路上浩浩荡荡挤满向伦敦进军的学生的场面十分壮观。学生们最后占领了美国大使馆前的广场,红旗如海,人声如潮。抗议最终被警察镇压。其中的学生领袖有个巴基斯坦人,至今回忆起来还激情满腔地为学生辩护,理由当然是民主自由理想被践踏。但别的被采访者对此人的评论是:把他弄回巴基斯坦去(ship him back),他凭什么到英国来讲自由民主?!

这样的话是多么噎人,多么损。当然这只代表那个人自己,别人可能不会这么损。但那种歧视是普遍的——你是客

挥霍感伤

人,你老老实实,我们欢迎。你来我们这里和我们讲平等,你还是回去吧。

很多中国人出来就是不懂这个道理,幻灭后才变得十分狂热"爱国"。网上经常出现鼓吹中国和美国打仗的垃圾邮件,似乎显得很爱国,其实是理想受挫后的报复性心理在作怪。那种投怀送抱而热脸贴了冷腚后的愤怒,算不得爱国。我们还可以说:敢情你住在英国呢,中美打起来关你什么事,做隔岸观火,歇菜吧你,好好读你的博士吧,我们不需要你这种爱国者。

那次我在一所澳洲大学讲香港回归时中国电视的报道并放了几个电视片段,说明我们的报道多么有理有利有节,结果是听众中的中国人不满意,讲座结束后提问说:为什么不在彭定康离开港督府时解说词里狠狠骂他?我们嫌不痛快,趁着回归那两天好好上街闹了一通,在这里中国人太受压抑了。我当即回答:澳洲警察没把你抓起来吧。

作为知识分子而不是机会主义分子,真正的爱国应该体现在行动上,在于自己争气,做脸,少在国外丢人现眼,因为你就是中国,我们都是中国。如果在外国的中国知识分子都不蝇营狗苟,都堂堂正正,这至少能抵消一些福建偷渡难民的负面影响。不能你在这里低三下四,却鼓吹中国打美国来给你壮胆,靠国内人发奋自强来提高你在国外的无形价值。如果你还爱国,那还是先爱你自己吧。

麻辣烫

我是"美男作家"我怕谁？

"美男作家×××"现象简直是"美女作家"现象的翻版，针对美女作家的批评许多都适合他，很多情况下只需将批评美女作家文章里的"美女"和"她"在电脑上打一个宏命令替换为"美男"和"他"即可。面对这个与"木子美现象"齐名共时的另一个性别的现象，多谈几句葛红兵似乎都成了与出版商商业炒作的同谋，不管你持怎样的批评态度。因为我敲打这个名字时我分明听到了出版商的得意窃笑：又一个傻冒儿上钩替咱们义务宣传了！炒作者的目的就是不择手段利用人们的好奇心，利用媒体的喜怒引起大众关注，混个脸熟，然后诱导你买他的出版物，无论是想看它多么好还是想看它多么不好。

还记得十来年前的"汪国真现象"出来时，每次人们的聚会上汪国真都成了一道开胃点心或饭后水果。对比之下，十年之后的美男作家现象简直让我对当年苛责汪国真感到抱歉了，人家汪诗人的表现和现在的美女美男作家们比真算本分谦虚的了。那时的小汪好歹也是模样端正的纯情青年，似乎不比照片

挥霍感伤

上的这个美男作家逊色，如果当年出版社稍有前瞻和"色胆"将小汪捧为美男诗人，今天的出版社还能靠什么噱头赚印数？还不得被逼上绝路，闹出什么更堕落的名堂来，或许被推出的就不是"美男"了，而是"人妖作家"什么的，那样我们的出版界就更与时俱进了。

其实历史不过总是在拙劣并变本加厉地重复自己。现在的不少文学炒作，和上个世纪初十里洋场上捧戏子捧交际花的闹剧本质上又有什么两样？而以当今现代化通讯传媒发达的程度和识文断字的小康——小中产阶级人口之众，眼下的恶俗影响力则更广大，应该说是创了历史纪录。而以捧女角男角赚取商业利润的出版商和策划人们在不久前的昨天还是一本正经的社会主义文化事业的伯乐和严肃的文艺批评家，一转眼他们就汇入了商品经济的洪流中翻手为云覆手为雨，长袖善舞地如此这般起来，这种"变脸"艺术玩得绝对技巧高超。其实在计划经济时代，一些"伯乐"们也是捧角以猎艳和吃豆腐的，只不过那时这种伎俩是打着"关心扶植文学青年"的旗号施展的。现在捧角以猎艳或吃豆腐或谋利润或怎么样则没了那许多顾忌，出版商出钱，批评家拿了钱便才华横溢地摇旗当枪手，老板的金子和批评家的才华合流共同繁荣着文学创作市场。现在又冒出了美男现象，算是完成了一次与"美女作家"的互文和对仗，从此纠正了阴盛阳衰的偏差，捧角市场上达到了高度的平衡和谐。

更为令人难过也令"美男作家"无法掩饰的是，偏偏是他曾经猛烈地抨击过"美女作家"，据说还发明了"身体写作"

麻辣烫

这个词来讥讽女作家们的小说。现在他却号称为了合同的缘故而不拒绝出版社的任何名义的炒作从而默认了自己的"美男作家"身份，等着分成商业利润。这对于一个大学教授来说无论如何算是耻辱。

不知道在美男之后出版界还会有什么大手笔的企划，也许将是"后美女作家"和"后美男作家"，对于炒作想象力如此贫乏和低劣的文学出版商们，我们还能抱什么希望？让他们烂下去吧。反正这样的书我是不会去买，连看看它如何不好的念头也没了。不过我相信，以"美男作家"的受教育资质，他过后会为此后悔并收敛甚至某一天会公然表示自己之"默许"的失态，他还算年轻，急于成功而偶尔失足一次并不稀奇，比某些文学青年为文坛献身或出卖灵魂什么的也坏不到哪里去，比那些道貌岸然实则利欲熏心的"文学评论家"枪手们也坏不到哪里去，甚至比那些学术造假的什么院士教授也坏不到哪儿去，现在的知识界出版界乌烟瘴气的地方多了去了。至于出版商，不要指望他们后悔，他们只会赚了钱得意忘形。

挥霍感伤

花样男人的市场

突然身边到处响满了F4的名字，然后被告知连F4都不知道的是如今最大的老土，基本等于白活。这些狂热者中多为女性，甚至是中年女性，有的是母女同看《流星花园》，同喜同乐，说看这电视剧还有助于母女两代人的沟通，变得形同姐妹。然后是网上铺天盖地的评价文章，报刊也不逊色，连我一直视作清秀脱俗的《三联生活周刊》也辟了专版，图文并茂地讨论之。

令我十分惊讶的是那些中年女性的反应，用"觉醒加冲动"来描述一点也不过分。正如同某篇文章说的那样，她们有一种"恨不相逢未嫁时"的暗悔。那些中年女士抑制不住的热情与对青春的追悔，简直能让你受到感染，随之对她们生出同情，因为她们明明是在表达一种早生了二十年的悔恨。有的男士打趣说："看来你们是被耽误了真正的谈情说爱，当初最深处没有受到触动就嫁了人，现在在寻找感觉。"也有人说这些女人当初事业无成时懵懂加萌动中嫁了成熟的男人，如今事业有成，开始寻找情调，以强者的姿态把玩奶油小生。

麻辣烫

《流星花园》，对它的情调高低或艺术水准姑且不论，它在创造某种时尚，是一种诉诸女性感官的"人秀"，这一点毫无疑问。它在唤起女性不自觉的潜意识，让她们激动莫名而难以言说，特别是那些一直受正统教育多年如今事业有成的中年女性更是如此。我们没有必要掩饰这样的事实。熟人中有位女强人，是专门从事大型电视直播的导演，经常指挥着上千的男人在广场上排演，性格刚直洒脱。她告诉我终于有一次她抑制不住冲动去某饭店找小先生喝酒聊天。但她号称自己还是太放不开，只限于聊天和欣赏，稍有"想法"，就觉得是"罪过"，红着脸落荒而逃。这样的成熟女性现在并不在少数。她们在"觉醒"中挣扎，在欲望与"道德"中尴尬冲突着。

还记得小时候邻家女人（一个高雅脱俗的知识女性）疯狂地一遍又一遍地去电影院看京剧电影《平原作战》，三句话就说里面的游击队长赵永刚扮相多么多么帅，最终激怒丈夫，被批判为"不健康的小资产阶级思想"。还记得那文雅的丈夫教育她："看电影是学英雄精神，你怎么老看演员啊。"看他们吵架，大人们莫名其妙地笑着，我不懂，恍惚觉得那笑声中藏着玄机。关键是那对夫妻并不明白自己为什么吵架，否则他们就不会公开地吵得外人都能听见。

这样的女人如今比比皆是了：她们仍然处于莫名的躁动中而不自知，或者难以言表。其实她们是在经历一种意识的觉醒，说是女性主义似乎过于理论化了，但她们确实是在看电视的过程中体验着女权的冲动：对标致的花样男人的欣赏与主动的幻觉亲近，这其中潜在的性幻想是不言而喻的，可惜当她们冲动地表白着自己的"喜欢"时她们还没意识到这一点。

挥霍感伤

四个被称为花样美男的人

混迹于电视行业中,大家议论《流星花园》,首先想到的是"策划"。不少人断定这个剧的主要策划人说不定就是个中年女性,她一定懂得如今的视觉市场上,"花样男人"是多么抢手,因此为潜在的女性观众量身打造了四个如花似玉的小男生,据说是从一千个标致的小生中遴选而出的。原来F4的F就是英文里花(flower)的意思,四是四个男人,合起来就是四个花样男人。男人被称作花,这本身就是现代社会的标新立异产物,是女性需求的必然产物。她们把男人对女人的称谓反用在男人身上,这绝非简单的远距离欣赏。

商业社会本身就是"女性"需求主导的社会,市场产品包括文化产品向女性的倾斜是自然而然的事。在这样的背景下,"花样男人"类的电视剧作为一种"人秀"无疑能够流行起来。女人们从对"赵永刚"们的莫名英雄崇拜到对F4的狂热,从根本上说是来自同样的冲动,不同的是当年的女人们是在仰视中体验着潜意识中的性满足,现在的女人对F4的热爱开始体现为女人对男人的主动出击了。这样的现象在欧美已经是由来已久。文学界的杜拉斯和西蒙·波夫瓦创作与实践并行自不必说,翻开一些流行杂志,会发现经常有所谓toy-boy(玩偶男生)现象报道。人们热衷于那些丰韵犹存的老年

麻辣烫

女人与年轻男子的风流韵事，图文并茂地报道之。那些浓妆艳抹的老女人与风流倜傥的年轻男演员们出双入对，已经和八十老翁与亭亭玉立的少女的婚恋一样平常，后者被称作sugar-daddy(甜心爹)。麦当娜的丈夫比她小十岁，已经是年龄差最小的toy-boy了。《豪门恩怨》里著名的女演员柔安·柯琳斯已经年届古稀，仍在不停地更换年轻的丈夫，都比她小三十来岁。还有相差二十多岁的小男生与老媪厮守的。这种现象在英美演艺界早已是见怪不怪了。最让我吃惊的是，英国的流行报刊上我看到了那个英俊潇洒的刚强汉子"英国病人"拉尔夫·范恩斯居然与他舞台上的母亲热恋并出双入对，后者尽管丰韵犹存，但也年近花甲了，但他们在一起的形态看上去是那么自然和谐，俨然青梅竹马。看来人在性上面的选择真是"不可貌相"。你说他是玩偶男生，但人家就是在这种选择中获得了满足并且这是他获得满足的最好选择。

我们这边对F4的迷恋，就是toy-boy现象的前兆，《流星花园》是集中火力发射的一颗卫星，引发了大量女性的反应。

另一种反应认为《流星花园》在催生中国的偶像剧，认为是急追日本和韩国偶像剧的象征，而在这之前中国没有自己真正的偶像剧。我们的青春剧大多说教味过浓，无法吸引少男少女观众。但这已经引起了许多老师家长的担忧。他们认为，《流星花园》直接描写的是校园生活，对学生的负面影响将会超过其他流行剧，需要格外重视。有的老师分析说，看电视娱乐本身并没错，可如果把片中虚构的人物和情节照搬到现实中来，真把约会、恋爱当成校园时尚来追求，或者把剧中人的脏话当成时髦用语挂在嘴上，那就大错特错了。

挥霍感伤

中国需要自己的校园偶像剧，但似乎不是这种一味虚构谈情说爱和时尚生活的故事。我在英国看过一个名为《教师》的通俗剧，讲的纯粹是英国中学里青年教师和学生们日常生活的故事，主演是英国的一位著名的当红小生，自然是青春英姿。也有搞笑的成分。但整个故事贴近中学生生活，完全来自校园，主题是严肃的。这部电视剧被隆重推出，其卖点自然是那位主演明星，一时间他的照片甚至上了广告牌，竖在马路旁，有关他的生活故事也一时成为热点。这样的演员自然成了少男少女的偶像。但毕竟这部电视剧的主线是反应现实生活，不是《流星花园》这样的"人秀"，它们之间的区别是显而易见的。

我们需要偶像剧，但不能脱离社会现实。我们缺少的是像《教师》那样的青春剧。

麻辣烫

京剧本应成为活古董

　　说起振兴京剧，我们不妨先看一下现在哪些人是热心观众。结果当然不乐观，因为我们发现看京剧的多为老年人（在家看央视的戏曲频道，因此谈不上实际消费）和边远闭塞地区的农民（看送戏下乡的蹭戏，基本也谈不上消费），只有大中城市的少数票友是买票进戏院消费京剧演出的。从京剧受众和消费的情况看，现在的国粹京剧确实是难以获得显著高扬的"市场"份额和票房，而少数有消费能力的城市票友是无力支撑起京剧的半边天的，京剧已经从上世纪的艺术宠儿沦为今日的冷门。或许现在的艺术水准大大超过了过去，但日益多元的文化消费特别是流行文化和影视剧抢了京剧的风头，让京剧重振雄风成为异想天开。最近有报道说有的省级京剧团好心地送戏进大学却遭到冷遇，说明"送戏进校"远不如送戏下乡那么受欢迎，我们的这些新世纪的希望——大学生们连蹭戏都没时间和兴趣看。京剧与他们似乎无缘。

　　这样的际遇确实是令人心痛心酸的。但我们必须面对现实。所谓面对现实有两个意思：作为农业文明之艺术巅峰的京

挥霍感伤

剧不可能在工业文明和后现代文明阶段"重振雄风",不可能再大红大紫,对此永远不要抱有幻想,历史就是这么无情。但作为国粹,作为民族表演艺术和文学的重要来源,京剧的气脉不会断,因为总还是有一批批执著而忠实的观众票友,总还是有淹通古今且高瞻远瞩的有识之士要为国宝的传承而呕心沥血。即使从文化生态保护角度考虑,京剧这门博大精深的艺术还是要得到精心的呵护,让这朵古老的艺术奇葩继续在姹紫嫣红的艺术百花园里绽放,因为我们越来越懂得只有多样化才能保证整个生态的健全,任何一个艺术物种的缺失或消亡都是我们整体的损失,这种损失的严重程度是不能在短期内立即显现出"报应",但到了一定量的积累,就会后患无穷。在"全球化"进程日益加快的时候,当我们看到它带来的种种益处时,也不应忘记任何东西都是泥沙俱下的,都有其弊端,民间谚语所谓"有一利必有一弊"。从文化认同上说,全球化很可能造成民族特质消弭,全球在文化上成为一个简单的平面,那些古老的文化成为无根之木。现在我们就应该未雨绸缪,加大力度保护一些国粹如京剧,让国人始终有根的活标本可参照,不至于最终化成文化上的四不像。

因此京剧的所谓"改革"如由交响乐来伴奏啦,布景超大超豪华啦,甚至京剧演当代生活啦,其出发点是要京剧与时俱进,"在变中求生存",让它融入现代生活,实则会毁了它。不如尽量保持其原汁原味,保留好这个"物种",就让它曲高和寡、做温室里的鲜花有什么不好呢?因为它从来就不是下里巴人,在如此严峻的市场环境中它经不起风吹雨打。

既是要当活古董保护起来,就不要逼京剧走市场,而应该

麻辣烫

像日本的能剧那样养起来，花重金培养高精尖的人才，把它变成一个令人艳羡的行业，大家竞争获得高高在上的京剧表演艺术家的位子，说白了，就是像养大熊猫一样养起来。

可能有些人一听养起来就是吃大锅饭，就是混肥缺，就是变成公务员。其实不然。既是要养起来，就要少而精，不能什么城市什么省都要有个京剧团，一个小小的京剧团也要像国家机关一样弄一大堆尸位素餐的科室主任之类，而是应该有重点地保留几个京剧团体，变成国家级的重点保护单位，承担起"留根"的任务足矣。

至于说现在京剧是墙内开花墙外香，中国的随便哪个城市京剧团出国都处处受礼遇，其实道理一样。那并不说明外国人比中国人懂戏爱戏，仅仅是人家把中国的京剧当成一个奇特的艺术物种像喜欢熊猫一样爱惜它而已。我们的一个小城市的京剧团出国参加个什么文化节、受那么一次礼遇要付出多大的代价？按市场价格算，肯定是大亏特亏的，受够了礼遇还不是照样回来受冷落过穷日子？让你在国外靠演出谋生试试？与其如此，还不如集中钱财，养几个一流的演出团体和演员，当成国家的形象大使，里外都受礼遇的好。这样京剧艺术真正成了象牙塔，反倒受人景仰，得以流传百世。

挥霍感伤

齐匪，一色

这几年，很有那么几件"文化盛事"是打着"×十年代生人"的大旗举办的，很多文学书也号称收入的是"×十年代作家"的作品。似乎这样一来这些人的文化理念，他们作品的情愫就代表了他们的同龄人。换言之，他们就成了同龄人的代言人。而从商业上说，这就成了一个"卖点"。商业上的成功进而更加重了其文化上的号召力，两者达到了相得益彰的互动，成功就圆满了。

对此，笔者很是不以为然。觉得打这种招牌是不明智也极不科学的。理由有三。

首先，自古以来就有"物以类聚，人以群分"之说。这个类和这个群绝不是按照年代来划分的。从理想的角度说，人是文化的动物，人之分群，应该是文化类别的群，所以才有了远隔时空的理想的接受与共鸣。从实用的角度来说，人之分群是按照既得利益的共谋来划分，所以有"没有永久的朋友，只有共同的利益"之说，听着很是让人心里八凉八凉的，但这又是无法逃避的现实。这个年代，流氓与政客齐匪，教授共骗子一

麻辣烫

色，为了既得利益，早就没了志，更是"道"上八仙过海，合纵连横，老少连手，雄雌搭配，瓜分利益，都是战略性/性合作伙伴，哪儿还分啥子年代时间段？所以按照年代划分人群既没有理想的维系又没有现实的基础，除非是×年代里一群志同道合的人组成的群，但那绝不能代表一个年代出生的所有人啊。

其二，如果说按年代划分人群还有其合理性，那也是对相对整齐划一的集体无意识或集体有意识的年代而言。而过去的几十年中，我们国家群体的无意识或有意识都是万象纷呈的。这不仅因为我们的国家地大物博，民族众多，方言丛生，文化多元，还因为各个地区发展的巨大差异和不平衡。同样是60年代生人，一个生长在北京军人高干大院里的孩子的记忆和情感沸点与离他们不远处的太行山皱褶里面的苦孩子简直是天壤之别。从北京到太行山这么短的距离其实跨越了多个发展区域和阶段，差别是惊人的。同样是80年代生人，北京城里的孩子为家长限制玩电脑游戏而痛苦万分，而黄土高原上的苦孩子却在为吃不上饭而做噩梦。如此的多元，如此的阶段的不同步，注定造成同一个年代生人文化性格的千差万别。几个文化或俗文化精英闹个什么演唱会，出套什么文学书，怎么能唤起你全部甚至大部分同龄人的意识或无意识？连有这种想法本身就是臆想，就显得荒唐。

其三，人是心理和精神的动物（当然首要的先有肉身，在此暂且不表），除了对最震撼人心的重大历史事件的框架的记忆，其余对于历史的记忆都是个人化的，他对人或价值的认同往往取自自身经验和自身的心理体验，这种体验因人而异，千

挥霍感伤

差万别，决不因为在同一年出生就成为一类，更何况十年呢？比如对于"文化大革命"，除了共认的"十年动乱"，也许某个孩子记忆中的只有他/她的父母被哪个红卫兵打死的镜头，他们或许不会理性地痛恨更多，而只痛恨哪个凶手。

所以当我看到那些高举年代大旗妄图将人们收到其麾下的壮举，心中暗自发噱，真不知道他们的思维在哪一点上出了毛病，或许是根本没毛病，仅仅是想为了自己的成功招呼看官或围观者。反正作为60年代生人的我是从来不去附庸打着60年代生人的名义进行的同龄人集体行为，因为我心里有以上三点疑问，而这三点疑问是来自我对同龄人的观察和感悟而得出的，我尊重现实。

所以我建议再有谁想将哪年出生的人收到麾下时，应加前缀或后缀或一系列定语补语，比如"60年代出生的北京郊区军人大院的孩子们"或"70年代出生的当过吧女的作家"什么的，把范围缩小缩小再缩小，才好类聚，才好群分。

麻辣烫

剽窃抄袭的大学"叫兽"

《四川文学》第10期上发了抄袭俺作文的学生的公开信，承认抄袭并道歉，至此抄袭事件算是有了个了结。想想真是可笑。一个省的文学刊物轻而易举地就让一个抄袭者发个电子邮件文章给蒙骗了，可查找真人却费了九牛二虎之力才水落石出。我们的大中国，抄袭剽窃的人真是雨后春笋般涌现。估计那个学生做这等事时根本没觉得不好意思，他肯定是受了大学里抄袭剽窃风的影响。大学里教授老师抄袭成风，据说抄袭还是评职称的制度逼出来的：评职称要求发表和出版的数量太大，大家都难以完成，所以就东抄西抄，北大某青年名教授抄袭剽窃案发，招来的不是谴责，而是同情，说他是坏制度的牺牲者，其实其人特有学问，是中坚力量呢。连这样的海归中坚都沦为"制度的牺牲者"，真不知道我们的大学是不是成了酱缸。在西方国家任何一所教育机构里出了这样的教授教师，他都不能再呆下去，只能辞职。估计如果我们国家也这么要求，全国的大学里就只剩下寥寥无几的老师了，大学就成了学生和校园房子的地方，大家

挥霍感伤

学,却找不到几个教的人了,所谓大学哈。

据说作家邱华栋刚出版一本小说,把一些教授称为"叫兽"了,这等"叫兽"干的主要事情之一就是抄袭和剽窃,靠这等"学术"成就混迹学术圈,继而在社会上招摇撞骗。这个世道,真人真事远比小说厉害。愤怒的邱华栋是忍无可忍了。据报道,当天的首发式上,习惯邀请高校教授、专家出席活动的长江文艺出版社,没有请来教授,这让刘震云颇为失望,发议论道:"《教授》是一颗重磅炸弹,教授们今天的缺席证明了《教授》这本书的威力。"所以啊,现在的大学,让孩子进去,真要小心点,学不好倒无所谓,关键是别学坏。

麻辣烫

央视新大楼：一根烟花一点就着

这次央视新大楼居然被一根小小的爆竹点燃，简直不可思议。正月十五爆竹声声中，接到朋友的短信，我还以为是开玩笑呢。这么先进的、世人瞩目的央视新大楼，怎么可能起火呢？可铁的事实证明，就是燃放烟花找乐子引起的重大火灾。

别的理由可以找到很多，诸如工地负责人的失职、素质低、放的是违禁的超级烟花等等，但关键的问题之一是禁止多年的爆竹燃放又恢复了。燃放爆竹烟花庆祝节日本来是好事，但在北京这样建筑和住家如此密集的地方大肆地燃放爆竹烟花本身就是一种冒险行为。前些年每年都有人受伤，惨不忍睹，可因为没有引起建筑物起火，没有大的伤亡，人们就没重视起来，似乎中国人太多，死几个伤几个都司空见惯，这简直是视生命如儿戏。

现在是这样的标志性建筑燃烧，人们才想起是否禁放，代价太惨重了。无法想象，如果这座楼里有央视的工作人员在工作，后果如何？即便没人工作，消防战士还是有了伤亡，就

挥霍感伤

因为有人找乐子放烟花！真是令人发指！那位年轻的消防指导员，人家正是全家团圆的时候被叫去灭火，不幸殉职，成了那些找乐子的人的行为的牺牲品，孩子因为这个失去了父亲，妻子失去了丈夫，父母……这种事居然发生在首都北京的CBD！

烟花爆竹燃放是农业文明的产物，在广阔的农田上燃放，当然安全，可在城市和大城市里燃放，肯定要出问题，只是问题的严重程度不同而已。别的不说，我们的住宅区里，路面都是水磨石拼花图案，因为各种能量巨大的烟花的燃放，已经变得面目全非，一片焦糊，小区里一片狼藉，像刚打过仗一样。这样的燃放给人们的生活带来的是什么，却没人考虑，他们觉得那是自己家外面的事，路面坏了找物业修就行，不让我燃放不行。我们的城市居民的普遍心理就是这样。媒体上还在宣传今年烟花爆竹销售量多大，拉动了经济。

以前多少人因为让放爆竹伤了眼睛，伤了身体，没受伤的人可以不理睬，认为那是个别人倒霉，自己该乐了还得乐，只要没伤到自己就无所谓。整个城市环境被破坏，也跟自己无关，因为自己家还完好无损。现在终于发现，弄不好爆竹也能把房子烧成这样，似乎才刚刚警惕起来。这种自娱自乐方式从根本上是有潜在祸害危险的。于是人们开始想起是否在居民区里再次禁燃。

我希望，从现在起就禁止在城市里放爆竹烟花。

麻辣烫

把星巴克轰出故宫：顺藤摸瓜

网上热闹一时的央视九套主播芮成钢要星巴克撤离故宫的事终于有了一个新的信息：原来星巴克当初是故宫或主管故宫的部门"请"进去的。芮成钢这回真是炼铁成钢了，搂草打兔子，得了个意外的新闻。看来，没有内部的请，人家是进不来的。俗话说"堡垒最容易从内部攻破"哈。我们是主权国家，开放什么不开放什么，决定权在俺们手里啊。把这样普通的咖啡馆弄进故宫，如此不和谐的事情，如果不是咱们握有"主权"的什么人首肯，它怎么进得来呢？看来所谓国家主权其实很多时候就是某个手里握着个权的人做主的权，他说行或不行，主权就算行使了。当初看了小芮的文章，就没想这一点，只顾欢呼请星巴克出故宫了。俺觉得现在小芮又有事干了：

一、查查当初是谁这么首先"请"星巴克的；

二、这笔交易里有什么背景，有什么利益，有什么行使主权的个人从中谋私利；

三、到底是请的，还是星巴克先有表示，我们会心了，被动地主动的？

挥霍感伤

　　四、故宫好像也没有权利决定请星巴克吧？它的主管是不是文物保护部门？这种部门连中国的镇海古城等一系列古迹都保护不住，眼看着开发商们拆拆拆，他们整天在干什么？他们和开发商有没有共谋谁知道？

　　看来星巴克这件事启发我们的太多了呀。

麻辣烫

老萨被吊死，咱最好SHUT UP

突然发现网上不少人在就老萨被吊死大造舆论，两种观点截然对立甚至势不两立。有名人就此骂美国骂布什，说是美国人吊死了老萨；还有表示为老萨悲泣的博士地产商什么的。对立的则有欢呼吊死老萨的，为此引来不少网民大骂。怎么会这么热闹呢。不至于吧。反正我就是觉得这事跟我们不应该有什么关系，因为我们所处的语境让我们对这样的国际事件压根就没有发言资格。因此，我觉得如果聪明，就赶紧SHUT UP，说什么都显得多余甚至可笑，就像当年美国和盟友打伊拉克时一样，咱们的媒体跟着闹腾了一个来月，大家看了一场打仗，造就了一些媒体战争明星，而已。咱们家在这样的事件上处在一个哭笑不得的位置上，咱这个国家的老百姓更是跟着瞎起哄。但有一点我是明白的，咱不能不明不白地跟着夸美国，因为这里边美国的利益肯定跟咱们的利益不沾边儿；但站在萨达姆一边甚至为他哭的不仅是瞎起哄，还是没脑子或用脑过度。凡是赞扬老萨的名人，我绝对不买他的书，不看他演的节目，不买他开发的房地产。因为我明白一个小小的道理，老萨是这

挥霍感伤

个世界上仅剩的几个独裁者，干了不少坏事，即使是被坏人吊死也算罪有应得，任何受过和受着独裁统治的人都该为一个大独裁者折颈感到松了一口气，这种人，牺牲他一个幸福很多无辜的人。没丧失理性的人可以追究吊死他的法律程序什么的是否有问题，或者是否应该给他安乐死才算宽宏大量，但不应该如此公然如丧考妣地为他哭。我想，在一切问题大白于天下之前，就当是老萨让一个坏人打死了吧，这个坏人最起码在客观上为被老萨迫害死的那些无辜伊拉克百姓除了一害吧。常言说：坏人打死坏人那叫活该。

五一期间我家—乐—福

这些天总接到很多短信和邮件，要大家"抵制家乐福"，还说"如果是有良心的中国人就转发"，看来若不转发估计就既没良心，也不是中国人了。可我确实是中国人，而且不想变成外国人，如果想当外国人二十年前我就考托福当外国人去了，也自认为很有良心，但就是不想转发这些短信。这类短信总是用暴民的方式匿名逼迫人从众，即使是好事也让你心里添堵。

既然很多人不去家乐福，我也就别去了，何必故作另类姿态呢？不过我的购物卡要过期了，为了不浪费这几百元钱，我不得不去家乐福无目标地消费一次，否则没人赔我的损失。西方的工会号召人们罢工，其实不是靠"觉悟"，也要考虑到罢工给工人带来的损失，一般都有罢工补贴费。让我们抵制家乐福，但没有补贴，还要搭上这几百元，我想不通，还是去吧。那天方庄家乐福挺正常，没人抵制，也没人反抵制，买卖正常，都是中国人，东西也都是国货，咱抵制谁呢？

今天又收到一大教授的群发邮件，这等象牙塔里的古典外

挥霍感伤

国文学家也关心家乐福了,看来问题很严重。他的信里说抵制家乐福是美国一些商家发动的阴谋,目的是让美国超市多占中国份额。还有文章说家乐福的国旗是中国人降的,是为示威找由头。看得我心里八凉。商场如战场啊。

我相信群众,更相信党和政府,目前我们的情报部门没有证实这些阴谋和"消息"的准确,所以我就暂时当它们都是谣言。

不过五一节期间我要家乐福——和家人一起快乐地享天伦幸福,热闹的地方不去,现在情况很复杂,那些地方碰上"卖国贼"和"爱国贼"什么的,都麻烦。既然咱不抵制也不反抵制,就猫家里吧,所以家是欢乐幸福的港湾,呆着,坐吃山空,不去凑热闹,估计是明智的选择。

麻辣烫

从"根"上培养的罪孽

日本政府通过右翼编纂的中学教科书，使整个亚洲为之震怒。具有讽刺意味的是，此时我正在书房里翻译一位日本作家致国际儿童图书节的献词，他感人的献词通过图书节组委会传向了世界各个角落，全世界的儿童读了都会认为那代表着日本人的情愫。他说："如果世界上所有的人每人哪怕只有一本书，那些折磨我们世界的战争和冲突就会大大减少。""是图书能让笑容最快地回到孩子们脸上。那笑容毫无疑问地告诉我们：优秀的儿童图书能铺就通往和平的道路。"

但眼前的事实却是，到底有多少日本人还真正怀有这样美好的情愫？在一个右翼思潮大行其道、右翼政治家主导国政的国家，右翼教科书公然美化侵略，其他版本的教科书也对日本侵略行径含糊其辞、一片暧昧，这证明日本社会整体在右翼化。在这样的国家，日本学生手里的历史教科书这样歪曲历史、态度暧昧，把日本军国主义六十年前对亚洲各国的侵略暴行大加粉饰，这个国家的青少年必读书还算"优秀"吗？它能

挥霍感伤

"铺就通向和平的道路"吗？不会，这个国家的人只能是从少年开始就向右，向右，走向极端。

日本的右翼很懂得抓住了儿童就抓住了未来这个道理，所以他们从教科书做起，从根本上欺骗日本儿童、甚至煽动儿童对亚洲各国的敌视和蔑视情绪，其性质之恶劣，莫此为甚。我们知道的科学事实是，人在很大程度上是教化的产物，即使是克隆一个恶人如希特勒，只要从小对这个克隆人施以良知教育，这个复制的小希特勒也能成为一个有良知的人。同样，即使是"性本善"的儿童，如果长期处在受蒙骗甚至是恶的意识导向下，他也可以改变天性，成为完全不同的人。经过过纳粹意识洗脑的人、经过过日本军国主义思想毒害、经过过"文化大革命"极"左"思潮戕害的人，对此都应该有切身的体会：从少年的教育做起，把人变成非人，这是多么可怕的人类罪孽！

战后六十年，日本人一代一代地从暧昧走向了昭然，他们的总理和政治家甚至明目张胆地一再参拜靖国神社，政府审查通过这样的右翼教科书，人性恶表现到无以复加。在多年强大的右翼政治意识控制下，普通的甚至善良的日本人也会变得态度暧昧。为了成为政治大国，为了"民族的利益"，要洗清当年的罪孽，他们对当年的罪行讳莫如深，毫不顾惜当年受害国人民的感情。这亦是日本社会不断向右转的后果之一。

此情此景，我们不得不怀疑，以我们在这个问题上多年

麻辣烫

的善良宽容，还能不能唤醒日本国民的良知？这么多年，一代代的新人在右翼意识影响下成长起来，实在是积重难返。我们需要的是行动。记得当年女作家张洁曾呼吁让日本的总理在天安门广场上谢罪并象征性赔偿中国人民一块钱，可现在这样的呼吁声却没有了。网上有同胞在呼吁不买日货，我们的国民为什么做不到？我们的新贵、我们的新富似乎离不了日货带来的舒适、似乎不趸进日货就无处渔利；更年轻的一代则在富裕的时代习惯于享乐，习惯于"哈日"，离了日货就活不了。"哈日"的结果是日本人越来越轻视我们。我们为什么不能行动起来，不买日货，让整个日本都切切实实地感到中国国民的民意？别忘了，善良往往是罪恶的通行证，我们不能只用言语感化日本人的良心，不能等着所谓的"日本人民"的觉醒。他们强大的右翼势力从一代代少年的教科书做起毒害日本人，把"日本人"右倾化，因此所谓的"日本人民"这样老的概念从根本（青少年开始）上早就不复存在，使得我们必须把日本作为一个整体对待，就像日本的右翼把整个日本社会右化了一样。因此在教科书问题上一定要有切实的行动。我们都懂得"从娃娃抓起"，这是根本。

挥霍感伤

读名片

　　我1980年初参加工作，进出版社当文学编辑，自以为是名社编辑，就该是名编辑。可那个助理编辑的最低职称很是妨碍"名编辑"向名家组稿，社会活动中也没面子，印名片时便想把那个"助理"二字去掉。领导好说话，允许我们这些刚参加工作的助理编辑们的名片印成"编辑"，但决不忘一本正经地宣布："这只是照顾你们工作，不能当真啊！"于是我们都提前几年当上了名片上的编辑，感觉很好。尽管内部待遇低，可出了门递上名片，不管什么名家都不会小觑你。

　　那时为了一点小小的虚荣心在名片上掺了点水分还不至于汗颜。

　　这些年看到许多人的名片水分越来越大，大得你不敢相信，不敢恭维。

　　我替一些人翻译他们的名片成英文，人家那种大义凛然撒大谎的镇定气派，让我相信给他一个支点，他就能撼动乾坤。

　　如写过几篇童话者，就自称"儿童文学家"和"小说家"。我万分惭愧地告诉他们，英文里前一种只能译成writer

麻辣烫

for children，只是"为儿童写作的人"而已。如果非要当"家"，只能译成master——大师，好像猛了点儿。至于"小说家"，英文里是novelist，意为长篇小说作家，您不从事长篇小说，不能叫这个。过分迂腐学究，得罪不少大家。

还有，我替"大家"们当翻译，人家名片一亮，编审、副编审五六儿的，英文后边括号里都注明equal to professor（相当于教授）或equal to associate professor(相当于副教授)。老外们马上大加恭维：您真行，还在大学兼职呢！收入一定很高。我们的"相当于"们马上声明自己不兼职。不兼职干吗"相当于"？老外问。回答是五花八门，如：水平相当于，地位相当于，工资相当于，分房时待遇相当于，等等，弄得剪不断理还乱，正事儿没谈先正名，一通儿繁琐论证解释，还是云里雾里，不了了之。我得在"会谈"之后再解释一番。

至于那些"中国作家协会××××艺术委员会××××分会"之类绵绵不绝半天才出现一个"会员"的名片往往译成英文是黑压压一片，可人家还是觉得身价百倍，乐此不疲地让我一层又一层地翻译下去。还有自己名片上要印"著名"什么什么的。这些我都奉劝他们中文印了就印了，别弄成英文了。

还好，我认识的"副处长（无正处）"、"主任助理（正科级）"及"副局级待遇"们没让我译他们的名片，否则会让我呕心沥血也满足不了他们，真是白念了几年英文专业。

到了90年代，名片上的总经理、董事长什么的满天飞已经不是新闻。让我惊诧的是，许多人民公仆的名片上忽然变得学生气十足起来。这长那长的名片上纷纷出现"硕士生"和"博士生"字样，表明他们正在攻读学位，这也是中国特

239

挥霍感伤

色，别具一格。

那次去东北某大城市采访，敛了一大把名片，当时只听得这长那长不绝于耳。回住地逐个温习，竟发现他们全是"在学生"，而且"就近入学"者多——行业的长们分别在自己管辖下的行业大学读硕士和博士。更有趣的是，某局长的名片上印了好几行，除了官衔和"教授级高级工程师"外，下面是××大学××系兼职教授，最后一行是这个系的博士生。这样的名片就在那个城市的上流社会中大行其道，招摇过市，风光无限。再过几年，他们的名片上就会都印上硕士和博士，至少学历上可以填上"研究生文化"和"博士文化"了。这真是个高学历的社会！最有意思的是他们见面时或相互谈起时，会互称"师兄师弟"，那气氛和年龄看上去丝毫没有同学少年的学生味道，倒像什么团伙似的。说者得意，听者尴尬。但在那个城市，这是潮流和潮流语言，没人为此尴尬。

站稳脚后的人们开始学历"升级"。但真正凭本事考上并读下来的是少数，大多在混，而且是轻而易举地蹭高学历，所谓不蹭白不蹭，蹭了也白蹭，白蹭也要蹭，备不住哪天一刀切，什么什么长要一律博士学历，至少要"博士文化"，捞个博士硕士的，心里踏实。对这些，耳听为虚，眼见为实，这名片可是白纸黑字写得清楚，让我看得眼花缭乱，心生尴尬。将来把这些名片真名隐去，只展示那些共同的混世轨迹，办个小小的展览，会十分有意思，说不定这些名片还有收藏价值能升值呢。朋友，见到出格儿的名片您千万好好儿收着，算得上一笔尴尬的财富。

麻辣烫

有感于女人满嘴动词

很有些日子没去美国了，不知道那里知识阶层的"雅痞"语言又有什么新流行。

突然有长期留美博士后巾帼回国，动辄满口fucking什么什么（相当于我们国骂中的那个动词），还嫌不过瘾，时而洋骂国骂交织朗朗上口。如此男性的词根，频频出自女人之口，震惊之余，不禁惭愧，恨自己知识更新太慢，竟不知如何在合适的场合合适地运用这个普通的英文词儿宣泄自己；特别是作为一个男人，敬听女人大肆地自如地操着粗口雄风飒飒，顿感其"雌了男儿"之势汹汹生猛。

本想从此学着博士的样子"雅痞"起来，可毕竟是书生，那点迂腐加自卑还是让我不妄动，或者说在妄动前还是不忘再问个"为什么"。于是我请教了外国专家，我可不可以赶这个潮流，结果惨遭挫折，云：在公共场合这样是"不被接受的"。

知识分子如何在日常生活中平民化，讲点儿"人话"而不是处处像背书，这是个最普通的"返璞归真"问题。为此我

挥霍感伤

们求助于俚语，求助于口语，也适当言涉俚俗，以使自己看似 the man in the street（普通人），至少别太脱离生活语言，八股得看似天外来客，以至于人家骂你你还要问是什么意思。

但我们不能不顾社会准则（social norms）撒着欢儿地一痞到底。知识分子的"痞"是一种优雅的境界，是"大雅大俗"，大多是为了返璞归真而返璞归真，把玩俚俗犹如做戏，而非"人戏不分"，向俗看齐，甚至因为有个俗出身而真的"否定之否定"，回归低俗。那样可真是枉费了文明的熏陶与教化。

前面那类留洋者不顾语境，不分文野，动辄语涉性词，令人侧目掩耳，怕是属于生吞活剥美国俚语，乱学乱用，连所谓的"香蕉人"都不如。"香蕉人"脸黄心白，还知道何时何地如何使用fuck这个词根衍生的粗话而无伤大雅。而生吞活剥者则等而下之了。

由此看来，我们真该反思一下技术时代知识分子的情操啦行为操守啦等软性的指标培养问题。韦伯形容的那种没有心灵的技术专士终于在这个大步流星奔小康的时代生猛起来时，如何关心或如何反躬自省知识分子的人文指标问题，实在必要。连交际语言都可以不问青红皂白地混乱模仿甚至挟洋骂以自重、中国国骂与美国国骂杂交接轨，以此为"酷"，真可惜了儿了那把教育。

我真庆幸，虽无知但还知道问个为什么，没有跟着胡痞乱痞，否则就不是"酷"，而是哭都来不及。

归根结底，还是要骨子里不痞才好。渗透精血的痞就容易跟洋痞什么的接轨，从而痞得无以复加，痞得落花流水。

麻辣烫

无独有偶，前些天看报，有人在美国采访陈冲明星，谈到陈初到美国那阵子的窘困状态时，特别用英文引用了陈的原话"fucked up"（一团糟糕的意思）。我相信那是陈私下里"雅痞"一把，戏谈自己不堪回首的一段日子而已。以知识分子自居的陈冲决不会在美国公共场合上说自己"fucked up"。但我们的记者却公然在中国的行业报纸上如此这般引用，自以为时髦，实则无知，甚至低俗。

挥霍感伤

呼唤心理医生

美国影星金·凯利，是少数几个让我觉得真懂喜剧的演员，他做戏洒脱智慧，很是超凡脱俗。

可最近的消息却颇令我失望：这样一个"大雅大俗"的大聪明人，离开水银灯，离开演戏，就无所适从，无法做个正常人，时常心理失调，块垒难解，靠看心理医生维持平衡。

无独有偶，最近又得知美国的媒体"孤胆英雄"CNN老板特纳和他的巨星妻子简·芳达婚姻出现罅隙，这本不足为奇，令我不解的是他们这样的高智商者，竟难通款曲，反要看心理医生，以此来达到知己知彼的目的。特纳我见过并有幸向他提了几个问题，他操一口美国南方土音，滔滔不绝，一副一览天下小的架势，却在婚姻这等个人私事上没了主心骨儿，屈尊看心理医生了。我不禁冲着玻璃板下特纳的签名照片上那个英气勃发的老小伙子发问：怎么，台德，草鸡了？

人心果真如此叵测，定要找医生来看心病吗？这等医生果真高明到能醍醐灌顶，浇透你心中块垒吗？看来是管用。西方的心理医生这一行繁荣昌盛，由此可见一斑。连这样的聪明

麻辣烫

人都要光顾。我们受的教育是"相信群众，相信党"，有事找组织找妇联工会。人家那边是找牧师找心理医生。

本以为心理医生这一行对"初级阶段"的中国还不适用，但随着社会的飞速进步，似乎也该成为中国人的必需了。君不见各类"隐私"之类的书在坊间如此热销吗？我感兴趣的更是那一个个向"安顿"们倾诉的情男怨女，他们何以如此坦诚地向一个记者身份的人公开自己的隐情而忘记了"记者"的职业就是"记"并拿去公开（尽管是将真名隐去）？有的竟是众目睽睽之下穿过同事们走进安顿的工作间来倾诉的！还有深夜里一个个通过电话跟电台主持人倾诉的脆弱的人们，他们连声音都在媒体公开了。如此一来何为隐私？而我们需要的恰恰是心理医生这类人，他们的工作就是替你解忧但替你保密，决不会真名隐去真事留下写成"口述实录"的文字去获取高额版税。当然，安顿的文字还颇有读者，使大家有同病相怜之想。

连金·凯利这样的大牌演员都需要心理医生啊

我们的确需要心理医生了。受着"转型期"心理上的重压和五花八门域外文化冲击下傻呆呆不知所措的人们，突然发现

挥霍感伤

"隐私"这类东西是不能随便泄露给什么组织的,方寸间的活动是不能谬托知己的,档案里的事都能给抖出来,知己之间的话可能会被录了音借刀杀人或勒索钱财"私了",好不容易找个"无冕皇帝"吐露心曲,又被拿去发了表。天爷,心里那点剪不断理还乱,不吐不快的小疙瘩,知与谁表?古人云:上智之士,与化俱生;次焉者,以理自排,不使为累;惟下焉者,无以拨遣而坐病。我们多为第三类人,化不掉也排不出,只有倾诉宣泄。找谁去?若是我,反正不找组织,也不找领导,更不敢对安顿们或同事谬托知己,当然是找心理医生!

有了心理医生,我们还可以冲被钱权烧得难受者,对心地阴暗者,对欲火焚身者,对利令智昏者,对有病而不自知者善良地进谏:"闲时去看看心理医生吧。"对,说不定以后人们就会用"这人该看心理医生"代替"这人有病"的说法呢。真的,我们应该玩一把"看心理医生",没准儿真有收获。

我呼唤心理医生,因为心存块垒而时常不知所措者,为数决不少,你我说不定都是。

麻辣烫

纪念鲁迅，纪念长征，或什么都不是的杂记

这几天电视上到处是纪念长征70周年的演出，俊男靓女们都装扮成红军战士了，浓妆艳抹的哪像艰苦的红军？但想想达到娱乐的目的就行了，形式是为内容服务的嘛。电视上有活到现在的老红军夸奖说演出好，能教育下一代呢，老红军也与时俱进了，倒是我脑筋比老红军还老，觉得这形式有点闹或不伦不类。看来我是属于"皇帝不急太监急"的那种人，真是惭愧。一片热闹声中看到北京晚报上登了朋友林凯纪念鲁迅逝世70周年的文章，伴着外间屋里电视的歌舞升平旋律读了（记得某电视台的节目解说词是这样的："看啊，我们的人民歌舞升平"），竟然感到了点悲凉，觉得它很是

鲁迅故居

挥霍感伤

代表了俺们这一代小知识分子的良心自省，让我感到自己至少还有良心的自责，为此感到自己没有在这个娱乐时代变得麻木而不知是喜是悲。链接于此，给被娱乐和鱼肉够了的觉得空虚麻木了的人如我等看看。

http://epaper.bjd.com.cn/wb/20061019/200610/t20061019_104818.htm

我对纪念长征印象最深的一次是1970年代中期的冬天，为纪念长征拍摄的大型音乐史诗《长征组歌》电影问世了，几乎到了全国传唱的地步。那个时候我还在读中学，隔壁就是一个电影院，我不知道去看了多少次，收音机里的广播不知道听了多少次，学校里的演出活动中大家也唱《长征组歌》，最终是把整个组歌都学会唱了。那个艰苦的年代里，我们是真心地纪念长征，还搞了纪念长征长跑，每天早晨早早到学校围着操场跑圈，看谁能累计第一个跑完两万五千里。那时候初生牛犊，决心下了，不达目标不罢休。可那个时候我们吃的是粗粮，几乎每月吃不上几块肉，因为肉是定量发肉票买的，每月一斤，去掉骨头和皮，还有把肥肉都剔下熬油，真正的肉就没有几两了。这样的油水怎么能支撑我们这些中学生如此长跑，现在看来都是奇迹。但那个时候我们不觉得这是什么奇迹，因为我们知道红军当年爬雪山过草地时比我们吃得差多了。我顶风冒雪地跑了一个冬天，最后实在坚持不住，跑不动了，心中十分惭愧，也从此知道自己不是"革命事业接班人"的料儿了。最终也没听说谁坚持到底攒了两万五千里。我算过，像我们这样每天只跑两千米的跑法，跑上十几年也攒不够那么长。但那种纪念方式却是刻骨铭心的，是真诚到极点的。

麻辣烫

但从来没注意过长征胜利的那一年也是鲁迅逝世的那一年，如果不是今年纪念长征胜利70周年活动如此轰轰烈烈，如果不是看了报纸上林凯纪念鲁迅逝世70周年的文章，我还真不会把这两个同样的周年联系到一起。

于是想起我也算参加过纪念鲁迅的活动，那是1990年代某一年的这个月份，《文汇读书周报》很是纪念了鲁迅先生一次，只记得做了几个专版，头版上是报纸差我写的鲁迅研究专家林非先生的专访。也因为那次专访，我读了林非写的《鲁迅和中国文化》（1990），那是"文化热"开始的年代，研究文学的人们都开始转向大文化研究，估计林先生是在鲁迅与中国文化这个话题上的开拓者，为此我很是崇拜林先生。

这篇专访在纪念专版上有很重要的分量，我很为此自豪。没想到的是，这一段出自一个"粉丝"的真实叙述，发表出来后立即遭到几个知情的朋友的指责，说我被林非的儒雅外表和犀利谈锋欺骗了，其实"文革"期间与钱锺书和杨绛先生住邻居时他欺负过两位老先生。还说我那专访的第一段里所谓"外表过于谦和文弱，难有'痛打'什么的力与气"反倒成了对林非的反讽。"文革"中林、钱两家交恶的事我有耳闻，还很为此感慨过，觉得那不像是社会科学院里的学者做的事。但毕竟不是文学圈内之人，听说也就听说了，怎么也不能将此事联想到我很崇拜的林非先生身上。

大家说我不知情也不怪我，说我是上当受骗什么的，让我很不自在。但作为一个客观的读者和记者，我就是觉得林非的那本研究鲁迅的书写得很是振聋发聩，因此不后悔采访了他。作为学生听老师的课，哪会先调查老师的过去呢？况且那是历

挥霍感伤

史，即使林先生年轻时真的有过失，但那并不影响他后来成了真的鲁迅专家，毕竟那是非常时期，那种非常环境中人们失去理性的事不胜枚举。还记得我曾疯狂地向我家隔壁的小学劳动改造的"走资派"校长扔过石子儿，后来她成了我的班主任，后来又当了校长。她很喜欢我这个上进的学生，还让我当了班长。我心里一直惭愧，但从来没当面向她忏悔，心里改了，就算是忏悔了。

当然我多么希望那事不是真的，甚至希望林非与那无关，毕竟他那本研究"瞒和骗"之国民性的书写得很出

《寒凝大地发春华》 纪清远作

色，林非在访谈中的专业见解也是独到的，这样的话发在纪念鲁迅专版上很有价值，发在头版上理所应当。而且我还为林非敢于在自己的鲁迅研究处于高峰的时候激流勇退，转向散文写作，去实现自己年少时期的作家梦想感到由衷的钦佩。不为梦想活着的人是可悲的。

我这么记几笔，算不得纪念70年前的鲁迅和长征，也不是纪念我被人指责的错当粉丝什么的往事，只能算长夜里一点私人的零星碎忆。如鲁迅所说：路正长，夜也正长。我们对很多

麻辣烫

人和事的记忆和认识都会因为偶然的契机、偶然的语境而产生新的意义。比如这次，如果不是因为纪念长征活动搞得这么红火，如果不是因为林凯兄在晚报上发的纪念鲁迅的文章，我断然不会在这个歌舞升平的和谐社会新时代回忆起对一个鲁迅专家的专访过程以及这个过程对我心灵的冲击。

朋友虞非子读了这篇东西在我博客上留言，附上：林凯兄继续纪念鲁迅，敬请阅读《生活中的鲁迅》（http://whdszb.news365.com.cn/tg/200610/t20061027_1152261.htm，文中《为了忘却的纪念》林凯原文作《为了忘却的记念》）。

顺便录一则有关鲁迅的故事（摘自北京三联书店新近正式出版的何兆武口述《上学记》）：

……记得有个工宣队的人管我们，发现有一个人看鲁迅的书，申斥了一顿，说："有人竟然还看与运动无关的书？！"后来又发现另一个人看马克思，应该是没问题了，可也遭到了申斥，说："告诉你，不要好高骛远！"

挥霍感伤

为何不"老问这个……"

去鲁迅故居参观，本是幽静的小院儿，这天拥进几十个中学生，小喜鹊似的蹦蹦跳跳喊喊喳喳。一问，说是老师带来的，回去要写作文的。

十四五岁的问题一个个掷向老师，或互相提问：

——他怎么有两个夫人？那么老才生孩子？

——他怎么那么有钱，自己买下这么大的院子？

——他怎么在日本上学时老考60分？考60分的人怎么后来成了伟人？

这些问题大概听来与老师的期待相去甚远，于是女老师半嗔半爱地笑答道："真是孩子，怎么老问这个？让你们干吗来了？"

但我突然发现这些学生问了我也想问却无处问的问题。小时候语文总考第一，靠的是死背．却从来不问"这个"。每次考到鲁迅，只背毛泽东评价鲁迅的那段语录，甚至异想天开把"文学家"改成"文化家"答在卷子上(隐约觉得文化比文学大)。那是70年代，不兴问"这个"，甚至不兴"问"。于是

麻辣烫

一直神着鲁迅。

可他是那样一个丰富的人！作为个体的生命和生命的个体，很少被关注过。被"普及"的是阿Q，是孔乙己，是一整段语录对他的评价。仅此而已。这在信息时代的活泼中学生看来一定是不满足的。

他们开始用自己的眼去找自己的鲁迅。那位老师可能也是70年代的中学生，有着与我一样的经历，或答不出或从没想过这些极普通却又极重大的问题。

生命是个体的。一个人的世界观竟应该"从头"寻觅，看他的家，他的爱，他的饮食……

所幸这些年终于有人有所感悟，孜孜笔耕，开始写鲁迅的"这个"了，写他和他的夫人和爱人，写朱安、写许广平。可以说，那些"老问这个"私生活问题的孩子们不必去问那个与我一样虽不老却已朽的老师了。读了这些书，不仅"这个"有答案，大量的与"这个"有关的都可以找到答案。而作者写"这个"又是与时代的风云和民族的命运及人的文化性格紧密相交织的，不图"大手笔"的壮阔，只求在写出人的同时，带出历史，读来倒觉得有阅读的愉快。

周氏兄弟那样响当当的大文人竟是因了清官难断的家务事而反目。可在处理家政上的不同态度是否同他们对待国事的态度有什么必然一致的地方？被说成是"横眉冷对"的硬汉子鲁迅，在年过不惑之时面对女学生的爱，不是与凡人一样做出笨拙的动作，爱得一样热烈？面对包办的结发妻子，多年无话，分居二室，鳏寡相处，可一个活的生命中的欲望又难以压下，于是有了在冬天的北京"大先生"拒穿棉裤的

挥霍感伤

故事。在这种个体的压抑、性爱的压抑下,能写出欢畅的爱情故事吗?即便是伟人,难道没有可能被个体生命的压抑扭曲心灵的时候?或许也有因个体生命的压抑,其作品与时代特征巧合而伟大的可能。

看来研究文学,"这个"就是得老问才对,据说老问的"这个"可以归到"文学发生学"这一范畴,是正经的文学研究领域呢,可惜我们那么多年一直把这当成打探伟人隐私问题。倒是这些中学生很本能地触到了文学研究的根本。

质疑"品学兼优的贫困生"

看电视上说设立了国家奖学金救助贫困生，这是个大好的消息，那些家境贫寒但资质聪慧的才俊们用不着再去花大量的时间打工挣学费和伙食费了。但它的实施方法却让我产生疑问。看到有的官员在电视上说这个奖学金发给贫困生，但是"品学兼优的贫困生"。

这里有两点：一是贫困到什么程度才是贫困，谁来证明他贫困。我还记得70年代末我上大学时奖学金的发放，当时是靠申请人家长单位或农村政府的证明，家庭人均收入在十八元以下者可获奖学金。我家人均收入二十五元，算富裕的，便自觉地没有申请。可奖学金名单下来后我们却大吃一惊：很多平日里出手大方衣着绝对阔绰入时的人居然家庭人均收入低于十八元！一问，据说是把爷爷奶奶外公外婆全算在抚养人口中了，而他们的叔叔和姨妈们是不承担抚养老人义务的。依此类推，他们的叔叔姨妈什么的孩子在申请奖学金时也可以再把这有数的几个爷爷奶奶外公外婆的名字一再重复使用，一平均也成了贫困户。还有，农村人口均算作"无收入来源"，收入是零。

挥霍感伤

人家单位和村政府就是这么开的证明。于是一些本来很阔的人反倒有了奖学金并变得更加阔绰了，更加花天酒地。而我们这些所谓有收入来源的"富裕"家庭的孩子却精打细算抠抠巴巴地过日子。奖学金奖给了一部分富人，怪哉。如果我家也把父母姑舅们共同抚养的老人一股脑算在自家头上并买通单位领导开个贫困证明，我家的人均收入一下就降到赤贫了，简直是连咸菜都吃不上了。但只要我家买通领导开这样的证明，我就能问心无愧地拿奖学金。不知现在的贫困准备靠什么来证明，别又让聪明人钻了空子。那些单位领导和村干部们靠得住吗？

二也是最重要的，就是那个所谓的"品学兼优"里的"品优"，这里的变数可就大了去了。仅老老实实地学习好肯定算不得品优，只能算表现一般，再有点儿个性得罪人弄不好就要算你品质不好了。为了品优，你要八面玲珑，要会结人缘儿，要让领导喜欢，要时时处处表现得体……我们知道，不少在学校"品学兼优"的，日后当了官竟然堕落为贪污腐化分子，因为他们太会为人处事，巧言令色，一旦有了权力从此就开始变本加厉地释放出当年为获得品优记录而压抑住的狼子野心，放开胆子大贪特贪。反倒是那些在校时老实巴交学习的人，日后仍旧安分守己做人，当年算不得"品优"，日后自然混不上一官半职，也没机会堕落。

所以我真的质疑那个"品学兼优"的标准，特别是那个"品优"。年纪轻轻，抱着目的装出来的"品优"是极端可疑的，十有八九是靠不住的，甚至这类会压抑自己个性的聪明人日后的危害并不比上学时"品劣"的人小。我们为什么不能以学业为主，参考平日表现，只要不是那种极个别损人利己的小

麻辣烫

人，都算他品质过关呢？这样奖学金发放起来就容易得多，公平公正得多。都是穷孩子，却因为"品优"或不优被分了等，会来事的人就能坐享国家奖学金，不会来事的人就得干看着，得不上奖学金还得去打苦工挣吃喝。奖学金本是奖励学业优良者的，却因此变了味。那可是纳税人的钱呢。

挥霍感伤

"狗日的"职称

常见《南方周末》刊登些知识分子在职称问题上尊严扫地的文章，每每读来都禁不住心寒。职称，真是许多不学无术知识混子的凯旋门，又是老实巴交书生们的滑铁卢。天知道，一个好端端的衡量学术水准的阳春白雪之物，却在短短的十几年间堕落为知识闹剧，像什么升官大战，出国观光名额大战一样俗不可耐。

可悲的是，升官出国观光之类，埋头学术的知识分子可以"大义凛然"地清高对待，官可以不做，房可以住窄的，晚几年住，大不了推迟结婚成家，落个内心平静；可这职称却是打着"尊重知识"旗号"评定"的，是知识分子的脸，别的不要，知识分子这张脸得要。研究生毕业十几年了，人过中年，著作不等身也等了腰至少等了膝盖，身居陋室只等闲，无权无势倒也省得东窗事发蹲大狱，可脸上写不上个高级职称却不能等闲视之，这是我们书生的最后一点尊严了。

可现在的所谓"职称评定"常常是让你尊严全无，因为它已经成了有职有权者的锦上花，当上了官，高级职称就送上

麻辣烫

门，为给官"评"个高级职称，总是可以"力排众议"的。不是官，纵然你才高八斗，学历高资历深，也要让路。一个官甚至可以像干燥的大便，堵着评职称的通道，一夫当关，万夫莫过。他/她当不上高级职称，别人都没资格去当，要等这官一年两年，打通关节如愿以偿了(即干燥之便排出了)，小老百姓们才能次第通过。有时为了不再让后面的老百姓堵死，只能让这知识上昏庸但非智力因素超常发达的官员当上高级什么什么。没办法，大便干燥，只能如此办理，否则整个肌体不得安生。

  如此一来，"评定职称"早就变了味儿，知识含量微乎其微，知识分子应该抵制并以此为耻才对。但现实又不允许你如此大义凛然，那个虚名虽说不能成为雪中炭，好歹也算得上我们布衣上的花，说起来算有名无实，总比无实亦无名要好。所以人们才如此有耐心地等待那个别人啃剩下的骨头有朝一日落在自己头上，才能忍辱负重经年，天知道，也许只为等孩子长大了，可以在学校里说"我爸爸/妈妈是副教授/副编审/高级工程师……"孩子们是不懂成人世界的丑恶的，他们只认成人世界的光环。为了孩子的自尊，为了在孩子眼中不太"掉价"，我们必须不屈不挠地熬年头儿，等这官那官都锦上添花了，总能分一杯羹给你的。别太清高，也别太悲哀，慢慢儿混，就有戏。这狗日的职称，唉！

挥霍感伤

"附骥"并东窗事发之后

1964年四岁上跟奶奶从保定到天津的叔家住了小半年,回家后便一口天津话喊得满街响。在那个落后年代封闭的小城市的劳动阶级居民区,竟然有人在天津那么洋气的大地方一住半年,且改了口音,街坊四邻的都十分惊奇,经常让我说几句天津话开心。

三十多年过去了,我却莫名其妙"成了"天津人,这里面着实有个故事。

参加完俺的小说德文版在法兰克福书展上的首发式回来后,看到刊有采访内容的《法兰克福汇报》等报刊,一看那照片旁的简历,着实令我汗颜,那上面明明白白写着我生于天津。以后《德国》杂志中文版又以讹传讹把我说成天津人。这本杂志许多北京的记者都能得到赠阅。看到文章的人首先问的问题是:你不是保定人嘛,怎么成了天津人?

我是百喙莫辩。难道我会随口说成天津?天知道。反正我在人们眼里成了无耻附骥之徒,惹得人家口风里皮里阳秋。小地方的人看自己的同类或大地方的人看小地方的人时,往往

麻辣烫

对他们的"出身"特别敏感。我之改变出身，且是在外国报刊上"掩耳盗铃"地改后"东窗事发"，既令我的小地方同类们感到卑鄙又令大地方出身的人感到悲悯。或许人家不过随便问问，而我却心虚。因为我确实见过不少这样的知识分子，小小的虚荣心作怪，说到故乡时含糊其辞，如离武汉几百里，也能大而化之为"武汉人"。但我怎么"化"成天津人的？

最先说我是天津人的是德国《焦点》杂志。我发现，在天津后面还写有"河北省"（西文的地名顺序是由小到大）。这下我可明白了。记得那位记者问我的籍贯时，我明明说的是河北省保定市。但这个地名对他们过于陌生了。我便补充说是离北京最近的一个城市。可能他记下了"离北京最近"，回去查德国出的世界地图，压根儿连保定的影儿都没有，北京附近只有天津，且是在河北境内，灵机一动，就信笔把我抬举成了天津人，当然是河北省的天津。

但无论如何，我算得上与天津有关系。历史上天津与保定的联系之密切，这两个地方，算是有不解之缘：当年天津和保定同是直隶总督驻地，夏秋驻津，冬春驻保。一个得西化之风气，有港有海轮有洋人洋货，另一个则是古朴凝重，寺庙林立，舳舻相继的千年古城，颇有点夏宫冬宫的味道。一条水路将这两个一中一西风格的总督府连在一起，相映成趣。这阵势，算得上中国独特的一景儿。

1949年后，天津曾直隶于中央，保定是河北省会，1958年后天津当了九年河北省会，然后又直隶于中央，省会再搬回保定。这几次搬迁，造成了巨大的两地人口流动。河北大学随省会搬到保定，从此算扎根落户。1977年我上了这所大

挥霍感伤

学，惊异于校园里处处天津话大作，原来有此原因。天津来的教师们仍不放弃天津户口，享受的是大大优于保定的粮油供应(保定人每月三两食油、70%粗粮时，天津人则油水细粮较充裕)。于是，每个月初，校园里都会出现几卡车天津运来的粮油，那些天津户口持有者像过节一样喜迎家乡车到，分粮分油真忙。那些天津人念念不忘的是要"回天津"。虽然他们在天津人群里并不显山露水，可在保定那个小地方，却颇引人注目。终于他们的大多数历经磨难，回了天津，可他们把很多好时光给了那个小地方。我的老师们是记不住那么多河北学生的，但他们被我们记住了，在我们年少的眼里，他们代表着与那小地方迥异的人情心态，引我们仰慕，也让我们觉得格格不入，但终归是我们的老师。毕业这么些年了，有时还能想起某个绝妙的英文用语是从哪一个老师那里学来的，时常挂在嘴边。这些不过是二十年前的事，在年轻一代人听来倒像很旧的故事了。谢天谢地，那种一声令下，拉家带口背井离乡大迁徙的悲惨故事不再有了。

上海一日

去年开车去上海，居然一路印象最深的是沿途的沂蒙山和苏北秀丽风光。顺沿江高速路从张家港一路风驰电掣，走A30高速路，从北面杀进上海，算是对上海的高速和外环高速路有了深刻印象。大上海的外面还大着呢，还有很多的空旷田野，乡村风光也还绮丽。到了上海也是在五角场和浦东活动几天，没有进城逛那个旧殖民风格的老上海，因为那里我去的次数很多了，并不新鲜。

这次去上海，只有匆匆的一天时间，居然体验了以前不曾体验的上海。

下榻在南京西路上的锦沧文华酒店，从高空俯瞰南京路，林立的高楼大厦中还残存些老旧的西洋别墅，大部分是100年前的城市排屋，也就是town house。这些排屋建在繁华的城里，是真正的town里的house，这种房子就应该建在城里。而我们现在居然把这种排屋做成了别墅，而且都建在乡村里，弄得中国人都以为外国也是这样。其实那是为了节省空间，才把房子建成一排排的。当然这些当初一家一栋的排房解放后被几

挥霍感伤

家合住，已经住得满目疮痍，近看已经是不堪入目，很多人家把阳台都用红砖头垒成了一间屋子。所以从几十层的酒店上俯瞰，倒朦胧地觉出这些房子当年的雅致。这是我住在南京西路高楼上的收获。

而且现在的南京路之繁华景象已经与前些年判若云泥。南京西路街面现在已经完全现代化了，一派簇新的摩登豪华，是全新的现代奢靡与仿古典样式的华丽，居然还有了巨大型的购物商厦，与原先的那几个老百货商店风格截然不同，是在任何繁华的地方都可以见到的新大楼，已经不是原先衰落的旧殖民老照片景色了。如果没人告诉我这是南京路，我肯定认不出了。或许因此感到了些失落。

随之我发现我跟着大队人马上了浦东的环球金融大厦，据说那是中国最高的大楼，有一百层高。整座楼里都是车水马龙的观光客，没顾上看什么地方在做世界金融贸易。这里的参观票价是150元。

附近去年还在建设的金茂大厦，今年已经开业了。还记得去年在夜色中仰头看这座大楼，几十层高的地方居然装了大吊车，那吊车是拆散后运上去再重新组装的，那场面蔚为壮观。一年后，我居然在80多层的餐厅里看着对岸的浦西外滩吃饭了。天知道，从这里看老外滩，倒像是拿着望远镜从反面看老上海，十分遥远，十分渺小，感觉是在看一座旧城市的沙盘模型。那个从小形成固结的大上海繁华梦境，那一连串的万国建筑博物馆外滩，现在倒成了一个海市蜃景，是倒流时光中飘渺的一个玻璃镇纸。这样的场景让我很是伤感了一阵子。上海，上海，新旧拼凑在一起的达达主义画面。

麻辣烫

　　下午又匆匆到浦东，沿着江边混乱的一条路去看世博会的会址，感觉就像当年逛奥运村建设工地。这里还是一片狼藉。离开繁华的浦东中心区，在两座高入云端的跨江大桥中间，大上海两岸居然还有如此荒凉杂乱的一大片地方。这里是上海的仓库区和工厂区，但已经有高档的住宅楼抢先插在了这里，一等世博园开发建起，这里就是一片花园风景区了。还有两年时间，中国又要"还世界一个奇迹"了。我有幸在这个新的奇迹孕育的时候看到了它。

　　临走前，开车的司机师傅对我说了一句意味深长的话："等你退休了，肯定要回上海，全中国没别的地方能跟上海比。"他说"回"，是把我当成漂流在外的上海人了。

挥霍感伤

乌镇豪华水乡

　　从上海去乌镇，中间绕道昆山品大闸蟹。所谓，秋风起，蟹黄肥，指的就是这一带。一进昆山郊外阳澄湖畔的蟹餐馆群，就发现有个招牌说是航天英雄费俊龙的姐姐开的大闸蟹店。

　　不过，听当地人说，今年因为世界经济危机，上海的外向型企业效益不好，所以往年上海人蜂拥而至群吃大闸蟹的壮景不见了，高速路口没有多少来自上海的车。而这些大闸蟹只靠当地人是消灭不掉的。昆山蟹老板们急啊，望穿秋水，盼的就是外地人。俗话说，往年，上海人比这里的螃蟹还多。今年是螃蟹比人多。据说聚众来阳澄湖吃螃蟹的是很多上海企业的"企业文化"内容。

　　望着窗外浩渺的阳澄湖，大家说，看来当年沙家浜的新四军抗日时没吃什么苦，躲芦苇荡里天天有大闸蟹吃，打起日本鬼子来就更有力气了。

　　然后南下吴江，进浙江，一忽儿车就进了乌镇。十几年前来乌镇参观茅盾故居，走普通公路，走得很辛苦，蓬头垢面的。当时只看了茅盾故居所在的一条老街，印象很深。但对乌镇的印象却不好，只觉得乱糟糟的，除了老街外几乎成了一个

麻辣烫

大集市，很为乌镇的"现代化"感到难过。

这次来，是来看镇子的另一边，叫西栅，茅盾家老屋所在地叫东栅。

鉴于东栅开发和保护的无序，乌镇人民彻底觉悟，干脆将这西栅地区封闭保护。其具体办法是将原住民统统外迁到镇外的新楼房里，腾空老镇后彻底翻修，石板路下铺了煤气水电和排污管线，老屋子里统统安装了现代化卫生设备和防火系统，然后再重新租给愿意回迁的镇民。但他们不会再享有产权了，只有租住权。于是一些镇民就回到自家老屋，在自己熟悉的环境里开店，有商铺，旅社，也有饭馆。这样一来，乌镇就再也没有煤烟，没有"炊烟袅袅"，但有了干净的环境。这种保护现在看来是古镇保护最成功的，超过了那种原住民的自然状态，好像江南很多小镇都陷在"自然保护"的怪圈里——那里还有人在河道里刷马桶洗菜，很不卫生，对美丽的小镇污染很厉害。而乌镇成了一处统一管理的花园式水乡旅游区，成了一个"真实的谎言"，因为这里没有原住民本真的生活了。很多重新修整的房屋院落也不是原先的模样了，倒像是假的布景。可不这样保护，本真的生活也许会彻底毁灭这个镇子。

但如此一来乌镇的住宿消费价格就高了，那些外表看上去还是木头老屋的旅社，其实里面都现代化了，装了空调，铺了地毯，卧具也很高档，住一晚要几百元，是星级宾馆的价格。而一些豪华的会所，一晚的价格近两千元了。乌镇或许是中国最豪华的小镇了。

我就在真真假假的乌镇逗留了一天，来不及思索什么，就离开了。乌镇还是乌镇吗？

挥霍感伤

我被盗版和侵权的故事（六则）

之 一

某一天在书摊上发现一套三本的劳伦斯散文随笔，是四川某出版社出版的，但封面设计和印刷质量十分悲惨，便捡起看看，是哪位同行译者如此惨淡经营劳伦斯译文。翻开书大吃一惊，那译文中居然有三分之一强是拙译。编选者大概不知道我在90年代就用笔名黑马出版作品了，还选了这之前我用毕冰宾的本名翻译的一些，于是我就成了这本书中的两个译者。再看看那编选者自己翻译的几篇，更是令人愤怒，他居然是选了我三篇译文放在最前面，然后署了他自己的名字，以显示编选者自己的权威性。

世界上还有如此无耻无理的行为。我怒不可遏地打长途到四川某出版社，接电话者说这书确是他们社出版的，但请与管版权的某先生谈。再次打电话时，版权先生在，接过电话说：这事你别问我，我们是卖书号的，出版和印刷都是那位编选者所为。我问那人的地址和联系方式，但版权先生拒不告诉我，

麻辣烫

要我自己去寻觅。世界上就有这等事，国家的出版社，就这样明目张胆地为非作歹。我忍住气，告诉他：这书是以你们出版社的名义出版的，书号是你们的，你就是法人，法人就是犯了法要被治罪的人，你懂不懂。你还公然承认是卖书号，好吧，请你把卖书号的话写下来，我就不找你了，法院和出版署自然会来找你。

对方一听我这个译者不是傻子，就说他不写，但赔款的事要和编选者去谈，向那人要钱，至于什么时候能要到钱他也不能保证。我说：你是不知道我何许人也，还想用拖延术，那就等我把你告到出版署和法院好了。不过我不想费那事，也不想浪费这时间，你就按照一般出书稿酬给我就行，我们私了。至于我是谁，请你就近向四川大名人杨武能教授打听一下就行了。对方一听我居然与杨教授认识，马上说他是杨教授的学生。等他从杨教授那里问清我的情况，马上答应赔偿我。过了没几天，我就收到四川某大学的那位编选者的忏悔信。原来此人在大学是个小领导，因为要评职称当副教授，就出此"高招"，花钱买了书号，不仅用别人的译文不付稿费，还盗用我的译文。他在信中十分沉痛地忏悔一番，但又说家中有老母重病缠身，一下子拿不出钱来赔我。还有，这书是花钱买的书号，又花钱印刷，还要自己找路子销掉才能把钱赚回再赔各位译者。一边请我原谅并等他收回成本，一边求我千万别告诉他们大学的领导，那样的话他就名誉扫地，彻底完了云云。总之，是让我同情他并替他保密，还不要催他赔偿。

遇上这样的人，我这等软心肠也无话可说了，只好先教育他几句，又说知识分子"偷书不算窃"。然后就是与出版社

挥霍感伤

核实情况,一切属实,他确实挺不好过,一旦败露,他就在那个大学呆不下去了。这就是说我必须当一次雷锋,成全他们。可又一想不对呀,雷锋我可以当,但出版社卖书号是赚了钱的呀,他们是零成本白赚钱;那编选者虽然眼下没收回成本,可他用我的译文冒充自己的评上副教授了呀,工资提高了,以后的道路一片坦途。只有我这个雷锋,翻译了那么多东西,却连副教授的职称都没评上,还住在臭河边的经济适用房里。不行,这等雷锋我不能当,我当得冤枉。雷锋雨夜送大嫂,雷锋把自己的月饼给战友吃,他受到了表扬和荣誉,大家都说他是好人,可我却是牺牲自己成全了别人的犯法行为,这不是学雷锋。

但我还是不想跟他们学校打招呼,那样会逼死一个知识分子。我只能盯住出版社了,他们是一个集体,出了事集体负责,不会有人因此寻死觅活。而且现在出版社侵权已经是家常便饭,还会因此耍弄了作者感到得意呢。所以我与出版社摊牌了:你是法人,我就找你,你不解决,咱们只好法庭上见了。

最终出版社还是想出一招,他们看出我这人绝不想毁了那个买书号评副教授的大学老师,知道我是个善良之人,就"通融"说:你也别要赔款了,我们给你正式出一本劳伦斯散文随笔集吧,用这方式了断官司。我想都没想就答应了。

于是我搜集了当时我翻译的所有劳伦斯散文随笔共四十余万字给了这家出版社出了一个厚集子,他们付了正常标准的稿费,这事算了了。

朋友们听说此事当然骂我傻,说那本侵权的书让侵权人当了教授,让出版社的个别领导白拿了一笔卖书号钱,我是纵容盗版，实际上我也是坏人。

我就这么当了一次坏人。

但我觉得我还算是好人：我没毁那个大学教师，他如果有良心，他会一辈子不再干这等坏事，我算是挽救了一个人。如果我非要让出版社赔偿，出版社才不会出钱呢，他们会逼那个大学教师，弄不好，他会内外交困，真走上绝路，他老母谁管，妻儿怎么办？算了吧。

也许他的一切故事都是编来骗我的假苦肉计，那也随他去。他骗我一次，不可能永远如此骗下去。知识分子玩这个总归是可怜的，划拉点小钱要费这么大力气，也算辛苦。也正因此，我这个可怜的知识分子也就听之任之了，他们能赚多少呢？

之　二

自从出了四川盗版的事，我就开始有目的地逛书店了，进去后直奔外国文学作品专柜，见到劳伦斯作品就前后翻看是否抄袭和盗版。果然发现吉林某出版社出版的一套所谓劳伦斯作品精粹，里面有一半是我的译文，但译者的名字却是别人。恰巧这家出版社前几年出版过我的特写集《国际倒爷实录》，那位编辑还在，我就打电话过去说明原委。因为那位编辑朋友的原因，出版社十分痛快地责成他们驻京经理部的人处理这件事。

原来盗版者是××图书馆的工作人员，号称为了评职称，就选择了用我的译文作终南捷径，但没想到我对自己的译文如

挥霍感伤

此敝帚自珍，换了译者名字我还会查对，而且这出版社是我的东家，逮个正着。

于是出版社用一面包车把此人带到我单位门口，我上车去跟他讲道理。这位用我的译文评上图书馆员（副高级职称）的先生，面相十分老实，人也小五十，开始谢顶了。我立即心生恻隐，还没等人家开口，就先说：你放心，只要你承认了错误，赔我，我绝不向你单位揭发你，你继续当你的副高级干部吧。

于是那人拿出信封，掏出一叠子百元人民币，一张一张地数，数完，对出版社的人说：你们就给了我这么多稿费，全在这儿，怎么分呀？出版社的小青年经理又气又笑地说：怎么分？你还想落点儿呀？全给人家译者，人家不告诉你们单位就够仁义的了。那盗版的同志踌躇片刻，嗫嚅道：我也辛苦啊，怎么也得落点吧。出版社经理劈手夺过那沓钱塞给我，说：签个字吧，就这么了了吧。

于是我就老老实实签了字，不好意思地把钱装进包里，走了。那本应该署我名字的书顶着那个人的名字照样卖，那人照样当他的副高级干部，一切照旧。我又贴上一点钱，凑了一万元整，存了个三年定期，那时三年定期的利息好像只有三点几吧。升斗小民，就这么过日子哈。

之 三

两次被盗版后，我进书店的目的性就更强了，甚至到了令自己感到很不高尚的地步。就这么有目的地查，果然又查出长

麻辣烫

春某出版社和湖北某出版社出版的系列散文文丛里收入了很多我翻译的劳伦斯散文随笔。他们的丛书往往一套十本，分成专题，如风花雪月、情感爱情什么的，我就每本都翻开，看到劳伦斯的就查一下，果然都是我翻译的。一算每套都收了我十来万字。

问出版社，出版社说他们什么都不知道，全是选编者干的，与选编者有合同，稿费都给了选编者，谁来查，就去找选编者，由选编者给我们这些被"选"的译者发稿费。如果我们发现不了，这些稿费就都归选编者所有了。钱，就可以这么赚！

湖北的那位选编者是位大学教授，很快就把十本书和稿费都给我寄来了，这事就算私了。但我不知道还有多少作者和译者被她"选"了，她没给人家稿费。

长春那家可就有意思了，电话上说给我发高稿酬，我窃喜一阵，稿费单寄来，一共一千元。十万字一千元稿费，估计是世界上最"高"的稿酬了。简直是打发要饭花子呢！我坚决不要，表示，如果需要我捐款，我就捐，但如果是稿费，请重新发，至少要千字三十元吧。否则就法庭上见了。对方见我要求不高，也就答应了，算是按照当时的普通稿酬标准发给了我。

为讨这么点公道，真不容易。感觉我是做亏心事的人，人家盗版的反而理直气壮。这样的事还有几桩，慢慢说吧，一个比一个让人恶心。我们的知识分子和正规出版社就干这种事，而且干得很光明正大，问心无愧。

挥霍感伤

之 四

那天在前门饭店和《中华读书报》的一个年轻记者做了个访谈，出来后发现那里有个小书店，就顺便进去看看。一眼就看到哈尔滨一家出版社出版的劳伦斯两本小说，一本是《恋爱中的女人》，一本是《虹》。因为这两本书我都翻译过，就提高了警惕，带着问题翻阅浏览起来。《恋》书没看出盗版破绽，但《虹》则是一看就是将俺的译文改头换面的"抄改本"。因为改写的技术比较低劣，加上偷懒，那"译者"经常大段地照抄。看来这个案子问题复杂了，这种东抄一段西抄一段的侵权怎么办，应治他个什么罪呢？于是我买了一本，回家仔细研究。

回家后再看，发现，除了前三章是改头换面以此企图蒙混过关外，以后的十几章则全部是照抄不误，估计是找人重新敲了一遍就交出版社了。

于是我把这个情况详细地告诉了哈尔滨的出版社，对方在电话里还说译者是哈尔滨师范大学的英语老师，不会干这等事，反倒要我提供我的"资质"。我向他们提供了我全部的情况，并要求他们将他们的文本与我多年前的本子对照并鉴定。

出版社找人做了对照阅读，很快就回电说那大学教师是抄的我的译文，并说他们感到惊讶：怎么三章之后改都不改就全部照抄呢，偷人的译文还犯懒。我说：可以调查一下，是不是存在里应外合的可能，不会是出版社的内线拿我的本子直接排的版吧。

麻辣烫

过了些天,他们的社长和总编室主任来北京出差,我们见面解决这问题。我已经是身经三战的受害者了,二话没有:你们怎么惩罚这个"译者"或内线我不管,我也不跟你们打什么官司,我嫌累,也不要求什么高额罚款,赶紧按照一般稿酬标准把钱给我算,这是我的一贯原则。

对方看我不告他们,松了口气,马上点了一叠百元钞票给我,让我签字算拉倒。临签字前,那女主任又说:你能不能当回善人,少拿三分之一,把它留给那个"译者",他/她为这本书的确"忙了很久",打字,校对也不容易,现在刚买了学校的福利房,都没钱装修。

同志们啊,听说过这样的事没有?他盗了版,拿我的书去评了职称,还要我付给他成本费。我笑得喘不过气来,几乎笑出眼泪来。世界上就有这等荒唐事。我说太荒唐了吧?那女主任说:如果你觉得这样不行,今天这事就不能解决,我们还要回去商量。你要想快解决,就按我们说的办。我开始明白了:那三分之一的钱,估计不是给那个"译者"的,是社长和女主任的"辛苦费",他们可以冒充那"译者"签个字把钱揣自己腰包里。这已经不是荒唐了,是恶心。但我还有几天就要去英国了,一去就是一年,是无薪留学,因此我对那几千块的赔款也很垂涎,等我从英国回来,那家城市小出版社说不定就倒闭或被兼并了,再讨钱估计更麻烦,垂涎之水早就干了。就这么一念之差,我竟然答应了这两个贪官的要求,只签字领了三分之二的稿酬就走了。

于是我就这样成全了那个大学教师评上了副教授,还成全了社长和女主任一笔"辛苦费"。

挥霍感伤

到目前为止，我的译文已经帮三个人评上了高级职称（据说有了译著就不用考英文了），让两个人当了一回"主编"，让几个出版社赚了书号钱，还让哈尔滨的社长和女主任小赚了一笔。我觉得我真是善良到发傻的地步。但我真不想打官司，否则那几年我就官司不断，钱会多一些，但肯定会筋疲力尽。

之 五

我曾写过一篇小文，题目为《网上追人追书》，就是键入一些老同学（从小学到研究生期间的）名字，后面加上一个"著"或"译"，看他们都出了什么书，也顺便上国家图书馆的网站，看看自己的著译是否被收藏了。没想到那天键入"黑马"后发现俺翻译的长篇小说《虹》竟然被吉林延边的一家出版社出版了，而我却对此一无所知！查实后得知，这是那个出版社卖了书号给一个书商，出版社收了钱，一切都由书商操作了，他们保证那书商会马上与我联系并妥善处理。

果然那书商第二天就找上门来了，此人居然是我的河北同乡，作为个体书商，早就在北京设立了办事处兼编辑部，财大气粗，出了不少书。此人道了歉，痛快地按照千字几十元的普通稿酬标准赔给了我（是我的老标准，都是按照时价，只当是旧译再版一次而已，我这个做法令盗版者觉得我痴呆，令朋友觉得我犯傻）。想想，如果不是盗版，延边人民是不会读到俺的书的，国家大出版社才不会辛苦自己到延边去发行出版物。这些书商可不怕辛苦，哪里书号费便宜他们去那里买，估计那些靠边境的出版社书号费最便宜吧。

麻辣烫

过了几年，还是这个同乡书商，愤怒地向我揭发，他和他的同伙一起与中国戏剧出版社"合作"又盗了我的《虹》，但他的同伙却卷了钱跑了，他被骗了，因此他让我去告发中国戏剧出版社，让他们赔我。我查实了这件事，就给中国戏剧出版社发去了传真，要求他们赔偿我稿费。没想到的是，中国戏剧出版社的人告诉我，他们的社长是我的老熟人，此人居然是我年少时代给刊物投稿时扶助了我的《河北文学》杂志编辑。那时他是从大堆的外稿里淘出了我的小说并发表了，那是我第一次在杂志上发表小说，在那之前我写了十几篇小说投给杂志，都没有发表。因此我特别感谢这位老师。于是我立即与他通了电话，告诉他我不要他的出版社赔我了，省得给他添麻烦。这是我唯一不要求赔偿的一次，原因就是这么简单。

之 六

这次维权是为了拙译劳伦斯小说《恋爱中的女人》，也是最令我感到寒心的一次。

有人送给内人一套盒装的光盘，号称是收录了上千本世界各类名著，其中有一张是外国文学名著。我觉得很高兴，一张光盘就能装下几百部世界名著，多好啊，有了它我可以扔掉很多书了。于是我打开光盘检索，看到它收了劳伦斯的《恋爱中的女人》。这个国家级出版社的光盘收了劳伦斯的译文，是谁的译本呢？我没有想到自己，因为我从来没与这家大出版社打过交道，可如果他们收了别人的译本，我又觉得很"埋没"拙译，尽管我翻译的本子里有不少错误，但在眼下的这些本子

277

挥霍感伤

里，还算矮子里拔将军吧，应该勉强算最优。我就是带着好奇的心打开文件的。没想到，那居然是我的本子。

我当然感到高兴，还有一种"知遇"感。可他们为什么没通知我呢？或者说我原来的出版社怎么不通知我咱的译本受到这样的礼遇呢？当时我真没有往"侵权"上想，因为那是国家级的出版社啊，人家怎么会干这种狗偷鼠窃的下作事？肯定是有原因的。

问我首发的出版社，他们告诉我不知道有这回事。于是我又去问出了光盘的出版社，对方的总编室承认是他们出的"正版"光盘。我说了我的情况，他们毫无热情，冷冰冰地说：收哪本书进光盘根本不用找作者，那么多作者译者，找起来太麻烦了，谁发现了谁来找，一个个处理就是了。

这话让我心里凉透了。一个国家级出版社，随便用别人的作品，还要等人家发现了找，他们才"处理"。真是太霸道了。于是我开始生气，口气也不客气起来，告诉他们这是严重侵权，要承担后果，对方无所谓地说：我不跟你说了，你打我们法律顾问的电话吧，随口告诉我一个号码。

法律顾问的口气更冰冷和强横，告诉我：出光盘没办法一个个与你们打交道，就先出了，你找了，我们给你钱就是了。我说这首先是个法律问题，是个不尊重人的问题，然后才是钱的问题，你们怎么一点歉意都没有哇？对方真不愧是律师，毫不动恻隐，冷冷地告诉我：这个问题应该由××版权代理公司处理，钱都给他们代理了，你找他们吧。

我又找那个版权代理公司，心想总算找到公平办事的地方了。接电话的是个女人，听完我的诉说，冷冰冰地说：噢，有这事，他们都委托给我们办，按规定我们付给你钱就是了。这话让我上火，怎么这个代理公司也是这样冷漠？

我说：首先，不经过我同意就随便用我的作品是错误的行为。总得有谁先向我道歉才对啊。

她说：你不就是来要钱的吗，给你钱不就完了？

天啊，这个具有行政权力的版权代理公司其实是官商机构，他们的人里还有这个素质的，真是悲哀。好吧，我不跟你谈什么法律问题和良心问题了，你要谈钱，我就跟你谈钱。赔我多少，什么标准？

对方说出一个数字，几乎让我笑死：千字三元。四十万字，一千二百元，还要扣除所得税，估计我能得一千元吧。

我立即说：如果是这个数字，我可以向你捐款。但在捐款之前，我必须把问题搞清楚：凭什么你不与我商量就盗用我的作品，然后还由你来定价？凭什么这事过去好几年了，你们从来没有找过我？

对方说：找不到你。我说：你只要向我的出版社一问就行了，你为什么不问？对方沉默。

我又说：你们根本就不屑于找我。可是这个赔偿价我不能接受，必须重新商量着定。

对方不耐烦：连著名作家王×和张××都接受了，你为什么不接受？

我说：他们接受了那是他们乐意，我无权干涉。我虽然不著名，但我就是不接受。你如果不与我商量出一个我能接受的价格，我就上告，我采访过版权局的沈仁干局长，我采访过世界知识产权组织总干事鲍格胥，我懂版权对中国有多重要，我

挥霍感伤

懂你们这么做是行政腐败，我相信沈局长不会同意你这么干。

我以为我搬出了沈局长，她会收敛。没想到，她回答说：可以，你告吧。

于是，我只能向国家版权部门告了这个负责人。

他们怎么处理那个人并不重要，重要的是我讨回了相对的公道：有关部门以私了的方式让出版社付给了我普通标准稿酬，我也就没有再打官司，因为我知道跟官方打官司结果总是不了了之，他们让步了，知道一个不著名的小翻译比著名的大作家更懂得版权知识，就行了，以后不会随便欺负别人了。出版社很不情愿，但也只能如此。

我们国家1992年加入世界知识产权组织，我目睹了那一段时间里发生了很多事件，作为极少数中国记者专访过总干事鲍格胥。可多年后，版权保护还是这种现状，很是痛心。但作为一个小老百姓，我管不了那许多，只能为自己讨个小小的公道而已。

麻辣烫

论斤卖的世界名著

最近发现我的老东家××文艺出版社在合同期满后仍在出版我翻译的《虹》，便与他们联系问是怎么回事，结果人家告诉我：这书是他们与书商"合作"出的，收了书商买书号的钱，别的全不知道了，连样书都没有，要支付我稿酬，还得我去找样书作证据他们才好知道按什么标准给我多少"使用费"。我现在同这等出版社根本不生气了，也不跟他们讲什么版权知识和革命道理，只把他们当小偷小摸，抓到证据，把被偷走的东西要回来拉倒。也不上什么法庭，根本不值得跟他们讲法，他们根本就是无赖地痞。

既然让我找证据，我就找吧。我找到了书商，书商居然在北京。他说他把钱都给了出版社，应该由出版社赔偿我，并表示可以为我提供样书去与出版社打交道。

于是我在周末开车到书商的仓库里找"证据"。

仓库在通州通往机场的一条郊区路上，我算是趁机逛北京

挥霍感伤

的城乡交界带。我的天,东坝一带,到处是建筑材料市场,大卡车轰鸣而过,时而有马车哒哒,就差战马嘶鸣了,我真怕把马给弄惊了出车祸。

一路乌烟瘴气,小心地开着车找那些破平房里可能是仓库的地方,居然发现温榆河从这里潺潺流过,时而有些小树林风景,树林外盖了高档公寓,号称公园风景公寓,价格都在一万多一平米,天啊,这种地方的房子都这么贵了,住这里除了睡觉还能干什么,如果进城上班,估计早晨6点就得出发才行。扩张的北京真是太快了,弄出这么多城乡交界带来,完全是70年代与21世纪的拼贴图,十分后现代。

千辛万苦地找到了库房,里面十分阴冷,但堆着山一样高的盗版书,还满地散落着很多。看库房的人说这些书都是代销商的退货,准备卖废品的,六角一斤。

我说反正你也卖废品,干脆我挑几本书吧,都是外国名著,印刷质量很差,价格很低,但都是盗的正版,很多都是大翻译家的译本。这些个拜伦、乔治·桑、罗兰、高尔基就乱扔了一地,我踩着他们,找没有被污损的干净书,敛了十几本,当然还有我翻译的《虹》,其中一本都被雨水泡得涨成了发面包一样。这些名著,到了这里就是六角一斤的干活!我挑了十多斤名著,包括《康素爱萝》什么的,是我在书店里看到没舍得买的。走时看到看库的一对夫妇带着一个孩子,生活很艰难的样子,中午饭只是白菜和粉条,他们肯定是附近农村进城谋

麻辣烫

生的。那孩子十分可爱，胖嘟嘟的，大眼睛。我说，这些书等孩子大了可以免费看了。他会看吗？一想我不能白拿这些六角一斤的废纸，加上我很喜欢那孩子，就拿了十元钱给孩子买糖吃。那孩子再大点，就能卖废品了。

拿到盗版证据，接下来是找出版社讨小钱，怎么也得让这次盗版解决我一年的汽油钱吧！可这家出版社就是一直拖着不付，还声称欠着沈从文家属多少万元，谁爱告谁告，反正他没钱。我说你是卖书号出的我的书，人家书商给了你专用款，你们把这笔专款花哪里去了？对方回答就是两个字，没钱，你去告吧。所以我准备打平生第一次官司。经过律师与他们交涉，他们终于决定赔付这笔隐瞒了八年的稿费，还要赔付利息。一算，那笔利息正好是律师的代理费。隐瞒我八年，等于给我攒了一笔律师代理费，世界上就有这等可怜可恨又可笑之人之事。于是我就把律师委托函搬到博客里，供网友们参考，遇上这类糗人糗事就照着我的委托书写自己的律师委托书吧。不管别的作者如何，我反正是永远不再与它合作，一个字也不在那里发表了。什么叫寒心，这就是，就是三九天心头压上一个大冰坨子的感觉。谁愿意打这种官司呀？但这种出版社就让你不得不打官司。这是我平生第一次见律师，写状子，那点写书的本事用来写状子还真是有用武之地了。我突然发现，我入错了门，如果当年我考法律系，出来当律师，肯定比我写书译书成就大。算了，那点本事，用来为自己写状子吧。

挥霍感伤

我被盗版侵权的故事
2007年终纪念版

2007年最后几天里,我收到浙江文艺出版社编辑孙亚敏在我博客上的留言,让我很感动。她告诉我她编辑的一本外国小说集里收入了我二十年前用毕冰宾的本名翻译的一篇译文,查到我的博客与我联系要给我寄书和稿费。她一定查得很辛苦,因为我早就不用毕冰宾的本名发表作品了。可她还是找到了。这样严格按照版权法办事的人现在真的很少。

前几天我做点学问时发现了"中国知网",在上面查一些作者的文章时也发现了我这个"黑马"和"毕冰宾"写的一些文章收录在了里面,点击进去,发现要想看全文就要网上支付几块钱才行。不知道我们的版权法是怎么规定的,这种拿别人的文章公然卖钱的行为算不算侵权。但那个网上公然标明是"中国教育部主管"的,估计至少目前还算"合法"吧。但估计总有一天要算它不合法,凭感觉就觉得这么做有毛病,虽然它不是刻了光盘在商店里卖。

先不管这种电子版的东西卖钱算怎么回事,我通过它发现了一些报刊多年来转载我的文章但从来没有给我寄过样刊和稿酬。

麻辣烫

最早的有记录的转载行为发生在1995年。我当然感谢这些编辑的青睐，但总觉得他们太懒，根本不查找作者的下落。问他们，他们说实在不好找，就把稿费都存了起来（有些还是以作者的名义支出后被小集体私分了），谁来讨，就给谁。如果不来讨呢？作者的劳动就这样不受尊重。与这个网签约的只是有限的一些报刊，没有签约的报刊还不知有多少，其中有多少剥削了我呢。中国这么大，报刊那么多，很多都是靠转载过日子的，上哪里找证据去？所以我还是希望这个不怎么合法的"中国知网"继续做大，把所有的报刊都囊括，那样我们找证据就方便了。

受了中国知网的启发，我又输入我的一些文章篇名和黑马或毕冰宾，又查出一些报刊和出版社的图书里侵权收了我的文章。可这么查能查到什么时候去呢？这些报刊和出版社怎么就如此没有版权意识呢？这是一个普遍蔑视知识产权的国家，出版社和报刊可以心安理得地当经济扒手。欺负自己的同胞也就算了，以如此的意识与外国打交道，犯了事，人家是要在当地起诉你的，你就坐着飞机去应诉吧，反正是公有制，花公家钱让他出国应诉他还乐得呢，出版社还要为谁去出这个国争个你死我活！像《读者》这样的刊物就很地道，不仅发稿前就弄清此黑马是不是毕冰宾这匹黑马，出刊后还很快寄来样刊和稿酬。还有一个小杂志叫《社区》，编辑也很热情周到，是提前打听到我的联系方式并支付报酬的。

我一看，天南地北的那些不知名的报刊十几家剥削了我，从甘肃到广东，从吉林到重庆，真不知道怎么讨回我那点可怜的工钱，其实每篇也就百八十的，但这是一个小小的原则问题，就是一元，该付也得付。于是我拟了一个追讨稿酬的信，

挥霍感伤

查出这些报刊的电子邮件，一一发了过去，让他们知道我知道他们过去几年里的行为了。我是君子行为，如果他们有良心，就给我补上，不补，我也不会为这几个小钱打官司，算是路遇乞丐，撒几个钢镚儿吧。

最离奇的是北京一家出版社，他们在1995年出版的《澳大利亚儿童小说》里收了我的一篇译文，国家图书馆里都有藏本。但我打电话问他们社，人家却回答说这本书太早了，电脑里没有资料，不能为我处理。我说才十几年，你们就没有样书吗？对方说不负责查样书，只管电脑里有没有记载，整个丛书的其他版本都有记载，唯有这本没有记载，所以对不起，要我去国家图书馆借出这本书来，把版权页和我那篇东西复印下来交给他们他们才能为我查找。听着倒像我在说谎。为这一百元钱的稿费，我还不至于专门跑国家图书馆去，等哪天路过时我再去办这件事吧。后来有朋友把这本书的版权页都发给了我，我又通知了北京这家出版社，他们法律部的同志很不错，千辛万苦从书库里翻出了这本老书，但要求我的单位给我出证明证明这篇东西是我翻译的，以防再有个毕冰宾来冒领。这要求真是滑稽，我不得不用非法律的语言指出了其滑稽的本质，让他们也觉得这规定过分，表示因为这笔稿费数额小，请示领导并要我出示当年刊登我译文的《儿童文学》杂志就可以破格付给我。等我一问稿酬标准，回答说翻译文章千字二十元。但我还得要这个钱，因为为这个事我都与他们通了无数个电话了，费了那么大力气，不能连包茶叶钱都挣不到。最终六千多字的小说译文，出版社付给了迟到十三年的稿费是一百二十元六角。就算我宣讲法律嗓子干了，用这钱买茶叶润喉吧。

麻辣烫

俺山东人就是爽快！

今天追回《中外期刊文萃》2001年第15期上转载拙文两篇的稿费328元，七年之后。那里的同志态度不错，可就是转载了你的东东后绝不查你的地址给你寄，而是等你发现了去要，一要就还你。对这样的刊物，真是没脾气哈。

同志们，发现这类事别客气，去找去要，也别害羞，理直气壮，该你的就是你的。

还在网上发现山东画报出版社的《西方人的性格地图》一书里收我两篇文章（2005年版），就给他们发了个电邮，没想到办公室立即就转给了编辑，刘编辑立即就给我一个电邮表示马上追付稿酬，还说因为我是那书里唯一一个被收了两篇文章的作者，所以还申请了一本样书寄给我。虽然尚没收到，但我已经感到俺们山东老乡的爽快了。"谁不说俺家乡好，嘚儿呀咿儿呦！"还有谁发现被山东画报出版社"青睐"多年但没落实到行动上的，去落实政策吧，俺们老乡可好啦。

被他一表扬，头就有点晕菜，过后才想起来他说的稿酬标准是每千字五十，够低的呀。咱老家同胞有点抠门儿，现在的

挥霍感伤

生活比我爷爷闯关东那咱早就不一样了哈，山东赫然是经济大省哦。算了算了，版权保护初级阶段，就这么一笔糊涂账吧。知识产权意识的培养要从一点一滴做起，靠大家的努力哦。老毕要的是他们的态度。亏得我辛苦打工挣生活，稿费只是收入的涓涓细流，否则碰上个专吃稿费的，肯定要追加精神损失费等等哈。这个世界，真是乱了套，谁让我们与文明世界隔绝几十年呢，现在一切从头来，肯定要有个过程，关键是观念上的转变过程，不能"你有我有他也有，该出手就出手"，那个"风风火火闯九州"的土匪年代早该过去了。现在是"手莫伸，伸手必被捉"啊。

闯了关东还能收到老家的银子，OK了您呢。全靠这个耐特，疏而不漏。当年我们唱"英特纳雄奈尔"就一定要实现，现在我要唱的是"因特耐特就一定要实现"，有了这个耐特，咱动动手指头敲键盘就风风火火游世界了，什么都找寻得到，哈。

麻辣烫

一桩剽窃案的侦破

　　偶然在网上发现《四川文学》上一篇写劳伦斯与诺丁汉的文章，几乎完全与我的文章一样，拙文最早是在四川人民出版社的《情系英伦》中发表，后来修改后又在《译林》2007年第2期发表过(《诺丁汉大学城》)，网上很多转载，但这位抄手竟然如此剽窃拙文并公然在《四川文学》上发表了。这位剽窃者也太明目张胆了，在网络时代，要剽窃你就剽窃网上查不到的文章，怎么就敢大肆地抄一篇广泛上网的文字呢？而且根本不是抄，只是下载后把作者名字改成他自己的就投给杂志发表。

　　与《四川文学》的高主编联系，明确告诉她那作者剽窃俺的文字，最近的一次发表是在《译林》2007年第2期。她说如果查实了要通知黄作家的单位，要追回稿费，要他道歉什么的。我当然要他在《四川文学》上发表声明，声明他的剽窃行为。可现在黄作家那笔小稿费已经吃了麻辣烫了。怎么不看我的博客啊，赶紧与我联系，也许可以私了哈。

挥霍感伤

我的文字在博客上发出后，鲁子问教授告诉我在《百姓》杂志上发现了这位抄手完全抄袭我的罪证，这下我怒不可遏，他居然全部抄，还把自己抄成了诺大的访问学者！这个重庆的职业抄手，必须严肃惩办。我要联系两家杂志社，对他采取措施。正如四川文学的高主编说的，要通知他的那个单位（如果他是有的话），让他彻底停止这种抄袭职业。

后来有人告诉我说这个抄手是西南师范大学的，他给杂志留的地址是西南师范大学什么学院，但这个学院现在又并入西南大学了，据说那个地址又没这个人。看来此人很狡猾。编辑部已经根据他的来稿地址发了邮件给他，要他的态度。他再不出来，看来就要人肉搜索，将他SMOKE OUT。

我上网查了，西南师范大学的那个学院早在2006年11月就改归西南大学了，但他留的地址应该还是可以收到稿费和信件的，因为现在还是邮政的过渡期，大的地址对了就没问题。这种人剽窃，不就是要赚点小钱和所谓的"发表成果"吗？他的地址一定有效。这就是说，按旧地址能找到他，可能是教公共课的如外语或语文。估计我现在是锁定这个位置了。网上侦查取得一点进展。现在学校放假，等开了学打电话过去问问看。我成侦探了。

搜索这个剽窃者时俺顺便学了地理知识。他给编辑部留的地址是"重庆合川草街西南师范大学"，其实那个合川是重庆下属的一个小市，而草街则是合川市下面的一个镇。而看抄手的地址，还以为草街是重庆的一条街道呢。闹了半天，真正的西南师范大学在重庆市里，跟这个草街的西南师大二级学院没什么关系，后者只是西南师大的一个独立学院，这种学院一般是企业投资办的，应该和西南师范大学没什么关系，应该算"贴牌大学"吧？俺不懂教育产业，乱说，谁懂，请指教。

这个学院设在合川市的草街镇。他省了两个字，就让人以为他是西南师大本部的。所以你去重庆市里的西南师大查这个人肯定查不到，因为整个重庆市里压根没有草街这样的街道，人家躲在离西南师大很远的乡下取了剽窃得来的稿费逍遥着呢。中文这种文字瞒天过海真是很容易的事呀。

还有他还省了二级学院的名称，只写下面的那个三级学院，还以为是西南师大的一个学院呢，而你去西南师大找这个院，打死你也找不到。现在这个学院又归西南大学了，草街上没有西南师范大学了！这个抄手真是职业抄手啊。但只要你干这种事，要留地址取钱，就能被侦破，连我这个地理文盲都弄清草街与重庆的关系了哈。基本锁定你是西南大学某学院下面的某学院的人了。草街镇的抄手（四川话里抄手也是馄饨的意思），你等着吧，好好端一碗馄饨，翠花儿，上酸菜。

不久接到《四川文学》的来信，讲他们查找这个抄手的过程，大体和我断定的一样，但出乎意料的是那里的领导查了所有老师和学生的名单，都没有这个人！看来这人太职业化了，他写了这个地址，但用的是假名字，可能收到钱！这说明

挥霍感伤

什么？他肯定有假身份证。然后，他在当地邮局或学院收发室有内线，只要写这个名字的稿费单和信件来了就能直接到他手里。合川草街镇的邮局成了可疑的同伙，或者学院收发室有同谋。太可怕了！我感到那里有一个剽窃团伙！他们在大量地剽窃文章发表，然后分钱，办成了一个剽窃工业。这事能成为一个刑事案件。

草街，草街，那是个什么地方啊？

因为杂志社找了学校调查，那个抄袭者终于露面，却原来是个大三学生！而且是某个偏僻农村的学生，说就是为了挣点零花钱对付一些"场面"时有面子才这样做。如果真是这样，真让人无语．我先把所有有关博客文章都删除了，听杂志社怎么说吧。果真如此，我当然不会要求他什么，也希望学校对他网开一面。这种事如此大规模地出现（他发在三个杂志上），任何一个被剽窃的作者都会愤怒，但如果是因为一个大三学生，而且是生活很不富裕的学生，这事就真的让人难过。他说同学中生活条件好的，经常是出手"大方"，上百地花费，可他没有那样的父母，也张不开口要钱，但同学之间的面子又那么让他有压力……

我也想对这个同学说，我不是他信里说的什么"大作家"，只是个可怜的普通写作人，写点什么发表点什么也不是他想象中的那种大腕易如反掌，也经常遭到退稿，一本书有时要辗转好几个出版社才能出版，稿费并不高……因为不容易，

挥霍感伤

所以被人剽窃了才会愤怒。这些话一个大学生也许根本理解不了。我唯一要告诉他的是，长大了别吃写作饭。

从一开始我就觉得跟这种事过不去很无聊，但又想知道什么人干得出这样的事，还以为会挖出个什么案子来，好奇心让我一直欲罢不能，谁知道是这样？最早剽窃我一套书的也是重庆什么大学的一个行政干部，写来信说为了职称，为了面子……算了，不说了，我们的教育界，我们的教育，我们的道德，我们的行为规范，这些最基本的东西如此脆弱！

自从剽窃事件以来，网友朋友们很关心俺，谢谢大家的鼓励和关心！不过我发现他是个学生，怕学校处分，就先删了那些讨伐文章，等《四川文学》最后证实一下他的身份，如果他说谎，那就不客气了。但估计不会错的，因为杂志与学校联系过，学校说那个用假名字抄袭的人是个学生，真是学生，也就算了，他"发表"东西，在同学中获得点虚荣，现在悔过，我也没必要在网上保留那么多记录，供他的同学传看，那样他会很有压力，一个偏僻农村的孩子怕是受不了。希望他从此"金盆"洗手，诚实做人就是了。

正如一些网友说，这是个造假成风的社会，大的环境就这样，他不过是个小现象，说说就算了，其实我早就不生气了，就是想挖出这个人来，有种侦探欲哈。鲁子问是教授，他对教育最了解，不禁发问："但是是什么导致我们的教育如此，导致我们成为一个谎言、假话、假货、假照片恣意横行的社

麻辣烫

会？"由此想到大学里教授们的抄袭现象，北大那著名教授抄了被查了，大家都替他抱冤，原因竟然是教育界为了职称大多数人广泛地抄，为什么对他那么严厉？我真的服了。

那些奥运冠军们都一个个虔诚地进了大学了，靠实力拼了金牌的人，为什么还要去这个普遍抄袭造假的大学圈镀金？真是可悲。算了，不说了，既然是造假成风的社会，还能说什么？黄同学倒霉，被发现了。等他走进社会，想诚实做人估计都不行，还得被逼着去造假，只不过因为这次教训，可能造假的手段会变高明些，从这个意义上说，我真是帮助了他。

那个剽窃我文章的学生来过信，一再感谢我大度，没告发他。还说他找到了临时工作，每天干四个小时，每月挣三百元的诚实钱。

我能说什么呢？什么都不敢说。因为他将来进入社会后会发现到处都不是我这样傻的人，像我这么做人肯定很失败。到处造假成风，也许他的上级就会逼他造假，造了假能迅速发家致富，不造假反倒捉襟见肘，一个身无分文的学生进了社会，怎么能禁得住诱惑呢？所以我只能说：做事对得起自己的良心，好自为之吧。

挥霍感伤

据说只买不看的书才叫经典名著

这两天看彭伦翻译的蓝登书屋创始人的回忆录《杂记蓝登》AT RANDOM（彭弟译作《我与蓝登》），几乎每读必大笑一场，那老瑟夫真是个狗娘养的，怎么那么幽默，怪不得他写专栏受欢迎呢。这样的出版家真是不多见。

刚读到写蓝登怎么把乔伊斯大作《尤利西斯》隆重推出的故事，这种商战让瑟夫写得轻松幽默，煞是好看。他最感慨的是：所谓经典名著就是那些大家疯狂买回家但都不看的大作。这话让我不由得想起十几年前中国推出这本书的过程，当时俺为此写了篇感想，也发出过这书大多被当成"装饰品"的感慨，写到最后连我自己都不明白我是在讽刺谁人、赞美谁人了，因为我除了听从了萧乾大师指导"先看最后一章"并只看了最后一章外，这书确实只放书架里成了高雅的装饰。我知道萧乾大师看我采访时迷糊的眼神就料定我是看不懂这书的俗人，怕我瞎耽误工夫，就怜悯地给我指出一条光明小路。想想，我真没白为萧乾拍一个电视片呀。贴上那篇感想，再回首，向后看，我心依旧，只是俗人俗眼看

麻辣烫

俗事，引来一阵庸俗的爆笑而已。哈。看这文章千万别笑，谁笑谁跟我一样庸俗。

这几年外国文学界颇冒出几件很"不正规"的事儿来，很为"正规"之人侧目。

这种"不正规"之事当然是由"正规人"眼中的"不正规人"所为。天知道，这点子大动作确实证明是给中国的文坛添彩儿的。尽管其中不乏"业余"手笔，甚至虎头蛇尾兼"沽名钓誉'，但那几场戏却是唱得有声有色，是那些专业人士绝搭不起台也唱不出个子丑寅卯的。

须知这几台戏不是别的，而是20世纪世界文坛上几巨匠的国际研讨会。

80年代末在上海轰轰烈烈搞了一次，可以说请来了世界上最有声誉的文学专家。而主办单位却是个在上海排不上座次的第几第几什么学院，主办者是一个几乎没有任何学术声誉的大学教师。那又何妨？他们热热闹闹地完成了一次"史无前例"，尽管遭到了国内学术名流的不屑与抵制。一如那主持人的学术水准，会上参差不齐甚至形迹可疑的国内"学者"纷纷亮相，杂音聒耳，笑话百出，与国外一流专家毫无对话基础，贻笑大方到令人瞠目结舌的地步(如有"学者"提出现在的中国与20年代英国形态相同，开禁某本书可以促成中国现代化云云)。直至今日，当年某位上海名教授见到我还不寒而栗地回忆当年"被骗去"做一场讨论会主持的经历，说是此生最上当的一次。他又告诉我那位主办者早已凭那次会的关系云游世界以"中国专家'身份讲学，最终在外国下海专干招募中国青年

挥霍感伤

自费出国学语言的生意,"赚足了"。

　　这种泥沙俱下鱼目混珠的事中国人还能分清个中三六九等,但在外国人眼中则是代表中国学术水准的一群愚氓而已。但无论如何他们从中看到了"希望",看到中国终归还有这么些虽然水平很低却在努力地研究一个西方大作家的人,看到中国总算与十年前不同了,不再闭关锁国。因此他们把那些本应是笑料的东西全部视之自然,似乎总在说:"中国嘛,这已经很不错了。"因此他们更加悲悯地捐书、更努力地请那理所当然代表中国的主办人去外头开开眼,因为他们认为此人可雕也。

　　对此真是一言难尽,永远说不清是好是坏,是非在这里是不存在的。当我们嘲弄和谴责别人时,我们却发现在更大的范围内我们是这闹剧的一部分——无论是"被骗"入了伙还是自以为清醒地抵制并洁身自好。你"被骗"说明你或幼稚或蒙昧或别有私念;你聪明、"正经"、艺高一筹但你以超然纵容了愚昧丑陋,因此也成为洋人眼中的"中国人嘛"!我们当然更有理由问一句:那些"正经人"、正经的学术团体干什么呢?袖手一旁冷笑而已吗?吃着"皇粮"只是尸位素餐吗?

　　应了"七八年又来一次"的"古训",不久前人们又目睹一次规模空前甚至颇有席卷小半个中国的某大作家名著名译促销活动。这其中当然包括一个声势不小的国际学术研讨会。发起者当然是远不如学富五车的学术名流们更懂文学的出版商。作为出版商,虽然言谈不免露怯,但人家要养一社的社员,工资福利全靠社长苦挣,能有如此高雅之举,一时

麻辣烫

间荟萃国际国内名流于一堂，高谈阔论一番难懂的洋作家洋作品，呼啦啦几万本"天书"似的大名著鱼贯而入寻常百姓家（不少人是买来当高雅装饰品的，稍稍失却了书的终极关切——被读），完成了一次阳春白雪的下里巴人化，这已属壮举！不管他初衷如何，手段如何，结果是美好的，不仅完成了一次与国际文学界的"接轨"，还大大丰富了社会主义文学市场，甚至达到中外专家都认为的是"中国改革开放的鲜明标志"。叫人好不欣忭！

自然有"有识之士"表示不屑，当然是嘲笑一个不大懂文学的出版商不配主办如此这般的国际研讨会。"不屑"的办法就是不予捧场，晾它一把。同样，"堂堂正正"的大出版社之类也不屑一顾，私下里对这横空出世的"黑马"译文批得体无完肤，可是无奈商潮滚滚而下，一边倒的评论早排山倒海地压倒那几声"正规"的喃喃之音——人微自然音轻，便只有无可奈何花落去，"正义"之声被那嘈嘈切切之珠落玉盘声淹没。

欲望是历史进程的原动力，无欲之人是只能当看客的。不甘旁观，只有两条出路：要么鼓起欲望去参与，要么歇菜说说没用的闲话。

当文学成为商品，成为市场，吃着皇粮抽大烟的正规军不去占领，就由不得别人揭竿而起抢占有利地形并且唱主角儿了。演好演不好是一回事，上得了上不了台是另一回事。再说了，好京剧的人有几个是启蒙时就睹着梅兰芳杨小楼的花容雄姿的？还不是从看"社戏"之类耳濡目染才渐入佳境的？梅杨之流是不会光顾"闰土"的草台班的。渐渐那京昆艺术沦落到

挥霍感伤

要人来"振兴"了。

以上几次"民间"壮举，终归是沸沸扬扬地普及了大师文学的。或许为将来的皇粮军正正规规来高屋建瓴地提高广大人民的文学素养打下了坚实的基础呢。归了齐，我要说的是无论如何要感谢这些"民间"行为并微弱地呼吁那些武装到牙齿的"大腕儿"专家和皇粮团体赶紧上阵操练，从而不至于辜负自己的光鲜招牌。

鸡尾酒

挥霍感伤

激情与凄艳

曾经采访过一位40年代至今一直声名显赫的女诗人，她十分反讽地说她从来不会写爱情，不会香艳，更不会凄艳。我敬佩这样有着哲学高度的诗人，但我不喜欢一个缺少任何一种"艳"的女人，特别是女人年轻的时候。

《孽缘千里》封面

女人怎么能既不香艳，也不凄艳，也不娇艳，也不冷艳，也不……艳呢？绝对不可以。一个女人甚至可以不美丽，不漂亮，但她一定要有几分无论任何一种的艳，那样才没白活。

男人呢？当然要有激情。中文里的"激情"二字主表激烈的情绪，包括愤怒等。英文中与之对等的词是passion，特

鸡尾酒

别用于表达性爱的激动。在此我愿意中西合璧，两者兼而有之地使用这个词，因为用它来描摹拙作《孽缘千里》中那些男人的行为和感情最为贴切，正如凄艳这个词用在该书女主人公身上十分贴切一样。

女人要凄艳，男人要激情。生活中纵然有各种各样风流的男女，但我这部小说似乎偏爱选择激情的男人和凄艳的女人来写。

小说中的主人公是70年代末的中学生和他们的老师，我记述了那个年代里一班师生们的政治激情，师生之间的恩恩怨怨，男女学生之间朦胧的爱情。自然就追溯了他们风流倜傥的老师从50年代开始的苦难但浪漫的传奇生活和爱情及其扭曲的灵魂和丑陋的德行：一个在学生心目中大写的人如何变得心地阴暗直至为了自己的升迁而让学生作了牺牲品，诱骗他们在16岁上离开学校上山下乡，目的是"早下去，早上来，还能当中央委员"。

这些天真的学生怀着一腔的革命激情离开了学校走上了社会，在花季之年肉体和心灵遭到了残酷的重创。伤痕累累的他们艰难地步入中年，在历史巨变的80年代和90年代里闯荡世界，闯荡商界，在情欲与金钱的冲动和诱惑中沉浮沦丧，无论是学者商人还是普通知识分子和草民百姓，都难免情感的迷失和心智的迷惘。

这个风流了一辈子的人倒在90年代的病榻上痛心疾首地忏悔了：他亲手戕害了那么些心灵的幼苗，让他们难以健康地成长。他终于认识到：一个罪恶的时代过去后，不能把一切罪名都推给几个罪魁祸首去承担，重要的是每个普通的个人是否是

挥霍感伤

罪恶时代的同谋。

他的学生们原谅了他。但情感的伤痕难以愈合,过去是他们心头永久的痛,未来则虚无缥缈。他们相聚了,中学时代的情敌难以面对;曾经沧海的情人一派幽怨凄艳,残酷的年代使他们千里暌隔,造化的孽缘使有情人难成眷属。他们说他们认命了。

剩下的只有故事,只有激情的记忆还算真实。

这是出生于60年代第一年的我同龄人们的故事。

70年代他们成了中学生。那个时候的男生们,他们的激情多用在追随他们敬佩的男老师和高年级男生参与各种政治运动,自以为革命事业的接班人舍我其谁也,随时准备上山下乡闹革命,甚至上战场为世界革命牺牲自己。他们真是觉得上学校去的真正意义就是开大会小会,用革命理论充实自己,把自己培养成保尔·柯察金那样的共产主义战士。以至于70年代末一个时代突然结束,他们面临着的不是上山下乡而是考大学时,脑子竟一片茫然。甚至还把这突然的变故与"江山变色"和"红旗倒地"联系在一起。

这部成长小说以1970年代的中学校园为背景

这些充满天真激情的男孩子们在长成男人之后,激情的原始冲动会驱动他们去做男人应该做的事。他们可以没有伟岸的身躯,没有潘安之

鸡尾酒

貌，但只要有激情，他们就是响当当的俊杰。他们历经生活的磨难，一直坚忍不拔地奔着自己的前程。人到中年后，一脸的沧桑与智慧让他们看上去富有男性的魅力。这样的男人对理想和生活有了自己独特的理解，对爱、对情、对性都有了肉体和精神上独到的经验和把

这部小说试图为故乡老城转灵

玩，无论是形下还是形上都已经达到天人物我浑然一体的境地。成熟的魅力与不泯的激情只能使他们魅力剧增。这样的男人与凄艳的女人能达到爱情美丽的极致，但结局却往往令人扼腕唏嘘。

那个时候女生中的先锋，似乎丝毫不让须眉地追逐政治，甚至大有雌了男儿之势，领尽风骚。可惜的是，那些发誓要做保尔的激情男生们往往在心灵深处渴望着一个冬妮娅那样的中产阶级小姐。他们可以和那些女中豪杰们一起参加政治活动，高谈阔论什么主义，但决不同他们交朋友。他们深情的目光往往投向那些因"家庭出身"不太好而远离政治但气质高雅、一派冷艳的女生，进而眉目传情，两情相悦。那个年代里，这类朦胧的爱情往往被扼杀在摇篮之中，这类爱情故事愈是显得哀凉，那故事的女主人公则愈发显得凄艳。这些女人步入中年后，雍容美丽的外表与爱情挫折后的凄情压抑最是教人恻隐丛生，岂是一个美字了得。

挥霍感伤

于是我选择了我同龄人中的激情男儿和凄艳女儿做我小说的主角，让他们从70年代坎坎坷坷地走到90年代，一路激情，一路凄艳。我相信感动我的故事就会感动别人。（本文为拙作小说《孽缘千里》的再版序言）

鸡尾酒

《混在北京》混回北京

写《混在北京》之前，我主要以一个劳伦斯译者和学者的面目出现，翻译作品和发表一些专业论文。而创作上则只发表过二三个中短篇小说，纯属练笔。以这等很不作家的身份突然就抛出一本长篇小说，其质量受到文学殿堂怀疑并屡遭退稿自然是再正常不过的了。因为我还忝在翻译家之列，人家退稿时口气还算不那么冷冰冰。于是在惨遭几家出版社和杂志社"婉拒"后，拙作终得东北一家出版社青睐在1993年出版了。在这一点上我比一般的文学青年要幸运得多。

一本彻头彻尾写北京的二十万字世象小说，从北京出去再从黑龙江运回北京就销遍

《混在北京》封面

挥霍感伤

了北京的书摊儿,黑马的名字不胫而走,很多老熟人都向我推荐"黑马的《混在北京》"。这自然令我偷着乐了半年,直至我的笔名败露,旧雨新知们恍然大悟,随之有的欢呼,有的皮里阳秋,有的割席而去。后者弄得我一头雾水。却原来人家以前一直把我当成一口洋文的雅士,未成想下海写这等世俗小说,从此不屑与我为伍。那年那季度的北京书市上,拙作混进了销售前几名,但终归是没有混入高雅的书店堂而皇之侧身文学柜台。

就是这么一本在地摊儿上风餐露宿蓬头垢面的小说,却被何群导演捡去拍了同名电影并获了三项百花奖,又被一个德国教授捡去译成德文出版在法兰克福书展上推出。德国电视报刊记者们轮番采访我,问为什么你的处女作就进了德国,我坦言:我给自己取了个黑马的笔名,它的意思是出人意料的赢者,我就是要干点出人意料的事。

处女作如此成功令我有些飘飘然,却不成想尾随而来的是意想不到的打击。

因为这本书的责任编辑调走了,那出版社就将我的书打入了冷宫,对我像对待陌生人一样冷漠,一连三年不予再版。于是我又吃起回头草来,找了当年退我稿子的一家北京的出版社要求再版。这次人家

筒子楼厨房

鸡尾酒

变得热情起来，甚至连我的第二本小说都接了下来准备两本同时推出，并马上排出了清样并签了合同。可关键时刻人家提出要我"先出二至三万元启动资金"！遭到婉拒。又让我联系书商包销，我实在窝囊废联系不上，又提出要我找影视导演敲定将第二本小说《孽缘千里》改编成影视作品，以此扩大发行量，否则就难以出版。她说：现在全国有六百多部作协会员的长篇小说等待"扶植"，本公司本年要出版北京作协资助的10部长篇，能赚上一笔钱。你不是作协会员，只能自己赞助自己了。我提出：公司不出书，就退还书稿，我另谋出路。不行，她说，那算你撤稿，要赔款。她并提醒我：我签了字的出版合同上面没有规定出版日期。那就意味着这家公司可以无限期地扣住我的书稿不出版，我也无权索回书稿。要索回，拿钱来！面对这位我敬重的优秀翻译家，我真是后悔当初自作多情，以为文人之间不会自相残害，签合同时只当是君子协议，未加仔细审看，实际等于无条件出卖了自己。最后我只能就范，答应付一笔钱"赎出"了我的书稿。

以后我又不断寻找《混在北京》再版的机会，但人家一看这书的外文版权和电影版权都已经出售，第一版又很畅销，估计没有什么油水了，便婉言谢绝了。

筒子楼里的幸福生活，过年和女儿堆雪人

挥霍感伤

我是准备着《混在北京》成为绝版的。手里还有十几本书坚决不外赠，只拿出一本来作为外借书周转着东借西借，让人们翻得发黑发黄卷了边皱了封面，有位同事甚至将它带到飞机上读，从美国打了个来回。

我相信昆德拉的话：书有书的命运。便安然地继续一本一本地翻译我心仪的劳伦斯小说，不停地将我那本烂兮兮的《混在北京》借给人们读，听人们赞扬、讽刺甚至谴责。就是因为有了这些人，我还记得我是《混在北京》的作者，我不能放弃将它再版的权利。

终于有一天我发现了一个名为"世界出版信息网"的网站，在上面可以向各出版社投稿。于是我决定不再托朋友熟人帮我找人家再嫁《混在北京》，我自己上网找婆家。便将拙作的情况如实招来，特别说明如果再版油水估计不多。

很快就有人读了我下的"再嫁"帖子，双方一拍即合达成了协议。于是这本流浪外省多年的小说终于混回了北京，由一家正正经经的北京的大出版社出版了。

我回到筒子楼向里凝望过去的日子

本以为混回北京后能有个平本的业绩就不错了，却没料到弃妇再嫁魅力竟胜过当年。北京的书摊地铁又一次"充斥"起《混在北京》。与上次不同的是，因为再嫁给了一家北京的

310

鸡尾酒

国家级出版社，拙作得以登堂入室，进了三联书店这类知识分子云集的大书店并进入了畅销行列上了三联门口的畅销书墙展列。于是亲朋好友纷纷索要新版书，令我难以招架。

我住过的正义路筒子楼

寡妇再嫁风韵犹存并引起第二波热潮，有点令人困惑。于是有人在互联网公告栏上贴文章讽刺说这是"出口转内销"的原因，但私下以为仅仅出了一次口还没有那么大的魅力，中国的读书人绝不会这么浅薄。应该归功于出版方的销售策略。七年前出版社是把《混在北京》当作通俗小说主攻地摊，重点也不是北京。吸引的读者中北京人和知识分子不多。这次的出版社则把一本写北京知识分子的小说重点放在北京销售，放在知识分子成堆的大书店里销售，弥补了七年前的销售空区。看来销售定位实在很重要。我很幸运，第一次被当成通俗小说在地摊上平铺一气混了个"脸儿熟"，上了银幕出了口；第二次又当成京味儿知识分子小说混回北京、进了三联书店，赢得了更多的读者。

北京筒子楼生活通过我的笔着着实实留下了记录，给广大读者留下了深刻印象。从这个意义上说我在北京没白混，那8年筒子楼日子没白过。感谢北京，感谢筒子楼，感谢我的前后两家出版社。

挥霍感伤

边之缘之缘

衷辑自己的散文随笔时才意识到,作为文学的边缘人这些年花在文学上的时间其实最多。其结果是在自己的正业中也成了一个边缘人,误了人们理所当然认为是正事的事,很是玩物丧志。但家人比较宽容,自己也坦然,而文学这玩物确是很值得自己沉溺其中,也就习惯成了自然。

从事外国文学翻译研究和小说写作而成为两栖"票友",但因为不是专业,便与这两个圈子都少有接触,成了双重的边缘人。自己的正业——美其名曰是在风光无限的电视圈,与电视明星和名导同出同进一个门,同吃一锅饭,但做的却是专题节目的译制工作,属于边缘工种。因此用边之缘之缘描摹自己的定位最贴切。

但也正因为有了这么多边缘的关系,以一介草根之身,却有了不少机会在国内外游历,于是得以手脚并用,边走边看边听边读边译边混边写,在"正业"和"副业"之余,又写出了不少篇散文随笔。去芬兰和瑞典等国,是因为完成本职工作拍电视片的缘故。去英国则是进修英文。去意大利本来是去法兰

鸡尾酒

克福书展做讲演，公费到德国，再自己自费赴意大利，而来回则在哥本哈根逗留。去澳大利亚则是在大学里开设文学创作、劳伦斯研究和中国电视现状三类讲座。去俄罗斯，去捷克，去……总之哪次的身份都不一样。我感谢我所处的这些边给了我这么多缘分，而随时都还能保持一种自由文人的心态，观察并记录下自己的体验。这些写作纯粹是为自己而写：因为我不在写作的组织，没有人给我下达写作任务，我也不用为挣稿费而处心积虑地炒作拙文拙译，写了译了出了就了却了心愿；我所在的电视行里没人理会这类自绝于同行的文字，也自觉地不拿这等剖析心灵的文字示人，免得招来白眼和叹息，因此这些文字对升迁和发家都纯属无用。但我自己，对这些排列得还算有章法的文字却是敝帚自珍的很，因为不写就对不住自己内心的冲动，那是发自血液里的驿动和激荡，尽管是激荡在无边的边缘上。

既然是边缘人，就自然很少有写作命题散文的荣幸。即使有，大多也敬谢不敏，对好心的编辑偶尔命题多有得罪，因为我时间有限。文章产量不高，但是触物生情、有感而发之物，写了投给报刊的。我们知道，写小说，作者的影子往往隐蔽得很深，力求客观，便将真事隐去。做翻译，要求信，忠实于原著，没有任何个人情感的直接介入。写研究文章和专著，要动用另一套语言机制，写出的文字往往要"超凡脱俗"，因此难有灵气。倒是写起散文随笔来可以随心所欲，可以怨，可以忧，可以汪洋，可以恣肆。

这些文章是从十多年来在报刊上发表的三百余篇中撷拾，集中了游历欧美的文化随笔和徜徉外国文学的读书心得，暗合

挥霍感伤

"读万卷书，行万里路"的理想，其实也仅仅是理想而已，因为现在读书已经被看书取代，行路也有各种交通工具所代劳，比如劳伦斯夫妇辛苦跋涉数周从德国到意大利的山路，我坐火车转汽车十来个小时就匆匆走完了。但在这喧闹匆忙的时代，心灵深处珍藏一个小小安宁的理想总归是一种自我安慰。

这次拙作忝列文学翻译和研究界的名家随笔丛书中出版，尤感荣幸。从根本上说我从这个圈子的师友那里得到的启迪和帮助最多，因此对这个圈子的附骥感最强。我在文学上的起步源于翻译和外国文学研究，以后才有了创作作品的发表，开始双栖两枝。但饮水思源，翻译和研究才是正根。有根的人当然有福，根深叶才能茂。

本书中的文章多首发于沪、冀、京、津、宁、湘、桂的报刊上。没有这些报刊编辑朋友多年的默契支持，我散文随笔的创作质量就会逊色很多。借此结集出版的机会，对以上报刊界爱护我的朋友们表示衷心的感谢！（本文是散文集《写在水上的诺贝尔》作者序言，人民文学出版社2008年1月版）

鸡尾酒

我的"大学"笔记

采访译界耆宿和文学名家,对我这样有着文学翻译追求和实践的人来说,每次采访都不仅仅是完成任务,其实都是领受一场言传身教,参加一场学术答疑。这样的采访,不说心灵上获得怎样的升华,仅说在专业知识上的提升,在于我,就是一笔可贵的财富。我就是这样,上了一堂又一堂的课,从1988年开始,一直上到2006年,足足18年(其中以90年代中期以前为主),从青年上到中年。

当这样的记者,我愿意。因为立志写小说的我,从小学一直读书到研究生毕业才走进社会,缺少社会生活的体验,空有一套小说理论、一腔热情和冲动,写起小说来却步履维艰。苦苦挣扎经年,还是不免像劳伦斯表达自己的写作欲时那样拍着胸口说:"这里堵着,必须一吐为快(get it out)!"可怎么将心中的块垒get out,这问题又成了新的块垒。于是,写人物专访就成了我最现实的选择:既锻炼了我观察人、描述人的能力,又向大师们讨到了为人为文的真经,这似乎是我把小说写作和学术研究结合起来所进行的最直接有效的操练。我就

挥霍感伤

时不时心怀叵测、以小人之心度君子之腹,用5个W尽情地发问。这种发问的感觉很好。

当这样的记者,我愿意,这是我研究生毕业后上的又一个大学。我这个"文革"后第一批本-研连读的硕士,在那个出国大潮中之所以没有出国,也没有去考博士,因为我找到了我的新大学,这个大学里有大学者但没有围墙,学问大无止境,还能学以致用,所谓大学。如果每个人都能找到最适合自己的大学,那感觉该是多么润泽。

当这样的记者,我愿意,因为在十几年前,在工资只有百十元的情况下,每篇稿件能有三十来元的稿酬,那对我的三口小家生活是一个不小的收入来源。我因此戏称:免费听大师讲课,整理听课笔记还有工资,世界上如此美妙的差事让我摊上了,德能并不出众的我,怎能不珍惜、不努力,以勤补拙呢。所以,有好几年,我就那样登着那辆不用配给票买来的"金狮"自行车,无论冬夏,兴冲冲地在偌大的北京城奔忙,城里的大街小巷跑了个遍,最远到了清华和北大。

至今还记得那个夏天,我在清华大学宿舍采访完郑敏教授,出得清华,一路骑车到了附近的圆明园,租了一条船一个人在水面上划了很久。1989年的圆明园还在修建中,中午的烈日下似乎只有我一个游人,地老天荒的。刚刚听了"九叶诗人"对结构主义和解构主义的高论,又来到一个个无比诗意的环境下,我并没有思考什么主义和意义,也没感到诗性大发,只感到:生活真好。酷暑时节,我把船划到柳荫下,脱掉汗湿的上衣摊在船头吹干,然后舒展四肢,躺在船舱里迷糊了一阵子,很是受用。攒足了力气,又一口气登过大半个北京,回到

鸡尾酒

城里我住的那座筒子楼里，腿都软了，但心里仍然觉得：生活真好。

所以，年轻的穷日子很让我充实，很快乐，因为有这份工。

回首当年，我眼前浮现的景象是：自行车，风雨，阳光，寒风，老北京城的市井风情，名人的音容笑貌，筒子楼里的青灯夜读和稿纸上一格一格不规矩的字，还有到邮局兑现稿费单时的快活。

现在有机会把那段青春年代的文字整理、补充并出版，我重新体验着当初的激动和温暖，真的感到重回而立之年了。但也有遗憾和伤感。遗憾的是，我毕竟是个自由撰稿人，没有规划，多是随性随机而写，没想到将来能结集出书，所以，描述对象多是我所学专业内的英美文学方面的学者，不敢贸然采访过多其他专业的大家，深怕露怯。即便如此，仅这个圈里，还是遗漏了不少当初尚健在的大学者，如杨周翰先生、王佐良先生等。伤感的是当年给了我教诲和指点的不少老先生已经作古，我不能登门送上这本含有他们余温的小书了。但他/她们给了我永久的记忆，给了我永久的财富，沾溉滋润我终生。

谨从过去六十余篇采访录中选出四十三篇收入本书，这些文字很是浅薄，但情感是真挚的，它们造就了我的第六本散文集。有趣的是我的采访对象中不乏"政见"相左、相互反目的人，但在学术上他们都是高人，我本着学术良心记录下了他们的高超见解，并不因他们之间的过节和成见而影响我的客观公允。也因此一些生活中并不和谐的人们在我的书

挥霍感伤

中都呈现出了他们大家风范的一面。可能他们当中有的人不希望在同一本书中看到对立方,但他们都无可奈何地统统被我以学术的名义收进了我这本拜师求学录中,在广大读者眼中,这种布局应该是和谐的吧。

  为此,我要感谢所有接受我采访的人,感谢所有促成这些采访和发表、出版这些文字的人,他们给了我一段段无比快乐的时光,或者说是他们让我的生活多了些意义。我衷心地祈祷:上帝保佑那些让别人的生活有了意义的人吧!

  区区小书,"大学"笔记,以志鸿雪。(本文为尚未出版的《心智的造访》作者序言)

鸡尾酒

分裂的文学人格

曾一度放弃写小说，长时间里只翻译劳伦斯，写关于劳伦斯的论文，滥竽学者之中。学界朋友预言，沿着这条路走下去，会成为专家也未可知。后来因为调动工作而有了几个月的时光真空，在那种极度的自由状态下创作欲复萌，重作冯妇，写了长篇小说《混在北京》。

但不曾料到的是，我从此失去了一些朋友，因了小说的言涉俚俗，特别是写了知识分子在特定环境下心灵的扭曲及行为的委琐。曾同为雅士的人们向我投来陌生的目光：一个劳伦斯学者不该写这样的小说。

但我决不否认，这部小说的创作给我的心灵带来了无限的解放，写得酣畅淋漓。它让我在论文和翻译之外找到了另外一种狂喜，它与我的学者生涯无关，与训练有素的理性风格无关。

在一次文学讲座上，主持人介绍我是"劳伦斯学者"，场上自然来了问题：你的作品在多大程度上受了劳伦斯的影响？回答是：似乎没有，至少《混在北京》没有。

挥霍感伤

这回答令问者尴尬,其某种期待大受挫折,特别不适合讲座的气氛——过于不讨听众期待心理的喜欢。一个小小的小说作者,怎么可能不受他挚爱有加并潜心研读的外国大作家的影响呢?

但我不能欺骗自己。我感到确实没有,虽然事实上也许有。

一个人的作品可以不受其学术训练的影响,甚至不受其崇拜的偶像作家的影响,这绝不是避免抄袭之嫌的托词。它或许能说明一个人文学人格的分裂。

反省自我,平素最爱读的还是中国古典诗词,背诵几句"春潮带雨晚来急/野渡无人舟自横",颇得几分士大夫情调。再把玩几篇30年代文人小品,也感到几分超脱。但充其量是个"隐在的读者"而已,决做不来那样的诗或散文。至于劳伦斯文学,我是它更为成功的"隐在读者",随之痛苦与狂喜。

但终归不能因此放弃冥冥中写实的、反讽的、方言的和喜剧的自我。因此操笔小说时,那产品的模样与我为之赏心悦目的洋的古的文学就会大相径庭。

一个人的鉴赏与他的创作原来是可以南辕北辙的。一边是洋古,一边是世象俗语,可以并行不悖。从现象上说,是一个出身于底层的知识分子对文化的渴求和对"根"的依恋并行。从文学人格的意义上说,这是两种快感的享受,因为分裂才有完整的文学人格。

于是,我依旧读古诗,翻译劳伦斯,写都市"筒子楼"和小城大杂院小说。嫌我滑向俚俗的朋友因见我仍然清苦地翻译

鸡尾酒

外国文学而发现我不失"清高",渐渐通了款曲。当然,他们同我打交道,认同的仍然是"高雅"的黑马,绝口不提《混在北京》。他们"爱憎"如此分明,把个分裂的我一刀切齐,令我感动也让我无奈。我只能说:一个人能让别人有时喜欢他的一部分,甚至永远喜欢他的一部分,但绝非喜欢他的全部。能让别人永远同你的一部分打交道,这已经很不容易,因此我很珍惜这部分的情谊,尽管我坚持我分裂的全部。

挥霍感伤

闲来爱读林语堂

最早知道林语堂这个名字是在70年代。那时中学课本里收了鲁迅的《论"弗厄泼赖"应该缓行》，劈头一句就提到林语堂，后来读《鲁迅杂文书信选》，是1971年版的，没印出版者和印数，是父母单位发的学习资料。据称这书中的大部分文章是鲁迅同王明路线及周扬等"四条汉子"进行斗争时写的。书中注释说林语堂是个"买办资产阶级反动文人"。

于是那个70年代中学生的我因热爱鲁迅而讨厌林语堂，尽管没有读过一篇他的文字。1977年考大学考的是中文系，分数差了点儿，就录取到外文系念英文，中国文学是选修课，教材里连林语堂的影子都没有。直到念研究生，偶然发现林氏论劳伦斯的文字颇精彩，读劳伦斯之余开始钟情林语堂。

工作中并不需要林语堂，便又束之高阁。后因迁入荒郊高层"板楼"中寒居，也汇入滚滚地铁人流中上下班。夹在进城谋生农民的大包小裹和因熬夜又起大早的睡眼惺忪哈欠连天的憔悴人面中，实在失落得很。又想起空灵的语堂杂文，便书包里装上一本进地铁，忍闹取静地每日晨读一气。

鸡尾酒

就这么断断续续地念了《翦拂集》,《大荒集》和新译《中国人》。

或许是地铁中苦苦挣命的氛围让我无法空灵,竟开始"误读"林氏风格,以为林语堂前期的"匪气"骂派文字与他后来因"消褪了战斗色彩"并"妄图瓦解革命人民的斗志,挽救反动派的灭亡"的"性灵"小品文有着一脉相承的文人风骨。这,就是知识分子应有的艺术人格(当然不是任何知识分子都有这种人格)。

私下以为,艺术的人格是很超越的性情,半是天生半为后天教养所渐渐完美。林氏这类人其实是理想被现实的惨烈击破后转向以艺术陶冶人心而救国的良知。"不更事"的愤懑匪骂化做了幻灭后成熟的幽默,这类嬉戏嘲讽和性灵智慧的优游超然下面,着实涌动着一颗不驯的抗争决心。这样的战斗,是众多知识良心的写照。当然与鲁迅不同,因为鲁迅们毕竟是少数,常人学不来也做不来,所以林语堂在受鲁迅之弃后仍承认鲁迅是中国最伟大的小说家。林虽不伟岸如鲁迅,却依然如生命之树长

林语堂,我最欣赏的中国作家

挥霍感伤

绿，且绿得别样，也绿得让人亲切，因为他是柔弱克刚的范例。在他身上体现出的是艺术的人格而非政治的精神，人——政治便要有群体归属意识而难得"费厄"。

林氏的看似闲适，实则是以自嘲代战斗，以艺术代政治。他的《翦拂集》颇能体现这一点。林称"勇气是没了，但留恋还有半分"。旧作"所照的当日正人君子学者名流的影子实在多……当日虽是布衣，现在都居荣官显职，将来一定还要飞黄腾越，因而间接增加这些他们布衣时代遗影的价值，也是意中事吧。吾文集之无聊，于此已可想见"。这是何等的"无聊"，它的寂寞、痛楚和愤慨不是全然活活地摆在面前了吗？

林在《中国人》里说："幽默产生于现实主义，一个幽默家通常是个失败主义者"，"人类一旦能够认识到自己的无能与渺小，愚蠢与矛盾，就会有幽默者产生，比如中国的庄子，波斯的奥玛·开阳，希腊的阿里斯托芬。没有阿里斯托芬，雅典人精神上当贫乏得多，没有庄子，中国人聪明才智的遗产也会逊色不少"。可见林氏这类文人对文化的特殊贡献。从骨子里说，林语堂型的和鲁迅型的人都属战斗的人。林氏内心战斗精神之不褪，仍是他的艺术人格使然。这样的人格规定了他是"天然革命的"（马尔库塞语），带有某种超阶级的"费厄"色彩，追求的是人的解放和自由。这样的人显然是"阶级斗争"中无甚大用处的人，甚至是不讨人喜欢，因为他的战斗所指只是让人听似抽象的"不合理"的"坏"的东西。只有时间才能证明林文之"润物细无声"之妙用。它陶冶的是某种独立不羁的品质，令人与毫无理性的喧嚣尘世保持一段"士"的距离。

鸡尾酒

林语堂的《朱门》

林语堂先生的所谓"小说三部曲"中有两部译成中文出版后被读书界宣扬的沸沸扬扬,这就是《京华烟云》(据说可与《红楼梦》比肩)和《风声鹤唳》(据说是达夫先生未竟的译文终于由达夫之子在半个世纪后续上并圆全)。唯有一部单单薄薄的《朱门》很少为人提起,既没有一角"红楼"的构架也不曾沾上达夫之类名人的光。倒是译家劳陇老夫子情有独钟,潜心翻译了这部副题为"远方的传奇"的小说。看上去它确实比前两部逊色不少:论人物,简简单单几个线条;论情节,稀汤寡水,清清亮亮;论叙述,散散松松,天南地北政史俚俗东拉西扯,常与

《朱门》封面

挥霍感伤

"故事"相游离，让人专心不得。

这洋洋三十万言到底有什么好？

只能因人而异、因情而当别论了。我读了几遍，总觉得里面有什么东西，淡淡地绕心不去，时而是人物，时而是文笔，时而又是哲理。因为读了不少林语堂的散文，很受几番触动，这次读《朱门》像一个什么契机，终于顿悟：这小说的美竟在于它那种不经意的松散上！打动我的压根儿不是男女主人公那貌似浪漫实则陈旧的"天下文章一大抄"的爱情故事，而是叙述者时常游离故事所做的文化气息浓郁的旁白、评说和调侃。这些让人生出读散文的感觉，让人想起去揭开叙述者的面纱看看后面那个真的林语堂。

而本书真正的"游离美"则是通过一个几乎连副线都算不上的人物来表现的，这个人就是郎菊水。这简直是一个"林语堂式"理想的化身，代表了这种理想的最高境界。如果说小说只有三四十分之一的篇幅用在这个人物上，这一点点篇幅足以令人在忘掉男女主人的热烈、缠绵和传奇后仍旧细细地品味。因为只有这个人算得上"林语堂式"，是别人抄不去、学不来的。如果说主线的浪漫故事只是让人红红火火地读了就忘却，那么这个游离出来的人物却无法游离而去。这感觉，怕就是林语堂声称的那种"会心之顷"吧。

这个郎菊水是个"古怪的"书生。留学法国学艺术，回国后却脱了西服换上长袍、粗羊毛袜和布鞋，不问政治商业，喜好流浪。他"认定中国人在生活方式方面胜过其他任何国家，但具体表现在哪些方面，他也说不清楚"。他喜交平民，爱上淳朴的民女，因为他认为"穷人比富人更真诚可贵"。他对美

鸡尾酒

有一种敏感,"能够在街头衣衫褴褛的穷姑娘中发现一种圣洁的美"。他时有看破红尘的论点——谁也不知道自己为什么活着。"每个人活着,首先是因为他活着,而不是因为他知道他为什么活着。"何等朴素而又玄妙的回答。他甚至认为世上只有母亲和农民两种人是真正有用的人,一个养孩子,一个产粮食。"其他的人都是偷窃别人的成果养活自己。政府……实际上是偷窃人民的财富……作家们只是偷窃死人的东西……"

这是一个20世纪中国的隐逸绅士,是一个介于儒与道之间的完美的中庸人格体现者。他带着一身的中国书生气留洋,发现自己无法与西洋精神融于一体,回国后面对现实又感到"看破"后的无奈;但他仍旧爱着纯净的生活,不忍彻底逃避。于是有了他与中国穷女子一段如初开情窦的恋情(其实他早与法兰西女人同居过),像个童男子般清纯。这一切是那么不可理解却又是十二分的"可能"。而艺术正是揭示一种可能而非刻骨的描摹。

由此我想起林语堂对中国文化的几句论述,他推崇陶渊明式的灵与肉"奇怪混合"——"不流于灵欲的精神生活和不流于肉欲的物质生活的奇怪混合"。它表现为"能够了解女人的妩媚而不流于粗鄙,能够酷爱人生而不过度,能够站在超越人生和脱离人生的地位而不敌视人生"。(《人生的盛宴》)林认为这种《半半歌》式的人文主义哲学是"中国思想上最崇高的理想"。只有如此达观,如此宽容,如此嘲讽地度日,才能产生"自由的意识,放浪的爱好与傲骨和淡漠的态度。一个人只有具有这种自由的意识和淡漠的态度,结果才能深切地热烈地享受人生的乐趣"。

挥霍感伤

以此来观照那个如诗如仙如童如僧的郎菊水,我只能把他当作林语堂之"生活艺术"的化身了。如果说读林语堂的散文所生出的是亲切与温暖的半宗教感,那么再看这宗教的化身郎菊水,则更有几分认同与向往。

《朱门》里有这么一部分如此这般地耐看,这可能是对本文的背离也未可知。

鸡尾酒

傅惟慈的《牌戏人生》

"人生如牌戏，发给你的牌代表决定论，你如何玩手中的牌，却是自由意志。"

老翻译家傅惟慈先生出版了自己的第一本散文/自传图文集，书名是《牌戏人生》，这句名言出自尼赫鲁，用在这里透着傅老一贯的洒脱与达观。可我看到这本书的首页照片旁的说明时却不能不萌动恻隐：2005年他骑车在魏玛旅游时是八十二岁，我猛然意识到，傅老师今年八十五岁了。我擦擦自己的眼睛，不信，老傅（他喜欢让大家这样称呼他）怎么会八十五岁了呢？20年前我在慕尼黑认识他时，他六十五，但看上去却年轻得多，是那种

《牌戏人生》封面

挥霍感伤

老帅哥的样子，身材颀长，举止潇洒，连那一头白发都像是时髦青年做成的"艺术白"。后来这些年时有小聚，似乎他永久地定格在60岁上似的，一直就没变过。

为了自由，为了摆脱历史的阴影，他提前从教授职位上退休，这之后的他给我们的印象就是一只闲云野鹤，漫游世界，拍照，写随笔，玩古钱币，居然玩成了古泉专家。但退休前的一个甲子，我们的傅老师过的一直是一种他自称的"square peg in a round hole(方枘圆凿)"的漫长生活，这个词他翻译成"格格不入"。恰巧最近我也在读后殖民主义文化研究大师萨义德的自传，书名是Out of Place，也被翻译为"格格不入"。同样的格格不入，萨大师当年以美国人的身份生活在自己的阿拉伯同胞中间，上的是英国人的学校，遭到英国教师打板子，感到备受屈辱，在回忆录中把这归咎于殖民主义的罪恶。但他忘了那个年代学校里的英国孩子犯了条律也会挨板子，英国国内学校里打板子也是家常便饭（劳伦斯小说《虹》里有对学校教师体罚学生的生动写照）。同样的板子，打在少年萨义德身上就有了殖民主义这个大的话语意义，而我们的傅老师一辈子遭受的精神上的板子却来自四面八方，甚至来自日常生活中的小人之心的趁火打劫，这种苦楚是无法用萨义德的方法简单地归咎于谁的，因此似乎缺少了宏大叙事的"意义"。傅惟慈那一代人的命运真的是一种"活受"。

在那个甚至被剥夺了登台讲课权利的年代，老傅因为懂几门外语而选择了闭门译书，遨游在西方文学的海洋里；甚至在"文革"后很长的时间里，因为似有似无的"历史问题"，一直遭到怀疑，出国教授汉语期间被莫名其妙地"招回"。对这

鸡尾酒

样的命运，傅惟慈有苦难诉，因为这些板子是来自他自己的国家、自己的同胞。原因似乎又那么简单：为了抗日，他曾当了一段"国军"的翻译，后来思想激进，又入过共产党，再后来又与组织失去联系，留下了永远"说不清"的问题，永远不能被当成"自己人"，甚至连普通人都当不成，只能遭歧视。他只能选择提前退休，让自己解脱。

但口衔银匙而生的傅老师，年轻时有的是所有年代里年轻人的热情、风花雪月和闲情逸致，他的最高追求曾经是当一个作家或流浪汉，以此深刻地体味人生、书写人生。如此浪漫地对待生活的人，在险恶的人生沉浮中注定是要成为边缘人，格格不入也就成了宿命。从他的交友圈子就可以看出这种边缘人的"物以类聚"，他的好友多是终生边缘的翻译家如董乐山和梅绍武。1988年我离开德国时，他让我捎给董乐山先生的小礼物是一袋在德国跳蚤市场上淘得的小铜器或木雕之类的摆设，外加一封厚厚的长信，估计有二十来页。在没有电子邮件的年代里，这样的长信中倾诉的肯定是只有挚友之间的衷肠。

好在我们的老傅在北京老城区里有一处老院子，鸟语花香，绿荫蔽日，老两口能有这样一处宁静港湾，可以躲避任何板子和暗箭。老傅的这处祖宅至少目前躲过了疯狂的地产开发商的吞噬，让他们老两口得以在老北京的街区里静谧悠然地安度晚年。而比他这个院子更有历史文物价值的翻译家赵萝蕤家的祖宅，就那么在众目睽睽之下在推土机下轰然倒地。还有多少老北京人，他们都想安静地在祖宅和老北京风情的老城区里按照自己惯有的方式过自己的安静生活，可他们都被开发商的推土机推走了。而老傅家的街区还上了北京的奥运宣传片，片

挥霍感伤

子里他们老两口悠然地在绿荫小院里喝茶看报,这几个镜头成了老北京优雅休闲生活的广告。幸哉,老傅,那个从春到秋都飘着金银花香的小院子和丁冬作响的门铃铛,因为有了老傅居住其中,简直就成了一种有声有色的雅致象征,告诉人们,这里是老北京。

多少年来,老傅每逢春秋,就告别老伴,一个人或国外或边陲地"野去",拍下无数堪称专业的风光照,写下很多饱含真情的游记,对边疆风物民情的观察可说是独具慧眼,这样老派而老道的文字,若非是有过作家梦的人绝也写不出。

老傅如此散淡地回顾了自己的个人史,潇洒地记下了周游世界的感想,酣畅地写了自己收藏古钱币的痴狂,还不忘自己的本行——翻译,这似乎是他"立身"的根本。

但同萧乾和赵萝蕤等翻译大师一样,傅惟慈也对翻译家这个称号并不太看重,他甚至比他们走得更远,戏称翻译是"文字游戏",是命运发给他的一把纸牌,他必须"玩好"——这话听着轻松,实则有其苦涩的历史背景:"当一个人的大部分宝贵时光都为只生产负效应的(政治)运动消耗掉的时候,仅仅余下的一点点可供自己支配的光阴又怎么舍得虚度呢?"他是在那样荒唐而无奈的年代里选择做翻译的。聪明、时运不济、怀才不遇而与周围的世界格格不入,选择了超然地闭门翻译,这似乎是他最好的出路。所以,这本《牌戏人生》中傅惟慈谈翻译心得的几篇文字依旧是老知识分子式的谈天说地,是大工匠式的心手相传,而非新派翻译理论的枯燥高妙条框。中国最出色的翻译家大多对翻译采取了这样一种"名票"的姿态,不仅有其共同的历史背景,

鸡尾酒

也有他们共同的文化性格在起作用。这种在翻译逐渐演化为一种可以量化的"学科"的新时代里看似"不科学"的非专业态度，反倒造就了一批异常优秀的翻译家——他们有着别样的精神追求，有着深湛的人文学科的杂交训练，又有着难得的非功利超然心态，这种"歪打正着"反倒成了上个世纪中国（文学）翻译家的特色。这样的翻译家，在新的规范化操作培养翻译人才的机制下会渐渐"绝种"吗？我不知道。但这一代翻译家浓郁的人文精神香火似乎是不会在"科学"机制下湮灭的，因为文学翻译从本质上是人文精神的传播，是焚膏继晷的青灯黄卷的书写，其薪火相传靠的还是方寸间的灵犀相通。傅惟慈的翻译心得体现着这种风骨和气韵，那绝对与他对人生的体味息息相关，与他那个鸟语花香的北京老院子的温度和湿度的濡染浸润血脉相连，所以耐读。

挥霍感伤

李辉的《封面中国》

随着《封面中国》的品牌登场，李辉的历史人物叙述似乎以一个矫捷的转身向着中国现代史的纵深地带掘进。如果把个性的写作比作一个舞台，从二十多年前的巴金传记到现在，李辉似乎一直在以令人炫目的速度和身段进行着一次次的"变脸"，其调式也由小生的清丽激越逐渐向着红生的沉雄苍劲过渡。这样的变化是一个写作历程的必然。文学理论告诉我们，在很多小说家，他们早期的写作中那些"背景"和道具类的东西，到了他们的鼎盛期会凸显为"前景"并成为一种强有力的象征。李辉这样以明显的文学抒情笔法对历史进行个人叙述的"大散文"作家（这个引号用来区别于"散文大作家"，不过在于李辉，后者也当之无愧），其写作似乎也符合这样的规律，因为文学虽有类别，但本质是一样的。

这之前读到的李辉著作，多是对现代人物的个案叙述，作者看沧桑的历史云卷云舒，为历史风雨中的人物雕像，其前景都是个人。无论作者怎样一唱三叹，甚至如有的评论所说"为传主流泪"，掩卷唏嘘，往往是为汹涌的历史潮流中那些无助

鸡尾酒

挣扎着的个体的悲惨命运，生出的多是感伤和同情。当这些风雨中的雕塑排列成阵，似乎他们的强大存在开始呼风唤雨，将他们身后的背景呼唤到了前台，风雨中的雕塑师就不可避免地史海钩沉，进而直接叙述背景的风雨了。这个宏大的个性叙述的开始就是《封面中国》。

有趣的是，这本书虽然是按照编年史的顺序排列，但每一章中都不乏过去与将来的闪回和互动，其对历史画面进行的蒙太奇组接，给阅读创造了丰富的历史想象空间，作者是以编年史为依托，挥洒自如地调动历史事件，有机地强化叙述的在场。

在这个意义上说，本书不仅仅是"为历史留存记忆，为记忆补上血肉和肌理"，也不仅仅是"明辨真实，在人物中寻求对话"，甚至不仅是"在历史的缝隙里忠直地解析人心"（引自"2006年第五届华语文学传媒盛典授奖辞"，李辉因此被授以年度散文家称号）。私下以为本书更是一本歌者的咏叹总谱，作者把那些"旧闻旧事、陈迹残影"都化作了音符，成为作者独特的声腔韵律的有机部分。这就是个人的叙述，以一种解构的姿态重构。这样的写作终归还是文学的。也只有这样，将历史变作一种在场，操练历史，历史才能凸显其意义或无意义。

挥霍感伤

刘绪源《解读周作人》

　　这几年，周作人的作品以一种必然猛然走红起来，研究知堂的专论专著也以各种面目和态度问世，仅上海文艺出版社的"中国现代文学研究丛书"的13种中，就有两种是以周作人为研究对象的，自是十分醒目。倪墨炎的《中国的叛徒与隐士：周作人》已引发起不小的轰动（当然不是通俗文艺的那种轰动），读书界人士交口赞誉。

　　但更能引起我阅读兴趣的却是这一系列中的《解读周作人》（刘绪源），一本15万字的略显单薄的专著。

　　如果说前者是以其详尽的史料、严谨的推论、力透纸背的史笔和理性的治学精神给人以心智的震动，后者似乎是以较"强感性化的甚至是情感思维式的散文笔调娓娓道出论者的解读历程，文化地把握知堂"，似更为诉诸读者的阅读情感，教人于清丽流畅中获得了愉悦。

　　当然最能触动我的，或许也是目前为止知堂评论中最为独特的，是刘绪源以自己独特的感悟做出的知堂与鲁迅"这对最终分道扬镳的兄弟间的异中之同"的比较。

鸡尾酒

当我读到第31页上这一段时,不禁怦然心动,难以自持地一口气读完了这整个一章。

我知道,作为劳伦斯贬斥的那种"社会的人",我们大多数人往往想当然地走极端或被误导入极端,忽略人与人之间生命的联系和血运呼应,这种忽略甚至常常使我们忘记二周是兄弟这一"血的"事实。甚至忽略了他们共同的惨痛童年体验及多年相濡以沫的亲缘情谊。

刘绪源以自己的方式注意到了这一点并以一种潜在的温情笔调道出了这种感觉,随之以详尽的旁征博引证实了这种感觉的合理性:"在灵魂深处,在对世事的洞察上,在对人生总体的感受和体验上,兄弟两人的心则往往是微妙地相通着的。甚至可以说,最能体会周作人心绪的,始终还是鲁迅;而当时最能欣赏鲁迅作品的人中,至少也有一个是周作人了。"

刘甚至举出二周在几乎同一时刻的同内容文章中遣词与句型的惊人相同及这相同背后心态的相同。读之,揣摩那种心灵的呼应——不同的政治态度、兄弟反目状态下心灵的相通,这是怎样一种欣赏、扼腕与折磨。这样的文论读来似乎像小说一样动人了。

刘绪源的考证是以充分的细读为基础的,甚至深入到了段落层次递进上的对比,这样的投入往往在不露声色中执著地展开,教人读出一种潜在的温情。

记得多年前在南京的一次外国文学年会上听杨周翰先生谈他准备写的一部英国文学史,他强调要融入他的感情,听得我瞠目。写史怎能融入私自的感情?世事沧桑,进入中年猛然回想起这段话,便有了认同。这"回想"自然是《解读周作人》

挥霍感伤

的笔调唤起的。

　　当你欣赏一个你喜爱的作家作品时，无法不生出心智感应之外的生命感应，对其进行研究评论时，就不能不心怀同情，它自然会溢于字里行间，当然是以潜在的方式。那么，对这种潜流的揭示与欣赏就是不可避免的了。

鸡尾酒

刘震云的花儿为什么这样黄

这可能是我写过的唯一一篇同时代人小说的书评,当初写是因为编辑是我同一办公室的同事,出了书给了我一本学习怎么写小说。多少年过去了,现在看这个仍时不时热闹一下的刘震云,似乎对他的长篇处女作看得还算挺眼光独特。帖上。

拆了这朵花看看
——解析《故乡天下黄花》

刘震云这几年的确震了文坛几下子,但震人的都是些个中短篇。现在他终于在长篇领域里处女了。《故乡天下黄花》(中青版)果真是黄花闺女般耐看。

当然,这朵花开得奇特。乍一看很是土的掉渣儿,若非是"刘震云"的,我是不会读下去。

一上来小标题是"村长的谋杀",又注明是民国初年。读了几句,是那种北方老土话,很觉得与"村长的谋杀"这个欧式短语极不协调。如果是讲村长的事给俺乡亲们听,用这种欧式标题显然是有土娃子进城几天撒京腔之嫌了。不如说成"谋

挥霍感伤

杀村长"或"村长让人弄死了"之类让没什么文化的人一听八个明白。

显然,刘震云这一肚子故事不是专说给众乡亲们听的。其叙述语言统统一个模式:评书式的"雅"夹杂着地地道道的北方土语,请看:"……翻来覆去地唱,渐渐变成了跟在他屁股后跑着看热闹的儿童的歌谣。",(第31页)"翻来覆去"是口语,可说半土半洋,而后面这一大串则是连动式状语作一级定语+定语+名词作"变成了"的结果,好不烦人,俺苦大仇深的贫下中农不这么说话。可偏偏这个模样的洋句法中"鱼龙混杂","渐渐"是书面语,"跟在他屁股后"是大土话,上不得台面的。而"歌谣"不过是"顺口溜儿"的书面语。

这个句式,这种"混杂',绝不是个别,而是普遍现象。如果纯属个别,我们可以说它伟大或荒谬,高雅或粗俗。可如果是普遍,则无法定义,而只能说是一种"风格"。

于是我们找到了解析刘震云这个"当代著名青年作家的第一部长篇力作"的切口,非拆了这朵黄花不可。就从语言上下刀。因为,我想,对刘震云来说写什么与怎么写是同一的,而后者更直观,因为凡是认点中国字的人都可以毫不费力地"认下"这一大本字,其单词量很小,也就千八百吧。但能如此与众不同地把这些字编排起来,编排得教人时而不明白,倒是个话题。

这种混杂的结果是令人暗笑,表现为嘴角的抽搐,鼻子捎带不自主地哼一小声,时而肩部耸那么一下。这一套连动或共时振颤只能叫笑了。我想这是一种很智慧的笑。因为刘震云的写法只能让人这样笑一下子。因为他的文字诉诸理智,柏格森

鸡尾酒

说过：在理智的世界里，人们听到的是愈来愈多的笑声。

因为这是一种很智慧的丑，是"高远者狎言"，与本色的狎言貌似而神离。至于小说"提要"中称之为"堪与老舍的《茶馆》相媲美"，此言倒不那么中肯。窃以为与老舍比，刘倒是现代派了，因为刘的文字狎言背后隐匿着现代人的荒谬感。而老舍是不怎么狎言的，虎妞的骂大街，是写真，是伊瑟尔所说的向真实的取材，充其量只表明老舍狎言的价值取向，是老舍之"第二自我"的隐匿表露。而刘则通过不仅向真实取材而且由叙述者的直白来狎言，从而明确地立起一个"第二自我"。

这般丑，似乎透着现代感。叙述者似乎太明白，太看得穿，那些个惨痛的杀杀打打，那些个绞尽脑汁的人间毒计，那些个亘古不变一脉相承的民族劣根性在一个北方穷疯了的村子里的一曲曲变奏，真个是茶余饭后的笑料罢了。

因此，有了这种近乎残酷的狎言法儿。这是"喜剧"的做法，不是吗？马克思说过，"世界历史形式的最后一个阶段就是喜剧"。《黄花》似乎在讲述某个形态的"最后阶段"，被叙述的东西本身就很喜剧，是已经或必定要喜剧地死去的东西，叙述语言之喜剧化不正是内容的形式吗？所以，我前面说，对作者来说写什么与怎么写是同一的。

于是叙述语言上的不和谐就有解了。这朵花原来是这样子个开法。不和谐生俳谐。而这种语言模式正背负着乡土中国的一段历史和文化，值得细读。当然，也许我这是误读，或许作者本身的写作素质就决定了他叙述语言的本真，就是土洋泥沙俱下。但无论如何，误读是美丽的。我宁可相信刘作家是"高

挥霍感伤

远者狎言",而非鱼龙混杂。

但必须指出的是,如果作者在叙述语言上的混杂是"狎言",其在写实语言上则确实出了些毛病,我指的是那些没文化的农民们的直接引语。一些直接引语常常与叙述者的叙事语言难分彼此,出现了不该雅的文词儿,这是本书的一个遗憾。我不信那些动辄破口大骂"×"的乡人会在一串串的土语中来上点"忽然"、"如此","必定"等等。天知道,作者在拔高农民语言方式的同时是否将叙述语言降低了品质。

在这方面,笔者倒是怀念《红旗谱》,甚至《金光大道》和《艳阳天》之类,那里头的直接引语可不是这样杂色,是地地道道农民的语言(笔者的识字历史决定了年少时只被这几本农民文学打下了深深的烙印,是儿时认真读的)。我不明白,受了高等教育后的文学家何以会忘了本真的老百姓语言或者是赵人学步。如果真是这样,那就是教育的不幸了。

鸡尾酒

林凯的纯净与简单

前两年看林凯的散文集《夜雨小集》，这个在我这种没有古典文学根底的人看来朴实无华的书名实则颇有意境，据说是取自李贺"谁知花雨夜来过，但见池台青草长"和韦应物"微雨夜来过，不知春草长"的诗句。那本书文笔淡雅素馨，情怀质朴，在这个人势汹汹、利欲熏心的世道，这样纯净细腻的文字并不多见。若非是林凯这样沉溺于古典诗词和丹青书法中的都市散淡之人，是不会有这样绵长悠然的思绪。比如这书中的一篇《爱我心河》，是他怀念儿时在北京护城河畔的生活而欣然命笔的。关于北京的河道，我也发过点思古幽情，但林凯笔下的老北京城门楼子下护城河边的四合院生活自然透着醇厚的京城生命质感，它发自祖辈的血液和深厚的生活积淀中。相比之下，外省人对京城的体悟究竟有蒹葭做作之嫌，倒让我自惭形秽。

花雨池台青草，古道西风瘦马，林凯书中传达出的闲情逸致和悠远遐思是当下文学写作中少有的。它肯定不畅销，也缺乏被炒作的潜质，但是纯粹的文人散文，是生命的一种状态的

挥霍感伤

写照,至少代表着我们这类业余写作者的一种追求。在熙熙攘攘、利来利往的生活中,有这样的文字在雨中的窗下读读,着实受用,所谓纯净。翻译劳伦斯的散文,读到他论作画作文的格言警句,其中一句就是be pure in spirit——精神须纯净,随将那个集子命名为《纯净集》,不知出版社是否乐意采纳。这个时代,知识分子更要精神纯净,才好令"肉身成道"。

最近林凯出乎意料地改变了写书的路子,出了一本《没有约束的杂感》,以格言警句配漫画,读来煞是有趣,让我想起丰子恺的《缘缘堂随笔》,当然那些漫画都出自丰先生之手,而林凯的配画则出自一位漫画师。这些寻常道理经过提炼,凝成警句,读来简练上口,笑谈之间领略些智慧与思想。如"大骗子说人话,小骗子说鬼话,真骗子说假话,假骗子说真话",几个简单的词排列组合,道出了骗的几种范式,很是辛辣尖锐。

林凯的又一本同样的集子,书名是《写在思想的边缘》,题赠给我,曰:"用最简短的文字送给最简单的朋友",正值我应国际广播出版社之约编一本劳伦斯随笔加入他们的"简单生活大师译丛",写的序言中最后一句是:"让我们都活得简单些吧。"看来我不自觉地被卷入了周围人的简单潮流中,很是感到简单扎堆而来。这本书我称之为林凯的语录,他似乎在向着这个方向发展,把思想凝练成语录,配画出版,成为当下的简单悦读时尚读物。

"有的人前半生站着,后半生跪着;有的人前半生跪着,后半生站着。"

"说没用的真话与说有用的假话一样都是废话。"

鸡尾酒

读这些简短的警句，会感到作者在写的时候肯定是受着现实的某种刺激，如果注明写作日期，或许能与某些大名人提倡什么假话全不说、真话不全说的"中华大智慧"语录的发布时期大概重合呢。这些漫画警句书看来不是林凯坐在书房里的琢磨人生的道理时的感想，很有共时感呢。

向着简练，向着纯净，抑或来自简练和纯净。学者孙郁在序言中称林凯"安于普通，又能在精神的道路上远远地滑动着，是坚守了读书人的一种立场的"。自忖这也是对我等读书人的一种勉励。在这个欲壑难填的时代，能达到并保持如此简单的状态（不说境界吧）其实很不简单。

挥霍感伤

廖杰锋的"悦读"文本

年末收到廖杰锋教授赠其研究著作《审美现代性视野下的劳伦斯》，如获至宝。在这之前我基本没有读过国内研究界的劳伦斯研究专著，因为我在十几年前发表了几篇论文后就退出了研究的界面，只致力于劳伦斯作品的翻译，偶尔写点译后感之类的文字而已。廖教授这本2006年出版的著作估计是过去二十几年中国劳伦斯研究从无到有到比较深入的集大成者，亦有所独创，窃以为值得同好认真学习。作为劳伦斯专门译者，我要不断读点英美学者的最新研究成果，两相比较，廖教授的这本著作很有些独到的见解，特别表现在"审美现代性"这个命题上。至少我还没有读到过西方学者将这个命题导入劳伦斯研究的专著，可能廖教授是第一个这样做的。身为译者，不才视野狭窄，阅历浅薄，不敢妄评，但廖著的命题对我来说是新鲜的。

此外，西方学者的著作中近些年已经涉及到"劳伦斯与现代主义"这样的话题，但廖著的参考书列表中没有这类著作，看来廖著对"现代性"和"现代主义"的区别对待是显

鸡尾酒

而易见的，本书并非注重劳伦斯与"现代主义"的关系，尽管文中涉及到劳伦斯作品的现代主义表现手法及与现代主义内在的关联。

或许廖教授还没有就"后现代主义视野下的劳伦斯文学"这一命题进行探讨，以笔者粗陋之见，这应该是个新的方向。笔者无力研究，但感到这种研究十分必要，因此在为笔者被禁止出版的《查泰莱夫人的情人》所写的译序中对此有所指涉。希望我们的学者中能有人尽快写出一部这样的专著。

作为劳伦斯译者，我更欣赏廖著的叙述语言，别有一番劳伦斯式散文的神韵，学术的严谨下难掩其内敛的激情，跌宕起伏，珠玑四溅，这或许是研究劳伦斯必须的资质，尤其是在审美现代性的语境中必然的激情流溢。我曾经在评论赵少伟的文章中激赏其"把学问写成美文"的才情，现在看来，廖教授是青出于蓝而胜于蓝。这是劳伦斯研究的幸运，也是劳伦斯研究本质的自然外化。这样的学术著作显然不是多，而是太鲜见。劳伦斯研究之作品应该是一种"悦读"文本，这似乎是这个"产业"的责任，当然更是每个研究者内心的热情与劳伦斯的文本相互激发的必然结果。

我读廖教授的著作最"实用"的收获是，他对中国劳伦斯研究的叙述到目前为止最为全面详尽，推翻了很多学者以前的论断，这包括我刚刚发表在《悦读MOOK》上的一篇文章《劳伦斯作品进入中国：阴差阳错的历程》和尚未发表的《赵少伟：开先河者》。我一直都把劳伦斯进入中国的时间算在1928年，把邵询美看作是介绍劳伦斯进中国的第一人，把

挥霍感伤

孙晋三和章益教授1930年代的文章算作是中国劳伦斯研究的滥觞之作。但廖教授将劳伦斯进入中国的时间提前了六年到1922年，得出胡先骕先生是用中文介绍劳伦斯的第一人。该文还对1920-1930年代末中国的劳伦斯译介和研究做了深入详尽的调研和评述，是目前我所读到的最为全面的资料。为此，我要修正先前拙文中有关这一阶段中国劳伦斯研究的说法，以廖先生的著作为准，同时把"孙晋三和章益教授1930年代的文章应该算是中国劳伦斯研究的滥觞之作"的说法，改为"应该算是1920-1930年代中国劳伦斯研究的扛鼎之作"。

从廖杰锋教授的著作中我还了解到中国作家和戏剧家赵景深曾在1928-1929年间六次在《小说月报》上撰文介绍劳伦斯的创作并追踪劳伦斯的《查泰莱夫人的情人》的出版进展，很受启发。由此我想到开新时期中国劳伦斯研究之先河的赵少伟先生，他的本名是赵毅深，是赵景深的堂弟。长赵少伟十岁的胞姐赵慧深曾深受赵景深的影响成为著名的戏曲艺术家，与赵景深过从甚密。估计赵少伟在学生时代成为文艺骨干与家庭中这两位艺术家有必然的关系，在与赵景深的接触中可能曾谈到过劳伦斯，或至少间接地从赵景深那里了解到赵景深的见解。由此笔者推测赵少伟对劳伦斯的好感或许也受了赵景深的影响。而赵少伟的研究中之所以没有提及那个历史阶段，是因为他生于1924年，在战乱年代才进入青年时代，估计对那个年代里的劳伦斯研究没有具体的了解。

读廖教授的著作，不禁想起10月份我写过的一篇博客文章中所发的感慨，题目是《我的历史性发现》。我讲到1982年我做劳伦斯的硕士论文时"千辛万苦地寻觅，才在北图的一个

鸡尾酒

分馆（在北新桥）里找到几篇30年代中国人写的文章，有孙晋三和章益两位教授的论文，还有林语堂和郁达夫的杂文及摘译"。为此我发出如下由衷的感慨：

"想到查阅解放前的资料，是因为我读当时出版的郁达夫散文时发现了他对劳伦斯的论述，受此启发，才去北图旧馆顺藤摸瓜，找到了其他几篇文章，从而给我的论文找到了难得的支撑。后来大家写劳伦斯的研究文章，都免不了要引用这些人的观点。从这个角度说，我们的劳伦斯研究也是受益于现代文学研究界当时兴起的对郁达夫的重新发现和肯定。也因此我一直认为，从事外国文学研究的人，应该好好读一读中国现代文学大家作品里对外国作家的议论，也注意查阅一下解放前刊物里的外国文学研究论述，那个时代的中国文学与西方文学基本是同步的，或许我们现在苦苦摸索出的许多结论早在半个世纪前的中国早就有过了。我们的外国文学研究者有责任把已经断流的优秀研究成果与当今的研究有机地融合接续，这样才能体现中国的外国文学研究之连续性和整体性。那半个世纪的空白不能阻断一条人文的血脉，我们有责任疏通它。"

我当年有了那样独到的发现，成就了我的论文。其实是浅尝辄止，故步自封，以后再没有继续挖掘，导致文章失之偏颇和简陋，为此很是惭愧。所以我的那份感慨绝不是空话，是要落实到行动上的。可喜的是，廖教授是中文系出身，对中国现代文学肯定了如指掌，以其深湛的交叉学术造诣，得出权威的结论，对劳伦斯进入中国的研究作出了宝贵的贡献。廖教授的发现才真正是"历史性的发现"，我的文章题目显然是弄巧成拙，见笑大方。

挥霍感伤

苍凉万里

酷暑7月,读"用诗人的感情搞水利"的黄万里先生传记《长河孤旅》,读得满怀苍凉,唏嘘之余是感慨,感慨在那个万马齐喑、知识界整体失声的年代,还有黄万里先生这样少数稀有的声音,有这样的铮铮傲骨和纯净良心,成为我们民族真正的脊梁。他在"反右"和"文革"中的两次受难再次再次地让我们警醒:知识的饱学不能代替道德的高尚,道德的力量不能代替民主法制的力量。因为对他的迫害是来自知识分子同类,来自专制。

当然,身为传记文学研究者和作者,令我更感兴趣的是开卷伊始那张因黄万里而引出的其父黄炎培及其子女的家世

《长河孤旅》封面

鸡尾酒

简表，这在西方任何一本普通人物的传记里都是必须，但在国内的传记中还鲜见。于是我开始研究这份家族谱系，将简表里的人和内文照片逐一对照，我想尽可能感性地认识这个家族的每个人，读他们的面相，看他们的命运，看这个家族的事业生活的走向。我真的想知道黄炎培这位清朝学者、民国元老、新中国的高官民主人士，他的命运是如何影响了他的后人，他的儿女们的遭遇又是如何影响到了他的孙辈，因为我很关心他的孙辈——我的同龄人的命运。生活中我看到过不少"右派"子女抑郁失落的愁容。

黄炎培是这个书香门第的奠基人，起点之高，难以企及。第二代出了黄万里等一代名流，但"反右"中一家七个兄弟姐妹居然有五个被错划成右派，其中有的似乎就没说过什么"错话"，简直是飞来横祸。子女更是受到株连，成绩优异但不被大学录取，书香门第里居然出了"白丁"，据说这是令黄万里最为伤心悲哀的事，我看到那个时刻黄先生的照片了，神情最为伤感。他是敢于为真理下地狱的人，但他不愿看到子女受株连。而几千年来的封建政治竟是这样残酷，会株连儿女和亲戚！

我居然在第三代人名里看到了一个我熟悉的名字，却原来这个我当年大学时期的同班同学是黄先生的侄女，其母是黄先生的妹妹，不过是个普通职员，居然也成了右派。恢复高考，那位师姐作为大龄考生一进我们年级就被传为中央领导黄某的外孙女，异常神秘，我等百姓子女都敬而远之，同班几年竟没有交谈过几句，几日不见后都传说她被美国亲戚办到美国留学了。那个年代属于"新闻靠传"的时代。今天读这书才发现

挥霍感伤

她的"秘密"。也发现她现在美国当了"经理",不仅她,她的同辈和下一辈包括著名数学家杨乐(黄万里的大女婿)的儿女等,有半数在美国或西方国家当"经理"和雇员。这些人的选择和我等百姓子女的选择似乎没有什么区别。对普通人家来说,在国外找到一份工作挣美元已经是天大的幸福,但对于这样一个名门来说,这不能不说是一种损失或衰落。如果不是因为长辈的遭遇,这些人里很可能会再次出现名流大师,至少会有不少人选择当学者教授。但他们没有。这样衰落的名门家族有多少个?还要多少年才能真正兴盛起来?一个国家需要书香门第,它绝不是靠一代人的暴发造就的,需要时间的筛选,需要家传,而一旦断流,后果则是致命的。况且,落难的名门之后,又何止这一家?

　　研究过这个简表,心中又添几分苍凉。(《长河孤旅》,长江文艺出版社2004年版)

鸡尾酒

人间重晚情
——读《冯亦代、黄宗英情书》

这个7月似乎是多年来最炽热的一个月,冯亦代和黄宗英二人十几年前的情书结集出版并在7月上市,那一封封滚烫的情书,比这7月的天气还要热。写情书的冯先生令我感到十足的陌生但也十足惊喜,我看到了恋爱中的冯先生的另一面。这个有着二十岁小伙子激情的情圣和阅尽人间沧桑、醒世冷峻、待友宽厚的冯亦代是同一个人吗?这是我们高山仰止的文坛耆宿冯伯伯吗?

先生在世时,我作为出版社编辑接洽过他的文稿,作为记者写过先生的访谈录,作为晚辈作者和译者得到过先生指教,自以为对先生比较熟悉,但那些接触和印象似乎都止于

冯亦代先生

挥霍感伤

理性和智识。冯先生在我们这些本该称他爷爷却随着其他长辈称他为伯伯的后进面前一直是一座理性的丰碑,只是偶尔在采访中谈到儿时失去母亲时略露一丝感伤,但那丝哀愁转瞬即逝;只是谈到忙于事务耽误了自己的文学梦,历尽劫难后多次中风,想写本自传小说却"写不动了"时,眼角里泛起过瞬间的晶莹;只是在等待迎娶黄宗英的那个秋天,先是振臂一挥告诉我"我要结婚了",然后和我谈起"黄妈妈"还有几天才能来时不安地在屋里踱步。除此之外,我认识的冯先生是不苟言笑,不动声色的,是操着浓重的江浙口音费力地说普通话的智者长辈。

但是在黄昏恋中,冯伯伯真正释放了自己豪情奔放的一面,那如同沉寂多年的火山爆发般的爱欲,让冯伯伯再次重返弱冠。我们这些熟悉先生的晚辈,终于因了这些公开发表的情书而认识了整个的冯伯伯,尽管是在他去世之后,为此感到十分欣慰。冯先生在他的情书中告诉黄宗英说不想在他在世时发表这些情书,深怕有对年轻人"教唆"的嫌疑。这个可爱的冯老,他哪里知道,他这样学贯中西,以中西合璧的表达方式写出的情书,真真是给华语年轻人写的情书范文呢。多年前我编辑过一本英文书信大全,里面有一类情书范文,但即使找了双语俱佳的译者翻译出中文对照文本,还是翻译腔十足,很难让恋爱中的人照抄不误,关键时刻还得原文照搬英文,才觉得朗朗上口,以求打动芳心。而冯先生是把西洋的表达融化到他的中文表达中了,一篇篇似水柔情和似火激情的爱欲之书,字字珠玑,行云流水般的情色性爱诗篇无不浮现着西洋文化的意象,透着中国文化的浸润。如果说这样的情书是"教唆",恋

鸡尾酒

爱中的年轻人倒不妨受一受,那是一个中西文化天衣无缝地融合于一身的人真性情的表达,果真能偷得其一缕真谛并能亦步亦趋,那也非需要某种天资和学养不可。

当然,能激发冯先生聊发少年狂做了"爱哥哥"的那个"小妹"则是冯先生这些激情倾诉文字的动力来源。我们的大明星兼大作家黄宗英,抱着嫁过高山(赵丹)只能嫁大海(冯亦代)的信念,在年近古稀时向冯先生发出了爱的信号,本是情理重于男女之爱的,却不料激起冯先生如此喷薄的爱情火山爆发,最终黄宗英自己也被这座火山熔化,写出了"深深深深地亲你"和"吮你我的爱"这样的句子。一对"爱哥哥"和"渴望共枕的小妹",就这样鱼雁传情八个多月,为广大读者留下了一本火热而厚重的爱欲之书,这是一段美丽的恋情佳话,读了,除了感动,除了感染,更为这一对老爱人感到幸福。他们分别与自己心爱的人(安娜和赵丹)度过大半生后又才子佳人牵手黄昏,度过了一段幸福的爱情生涯,是才女明星的黄宗英使学富五车的老夫子冯亦代焕发青春,是热烈智慧的冯亦代成了黄宗英心灵的港湾,珠联璧合,欲罢不能,这是他们前生今世修下的福分,而他们的情书必将造福于恋爱中的男男女女,无论长幼。

附记:

回忆冯先生的文字尚未随书出版,2009年的倒春寒季节里章诒和老人就以两篇揭秘历史人物的文字在文化界投放了重磅炸弹,让我不得不重新冷静地审视我敬爱的冯先生。

章先生读了《聂绀弩刑事档案》,随之以此为依据发表

挥霍感伤

文章揭露文化大师黄苗子曾经在很长一段时间里充当告密者，监视并汇报聂的言行，并暗示主要因为这些告密行为，聂才被锒铛入狱，身陷囹圄多年，几乎死在狱中。读了这篇文章，我感到周身寒彻，虽然是隔代人，没有章先生发现黄苗子的行为后那样的大悲、大恸。黄苗子这座丰碑就这么倒了，虽然我们可以把更大的账算在那个荒谬绝伦的年代身上，但毕竟不是每个人都抵挡不住威逼利诱而充当告密者的。关键是"文革"过去后，黄苗子依旧和聂绀弩唱和，丝毫没有歉疚表示，直至聂故去，这无论如何是无法原谅的。但我也因此有了一丝担心，就在博客里写道："我真的害怕，这样随着历史档案的解密，还会揭出多少个黄苗子这样我们引以为道德人格楷模的大师不堪的过去，我想说：不要解密了，不要揭秘了，往事不堪回首。"这是真的，那个年代里真正对他人在政治上无愧的人有几多尚存？我们知道东德政府倒台后解密的档案说明几乎整个国家的人都曾相互监督和告密，包括夫妻之间。

真没想到，不出几天工夫，章诒和老人又一次重磅揭秘，这次揭秘让我心惊肉跳，原来她的揭秘对象竟是我熟悉的冯亦代先生！他竟然在"反右"后很长时间在章家卧底，而且还负责监视其他几个文化名人。我读这篇4月2号发在《南方周末》上的文章，竟感到随时会一跃而起，每一个细节都让我担心后面还有什么不堪的段落。

读毕，我沉默了好几天，整个清明假期里，我脑海里一直不断闪回着我与冯伯伯在80—90年代后期的接触画面，那个永远和蔼可亲，又似乎眼睛里总含着温情雾霭的老人，那个文章大气磅礴又细腻雍容的老人，怎么会有过这么一段不堪

鸡尾酒

的私痛!

还好,我总算能安慰自己的是,我认识的冯先生是80年代后告别了历史阴霾,重振雄风,完全阳光灿烂的冯伯伯。这之前的痛苦,他只是含着泪水告诉我:当了一段不大不小的官,浪费了文学青春,老了想写本小说,却写不动了。二十多岁的我那时哪里懂得,那个"当官"经历竟然还包括了一段耻辱的卧底。

还好还好,我再读下去,发现,原来冯先生一直要对章诒和道歉忏悔,但一直欲语还休,最终是选择了公开发表自己的日记,里面大量的日记是他卧底时的真实行为记录,还有立志要当一个无产阶级先锋战士的"思想转变"记录,以此来忏悔道歉。

出版日期是2000年,那年我去英国前,在一个40度的大热天去给他送稿费,顺便把他给我的文章授权书给黄宗英看一下,说明不是我擅自发表使用他的作品。那时他刚刚大病初愈,羸弱得不成样子,几乎一阵风都能吹倒他。估计那种健康状况与他决定出版自己的日记后的复杂心情有关。只是,当初他的日记,我们都没仔细看,看了也因为不了解情况,根本不懂。其实他那是出版给章诒和看的,以此来深深地道歉;也是给当年指使命令他做卧底的人看的,以此来发出最后的抗议和愤懑。所以,他病成了那样。我握着他的手,那手一点气力都没有。因为中间有几年我没去看他,他反应了半天才想起我来。我当时只是为他的健康心痛,但不知道他的病痛后面有这样大的精神压力。估计他是准备面对章诒和的愤怒指责,面对整个文化界的不齿的,他豁出去了,为了自己的良心安宁,他

挥霍感伤

交出了这一切秘密。

还好，还好，还好，当初估计很多人都没仔细看这日记，包括章诒和自己，因此，冯亦代生前竟然没有听到任何指责，然后他就患上了老年智痴，再也跟这个疯狂的世界没有交流了，他安心地让自己的智力降到最低点，安静地离开了这个可耻的世界。于是2005年春天，我们都看到了一个安详的冯伯伯，躺在鲜花中，我也把一束百合和菊花放在他脚下，默默地离开了他。冯先生选择了一个最佳的方式向与此有关的人道歉和抗争，又有幸在生前没有被人发现这段不堪，把痛苦和羞耻明白地留给了历史，安宁地走了。他是幸福的。

还要感谢李辉的仁慈和爱心，他帮冯先生向世界公布了这本记录这耻辱的日记，他知道背景，但他没有就此做文章，没有透露一点"风声"，只让这公开的日记慢慢地去流传，让冯先生良知安妥又不至于在生前面对"千夫指"，冯先生的人格从而在在世时得到了保全。

冯先生，又一座我心中的丰碑倒下去了，但作为一个人的冯亦代却真实地立起来了，而且他早在2000年就公然忏悔道歉了，这对一个患过多次脑中风的老人，一个备受历史煎熬的书生，该是多么不容易。凭这一点，我们就该尊重他。

少年时代的我也写过很多"为共产主义奋斗终生"的日记，着了魔般地检讨自己的"资产阶级思想"，梦中见过毛主席，握着他的手幸福地哭过，那个疯狂的年代里，一个小小中学生竟然默默地自己躲在屋里发疯，随时检讨自己哪些言行不符合"革命接班人"的标准。后来我毅然把那些革命日记蔑视地烧了。我知道，我那些思想转变之类，都是真诚的，是自觉

鸡尾酒

自愿的。如果那时有人告诉我谁是反革命,让我去卧底,估计我也会去卧……还好,我没赶上,"文革"就结束了,否则,我不知道,长大后的我进入社会,我会不会当卧底?然后再有个时代大变革,我也默默地忏悔?一切皆可能。想到这些,简直不寒而栗。

我庆幸自己没赶上当卧底的时代和机遇,因此没有不堪的过去。但仅仅因为是从那样的年代走过,见识过周围不少可怜的急于表现自己痛改前非的"右派分子"小人物,似乎对他们怀有恻隐:他们的压力不仅来自社会、单位,更来自家庭,很多的配偶和子女都对他们表现出痛恨、指责和怨怼,让他们在家中沦为丧家犬,耻辱地忍受着家人的精神折磨。他们为了自己的子女和家庭能免遭祸殃而拼命地忏悔、拼命地工作,当然也包括拼命地出卖良心。多少年后,我居然在这样的背景上写了长篇小说《孽缘千里》,让一个这样的"右派"中学老师充当了主人公,写了他的彷徨、懦弱和心灵的煎熬,最终他把自己的一班学生当成了祭品,出卖了,他从此飞黄腾达,当上了学校的"革委会"领导,算是翻了身,一时间春风得意。我最终让他身患绝症,在病榻上忏悔,也让他的学生们原谅了他。但他毁了很多学生的一生。这是综合了少年时代见过的很多"小右派"们的言行而塑造的一个形象,因为我看到过他们的不堪。所以我似乎能明白冯亦代的懦弱、痛苦和多少算是主动的苟且逢迎和出卖行为背后不为人知的屈辱,尽管我不敢相信他这样文化层次的人也会屈服。那是个"旧社会把人逼成鬼"的时代。现在想想,无论你在哪个层面上,压力都是一样的。只是我小时候见到的都是"小右派",见到的是

挥霍感伤

他们的委琐,看到的是生活在底层的他们的家属的冷漠。而高级知识分子家庭里,未必就不冷漠,如后来我们了解到的浦熙修,她是如何揭发批判罗隆基的,简直是疯狂。那个年代,希望它永远不再回来。

章诒和与冯亦代在那个年代有过很深的交情,冯亦代因为对章家感恩和愧疚,因此对章诒和曾经加倍地关心,他去车站接她,一见面都能哭泣,可见他经历着怎样的内心折磨。正因此,她终于了解真相后才如此愤怒苛责,她感到是被一个老大哥骗了很久,其实那是冯亦代不敢坦白,怕被人不齿,所以他那样欲语还休,那样局促尴尬,那样令人捉摸不定。其实章老仔细想想,能否换一副口气写这篇东西的?毕竟冯亦代是公开出版了日记坦白了自己的。当然,她在最后一段里还是很客观地肯定了冯亦代的晚节,说明她还是理智的。

清明节里,本来是该回忆一下冯先生的,却没想到他被这样轰轰烈烈地回忆了一次。

鸡尾酒

流浪的辉煌

　　从来没有这样集中精力和时间读关于犹太人的书。尽管我敬佩这个流浪的民族和它辉煌的成就，但总因为它离中国和中国的事太远而无法有亲近感。读马克思时，想的尽是些个主义，偶尔闪过一个他是犹太人的念头也不过稍纵即逝。无比推崇马尔库塞，弗洛伊德，弗洛姆，却没注意过他们是犹太裔，甚至爱因斯坦，也是这样。一下被人集中地告知他们是犹太裔，这才发现一条生命的根竟是那样强壮。当一个民族以一种强大的文化形式而不是具体的国度形式顽强地生存并优越地显示着超自然的活力时，它为世界整体文化和人类的进步作出的贡献就超越了任何狭义的"民族自豪"而为世界大同提供了

这个旧上海充实了我童年的想象

挥霍感伤

最为实际的可能。犹太这个民族的后裔们在为自己一个失去两千年的"有形"的家园奋斗时，他们的努力或许会成为一场喜剧。或许当这个民族不再流浪时，也就不会再出现《旧约》，不会再有《资本论》和"相对论"这样辉煌的智慧成果？或许这种悲剧性的流浪是一切伟大产生的根本？我一直不明白，也不想明白。冥冥中我感到这样无情的提问只是一种艺术感知的需要而不是道德——善良的需要．我深知那种悲剧的流浪创造出的是最苍凉最动人的美。但没有哪个人愿意流浪。这种艺术与道德的矛盾常常教我不去思考这些问题。

但这阵子却不得不去思考——因为这个问题一下子变得与中国很近了。前些天要将一个有关中国犹太人的电视片翻译成英文，被编导塞给几本书做参考，一曰《上海犹太人》，二曰《开封犹太人》。开卷方知这竟是两套丛书中的各一种。连看带读，恍惚如梦如幻。它这次带给我更多的是一种感性的体认而非理性的思考。因了感性思绪的涨浮我更敬佩那种流浪的辉煌。这种感性竟是一种和着童年憧憬的向往，一种对外界大千世界的渴望。

小时候，在北方一座古朴、闭塞、民风淳厚但又不乏粗鄙愚昧的小城里昏昏度日，每一丝外面的信息都让我睁大眼望着远空的星星凝视好一阵子。上海在我眼里简直就是一座欧洲的城市。

长大后多次路过上海，一次次圆着童年的梦。渐渐的它成了我心目中最熟悉的城市了。现在才知道那几座刻在记忆中的建筑竟是犹太人所建。和平饭店北楼就是当年的沙逊大厦，南京路上最早的一批洋楼竟是当年那个一文不名的跑腿伙计哈

鸡尾酒

同策划建起,那个让中国的孩子欣然向往的上海市少年宫是大商人卡道里从意大利运来的大理石筑成的……仅仅是这些事实和古迹的罗列,已足以让我思绪纷繁。再看到二次大战中上海成了犹太难民唯一的天堂在那短短的几年避难生涯中这些犹太难民又在上海大办教育,大兴文化事业,轰轰烈烈地,优优雅雅地充实着灵魂,给上海留下了那么多的学校、医院、书店、报纸、音乐、戏剧,然后随着大战结束又轰轰烈烈如坐春风般离去,读之竟觉得有点难过,有点舍不得。他们像是外星人一般了。

读这样的书,一直像晕船一般。似乎什么都明了,又似乎傻呆呆懵懂。只剩下纷纷拂不去的思绪缠绕、缠绕,梦与真、历史与现实,心的未来与过去缠在一起,似乎读别人又似乎是读自己,真不知这是怎么了。可能只有一点是明白的:那种流浪,一个民族的流浪,给人一种艺术的崇高感,一路流浪一路辉煌——这感受是一个流浪不起的懦弱之人心灵的外化。(《上海犹太人》、《开封犹太人》,上海三联书店版)

挥霍感伤

悲剧人生的喜剧审美

今儿俺异常高兴，因为在网上与自己十九年前发在《读书》上的一篇书评不期而遇！这要感谢一个叫敏思的博客（http://www.blogms.com/blog/CommList.aspx?BlogLogCode= 1001133783），把俺1988年写的书评转载到了他的博客上，真要感谢他。这东东是弱冠之作，当初用手写的。

所评的这本小书是俺在青年出版社时责编的，译者是我老师劳陇先生，其文笔在目前的翻译家中难觅可以望其项背者，可惜老先生当了多年右派，复出后已是近古稀之年，没机会翻译大作品，是翻译界的巨大损失。但这一本小书足见先生之高山流水的风范。在这样的译文面前，我们这些学徒只能汗颜形秽。原文是THREE MEN IN A BOAT，先生译为《三人行》，无奈1988年经济大潮已风起云涌，图书印数狂跌，出版社已经开始第一波惶惶然。为使先生大作顺利面世，俺说服他用了现在这个名字，才有了一万两千册的印数。

出了书，我觉得应该写点什么，就写了这个书评，蹬自

鸡尾酒

行车去不远处的《读书》杂志社，进去问："谁管外国文学书评？"一打杂模样的中年女人头也不抬，说放下吧，我给你转给赵丽雅。我就回了出版社。过几天打电话去找赵丽雅，那边一清脆女声回答她就是，问拙文可雕也？答，能用，等着吧。就这样俺在《读书》上发表了第一篇东东。后来才认识了赵丽雅，再后来就没了联系，再后来得知人家成了著名的古代文学研究专家杨之水，从此再也无缘得见。但俺是在她卧薪尝胆时认识她的，藏得深啊！

那个时候混在北京，住筒子楼，买撮堆儿菜，但不忘乱读书，居然读了点尼采，还用在书评里了，到今天我都怀疑这文字是俺二十八岁上的作文。现在让我写，绝对写不成这么好，哈哈，二十年过去了，退步了。

《三怪客泛舟记》是一部奇特的幽默小说，它使英国作家杰罗姆·K.杰罗姆一下子叫响，并且红遍全世界。人们为其讽喻和幽默击掌，为杰罗姆的喜剧天赋所折服。但不知有多少读者注意到原书编者的话——"在作者的讥讽嘲笑后面似乎蕴藏着一种奇谲但真实的哲理？"

幽默只是这本书的表层。其实这本书再深刻不过了，再苍凉不过了。它是人在经历了大悲之后发出的形而上的笑声。它甚至是人以喜剧的审美态度超越自身、俯瞰自身痛苦时快感的流溢。它是超理智的笑，因而笑得最淋漓；它是酒神精神弥漫时人之悲剧存在的自娱，因而其悲剧的审美意蕴更深长。这正是尼采的悲剧人生观和柏格森的喜剧艺术观。如此说来，这部作品又带上了点子"现代"意识——或许作、译者并不作如是观，仅是我在冒昧发挥我的"主体"意识，也算一种"接受"。尼采所推崇

挥霍感伤

的是审美的人生与艺术的形而上学。在他看来，人的世界对于人自己来说是残酷而毫无意义的，人生本就是一场悲剧。所以他认为真理就是悲观主义。生活本身就是人最难以忍受的东西，人甚至难以忍受做人。人之所以得以拯救自己，他依赖的是自身的诗意。他有一句名言："倘若人不也是诗人……我如何能忍受做人！"在此他道出了一个真理：人之得以生存，在于人有一种为自己寻找形而上根据的本能。这就是艺术了。艺术可以成为真实。于是，我们也就理解了大文人D.H.劳伦斯的名言："生活是虚幻的，艺术是真实的。"人生之所以有意义，在于幻灭了的人眼中，是它被赋予了一种审美价值。人可以超脱自身，玩味自身，如同自恋者一样欣赏自己在水中的倒影，亦如同自虐。这样自己审美自己悲剧的毁灭，如此一来，苦难的心中就流溢出审美的快感，世界终以喜剧结尾。由此我们可以得出这样的结论：真正喜剧的力量是艺术的最高体现，它优于悲剧。记得《读书》上有人撰文说过：正经不是严肃，就像教条不是真理一样。在那些一本正经的人中间，你几乎找不到一个严肃思考的人。不，他们也思考，他们思考的多半不是人生，而是权力；不是真理，而是利益。真正严肃思考过人生的人知道生命和理性的限度，他能自嘲善宽容，他以诙谐的口吻谈说真理，仿佛故意要减弱他发现的重要性，以便只让它进入真正知音的耳朵。在信仰崩溃的时代，那些佯装疯癫的狂人倒是一些太严肃地对待其信仰的人。大善若恶，大悲若喜，大信如疑，大严肃若轻浮。一切高贵的情感都羞于表达，一切深刻的体验都始于言辞。大悲者会以笑谑嘲弄命运，以欢容掩饰哀伤。丑角也许比英雄更知人生的辛酸。"在嬉笑中做成别人严肃认真做成的事，这是最高的智慧。"英国文学

鸡尾酒

中莎士比亚的一些喜剧、菲尔丁和萨克雷的小说在这方面很是模范。在这样的文学传统中出了个杰罗姆,是很自然的事了。《三怪客泛舟记》中三个让常人看来怪得出奇的神经质、大笨蛋、无赖,带着一条癞皮狗驾船沿泰晤士河闲逛,丑态百出,闹了一路笑话,最终傻乎乎回了伦敦后他们仍然是那么痴呆、拙笨、十三点。这些怪诞离奇恰似从精神病院溜号的人算哪一路货色?他们那自嘻自嘲自艾自怜玩世不恭长歌当哭人异化为非人让人哀其不幸怒其不争好死不如赖活着的一副副下三烂面孔着实有其深刻的含义吗?"我"何以那么没脸没皮地笑话自己?我唯一可以说的是,他们其实是世上顶顶严肃的人,他们是些个深刻到入木三分的人。他们的人生态度除了自嘲还是自嘲,讲起来如讲相声。尤其是那位像表演单口相声的"我",更是如此。正如劳陇先生在译者序中所说(尽管吾师的这篇文章不像先生其他文章那么令我神往):"这本书……给你讲一二段笑话,刻画几个滑稽可笑的人物,使你捧腹大笑;有时兴致所至,就发一通议论,冷嘲热讽,针砭世态人情……"当然,这绝不是语言滑稽逗趣的问题,而是人生的态度使然。"我"在表演自己,因而超越了自身。只有达到了真正的喜剧境界的人才会有这般语言。这又得回到尼采对"风格"的论述:"一种风格若能真实地传达内在的状态,不错用符号、符号的拍节以及表情,便是好风格。"看来杰罗姆真是把别人看作形式的东西也感受成了内容,之于他,形式是内容的形式,内容亦是形式的内容。所以他是尼采主义意义上的真正艺术家。([英]杰罗姆·K.杰罗姆:《三怪客泛舟记》,劳陇译,中国青年出版社1988年7月第1版)

挥霍感伤

风化与进化的欧洲

这样一部难得的文化史名著,版权页上却没有标明原文,是一大遗憾。但我估计原文的意思是"欧洲性史"之类,因为我知道西人做事一是一二是二,"管铁锨只叫铁锨——call a spade a spade",不会在什么后面都加上"文化"二字。至于"风化"二字更是出版时将性字风雅化的努力结果,真是难为了出版家们。

这本书最可贵之处在于对"文艺复兴时期"这个概念进行了最为世俗而真实的注解和补充,使文艺复兴时期文学和艺术的社会背景更为具象,特别对中国读者来说更是如此。"文革"以后文学艺术领域百废待兴,被禁了多年的西方文学艺术重新进入人们的视野,我们从"补课"的角度进行恶补,多是从头开始,从最古典的东西如古希腊的"三斯"和莎士比亚甚至安徒生补起,根本顾不上西方早就进入"后现代"了。那个时候大学里最为时髦的是文艺复兴与人道主义,我们从那些不朽的壁画和雕塑中领略着"大写的人字"的意义,背诵着"人是万物的灵长"这样的诗句,从此觉得自己懂得什么是"文艺

鸡尾酒

复兴"了。但仍然对那个时期的文学将信将疑，比如为什么薄伽丘的那些小故事多是些偷欢寡妇和偷情的僧侣之类，但我们还是用看主流的方法放弃了那些世俗的疑问，更关注"大写的人"这样的宏大叙事。岂不知大写的人之宏大叙事是建立在整个社会私人生活充分解放的基础上的。个性与个人的解放才能导致全社会的解放，而不是先解放别人，后解放自己。但我们那个时候顾不上思考这些，因为我们在恶补，匆匆跳过古希腊和罗马文学，浮光掠影地扫过文艺复兴文学，风风火火穿过几个世纪的欧洲文学，直奔20世纪的现代主义，没几年又杀向后现代主义，以求与"国际接轨"。这二十几年就这么脚步匆匆，赶路搭车，处在紧赶慢赶的走马看花过程中，自以为终于算赶上了，可谁知道我们错过了多少不该错过的基础性的东西？所以我们谈起西方文学总是人云亦云，声嘶力竭但心里缺少底气，自做深沉实则膝盖发虚。

  喧嚣与躁动之后我们开始明白，从头开始梳理，开始第二次进补，这次开始补的是细节，是具体的背景，是欧洲文学之所以为欧洲文学的根和源的那些东西。这样的工程是巨大的，艰难的，需要那些有心人，需要那些不枉谈主义，而注重做实际工作但又不乏高瞻远瞩的人来做。做这些工作最终还是归结到翻译上，归结到引进，而不是那些什么主义都会狂论的二手货"专士"漫天飞舞的专著，那些如同"注水猪肉"的专著。这部《欧洲风化史》就是这个大工程里的一个，它从性生活的角度还原文艺复兴时期社会的风俗真实场景，读来胜过小说。由此我懂得了劳伦斯评论文艺复兴时期欧洲人生活的那句话："文艺复兴的剑戟刺透了早已上了十字架的肉体"（见劳伦

挥霍感伤

斯《直觉与绘画》）。这部专著告诉我们的是："一切本质上是革命的时代都是肉欲横流的时代……难怪在革命时代，性的感觉达到极度的敏锐，而这种性感觉的敏锐是朝着健康的方向发展的。"（第173—174页）而作者进一步告诉我们：是经济的发展粉碎了妨碍其发展的旧社会形式，革命时代应运而生，人在这样的时代获得解放，焕发出空前的创造力，力量往往表现于感性，包括肉欲的增强。这样的叙述很是符合我们习惯的"经济基础决定上层建筑"的唯物主义论断，因为性观念也好，性文化也好，总归还是属于"上层建筑"的范畴。

于是我们懂得了"大写的人"的基础，懂得了文艺复兴文学和艺术的基础。（《欧洲风化史——文艺复兴时代》，辽宁教育出版社2000年版）

鸡尾酒

蒸煮《三国》的意义与无意义

用铺天盖地四个字来形容目前对古典名著的"水煮"和"麻辣"一点也不过分。三伏天里仅看看书摊上那些热辣的书名就浑身冒火：《水煮三国》、《麻辣三国》、《麻辣水浒》，不一而足。原以为是"戏说名著"之类的茶余饭后闲书，甚至觉得如此轻率地对待神圣的古典文学很有亵渎之嫌。因为这些书名过于俚俗，似乎是川菜馆的曲线营销行为。自以为在捍卫文学之神圣的我等书生断不会在地铁口上轻易光临那些杂乱的书摊。但经不住朋友的一再鼓吹，总算闲时在空调房间里翻开了这些麻辣气冲天的书。

意想不到的是开卷伊始立即觉出一种别有洞天的清新感，发现这些从经济管理和商战角度出发对古典文学名著的解构和重构，确实属于"古为今用"，"与时俱进"和"贴近百姓"的典范。这些书以古典名著《三国》和《水浒》作底料，加入社会现实和东西方经济学、市场学、管理学的理论汤水、蔬菜、调料，一通猛烈的高火大煮或一番文火慢熬，烩出一锅热辣鲜美的水煮鱼和麻辣烫来，别有一番风味。这样的书真的不

挥霍感伤

妨摆在川菜馆里，销路一定了得。有时间看看这些闲书，真比买高价票进电影院看老谋子的MTV武侠故事片要值得多。尤其对那些远离人文教育的商界和职场年轻人来说，读这些书既受了古典文学的熏陶，又在娱乐中学了一番东西方管理方面的浅显知识，不亦乐乎？

这些水煮和麻辣书借助名著里家喻户晓的"名人"和"名段"，将之纳入当下的话语机制中，重构现代商战的故事，不时借古讽今、借古喻今，读来像是在谈论邻家什么人的故事。按说作者的做法并不新鲜，因为在这之前，已经有很多的杂文借助古典文学中的原型来说今天的事儿了。但这些书的最大成功之处在于把这种戏说和小品文做大，系统化，条理化，使戏说和小品化写作有机地连成一体，成为一本自成体系的商战和管理知识的普及读物，这是这些书的功劳所在。就像前两年出现的相声剧和情景喜剧，它们超过了单本相声和单场戏剧小品，其高明之处在于其系统化，整体化，不是简单的量的叠加。这样的一本书，当然胜过无数个小品。用高妙的词说，这些书是那类杂文的格式塔构成。

比如，在这些书中，三国被"重构"成了在现代市场竞争中的三类公司：曹操利用计划经济的优势，凭着雄厚的国家资源，产品占据市场半壁江山；孙权是打特色牌，固守一块市场，伺机扩张的中小型公司；而刘备则是穷家子弟，凭借自己的努力打拼出来。三国鼎立的故事，一下就成了三种不同类型企业的管理者各显其能的商战故事。新的《水浒》一改替天行道，成了"替财行道"的财经寓言，梁山根据地成了"梁山泊绿林公司"，一百单八将各有其财经上的过人之处，摇身一

鸡尾酒

变，成了CEO王伦、晁盖、宋江，智囊吴用、公孙胜，职业经理人林冲、武松、鲁智深……作者把这些名著名角一一纳入今天的语境中，古今两相观照，可谓是古为今用，与时俱进了。有人评论说这些书中探讨了民营企业的发生与发展进程，如五年内达到高峰随即破产的神话就属于"水浒模式"。而从刘备的视角看，《水煮三国》是一部民营企业生存及发展指南，而《麻辣水浒》写的正是一家民营企业从崛起到毁灭的全过程云云。这些话虽然有过甚其词之嫌，但不无道理。当现实中将某个企业作"个案研究"容易遭到法律上的诉讼时，借助古典名著来说事则既安全又引人入胜。

用眼下的话说，这些书的创意独特，卖点新颖，可谓古典文学搭台，唱的是经济管理乃至人际关系学的戏。这些书比起早先引进的那些"奶酪"类小册子来自然更容易被国内的读者接受和消化，因为它们都有本土文化的深厚土壤和根底，其语言是最当代流行的口语加仿文言文，戏说加讽喻，亦庄亦谐，脍炙人口。古典文化的普及与经济管理知识的普及能如此水乳交融，融会贯通，实属不易，其畅销也就在情理之中了。

这批"贴近现实"又"贴近百姓"的古为今用的书，再次给我们的出版界以新的启示：我们博大精深的传统文化确实是一座取之不尽，用之不竭的知识宝库，可以用来作底料一炒再炒。对古典名著的普及应该有不同的做法。仅凭着对传统文化朴素的热爱之心，苦口婆心地推动全民读古书，习古文，是不可取的，也是不现实的。皓首穷经而食古不化者并不鲜见。我们需要一些像这些书的作者们这样的人，他们有着深厚的阅读基础，能将古典名著里的人物与故事玩于股掌之上，能引经据

挥霍感伤

典,但又不是扎在故纸堆里的学究,而是对现实有独特的观察和悟性的读书人,只有这样介乎古典和现实之间的人,才能做出这样将文化和经济、文学和社会学、古典小说与现实社会熔于一炉的文化产品来。他们在戏说名著时,也客观上起到了推动人们读原著的作用。

当然在充分肯定这些大话小说,正事戏说,小品大作的作品的同时,我们不能不注意到这些书畅销之后的跟风现象,就像以前一本"奶酪"书出来后竟然有无数克隆奶酪的蜂拥出现。《水煮三国》后,《水煮后三国》、《水煮楚汉风流》、《水煮春秋战国》层出不穷,从版式设计到内容选材都与《水煮三国》如出一辙。《人民日报》评论道:"克隆书层出不穷,'三国'被煮烂了。"还有,我们必须认识到,这些水煮类的书毕竟是作者对原著的解构和重构,并不能代替对原著的阅读和理解。如果以此为凭代替了对原著的理解,就成了文化笑话,无异于"文革"后期那场从政治和现实的需要出发的全国上下批《水浒》运动。其实从精神实质上说,现在的经济戏说与当年的政治戏说动机是相同的,都是对古典的颠覆和利用,对古典文学的解构和重构是开始于那场荒唐的政治戏说运动。因此,对于古典名著的戏说应适可而止,此风不可大长。从另一方面说,经济管理是科学,法治社会的商场不是杀人打劫的梁山绿林,这方面知识的普及还是应该有更专业的著作来进行,而不是靠类似"奶酪"和"水煮"类的书来闲谈,这类闲书还是闲读为好,供陶冶幽默感之用,不可当真。

"斧正，存正，教正……"可以休矣

文人间互赠"拙作"，一般都在扉页上题写"某兄(或某师)斧正／存正／教正"之类的赠言，多为客套，其实不能认真，因为多数情况下真看出了谬误，也少有"正之"的。倒是我把这"斧正"当过义不容辞的托付，给名人书后附的错误英文简介和目录正儿八经地斧正了一把，害得人家来电话一通儿感谢并气愤地指责出版社没责任心。我知道这教授兄英文确实不是他的长项，确实不是他操觚亲译，肯定是出版社找什么人乱翻译一气以图"与国际接轨"实则是扒轨。现在的出版社动辄什么书后都加英文简介和英文目录，可又不认真做，不出错的简直是稀有动物。但人家如此解释半天，倒像是我暗含指责他本人了。听完电话我着实尴尬难过了好一阵子，如果不是我"应邀"斧正，也就少了这个尴尬的电话。所以我决定从此再也不干这斧正的活儿了。即使那天看到某位专家在专著里把劳伦斯中学的"代数"成绩说成是"阿尔及利亚语"成绩（英文里代数的拼写挺像阿尔及利亚），我也不去斧正，省得人家来电话解释这个阿尔及利亚语怎么回事。大家都皇帝新衣着或等

挥霍感伤

大家都自己发现错误自己偷偷改，那样面子上都好过。当然还是自己灵魂深处开天目自己改正的好。俺现在就开始慢慢偷着改弱冠之年的翻译错误，再版时尽量修正过来，免得害更多的读者，但我是公开承认当年翻译有错误并请大家再引用拙译时尽量引用新译本。

读报得知某名人在旧书摊上看到自己送给好友带有"斧正"之类题字的书沦落其中，便购来并题上"再送某某君"的字送回，这一行为艺术自然幽默但也令人心寒。

于是这两年很是没了题赠的雅兴，一是怕旧书摊现象重现，二是写了"斧正"字样也无人正之，加之无书法修养，那两笔本来就缺调少教的字因多年使用电脑打字变得面目可憎，因此送书给人时只夹个小便笺儿，寥寥数言连问候带交代事情并顺便调侃"见笑"，觉得这样能免很多尴尬。

但也有不怕尴尬并敢于自我革命的学者，其精神着实令人敬佩。近日收到著名英国文学专家黄梅教授的一本论英国18世纪小说的专著，一本书里几乎到处是英文注解和引文。这位专家并不在扉页上题斧正之类的字，免了那客套，而是附上一张自己做的勘误表，详细指出某页某行或倒数某行的英文拼写错误，并不指明那是出版社不负责任所致，此举是多么高风亮节，估计收到这样勘误表的很有几位学界人氏。我立即回信表示愿意效法，并希望大家都跟着学。

看来送书时那些客套的扉页赠言真是可以休矣，能做到附上勘误表当是最高境界，即使做不到，送书前也该粗略地浏览一遍，把自己看出来的明显错误先改正一二。如果这些都做不到，也别写"请斧正"之类的字样。书到情自到，人家如不喜

鸡尾酒

欢哪天卖废品时也用不着费心把扉页赠言撕了以防被送者题了"再送"的字又送一回。我就做不到那么苦心孤诣，干脆就直接给出版社邮购部送个定单交清书款和邮费，写上名字地址，直接把那份情淡淡地寄去，也许人家会以为是出版社赠书，那样也好，反正俺的意思到了就行。

挥霍感伤

为读书生态的怀念

去年央视唯一的一个读书类节目《读书时间》一连几天"谢幕"，引起关注。这个节目开着幕时戏演得并不那么轰轰烈烈，牵动人心，可一旦要谢幕，竟然引来观众和读者的殷切关注，用"一片哗然"来形容并不过分。

作为一个译书和写书的工匠，虽然出自个人的喜好不怎么喜欢这个节目的做法，但总觉得央视有这么一个关注读书的节目，说明电视界并非一概排斥阅读和写作，电视节目并非都是快餐，是电视界对读书和爱书人的一种姿态。因此，感到整个读书氛围是和谐的，一旦缺少这样一个品种，自然感到惋惜。无论这个节目办得成功与否，作为一个全国性的读书电视节目，都是不应该"谢幕"的，应该继续存在下去。原因很简单，就是出自对读书生态的保护。

真正看这个节目的人虽是小众，但在中国这样一个泱泱文化大国，以小聚多，人数还是可观的，何况读书人多是些文化层次较高，且不善于炒作造势的清雅者，他们关注这个节目，但不会像肥皂剧和晚会的观众那样受了点感动就写信就涕泗横

鸡尾酒

流地站电视台门口要求见演员倾诉什么的。读书人大多是安静的，他们并不关心这个节目的收视率如何、火暴与否，他们关心的是电视上有没有他们自己的节目。就像本人，虽然不怎么看它，但总觉得有这么个节目"属于"我这类人，想看时就可以打开电视看上一阵，觉得好就看下去，觉得兴味索然时就关了，总归是有个"归属"感。

这就带出了问题的关键：电视与读书的关系。严格地说，电视是后现代社会的图像文化载体，是大众媒体，播出的是速荣速朽的产品，一切以收视率为衡量标准，只有收视率高才能吸引广告，才能有生存的空间，因此与读书是矛盾的，做读书节目就意味着赔本。但作为国家的公共电视，电视不能完全商业化，又有其面对不同人群提供信息和文化服务的责任，有培育读书生态的责任。因此适合小众的读书类节目是必须赔本也要办的节目，对这样的节目就不能用大众节目的收视率去衡量她的"成功"与否。

同时我要说的是，读书人和出版人大可不必因为少了一个读书节目而"哗然"，爱书人自有其保护读书生态的办法。欧洲国家通行的读书俱乐部（或者说书友会）就是一个良好的例证。这样的俱乐部有自己的刊物，有自己固定的会员，向会员提供低于市场价的图书，经常搞一些会员交谊活动。我们国家也开始有类似的俱乐部出现。总之，作为小众，读书人不能完全指望大众媒体的关心呵护，必须有自己的"活法"，才不至于在央视取消了一个节目后惶惶然。

但是，"谁也不是一个孤岛"，为了读书生态的健全，众多读书人都该为《读书时间》的谢幕感到失落并为保护一个良

挥霍感伤

好的读书生态而尽自己的努力。值得欣慰的是，有的省台如浙江台还在坚持办读书节目，还有几张全国性的读书类报纸存在着，为读书人提供服务，还有几家专门的出版类杂志办得有声有色。它们的背后都有一个大的平面媒体作为后盾。因此读书人还是有自己的花园和亭台楼榭。而且据说，《读书时间》将以另一种面目出现在央视的节目中，只是没了"读书"二字冠名，让读书没了"名分"，但毕竟关注的还是读书人，因此哗然之后总还有点小小的盼头儿。

鸡尾酒

三十年前的念书与读书

  1977年恢复高考，怀揣作家梦的我报的是中文系，成绩不够，就被"刷进"英语专业。是这个志愿挽救了我，成就了今天的一个差强人意的翻译家。如果我有幸进了中文系，以我十七岁高中在校生的水平和那些长我十来岁的饱读诗书的同班师哥师姐比，我会彻底崩溃。

  读英语主要靠的是模仿和记忆，在打基础阶段就是比"鹦鹉学舌"的本事，所以上大学的头两年，在外语系，大家不是读书，而是念书。年纪青的自然就"念"得好。但我们用的教材都是"文革"前苏联专家审定的，在改革开放的新形势下，那种教材显然过时老套，味同嚼蜡。于是我

偶然读了劳伦斯，他就成了我的研究课题

挥霍感伤

在这座楼里第一次学习劳伦斯的作品

们课余时间大都人人抱着收音机听英美的广播节目，学正宗的英文，还到书店的内部科买一些影印的美国《读者文摘》类研读。两年后过了基础阶段开始读书了，这个时候我们的任务是补"文革"十年被禁止的那些"古典资产阶级文学"，从莎士比亚、狄更斯和杰克·伦敦的小说、彭斯的诗歌甚至安徒生的童话英文本念起。但毕竟社会上改革开放硝烟四起了，这些古典文学让我们忍无可忍，开始向往读现代的和当代的文学。可那个"拨乱反正"的时代，一切都在"百废待兴"，在"重整山河"，外国文学界的元老和他们的弟子开始复出，豪情万丈地收拾起十年前被废黜的古典文学研究，开始整理故旧，恢复传统。那个时候，吴元迈先生还是不惑之年，抓住青春的尾巴，专门给我们回忆一次他在基辅大学留学时怎样热泪滚滚地读《一个人的遭遇》；年富力强的朱虹继承老一辈的传统并推陈出新，写出的惊世之作是《〈简爱〉，小资产阶级的最强音》等。诸如此类的补课文学研究构成了那个时代的时髦，甚至这些还做得很小心翼翼，生怕触犯什么金科玉律。但仅仅是这些，已经不能满足青年学子冥冥中躁动的渴求，如果这些就是理想中的"外国文学研究"圣殿，这个圣殿显然是与时代脱节的。补课固然重要，但外国文学早就不是萧洛霍夫和"小资

鸡尾酒

产阶级的最强音"时代了,我们并不需要仅仅回到"文革"前的水平,不想仅仅成为"恢复"的过渡部分。可能这种躁动会被看成是"没学会走就要跑",可时代使然,也是无可奈何的事。三十年后回头看,我们确实是在"基础"薄弱的时候就起跑了,从而一直在为此付出代价,不时需要回头补些古典文学。但那个时候我们等不起,耽误不起。课可以自己按需要补,但不能整个学生时代只"补课"。

就是在那种不满和焦躁的嗷嗷待哺中,一位普林斯顿的教授给我们带来了乔伊斯、伍尔夫夫人、曼斯菲尔德和劳伦斯等现代作家作品,我读了劳伦斯小说《菊香》,被这个仍然是国内理论界称为"颓废资产阶级"的作家的清新文风所触动。同样是写我稔熟的劳动人民生活,劳伦斯小说和我们从小读的《红旗谱》和《桐柏英雄》等等实在是大相径庭。这样的作家太值得我们重新发现和研究了,而且我们应该为他"平反昭雪",在中国普及这样的优秀作家(那个时候哪里知道,劳伦斯早就被国际学界认定是20世纪最伟大的作家之一了)。毕业时上了研究生,选定硕士论文方向时自然地选择了劳伦斯。是劳伦斯这个跨越写实、现代和后现代三阶段的作家让我找到了文学研究的支点,找到了一根最适合我的文学支柱,让我得以一边翻译,一边研究(读的自然是当代西方学者的研究著作),一边从事自己的小说写作,不时地与新潮理论相切,感到自己在"与时俱进",同时依然在内心深处恪守着一份淳厚的写实主义文学传统。

我曾经在劳伦斯故乡游记《心灵的故乡》后记中大发感慨说:现代主义文学进入中国的时间整整推迟了60-70年。而我

挥霍感伤

正是在现代主义文学的译者青黄不接的80年代初开始研究翻译劳伦斯的，居然成为其首译者之一。为此我深深感到我完全是灾难和历史错误的受益者，否则根本轮不到我来翻译劳伦斯，更轮不到我来写什么劳伦斯故乡纪行，早该有无数个中国学者来踏访劳伦斯故乡并写出无数本远比拙作立意高远、文笔精当的专著了。面对不幸的历史，我不敢说自己幸运——这样的幸运是建立在几代人的不幸之上的！我只能暗自庆幸，庆幸祖国命运开始有了转机。于是我能翻译劳伦斯，能徜徉在他的故乡，能在他的故乡写中国第一本这样的书，我常感到我的指尖敲打出的文字不全是我的，有许多前辈在和我一起写。

这就是我这个1960年代出生的"后街男孩"1977年考进大学偶然念外语进而读外国文学的最大收获，这份沉甸甸的收获会伴随我一生。

鸡尾酒

翻译（家）：艰难而理智的选择

估计少小立志当翻译家的人为数寥寥。童年时我们做过无数星光灿烂的梦，歌星，运动员，军官，宇航员，但绝少有翻译家这个词——除非是出身世家，否则我们甚至不知道翻译还能是个当饭碗的职业，翻好了也能叫"家"。做翻译多是大学毕业工作后的选择和爱好，有时是无奈的选择，也有时先是权宜之计而后竟成就了终生的事业，因此是一种理性、智慧和个人际遇的综合选择，也有人选择了做翻译家但壮志未酬。而真正成了"家"也少有以此为唯一生活来源的，多是大学教师和文学研究者的第二职业。因此翻译家们大多心态平和，处世淡泊，仅与自己所翻译的外国作者保持心灵的沟通，殚精竭虑于用最恰当的中文传达原作的神韵和意思并致力于通过写作译者前言和研究文章来普及和诠释作家作品。

就我所知，在这个意义上说，当代最有代表性的翻译家是萧乾和赵萝蕤。萧乾是著名作家和战地记者，著述颇丰，只是到上世纪50年代被打成"右派"被剥夺了创作权利才开始在当编辑之余开始了翻译生涯，聊作文学。二十年后他得到了平

挥霍感伤

反,又投身到文学创作中去了。他的口号是"能写就不译"。即使是后来他承担翻译大作《尤利西斯》的任务也是为了帮助妻子。赵萝蕤教授则是诗人,早年受导师之托翻译过艾略特,但号称根本不热爱这位大诗人,只是为了完成导师给的任务,那导师名气非常人可比,是作了民国外交部长的叶公超。后来她在芝加哥大学靠研究詹姆斯得了当年稀有的英国文学博士学位,但又号称并不怎么喜欢詹姆斯,嫌他的文体冗长啰嗦,用赵的话说就是"大从句套小从句"套个没完。她喜欢简洁有力的句子,因此爱诗,最珍爱的是自己写的诗,要做诗人。只因为全部诗稿在"文革"中被红卫兵野蛮烧毁,其创作欲望也随之消弭,晚年才开始翻译惠特曼,以此代替自己未能实现的诗人理想。

他们两位可以说都是在八十多岁上因为翻译了外国大师的名作而再度辉煌的。但在他们成功的顶峰时刻,他们都很理智地表示当翻译家不是自己的首选理想,翻译家只要两种语言俱佳并有奉献精神就可以做好。我有幸在他们的晚年采访了他们,本是期盼他们慷慨激昂地道一番翻译艺术的高见或精辟地传授他们高超的翻译技巧和心得,未成想他们如此平平淡淡地打发了我。

这种淡定,想来也是我的收获。现在我还记得当年赵老太太在巨大的煤炉边(她那时住的是美术馆后街的祖宅,平房,没暖气)悠悠然说她不喜欢这个不喜欢那个的情景,真是大家和大家闺秀啊,这世界不知道能入她法眼的都有什么,或人或文;还记得萧乾无所谓地沙哑着嗓子用英语说:"Whenever I can write, I don't translate。"(我是做一个英文专题

鸡尾酒

片，用摄像机拍下了萧乾晚年说英文的场景。如果我早几年做电视记者，就能拍下更多的老翻译家，如冯亦代当年晚年发力时的听风楼书房。可惜，我采访了近五十个名人，只拍了萧和赵的活动画面）。

但他们的际遇和经历从另一个方面告诉我们：做一个优秀的翻译家，看似无心插柳柳成荫，可绝非易事。一个人的语言知识、文学修养和人生历练都达到了萧乾和赵萝蕤先生那样的水平和境界，做一个优秀的翻译家就水到渠成了。他们成为翻译家的经历也给我们后来者提出了更高的要求，特别是在这个金潮滚滚的年代，我们更应该加强内心的修炼，淡薄功名，潜心翻译自己所热爱的文学作品，在与原作和作者保持心灵的沟通过程中获得精神上的满足，为读者提供优秀的译文，为丰富我们的文学园地作出自己的贡献。我想，这样我们做翻译的目的也就达到了。从更现实的方面考量，做文学翻译是很奢侈的事，因为要先有衣食住行的保障，不能指望文学翻译给自己带来"黄金屋"和"颜如玉"。只有不急功近利，才能有充分的时间雕琢文字，有宽松的心态悉心领会和研究原著的风格和精神，才能最大程度地做好翻译工作，没有研究基础的翻译往往是简单的文字转换，缺乏文学价值。立志做翻译家的人都要有这种"业余"的"专业"精神和思想准备。我想这就是我们国家极少有职业文学翻译家而优秀译品却也不鲜见的缘故吧，因为好的译文来自这种"综合实力"的背景，事实上这种背景似乎也是必需。

挥霍感伤

翻译这个"活儿"

　　现如今的文坛，似乎名气较大或销量稍大的流行作家或"美女作家"都可以顺理成章花样翻新地出版自己的个人文集，大家都认为这是理所应当的事，甚至见怪不怪了。但翻译家出个人译文集却一直近乎天方夜谭。我们知道的，只有过世的傅雷先生和年高德劭的杨绛先生才享此殊荣。因此给人的感觉是，配出个人译文集的翻译家必是大师级的傅、杨二前辈，况且我们知道傅雷和杨绛大师的名望还因为他们翻译成就以外的其他声名所烘托才如日中天，如杨绛先生的文学创作和理论研究，如傅雷先生高蹈的艺术评论和他惨烈的人生际遇。还有一位身后得以出版个人译文集、名气大大逊色于前两位大师的，是已经过世的法国文学翻译家毕修勺，毕老毕其一生翻译了一千多万字的法国文学和哲学名著，但其最为倾心打造的左拉小说系列却未能在生前出版，即使经过后人奔走终得出版，其遭遇还是译界最为令人唏嘘的一大憾事。这样一来，翻译家出个人译文集的门槛就比作家出文集的门槛高得不能再高，高得难于上青天。

鸡尾酒

现在这种现象终于有了改观：皇皇11册，洋洋400万字，装帧精美的《杨武能译文集》出版了，囊括了几乎全部为中国读者所知的德国古典和近现代文学名著。四川大学杨武能教授是国内首屈一指的歌德学者和翻译家，这是众所周知的。但他还翻译了如《豪夫童话》和席勒、莱辛等其他德国名家名著。四十余载辛勤耕耘，在德语文学翻译这片丰饶的土地上杨先生创造了奇迹，因此获得了德国总统颁发的"德国功勋奖章"。

歌德像

今天他的全部译作终得以个人译文集的形式展现给读者，这本身就是一个创举，是对杨先生及其同辈翻译家、更是对年青的后进译者们的巨大激励。正如杨先生所说的那样：从此，出个人文集不仅仅是作家的专利，年富力强的翻译家也可以出版个人的译文集了。这对后继乏人的文学翻译队伍来说真的是一片希望的祥云。

发人深思的是，杨武能先生这个"段位"出个人文集仍属于"幸运"和被"善待"之列（杨先生语）。这里面有出版社对市场估计不足的考虑，也有普遍的对文学翻译家地位看低的问题，往往后者的成分更大些。人们容易把学有专长、造诣深湛的翻译家与偶尔涉足翻译和为完成出版社任务的临时计件翻

挥霍感伤

译工统统混为一谈。即使承认一些翻译家的卓越成就，仍不免把文学翻译看作比文学创作等而下之。如果不是到了傅雷和杨绛先生那个段位，一般人只认原作者而忽略译者。有品位的读者在选购译本时会注意买某某译者的译本，这已经是对译者的最大褒奖了。作为译者似乎不该再有什么如出版个人译文集的非分之想。

但杨武能先生敢于代表翻译家们至少是代表声望颇高的他个人对此种现象表示"失望、郁闷、悲哀"，在译文集的序言中他再次强调：翻译文学是我们"民族的文化财富和文化遗产，在我看价值绝不在一般文学创作和学术研究之下"。因此文学翻译家理应获得较高程度的认知。我觉得杨先生的话算是谦逊的，他应该把"一般"改为"优秀"。

杨武能先生的个人译文集出版，揭开了个人译文集的神化面纱，从此布衣译者们似乎只要刻苦努力，只要译笔生花，出个人译文集的希望就有可能成为现实，当然即使优秀的译者能达到杨先生这样一个段位的也是凤毛麟角，似乎这个门槛还是高了些。但毕竟有了一个开端，个人译文集的贵族化和"身后化"已经被打破，这就十分值得人们欣慰和期许了。

不过，了解西方出版界机制的人都知道，中国译者的地位和受尊重程度相对西方译者来说是高的，也是令西方译者们羡慕的。西方译者的名字是不能与原作者的名字并列于封面上的，他们的译文版权往往被出版社一次性买断。而我们的译者名字可以与原作者并列，版权也是分阶段的，一次版权到期后还可以在第二次签约时自行决定是否转让版权并获得二次甚至更多次付酬，而中短篇小说和散文随笔等译文甚至可以多次由

鸡尾酒

多家出版社出版，等于是自己的创作作品，这些优势是西方译者所羡慕的。因此在中国做一个古典或现代经典名著的译者，只要你的译本质量上乘，还是能够做到物有所值。作为劳伦斯译者，在这方面我深有体会，算是经验之谈。

但有了杨先生的榜样在前，我相信，译界布衣晚辈如我等，就不会懈怠，不会"小富即安"，因为我们从此多了一份动力，我们会更辛勤地劳作，争取有朝一日也有这样的机会。我想这是《杨武能译文集》出版的一大社会意义之所在吧。（《杨武能译文集》，广西师范大学出版社2003年版）

注：本文发表后作者了解到：已故著名翻译家出版个人译文集的还有汝龙（俄苏文学）和杨必（英国古典文学）。最近还有资深翻译家刘炳善（英国古典文学）和郭宏安（法国现当代文学）的个人译文集出版。发表前文章中有关段落里未能列出这些著名译家的个人译文集，实为作者孤陋寡闻所致，特此补充，以求事实全面客观。另外，还有十卷本《英若诚名剧译丛》，也应算作个人译文集之列，而且是很有职业特色的个人译文集。

挥霍感伤

致网友：关于我的小说与翻译

　　常有网友提问，有所互动，有的问题回答后觉得可以扩充成一篇小博客文章，这是写博客的好处之一，大家互相启发，能TRIGGER我的文章。所以我已经有了个良好的愿景，如果哪天博客文章能出书，我肯定不惜代价，送一些给圈友，趁着现在圈友才百十号人，我还送得起。

　　最近网友willie看了"混在北京"电影，也看了部分评论，看完后觉得"不像有评论所说的'儒林外史''官场现形'或'围城'的cynical精神，而是读书人悲哀的情怀！"

　　我先谢谢还有人看这个十几年前的"愤青"作品，可能这是小说改编成影视的好处之一。写《混在北京》时我正是而立之年，刚刚搬出筒子楼，想为这个具有中国特色的居住环境留下点纪念。从建国开始，一代代知识分子就混在筒子楼里生息，但一直就没人以筒子楼为背景写小说，可能大家都是把筒子楼当成自然而然的生存过渡，没当一回事。可我住了几年那种楼，不知怎么就是感觉很特别，搬出后觉得这种生活有"意义"，很伤感留恋，因为那是我混进北京后的第一个落脚点，

鸡尾酒

在那里翻译了不少劳伦斯，有了孩子，有了人生的苦辣酸甜。但又觉得很受伤，因为那种生活状态很让人觉得没有做人的尊严。因为是身陷其中，五味杂陈，所以写得很本质朴素。其中有对自己的怜悯、讽刺，也有对别人五十步笑百步的怜悯与讽刺，往好里说，是块璞玉。这些对不同的人的刺激是不同的，怎么说我都不会特别说真对真不对。还有说十分庸俗的呢，似乎也对，因为我有时也很庸俗。

原著比较尖酸刻薄，但毕竟有感动与自怜与怜人的底子，也有自我反省，这后一部分被导演何群挖掘得比较充分，所以真感动了些人，因此才得了百花奖，应该说是导演的功劳，你想一个片子在1996年叫"混在北京"，还能得奖，没点感动人之处行吗？我在这之前发表文章反对何群这么感动我们，等于给片子泼了冷水，可评奖是不管原作者的冷水的，人家只看是否感人，所以就得了奖。张国立就是靠那个片子里的文艺批评家角色得的影帝，其实原作中那个人就是个有良心、不趋炎附势的愤青，偶尔也风流婚外恋一下，但又喜新不厌旧，是个很真实的知识分子。如果照小说里演，国立肯定拿不到百花奖，他还得等别的机会拿百花奖。

小威还说"不知怎么十几年前就对劳仑斯提不起兴趣，读过他的几篇随笔，《性与可爱》几篇有印象。请教黑马，劳伦斯整体风格是怎样的呢?有什么独特之处呢?"

这问题别人也多次问过我，正好一起回答。我因为是以翻译为主，做研究是为了翻译得更准确，所以理论上很没有功底，说不上个子丑寅卯。我在诺丁汉跟着沃森大师研习劳伦斯，开宗明义就告诉他，我是把翻译当成一门艺术来做的，我

挥霍感伤

更喜欢"转换"的快乐，玩弄的是中文，英文不过是泥巴，中文才是我的雕塑，所以我来研究，目的是为了翻译出精品。这种态度令那里的英国人和其他外国人很都惊诧：还有做研究但不想当教授和学者的人。可我就是这样的人。

所以我应该没本事一下子总结劳伦斯的整体风格和特色。但凭我的小小研究，认为劳伦斯的东东很难说整体怎样，他一直在变，而且他就说生命的本质就是flux，不断的流变。所以他的文本可以从写实、现代到后现代理论视野中都能被发现新的解读方式。同样的物质是水，但一会儿是冰，一会儿是雾，一会儿又是蒸汽，还可以是霾或酸雨。我经常说，劳伦斯很多英国题材，一到意大利就写出了彩儿，可能是英国粮食被意大利的水和发酵物酿在一起，就出了好酒。英国发酵不出劳伦斯酒，非意大利的酒缸不可，可又得发酵劳伦斯打英国带来的粮食才行。劳伦斯浪迹天涯，到处发酵他的英国粮食，因此哪壶酒味道都不同，但从本质上说都是劳伦斯。有人可能喜欢他这一类的，而不喜欢另一类的，很多大师到现在也是这样，可以特别追捧早期写实主义色彩浓重的《儿子与情人》，又可以不喜欢后期的《查泰莱》；或者相反。所以读这样的作家是对自己的挑战。就像你十年前不喜欢，也许现在有些喜欢，或许再过些年更喜欢或更不喜欢，都很自然。我因为是译者，无论喜欢的或不喜欢的，都要尽力翻译对，然后再翻译好，再翻译优。可能你十年前看到的是我翻译对的本子，现在开始修改为"好"本子了呢——当年筒子楼里翻译的劳伦斯与现在花房里翻译和修改的劳伦斯因为水和空气不一样，味道可能也不一样。这个玩笑比较庸俗哈。

鸡尾酒

经济实力与文学翻译

"中国经济实力的增强和国际地位的提高，要求包括文学作品在内的中国文化产品能够更多更好地走向世界。我们不遗余力地翻译介绍外国特别是西方文学作品，但我们的文学作品在走向世界方面却困难重重，这其中一个重要原因，就是翻译水平的滞后。如何将优美的汉语转译为地道的具有美感的外文，这可能是摆在文学翻译家面前的一个重要而迫切的课题。"（http://blog.sina.com.cn/u/4a0da8df0100071s）

张建丽（第一次见到这个名字）在自己的博客里的这一段叙述真是令中国本土的翻译家们无地自容。但我估计张作者既不了解中译外，也不了解中国文学创作，只是乱着急的热心肠儿。这样的热心肠儿们不在少数，但着急得毫无道理，也冤枉了中国的中译外翻译家们。

首先该作者没弄清楚，一国文学翻译成外国文字往往是引进国的热情使然，也就是说是"外国"人的事，人家要读"你"什么想读"你"什么自然会翻译什么，这种翻译比"你"强行输出的译文更容易被引进国的国民接受。历史早就

挥霍感伤

证明了这一点。所以我们着急基本上没用。必须等待人家那边真想读的热情起来了才行，那时全世界自然会出现很多中国文学翻译家。法籍华人高作家得了诺贝尔奖，其作品的瑞典文是马评委翻译的，马评委无论怎么有偏见，人家语言地道，瑞典语是母语，怎么着也比我们中国人学了瑞典语后翻译得地道，被西方人接受起来要容易得多。我们解放后几十年，外文局把中国文学翻译成了无数种外语，基本没什么成功的，最后专门做这个的英文版《中国文学》也关闭了。这叫见不好就收，总比强努着劲儿干要好。

其二，知道什么叫"朽木不可雕"吗？翻译家再好，那文学已是朽木，巧妇难为霉米之炊呀，唯一的办法是学一些黑心粮商，把霉米打磨光亮，可惜翻译家们没这等本事。你不能"拉不出屎来怨茅房"，这句劳动人民的大白话听着糙了点儿，但理儿不糙。如果我们经济实力强到足够的程度，有钱没处造了，我们可以花钱雇外国优秀翻译家，翻译完了买外国的书号在外国出版，买外国评论家的评论炒作，甚至送到读者手里去。但朽木终归是朽木，人家不看不还是白费力吗？文学这东西绝不是有了钱就行的事。

所以我们就只能看着从中国走向世界的华人高作家凭着自己的中文写作得诺贝尔了（我特烦"走向世界"这个老说法，似乎我们和世界还隔阂着呢）。当然我们不承认已经"走向世界"的高作家是中国人了，所以理论上说中国目前还没有人得这个奖，高作家得了也白得，代表不了中国，我们还得为这事儿着急，看哪个华籍华人能全须全尾儿地以纯中国人的身份得这个奖。不过我听说杨振宁得物理奖时还

鸡尾酒

没有正式得美国国籍,因此理论上算是有中国人得了诺贝尔奖,而且是土生土长的西南联大学生呢。可这事实就愣是没什么人重视,死活认定那会儿还是中国人的杨科学家已经不是中国人了。所以说起来至今都没有个全须全尾儿的中国人得了这个奖,真是急死人。但高作家和杨科学家不必觉得白得那个奖,没代表成中国就没代表吧,不管你什么籍,终归还是华人,而且都是在本土成长起来的,大家心里明白就行。所以,我看我们不用为这事太着急。

只是觉得高作家真惨,得了诺贝尔,中法两国都不为他骄傲,法国人也不觉得他代表法国。唉,一个户口本儿,折腾死人。

如果张建丽们弄清了文学翻译的输出和输入关系,弄清了户口本儿与文学和文学翻译的关系而不仅仅是"中国经济实力的增强和国际地位的提高",估计就不会发表那么业余的文章了。但有人着急总比没人急强,俗话说"××不急××急",但有人急还是好。

挥霍感伤

动物农场还是畜牧场？

今收到翻译界青年才俊孙仲旭小弟发给我的两本新译，《1984/动物农场》和怀特散文集《从街角数第二棵树》，分别是译林和上海译文的本子。小孙每次给我书都让我感到惭愧。同样是业余翻译，人家就是青春奋发，简直是在燃烧自己，是劳模，这才几年呢，都十多本大小部头的译文了，而且是各种题材和体裁都能应付裕如。后生可畏啊！他还坚持办一个特别的电子板报，也是生动专业。相比之下，大多数人的电子板报都是三天打渔两天晒网。这个身居广州花花世界的公司职员，白天西装革履当买办，回家就翻译奥威尔，真是好生了得的才子书生。是因为他翻译奥威尔的原因，我才开始接触些奥威尔，写了两篇东东，因此觉得交了一个外国老师。

但这个"动物农场"一词总让我感到别扭，从傅惟慈先生等老一代译家就开始把animal farm翻译成"动物农场"，可这个英文词本来是"畜牧场"的意思啊。中国的农场概念广泛，至少是以种粮食为主，养点猪牛羊是农场的副业。而外国人动辄就用FARM这个词，其实说的是咱们的"养殖场"，如果专门养动物的地方，应该叫畜牧场。

398

鸡尾酒

他们为什么把畜牧场翻译成动物农场呢，估计是有原因的，不会是一个光天化日下的错误译文。来看小说的故事：小说讲的是一家农场上的动物们穷则思变，"哪里有压迫，哪里就有反抗"，揭竿而起赶走了农场主，自己翻身做主人，管理农场。革命后第一件事就是为自己正名，要个名分，于是易帜改国号，改"庄园农场"为"动物农场"（animal farm），以为自己从此就是农场的所有者了。可是他们忘了所有格，也就是忘了在animal后面加上's，以为新名字是"动物农场"，其实外人读来是畜牧场，而不是animal's farm(动物的农场)。其实他们还可以更明确点，叫Farm of the animal，或叫animal's republic, animal's democratic farm, animal socialist farm之类，就不会被人家当成畜牧场了。估计这是奥威尔的一个幽默，让读者先产生疑问，再细读小说。也许这是我的猜想。

不知道这个《动物农场》如果直译成《畜牧场》是什么感觉？好像又有点像我们的国有大单位，有党委，有团支部，有工会和妇联什么的，不像奥威尔的作品了。其实清朝到民国，那个时期管这地方就叫畜牧场。据说著名的三鹿牛奶最早就是石家庄郊区的一个畜牧场生产的，那时畜牧场的奶牛产了奶就直接装瓶用小车推着走街串户卖，估计那瓶子也洗得不那么干净，但因为那奶里没有搅和进三氯氰氨和抗生素什么的，所以大家喝了什么事都没有。现在人家不叫畜牧场了，叫什么奶业集团，这个集团会高科技了，什么毒都敢给你往里掺和，还让你喝不出味儿来，直到肾里长石头才知道出问题了。我们的动物农场或畜牧场还是老实点吧。

挥霍感伤

小说家与作家的区别

　　1985年，我刚研究生毕业参加工作，就摊上个好机会去澳大利亚替领导开文学会，替领导写了讲稿并用英文宣读，回答问题长达45分钟。俺的照片上了会议简介册，美其名曰speaker。要知道，是speaker，待遇就比较高，一般代表住的是普通饭店，我这个二十五岁的小发言人反而住的是五星级大饭店。那次会议里著名的朱虹老师和宋庆龄基金会的一个领导也是代表，但他们就被安排在一个小旅馆里，让我很不好意思，但也没办法，谁让我是代表领导代表国家发言的呢，也就代表领导和国家享受那个级别的待遇。

　　当发言人的好处之一当然是能和其他发言人有密切的接触，那些发言人都是人家国内著名的作家和出版人什么的。其中英国大作家钱伯斯对我帮助最大。他是那次会议上风头最健的大作家和批评家，几乎受到追捧，会议语言又是英语，他那口高雅的King's English自然让他魅力剧增，到了人人仰视的程度。我告诉他我研究和翻译劳伦斯，他就特别告诉我他也是工人阶级家庭出身，祖先也和劳伦斯的父亲一样是矿工。还

鸡尾酒

说他从小受劳伦斯作品影响很大,随之对我大讲劳伦斯与布鲁姆斯伯里圈子人之间的关系,如数家珍。念了半天劳伦斯,我还是第一次听一个英国作家亲口讲劳伦斯对自己的影响,第一次听人讲劳伦斯作品以外的生活际遇问题,把我听傻了。这个钱伯斯果然是高人,前两年在《指环王》和《哈里·波特》风靡全球时,安徒生文学奖没给罗琳,没给托尔金,而是落到了他们的英国同类钱伯斯头上,似乎代表了安徒生奖对罗琳和托尔金所代表的价值的不屑。我很庆幸二十多年前就受到钱伯斯的指教。

若说指教,还有最具体的,那就是他让我明白了小说家——NOVELIST与普通意义上作家WRITER的区别。说起来很丢人,我念了半天英文和英国文学,居然并没在意这两个字潜在意义上的区别。作家嘛,当然包括小说家,小说家嘛,当然是作家喽,而且作家要比小说家厉害,因为全面嘛,如果特别说某人是小说家,不过是因为他发表的长篇小说多而已呗。可钱伯斯让我懂得了某种行业上的潜在区别。我向他提出说:我想向中国读者介绍你,作为介绍的开始,最好是先翻译你几个短篇小说在我们的《儿童文学》上发表,等有了反响,再翻译你的长篇小说。他的回答让我惊诧:噢,不,你要知道,我是个NOVELIST,我不写短篇小说。我惊讶地问,你不是WRITER吗,怎么作家会不写短篇小说呢?我想说的其实是,光写长的不写短的,说明你不够全面啊。大家都是先写短的,写好了再写长的,你怎么不写短的练笔就只写长的,这怎么可能?他似乎听懂了我的意思,宽容地说:可能中国情况不一样,英国确实有一批人只写长篇,不写短篇,所以我们只

挥霍感伤

被称为NOVELIST，而不是WRITER。

回来后我专门为此查了一通词典，发现那些有长篇巨制的作家，都被首先冠以NOVELIST，如果他还写别的，就在AND后面列出，如诗人，剧作家，短篇小说作者，但都不泛泛称为WRITER。如果像曼斯菲尔德女士那样只写短篇，就直接称之为SHORT-STORY WRITER。一般来说，一个作家是先写短篇，写得差不多了，就进攻长篇，然后就开始基本上只写长篇了，最后成为novelist。但像钱伯斯这样只写长篇或曼斯菲尔德这样只写短篇的人还真是少见。劳伦斯，哈代，伍尔夫夫人等其实短篇写得也很出色，但他们的"头衔"却是novelist，因为他们是靠长篇立业的。估计，不写长篇但什么都写的人才被叫做writer，在影视界，写脚本和解说词的都叫writer，我在电视台干的一部分工作就是writer的差事。所以这个词用得很广泛。

但奇怪的是，大作家威尔斯却被称为English author，这些编字典的英国鬼子，真让人看不懂，感觉上是他们对威尔斯不太买账，但人家名气又摆在那里不可不收入词典，所以对他用了author这个很中性的词吧。看来我们跟英美人说起自己，千万慎用novelist这个词，那是大作家的意思；说writer又成了非作家类的写字人。干脆就说自己是author比较保险，爱怎么理解怎么理解去。但如果我出版了五部长篇小说，我想我就敢说自己是novelist了。但威尔斯出版了十来部长篇，还是被字典叫做author。英文这玩意儿，有的学，即使是最简单的词都不好说清。

鸡尾酒

致敬，安东尼奥尼大叔！

安叔，我以一个1970年代的中国少年身份向你敬个礼。一是因为你拍了一部伟大的纪录片《中国》，二是因为你为这部片子遭受了来自我的祖国的巨大辱没。好在一切都已经过去，历史还了你公正。

上个月你以九五高龄辞世，中国的电影界公映了你的《中国》，以此缅怀你的艺术德行，大家都称你是大师。

我看到有的圈友写了报道，就在我的博客上写了几句感想，我的一个发小读后，马上给我复制了一盘《中国》，让我终于在这个片子遭到攻击三十五周年之后在电脑上看到了它！当年全中国的报纸电台铺天盖地地批判这部纪录片，把你说成

安东尼奥尼导演

挥霍感伤

是中国的敌人,是反革命。那个时候我们还在上小学,学校里组织了批判大会,"革命师生"纷纷上台声讨你这个十恶不赦的反革命。班里也组织班会,念《人民日报》的批判文章。我们这些孩子真的是义愤填膺,恨透了这个叫安东尼奥尼的意大利"法西斯分子"。

可我们谁也没看过这部影片。因为我们都不觉得非看不可,因为上面说不好就肯定不好,毒草就是毒草。

三十五年之后,我点开了光盘,看到了三十五年前的中国,看到了我们那一代青少年的日常生活场景。我还能说什么呢?你记录下了一个真实的中国,它的城市和乡村,它的朴实、善良、健康、有些愚昧的人民的精神面貌。那个时候的我们真的很美,脸上洋溢着真实的豪情,因为我们相信我们是世界革命的主力军,另外三分之二的人都生活在水深火热之中。所以,安叔,你拍下的那些个人的表情,都是真的,我们排着队、扛着铁锨,喊着"一二三四"在学农的路上齐步走时,心里真的是充满豪情,因为我们相信我们在为世界革命贡献自己的力量。

你说你要用镜头捕捉的不是革命的大全景,而是革命的人民的表情,最重要的是表现这些革命的"新人"。你做到了。作为意大利抵抗组织的成员,你被法西斯判了死刑,你真的是革命左派,同情中国的革命。但你要记录下这个新社会的方式却不是用中国的左派们喜欢的那种政论式文献片的形式,而是从最局部和细部开始,用一个个具体的画面,用一张张健康的普通人的脸。你这样说:

I found myself facing a people , a country, which

鸡尾酒

showed clear signs of the revolution that had occurred. In seeking out the face of this new society I followed my natural tendency to concentrate on the individuals, and to show the new man, rather than the political and social structures which the Chinese revolution created.

多么可爱的欧洲左派艺术家啊！可是你不知道这边把你当客人请来，是希望你拍出高大全电影。结果你却去拍那些他们最视为草芥的普通中国人，连南京长江大桥你都不拍它气势恢弘的全景（我相信，只要你提出来，江苏省能派飞机供你航拍——其实用不着，只需要向新影厂拷贝几个航拍镜头就行），而是拍桥下的局部，往上摇镜头。这么渺小的接近方式，被看作是支离破碎的镜头，是对大好的革命形势的污蔑。

你真的太天真，根本不知道请你干什么来了。结果是一心要记录社会主义新人的面貌，却被当成了反革命，遭到大肆攻击，成了中国人民的头号敌人。幸亏你是意大利人，如果是哪个中国艺术家这么做，绝对要枪毙的。要知道有多少中国的本土艺术家在"文革"前十七年拍的歌颂革命的电影都被打成了大毒草，这些艺术家因此家破人亡的有，惨遭迫害的有，被下放劳动改造的是大多数。幸亏你拍的是中国，如果你这么拍别的国家，估计就不能在九十五岁上安床而逝了。你会因此遭到追杀。中国左派的做法毕竟还算"正规"，是通过媒体批判声讨，最多是发动使馆到各个国家去阻止放映。他们其实只是"窝里横"，满中国叫嚷而已。所以你还是幸运的。而在现在的中国，不仅为你平了反，大家真正理解了你，你成了我们心目中的大师。

挥霍感伤

说真的,用今天的眼光看你的片子,从艺术的角度审视,我毫不惭愧地说,我们现在的电视记者都能拍出这样的镜头来了;那种镜头的组接也没太多的高妙之处。但《中国》的价值在于它的历史性,在于它的历史真实性。我们这些电视人是站在你这样的历史巨人的肩上才有了如此的艺术视野,因为你做出了历史性的牺牲。你说过,作为一个电影人,你最大的愿望是等有了彩色电视后用电视镜头拍电视,因为电视片的制作更灵活,对色彩的处理可以随心所欲。没错,连我们普通的电视学生都懂得怎么做特技了。但我们现在却对着庞大的制作机器制作不出什么史诗片来,制作不出《中国》那样感人的片子来,真是可耻,是技术时代的良心可耻。所以,面对你平实的镜头,我们必须承认你是大师,尽管我们能导演出比这更好的镜头来。

除了致敬,我最想说的就是感谢,感谢安叔,你用艺术良心为中国留下了真实的中国景象,真实的1972年的我们。否则全世界都找不到这样的电影了,1972年的中国只能是一些虚假的影像。

安东尼奥尼在拍摄《中国》

我还要说的是遗憾,这是历史的遗憾和错位,你的艺术良心没能在恰当的时候得到你所热爱的国家和人民的感激。欧洲的左派和中国的左派是两回事,你当初没

能懂得这一点，这是艺术家在政治上的天真造成的。

连那个大左派批评家苏珊·桑塔格在《论摄影》中替你辩护都没辩护到点上。她很技术地很艺术地分析说，你的《中国》之所以受到攻击，是因为你持西方审美视角，是细碎的，是割裂的镜头，而中国人欣赏的是完整的、连续的镜头。她的前半句是对的，后半句则是太天真。根本原因是你的艺术表现方式在中国的极"左"派眼里是"政治错误"，不PC，因此是歪曲现实，是诋毁一个国家。他们要的哪里仅仅是连续画面，哪里仅仅是不要细部，他们要的是"革命形势一派大好"，是高大全，是直接的美化歌颂。否则不仅没用，还是添乱，即是反革命。连《烈火中永生》那样的革命电影都成了毒草，还有什么不是毒草？所以说西方这些左派艺术家真的是不懂"革命"这种"一个阶级推翻另一个阶级的暴烈的行动"。

想想看，老百姓在他们眼里如同草芥，老安却把他们当成了主角。还有，他们脸上那种真诚憨厚的笑容，只有中国的极"左"领导才明白，那笑容是愚昧状态下的憨厚，是长不了的。因此，他们认为老安是故意用这些愚昧的笑容来讽刺极"左"政权。其实是错怪了安大叔，安东尼奥尼是把那种笑看作是翻身得解放的社会主义新人的笑容。

这让我想起叶君健老人，他也是受了西方文学的影响，用静态白描的冷静笔法歌颂中国大革命，这种小说被英国当成现代派文学技法与中国革命结合的最好的小说，可贵为中国作家协会副主席的叶的作品却始终在中国没有得到赞赏。因为他歌颂的方式"不对"，因此没用，至少在人们潜意识中认为不够PC。还好这书是"文革"后出的，否则，估计也

挥霍感伤

是毒草的下场。

　　说到PC，私下以为纳粹时期的德国电影人最懂PC，他们知道怎么讨希特勒喜欢，无所不用其极地把元首和他的幕僚们拍得高大光辉，把元首演讲的风采推到了极致。元首当然满意。这就是宣传。当然这些"美好"的镜头后来都成了珍贵的历史资料，让后人看看当年的纳粹是多么风光、多么不可一世，成了反讽的极致。

　　安大叔无疑是误读了当年的中国，因此也就误歌颂了一番。但就是这种对中国的"误读"为中国留下了真实的镜头，否则，就没了真实。这是一种反讽，一个美丽的错误。

　　但，安叔，我还是要谢谢你，真诚地谢谢！

鸡尾酒

裸与禁裸：西方文明的拉锯战

西方女人的晚礼服（包括政界女名人）如此袒胸露背，影视明星甚至在重大场合以薄如羽翼的轻纱遮体实则以真空示人。往往敢于如此裸露的女人都有着高挑骨感的身材和冰清玉洁的肌肤（在于黑人则是黑珍珠一样闪光润泽的皮肤），丰满有型的胸乳更是必需。对此我们似乎见怪不怪了，因为觉得那是人家的"传统文化"，是艺术。而这种传统文化似乎很难被亚洲女性效颦。一旦我们发现某个娇小玲珑的亚洲女演员袒胸露背，似乎那就成了一场灾难。这种"排他"的西方传统文化让我们觉得那种天生丽质的身材似乎就应该裸露，成为被欣赏的公共视觉财产如维纳斯女神的雕塑，而裸露者在裸露的同时内心感到的是骄傲。

这种传统发端于古希腊罗马，到文艺复兴时期走向鼎盛，那个时期人们以人体的健康美为最高目标，以健美的裸体示人为荣。裸体竞技蔚然成风，男女同浴司空见惯。体操馆（拉丁文gymnasion）一词就是由裸体（gymnos）演化而来。后来的英文体育馆自然成了gymnasium，其词根也是gymno，表

挥霍感伤

示裸体。可见这种传统文化之根深蒂固。那个时候风行的是贵妇主动请画家画下自己的裸体写真悬于厅堂之上，以及男人请画家为自己的妻子画裸体画示人。曾有一段时间这种潮流走向极端，男人们不仅向外人详尽地描述自家媳妇的身材之美，还领客人进家，撩开正在熟睡中的女人的罗衾，令其惊艳。更有甚者，家中来了贵客，男人还献出妻女陪伴客人，让客人亲身领教自家女人的美妙，将自己的幸福活生生地让客人浅尝辄止，可谓"身教胜于言教"。

随着时代的进步，古希腊的裸体竞技比赛和引他人入室"体"验自家女人的习俗早就成为历史，但因为本性难移，裸露之风似乎一直在西方劲吹，这种传统一直得到传承，人们的视觉饕餮就成了家常便饭，这种传统就成了一种文化和艺术，裸体得以登上大雅之堂，性与美浑然一体，难解难分。所以每每传来令东方人瞠目结舌的裸体行动，那边叫艺术，这边可能就叫淫荡了。

前几年，特别是2003年，裸体风似愈演愈烈，几千人裸体集会，伦敦、巴黎、巴塞罗那、纽约、蒙特利尔和南美的闹市处处春光乍泄，赤裸裸的人群招摇过市，其情其景令人叹为观止。而导演这种集会的仅仅是一个三十几岁的纽约摄影艺术家斯宾塞·图尼克（Spencer Tunick）。他已经成功地在世界各地组织了五十多次露天裸体摄影和录像运动，包括在联合国总部门口。看着这个貌不惊人的艺术家衣冠整齐地穿梭在姿态万千的白花花裸体人群中指挥若定，我想到了耶稣基督俯视众生用手愈合路人伤口的情景。成千上万的男女老幼自愿云集，心甘情愿为他的艺术而剥光衣服，在冰冷

鸡尾酒

的水泥地上按照他的命令摆出各种姿势,那种虔诚足以惊天地、泣鬼神了。

一个摄影艺术家何德何能,居然能在网上公布一个自己的拍摄计划,就有上千的人聚集一处,俯首帖耳听从他调兵遣将,在泰晤士河畔、在纽约的闹市大街上组成如此蔚为壮观的裸体阵营?他的摄影也没有什么特别的技巧,不过是用温热的人体与冰冷的水泥城市建筑形成鲜明的对比,用成群的肉体摆成柔软的曲线,缓释机械的城市格局。这种裸体行动艺术似乎早就屡见不鲜,如裸奔之类,但多是一些个人或一小撮标新立异者的小规模行为,往往被人嗤笑为神经病或缺根筋一言以蔽之,仅仅在公众场合下偶尔露峥嵘就被警察拉走了事。但图尼克运作的是上千人的群众运动,而且没有什么邪教惑众嫌疑,仅裸而已。他唤起的是一些人深藏于内心的一种释放欲,这种聚众释放的旺盛人气又让每个裸露的个体免去了被看作是神经病的嫌疑,因此大家可以裸得明目张胆,就那么大义凛然地穿城而过,就那么如沐春风地坦然横卧在都市大街上。

据说图尼克多次被捕,关上几天就放了,因为法律无法将他绳之以法。不仅如此,他还会拿起法律武器保护自己,毅然将"骚扰"他的纽约市政府告上法庭,法庭居然根据言论自由的条款判定他有理,从此警察不能再干扰他的艺术创作。纽约市府不服,上诉美国最高法院,但最高法院仍然以言论自由的"美国宪法第一条款"维持原判,图尼克大获全胜,然后再接再厉,一次比一次甚嚣尘上地创作其裸体艺术,竟然渐渐被接受,成了世界都市的一景,遇上个什么著名美术馆或大商厦

挥霍感伤

开业，他还被隆重请去导演一场裸体运动，以此来壮声势，壮门面。其在西方的影响，与张艺谋导演个申奥大型演出很有一比，只不过成本比张艺谋的演出要低得可以忽略不记。图尼克只需一个手势，上千的人就呼啦啦一脱到底，白花花排山倒海席卷闹市，演出就算成功，演员们分文不取，欣然作鸟兽散，心中还对图尼克给他们这样一个光天化日之下展示真我的机会感恩戴德呢。说白了，图尼克是个得民心者，因此得到了一小片天下。

同样在日常生活中裸露之风也很兴盛。大家都知道的慕尼黑有个英国公园，里面就有一片天体日光浴区，谁想赤裸晒日光浴都可以去。那片"特区"似乎是因民众自发而起，没有一定之规，也没人禁止，就像伦敦海德公园的自由演讲区或北京玉渊潭的冬泳区。著名学者叶廷芳曾著文讲述20世纪80年代刚走出国门时去那里观西洋景的故事，很有趣。笔者在慕尼黑时也有过同样的想法，但靠近那片地方时临阵脱逃了，理由和叶先生一样，觉得自己衣冠楚楚地去看那些自然裸露的人很有点不道德，甚至觉得自己低级趣味，用"正常的思维方式"想，倒像是自己赤裸着被别人看一样。国外一些裸体海滩就禁止衣冠人士靠近，甚至人们提出，海滩上的小吃商贩也应赤裸才允许营业。

要说这裸体行为艺术这年头是越来越花样迭出，经常有热心环保的人士动辄就来个裸体游行和裸体造型，以此唤起民众的爱心，前一阵香港的不少著名演员们也纷纷为环保而全裸出镜拍摄宣传海报。某国甚至闹了一个当众交媾，口号是FUCK FOR GREEN（为环保而交媾）。现在大陆也开始有人为环

鸡尾酒

保而聚众献裸,在贵州的某水源地摆出裸体造型,似也有惊天地、泣鬼神之勇气,但就是不知道那些污染大户们的良心会不会受到触动,说不定人家还把这行为艺术当成了笑料。人心隔肚皮,方寸间的活动谁能看得清,只有上帝知道。

这些以回归自然为理念的天体行为与掺杂了商业牟利的赤裸似乎有着本质的区别。很多服装展示就是靠模特的赤裸吸引眼球并以此牟利为目的的,在这方面,艺术与色情,艺术与金钱就很难划清界限。连为手提包做广告,都要模特们露胸露臀,很多时装设计的低腰裤以能隐约露出股沟的为最前卫,这种设计与实用之间存在巨大差距,据说展览的时装中只有百分之二十能在商场出售。

当然那个裸露的传统文化并不是铁板一块,"禁裸"的势力也不小。不说历史上的清教主义和维多利亚时期的道德观如何严厉刻板,只说今日的西方社会,人们对此还是持批评态度的多。根本的一点是:上帝当初就为亚当和夏娃盖上了无花果叶子,为什么现在还要如此裸露,这是违反天意的。更多的人认为这些裸露者应该想想世界上还有那么多衣不遮体饥寒交迫的穷人,应该为他们脱贫做点事,而不是沉溺于自己的欲望释放中。这些普通民众的意见听起来很是语重心长。而那些艺术名人的反应则有点出乎意料:其中包括著名时装设计大师基奥基奥·阿曼尼。他认为时装展示会越来越像肉体展示会,模特们赤身露体地在T型台上进行表演有失艺术品位,便和包括瓦伦蒂诺、卡拉·菲恩蒂在内的保守派时装设计师发起一场"禁裸"运动,要求模特在进行时装表演时不要袒胸露乳。一些时装设计师认为,模特们的这种做法并没有体现时装的性感,而

413

挥霍感伤

只代表着庸俗。由此我们看到,即使在那个裸体文化盛行的社会,裸与禁裸都一直在进行着一场从未休止的拉锯战。以艺术的名义而裸和以社会和道德的名义而禁裸似乎是不可调和的矛盾。或许就是因为这种矛盾,裸体艺术才变得有所节制,也因此更能有艺术性可言,任何无节制的欲望释放和冷酷的禁欲都不利于艺术的成长。

鸡尾酒

电视剧《新结婚时代》：感慨与庆幸

　　一部二十多集的电视连续剧，看完后还觉得意犹未尽，想让它继续演下去，甚至想替它写续集。过去一年中还很少有这样的电视剧如此吸引我的眼球，如此触动我的心弦，如此引起我的冲动。没有什么宏大叙事，没有什么高妙的主题，没有什么时尚元素，也没有《贫嘴张大民的幸福生活》那样的大众诉求，可它居然让我时时唏嘘，欲哭无泪。理性上，我知道，这部电视剧的优点和它的缺点一样多，不合逻辑、落俗套、情节巧合处很多，但一看起来就动感情，就会忘了这些。它触动了我隐秘的一根神经。

　　是郭晓冬扮演的男主人公何建国。他的眼睛里几乎总含着泪水，对这个对那个一再说着对不起，总是一脸酸楚，一脸尴尬。这样一个西装革履、温文尔雅的技术精英，一旦离开公司，进入社会和家庭生活，就那么手足无措，就那么畏首畏尾，仅仅因为他来自贫困的农村，拖着一条大穷根，身后有几乎整个一个"何家村"在时时向他求助，而他又只能转而求助自己妻子家，成了妻子家一个沉重的包袱，以至于

挥霍感伤

连他爱妻子、为岳父母尽孝心都在别人眼里成了献殷勤、进行交换的行为。人们的价值判断对这样的底层精英青年，实在是不公平。一场浪漫的风花雪月，过后是琐碎沉闷磨人的婚姻生活，是烦琐到让人发疯的家族人际关系的平衡难题，这一切足以毁灭一份良缘，足以让亲爱的人反目成仇。在一个特殊的语境中，这个普遍存在但又提高不到什么伦理道德高度的小小主题，其实是中国很多家庭关起门来的大主题，原因很简单，上溯两三代，大多数国人都与不开化的农村和农村阶层有着千丝万缕的瓜葛，大多数人的家庭生活都多多少少受到这种天生不合理的城乡二元制度的负面影响。而这种影响到底在多大程度上阻碍了社会的文明化程度，在多大程度上潜移默化地恶化了社会关系并伤害了人们的感情和谐、造成了人们的心理障碍，这些软性的指标永远无法量化，一代代人就这样承受着这种无形的压力，无论受歧视的还是歧视别人的都是一个硬币的两面。一个生活剧当然不能承受多大的社会叙事，但通过普通人情感的诉求，把小人物的爱情置于如此粗砺沧桑的背景下去历练打磨，戏份做足了，自然会触动人们的泪腺，反倒比那些动辄黄金英雄神话的闪亮"打造"要有切实的意义，与其大张旗鼓黄金万两地冲击奥斯卡宝座，倒不如来点这样触动国人心旌的小小生活悲喜剧更实在。即便黄金滚滚冲垮了奥斯卡的大堤，除了给几个影视大腕和制片商带来丰厚的滚滚黄金回报，还能给中国影视品质的提升带来什么？不仅带不来什么，还会带来更恶性的攀比，让中国影视堕落为后殖民文化的奴隶。

俗话说世上没有无缘无故的爱。说到这个剧，我是从这对

鸡尾酒

夫妻身上看到了自己父母那一代人，相信很多人都感同身受，因为我们大都有同样的生活背景。特别是我看着那个因为冤枉无奈而泪水几乎时时要夺眶而出的农村大学生何建国，我看到了我们的父辈年轻的时候，尽管他们是时隔几十年的两代人。50年代末，那些农村有志青年们带着对美好生活的渴望走出农村，参了军当了军官，进了城当了干部和工人，这些热血男儿不可能再"脚踏实地"地回老家寻下个没文化的媳妇，他当然渴望与城里的女子开始摩登生活，这是他们的天赋人权。他们也会在周末到学校大门口等待自己的恋人，以自己的才华、地位和相貌得到了自己想要的女人和生活。但这种浪漫很快就因为他们农村老家里那条长不见尾、深不见底的大穷根掣肘而降温，如这电视剧一样，跟一个人结婚就意味着跟他们全家结婚，跟他的社会关系总和结亲。年复一年琐碎恼人的生活细节终于在多年的侵蚀蚕食后将他们的热情消耗殆尽。一切又回到起点，可他们已经是夕阳西下的年龄了。那些可怜可恨可鄙可恼无奈无血无泪的生活细节，似乎没有一点值得可歌可泣的悲剧意味，可它就是生生儿地毁了一个家，戕害了全家人（及他们社会关系的总和）的心

《新结婚时代》剧照

挥霍感伤

灵，这种日常生活的小小悲剧如无情的磨盘碾子，把生命一点点磨成齑粉，最终没了爱，也没了恨，只剩下麻木，蓦然回首，连一点成为追忆的情分都没了，只剩下昏花的老眼，连浑浊的泪都干了。所以我看到何建国眼中饱含着的泪水，我觉得这泪水竟然是那么的可宝贵，因为有泪就还有不泯的温暖、希望和爱，至少是情分。这是这个电视剧留给观众的最温柔的一笔，就是让一个男人经常满眼含着泪水。

我们从小听到父母苦口婆心的规劝，大多都是来自他们渗入骨髓的小小悲剧经验：蓬门荜户的升斗小民，婚姻是终身大事，不可高攀，也不可低就，否则后患无穷。可就是这个高攀低就的小小难题成了人们生活里不可逾越的障碍。人性使然，我们的灰姑娘们自然不放弃白马王子的梦，我们的卖油郎们绝对不会不做独占花魁的好梦，文明的进步与欲望的满足似乎全在这种小小个体们的追求中得到了体现，可谓一滴水能反射太阳，这是亘古不变的"同一首歌"：星光洒满了所有的童年，甜蜜的梦啊谁都不会错过……只是这同一首歌放在我们的城乡巨大差别的残酷背景下来唱，代价尤其之大矣。

所以看着电视剧悲天悯人地感慨唏嘘之余，居然心中生出了小人之心的庆幸：万幸我有第一代农民父亲垫底，才有可能活得比较从容些，至少我们是前进了五十步啊，把那一百步的尴尬远远地甩在了身后，即使生活中有"高攀低就"，但已经不是这种底线上的垂死挣扎和苦心经营。如果不是我们有千千万万这样渴望幸福的父亲闯进城里，改变了我们的基因和"品种"而是由我们来当第一代吃螃蟹者，我们能不能像何建国那样承受，我们多少人会崩溃也未可知。

鸡尾酒

为此我十分佩服身边周围的很多"第一代"们，他们混在城里和混在北京的生存底线要低得多，心理底线也脆弱得多，但他们热诚刻苦进取，表现出了何建国式的顽强和韧性，也不失何建国式的善良和智慧，真如戏里所说如果不是让农村的家拖累就十全十美，这样的人着实令人敬佩，跟他们比我们这些第二代、第三代城里人（或者说农民）真该感到自惭形秽，因为他们连从零开始都算不上，而是背着一个巨大的"原负"（天生的负数）和我们一起起跑。反省当年我写《混在北京》，更多是写这些"第一代"进入京城文化界工作后的狭隘、自私、卑下和茫然无助，感到自己确实是过激了，虽然写的也是真实的一面。那个时候我想不到同情，想不到背着"原负"的人们的压力，只想到了"知识分子"的行为规则与举止规范。没有想到文化人格的形成需要漫长的过程及其演化过程中人们内心的挣扎与自责自怜。因此《混在北京》应该算写得"不好"。

当然电视剧那虚幻的大团圆结局几乎让我感动的泪水未干就哑然失笑。但我们能要求电视剧什么呢，满足人们美好的愿望吧，让有情人终成眷属，让温情焐暖我们备受折磨和冷漠的心灵，这当然是娱乐的作用之一。我知道，这个剧是得见好就收，不能再写下去了，也不能再演下去了。因为我分明看到何建国和顾小西的脸老了，变成了我的父亲母亲，他们会对自己的子女说：婚姻要门当户对，贫贱夫妻万事愁。我分明看到，何建国慢慢变了，为了养活那一大家穷人，为了权力和金钱，在腐败的官场和火并的商场上变得媚上压下、欺世盗名，终于辉煌也终于烂透。因为我看到了很

挥霍感伤

多这样质朴的"第一代"青年如何沉浮,如何堕落,如何清醒地质变,如何快乐地走向灭亡。他和妻子要么同流合污,要么反目成仇。他也会因为甩掉多年"原负"的包袱后欲壑难填,在聚敛财富的同时包二奶、泡蜜,以此来让自己获得超值的情欲补偿。我看到何建国戴着镣铐,面对发妻和父老流泪说:"我怎么就收不住呢?我见好就收就不会输这么惨。但我值了,牺牲我一个,幸福全家人。"面对黑金、黑冰,黑洞,很多何建国就这样飞蛾扑火,勇敢地扑了上去,因为他们的"原负"让他们要最快地获得第一桶金,在付出超常努力的同时,也要使出超常的伎俩,没有量变过程的基因突变,往往伴随着"原罪"的放大,伴随着心理失衡后的报复性与非理性聚敛和巨贪。这样落马的高官显贵和富豪,这样"出事"的层层大小官吏和企业家层出不穷,部分原因应归咎于那个"原负"与其后来获得的社会地位和权力之间的天壤之别。在政治资本和金融资本几乎是原始积累的时代,没有法律法规完善的舆论和财务监督机制,这样的"原罪"就不可避免。这个电视剧当然不能也不必揭示这些,因为它仅仅完成一次感动就够了。

新结婚时代,没什么是新的,除了人物和情节的不同,能打动我们的还是那些"同样的感受"、"同样的渴望",我们与他们同唱"同一首歌"。所以,我无论如何要感谢这个剧,感谢郭晓冬演得那么情真意切,我宁肯买个碟再看它一次,也不去看什么黄金甲,不看英雄,不看神话。那种奥斯卡情结是不是也和文化上的"原负"有关呢?拼了血本冲击奥斯卡不过是那些影视大鳄英雄们血盆大口吞吐黄金的神话表演,有金子

鸡尾酒

堆着就能演,演好再换回金子来,演砸了那也是富人们要听个响儿,咱布衣荆钗的就别敲边鼓跟着起哄了,还是看点能感动自己的尽管存在着不少缺点的关乎百姓命运的《新结婚时代》类的片子吧。

挥霍感伤

幸亏我没进影院看电影《梅兰芳》

　　年前在电视上多次看到陈凯歌率剧组在进行《梅兰芳》电影的宣传，感到这个大戏不容错过，就想无论如何要进一次电影院了。放了假偶然得到一张光盘，就想进电影院前先睹为快，预热一下。没想到，看了碟片，我真的不想进电影院了，不想再看一眼《梅兰芳》。我庆幸我没专程进电影院一趟，否则，不菲的门票不说，路上堵车的时间加电影时间就要半天，还有市中心一小时十元的停车费，为这样的电影，反正我觉得不值，谁说我没文化，不懂电影，不懂京剧，不懂艺术，我都不在乎，我就公然在博客上表示我不懂吧。

　　当然，不喜欢不是说它不好，个人好恶而已；还有，就是因为它是陈凯歌的招牌电影。如果是另一个二流导演的作品，我或许会欢呼说真好，要为国产片加油。可由于对陈凯歌期盼太高，他的段位明摆在那么高的位置上，宣传攻势又如此之猛，在这种情势下看这个电影，就只能是大失所望了。

　　当然还有，开头那一段直到十三燕悲情地死去，都很让人撕心扯肺地感伤，一老一少两个演员的表演确实震撼人心。

鸡尾酒

谁知道怎么就从镜头一转，成年梅兰芳一出场这戏就看不下去了。总的感觉就是通俗剧+MTV+大片特技，可就不是大片儿，最终的感觉是大片儿碎落——blockbuster busted into blocks。很多的优秀成分，很多的优秀元素堆起来，可就是堆不成大片儿。看陈凯歌在电视上的踌躇满志，看着所有的演职员像供神一样地仰视陈大导，你不能不感动，可再看看片子，唉，陈大师，我真想去电影院，可我就是迈不开步子啊。真希望这是陈凯歌的学生导演的，陈凯歌只挂名当个艺术指导，那样，会有更多的人欢呼，欢呼中国电影的希望；可它明明白白是陈凯歌亲历亲为的艺术品，而且是以那么高高在上的优越感推介给大家，就只能感到陈凯歌走到我们希望的尽头了，他还能再出彩儿吗，那要付出怎样的代价和努力才行呢。

看到网上有人说陈凯歌是"纸枷锁下凯歌难奏"，可能有道理，这一切不能由陈凯歌承担，或许他是被一架纸枷锁禁锢住了的天才，毕竟中国电影界有这么一个大导演不容易，我们不能太苛求。或许，如果这电影不打着梅兰芳的真名就能让陈导完全施展天才？看来电影还是虚构为好，弄真人纸枷锁太多。既然如此，陈导为什么非拍传记片呢？

挥霍感伤

现实照进改编
——劳伦斯作品影视改编的启示

2007年第32届法国电影恺撒奖爆出了大冷门：最佳影片、最佳女主角、最佳改编、最佳服装和最佳摄影五项大奖的获得者竟然是一部根据英国名作改编的三小时法语故事片。这部小说就是劳伦斯的《查泰莱夫人的情人》，改编后的电影片名是《查泰莱夫人》。这是劳伦斯作品影视改编58年历史上最为辉煌的一次记录。在此之前的两次辉煌分别在1960年代和1970年代，同名电影《儿子与情人》和《恋爱中的女人》分别获得奥斯卡最佳摄影和最佳女配角奖及多项奥斯卡奖提名。

劳伦斯的作品从1949年开始被搬上银幕，从此成为各个时代影视改编的热门，其中短篇小说和话剧剧本有近二十部被改编；他的五部长篇小说得到改编，其中《儿子与情人》三次，《虹》二次，而《查泰莱夫人的情人》则被四次改编为影视，其中两次是被法国人改编为法语作品。

一个1930年代就过世的作家，其作品如此高频率触电并长盛不衰，这是文学与影视的互动双赢，但并没有受到劳伦斯研究专家们的嘉许，几乎无一幸免被视作败笔，其理由很简单：

鸡尾酒

即使最为成功的影视作品也难以传达劳伦斯原作文本的精神，更何况乏善可陈的作品，简直是对原作的背叛和窜改。尤其对《查泰莱夫人的情人》这样的大雅大俗之作，在改编上高雅与低俗仅在须臾间徘徊，其性爱镜头的取舍调度全靠导演的灵犀，失之毫厘则差之千里。所以专家们均称，劳伦斯的几大名著因其高深的内涵、高度的诗意和心象图景的扑朔迷离而不可改编，劳氏大作更适合私下体悟。影视改编中普遍存在的忠实与背离原作的问题到了劳伦斯这类大家身上就成了彻底的不可改编。

面对这样热与冷的对立和尴尬，劳伦斯影视改编在过去近一个甲子的时光中却依然势头不减，这不仅是因为劳伦斯的名气之大所致，还因为其作品的张力超越了几个时代，跨越了写实主义、现代主义和后现代主义阶段，其潜质与每个历史时期和文学批评的新潮都有惊人的契合，能得到崭新的读解。其作品所触及的问题和揭示的真理恰恰总有"现实"意义。人们发现，正如大批评家利维斯所说的那样，曾经占据劳伦斯身心的问题正与今天的我们休戚相关，劳伦斯的作品所考量的社会、心理、两性诸方面的问题，其复杂性和紧迫性在他以后的各个时代不是过时了，而是加剧了、凸显了。劳伦斯的结论或许与他们不同，但他的作品为他们提供了可借鉴、可依赖、可创造性背离和误读的扎实文本。可能是劳伦斯作品的这种丰富潜质激发了一代代影视艺术家们的艺术热情吧。因此劳伦斯不仅是文学的常青树，也是影视改编的长盛招牌。所谓的"不可改编"，其反面恰恰是因为作家对人性的掘入之深广和意义的扑朔迷离而更适合被影视作品不断翻新诠释。这个过程当然不

挥霍感伤

是文学专家们希望看到的那种对文本原意的苦苦寻觅和忠实再现，而是不断的创造性背离，在背离中挖掘出新的潜质，从而延伸了文本的意义，也在一定程度上拯救了文本。同时这种创造性背离也使影视改编作品成为了一个崭新的、独立的艺术品，而非跟在原作后亦步亦趋的忠实奴仆——事实上，劳伦斯的作品在本质上因为自身旨趣情结的复杂和洞察的远见性而拒绝这种忠实的奴仆，正如有的批评家所说，劳伦斯的作品不是静止的完成，没有终极的意义，而永远是在"形成"（becoming）中。

所以，我们看到的对劳伦斯作品的影视改编都打上了各个时代的烙印，似乎劳伦斯的作品是应运而生，他是我们同时代的作家一般，这就是他的becoming性质，它决定了各个时期的影视改编都是"现实"强烈观照下的产物。这样"带着时代问题"、借改编探索当代社会和心理症结的影视作品，都是编创者高度的个人信仰与追求的结晶，往往为寻找投资耗时数年，小额的投资往往让导演在拍摄中捉襟见肘，因此绝不会有轰轰烈烈的商业化炒作如全国选秀，也申请不到诸如重大历史题材的政府投资，更不会有苦心揣测奥斯卡等世界大奖评委的胃口靠着什么东方主义视角之类的手腕吸引青睐。把劳伦斯三部名著改编成影视作品并因此获得过奥斯卡奖的英国著名导演肯·罗素（Ken Russell）在导演了BBC的四集连续剧《查泰莱夫人》后竟然要靠拍摄家庭滑稽剧维持生计，为此他不顾老迈，粉墨登场，亲自扮演小丑，惨不忍睹。他们为自己的艺术追求付出了惨重的代价，但乐此不疲。仅以前面所涉及的其四大名著的改编为例，劳伦斯的作品改编从1949年第一个短篇

鸡尾酒

小说搬上银幕始，大体经过了三次改编高峰，每一次改编都是影视改编者们借尸还魂，以此直面自身时代问题的尝试。

1960年代之前是改编的第一个波峰，都是黑白片，以《儿子与情人》为巅峰之作。那个电影基本上置劳伦斯原作中的弗洛伊德主义意义于不顾，侧重小说的煤矿工人生活和劳动环境的残酷，表现了对劳苦大众的深切同情，潜在意义上是对工人阶级的赞誉，这与世界大战之后的西方左倾潮流盛行是一致的。劳伦斯原作中写实的一面和对矿工热爱的一面得到了淋漓尽致的发挥。为此这个电影获得了多项奥斯卡奖提名并获得了最佳摄影奖。有趣的是，人们对电影中好莱坞红星斯多克维尔从童星转到成人戏的精彩表演视若无睹，而提名扮演矿工父亲的那位老演员参加最佳男主角的角逐。足见这部电影与时代精神有高度的默契。

《查泰莱夫人的情人》电影剧照

改编劳伦斯的第二个高峰在上世纪60-70年代末，那个时候的欧洲社会正弥漫着年轻人强烈的反叛精神，反传统，反战，提倡性革命和性自由是那个时代的"主旋律"。在这个时候改编《恋爱中的女人》，就自然要挖掘小说中与这个时代气质相吻合的那些特征。人们甚至把作者劳伦斯本人看作是落拓不羁嬉皮士放浪艺术家的先祖。这部小说本来就是在第一次世

427

挥霍感伤

界大战期间写就,有着强烈的反战背景。小说的社会批判精神在劳伦斯小说中达到了高峰。而小说中对现代人的性心理探索亦达到了前所未有的高度,对同性色情的强烈暗示则在同类小说中独树一帜。劳伦斯的很多旨趣情结居然在半个世纪后才得到人们的共鸣与同情,而且恰恰暗合甚至推动了半个世纪后人们意识上的觉醒。电影在时代精神上对劳伦斯的小说做了精当的取舍,正如导演罗素所说:从今天的高度看过去,是为了评判过去对现在有何等影响。他关心的是过去和现在的人们同样关心的问题。这个电影达到了罗素导演生涯的高峰,一举获得了多项国际国内奖,最终获得了奥斯卡最佳女配角奖。

第三个高峰是上世纪80—90年代,以两次改编《虹》和两次改编《查泰莱夫人的情人》为登峰造极。对这两部作品的改编,带上了明显的后现代特色,特别是女权主义的特色。可以说这些作品在视角上完全从原作对男性的偏重转移到女性视角上来,更关注女性的命运,关注女人的独立不羁,关注女性的性意识从觉醒到自觉的过程。对这两部小说的改编,使得原作中的男主人公形象相对弱化,凸现了女主人公的"戏份"。《虹》被认为是英语文学中的《圣经》,可两次影视改编都舍弃了劳伦斯最为优美的散文诗般的对农业老英国的赞美和对旧

《儿子与情人》电影剧照

鸡尾酒

英国男人的关切，直接采用了后三分之一的内容，浓墨重彩塑造现代女性厄秀拉的崭新形象，揭示她在现代社会中的困境和为突破困境所做的抗争，从职业困境到性取向的挫折到爱情体验到对现代男性的批判，把一个新女性形象刻画得惟妙惟肖。而对《查泰莱夫人的情人》的"肢解"则更为"明目张胆"，原著更为注重男主人公即查泰莱夫人的情人麦勒斯的塑造，但改编后的影视作品则把焦点转移到女主人公身上，其中一个片名删除了情人二字成了《查泰莱夫人》。男人在改编的作品中起的是催化作用，是背景，真正落笔是在女主人公身上。

　　2007年得了恺撒奖的法语版《查泰莱夫人》似乎宣告了改编劳伦斯作品的又一个新阶段的开端。据报道四十六岁的导演法朗在获奖仪式上说因为筹拍这部电影，她几乎穷困潦倒，得奖似乎让她绝处逢生。对此我想到的是"筚路蓝缕"四个字。这些热爱劳伦斯作品的导演们，苦苦地挖掘着劳伦斯文本中超时代的精神，借此启迪当代人的心智、探索当代社会出路，他们做得毫不轰轰烈烈，不虚张声势，既不向钱看，也不向奥斯卡看，仅仅是进行着自己的艺术追求，无心插柳，却得到了"奖"的眷顾，这对任何导演都不能不是个启发。

挥霍感伤

英国的脱口秀

英国人有"练嘴"的传统，伦敦市中心的海德公园就是这种传统的活生生体现。如今有了电视，练起嘴来就更方便，传播效果更是海德公园难以比拟的。

国事，家事，隐私，丁点儿大的事英国人都要上电视掰扯个清楚，有时就是为一升汽油涨落几便士的问题，五个开路频道会前赴后继地请不同的人来质询辩论说明，一个问题从早辩到晚，反正只要你开电视就能看到其中一场。执政党的大臣和反对党的影子大臣们唇枪舌剑打嘴仗，主持人貌似公道地质问完这个质问那个，30分钟的新闻中有一半是记者现场直播报道，让观众感到身临其境。有些辩论还可以打电话进去真正参与一把。

可能是因为有这种辩论的传统吧，谈话节目如雨后春笋般地涌现。除了固定的一些谈话节目以外，很多新闻节目中也会经常请人现场直播发表意见，不同意见的人针锋相对，舌剑唇枪地交火。这样一来，每天打开电视都能看到人们在辩论着，似乎各个频道随时都有人在进行"脱口秀"。所谓talk

鸡尾酒

show，名字起得很好，既是谈话，又是作秀，其实就是谈话表演。

去年我在英国时电视辩论最多的话题是要不要彻底废除磅换成千克和要不要加入欧元区。英国自己从来不觉得自己是欧洲一员，总在闹光荣独立。这个老贵族他谁也看不起，也不那么关心岛外的事。它关心外面最多的是美国，因为它必须在国际问题上和美国保持一致。还有欧盟，因为英国和欧洲各国之间经常发生农产品贸易纠纷。剩下的，你们爱谁谁去，只要别损害它的利益就行。镑和磅要不要废，是人命关天，是有损大英帝国尊严的事，绝对马虎不得。

更让英国人气愤的是，政府在接收国际难民问题上"心太软——too soft"，绿灯太多，造成难民拥堵。这些难民白吃白住不干活，每周还享受十镑零花钱。英国公民们激烈地讨论：科索沃都和平了，他们的难民还在英国呆着干什么？快回去吧。最让他们觉得可恶的是，本来是在法国住得好好的难民，又分流到英国来了不少，给英国添堵，据说原因是英语比法语好学，学会了语言容易生存，这些寻求避难的人居然成了明星，在法国住着不受用就可以"转会"到英国来。

内政问题最是国民和政党们在电视上辩论争吵不休的问题，而且都是些过日子的琐事如火车事故后的赔偿补贴问题，每年增加多少医生和教师名额等。执政党的大臣和在野党的影子大臣之间的争论都是在电视上公开进行。

所以英国的谈话节目应该说是无处不在，无时不在，尤其在大选之前，谈话节目更是精彩。大家都在奋力地谈，奋力地演，因为你表演的精彩与否涉及到你能不能当选。对拉选票

挥霍感伤

的人来说，仅仅有思想和智慧是不够的，你还必须有好的spin doctor(宣传企化人)为你设计上电视表演的路数，当然最重要的是你好要有良好的形象和口才。那年保守党领袖黑格输给布莱尔，据评论说主要输在保守党宣传企化策略失误，还有就是黑格本人无论个人形象还是口才都与布莱尔相差甚远，被评为"一场不平等的赛马，不好看"。

这种斗嘴的节目真正让那些节目主持人火了。谁表演得好，谁的节目收视率就高，谁的出场价和薪水就高。干脱口秀的主持人照样可以成为大明星。

我最喜欢的这类主持人是BBC《新闻之夜》的大牌主持杰里米·派克斯曼（Jeremy Paxman），这人总是居高临下，目空一切，当然和他个子高也有关系，对包括布莱尔在内的访谈对象都毫不客气，频频发难，以至于布莱尔都要轻声说："杰里米，请听我说完。"这个栏目的另外一男一女主持人也是冷面杀手，经常让政客们下不来台。可越是这样的节目，那些政客名人越是不敢不上，硬着头皮也要上，因为这是他们表现自己的最佳场合，他们也可以反利用这个节目达到宣传自己观点的目的。于是就形成了越是激烈交锋的节目越是好看的局面，这种节目比流行歌星的表演还好看。其主持人自然会大红大紫。

另一个脱口秀明星是老将罗伯特·基尔罗伊（Robert Kilroy），他主持的脱口秀节目就用自己的名字命名，似乎有专门的工作室。每周要直播5期，都是在上午的时间。与派克斯曼不同，这个风度口才都上佳的老明星并不咄咄逼人，而是专门做一些事关老百姓的话题，有点像我们的《实话实说》。

鸡尾酒

但罗伯特十分耐心,十分温情脉脉,像个心理医生,给观众带来些许关爱和希望。他主持的"六·一"节目是有关少年早性的内容,居然能联系到整个国家的医疗住房等问题上去,调动参加者争吵辩论,最后安抚大家说:我们吵归吵,但最终我们还是朋友。请大家保重。这个老明星庄重沉稳,从不刻意作秀表现幽默,但他的节目却充满了笑声和眼泪。这和很多节目找那些面相困难的主持人来自嘲以取悦观众的"幽默"形成巨大对比。

但我没想到的是,英国薪水最高的脱口秀主持人是安古斯·德亚顿(Angus Deayton),据报道其每期节目出场费是五万英镑,合人民币六十万;年进账一百五十万英镑,约等于一千八百万人民币。号称英国第一名嘴。他自己还是喜剧演员。这样伶牙俐齿、一表人材的明星经常约名人明星谈话,问题尖锐,令那些人难以应对。一红就是十几年,很是为栏目增辉。可谁知道他居然私生活糜烂,召妓女,吸毒,养情妇,无所不为。被报纸曝光后,电视台无地自容,难以再聘用他,解聘了事。但实事求是地说,他主持节目的风格最英国化,透着典型的英国式幽默——玩弄词藻于瞬间,脱口成秀,机智细巧,所以经常有大的演出和颁奖典礼都请他出任司仪。

英国的脱口秀主持人和节目虽然优秀,但都没有达到美国电视类似节目的国际知名度,如CNN 的拉里·金(Lary King)主持的"拉里·金现场直播"(Lary King Live)。其实他们的素质和学养应该说是差不多的,风格和风度各有千秋,很难分高下。但美国的国际地位和影响决定了拉里·金在脱口秀节目领域内至高无上的地位,至少他约谈的人物更具国

挥霍感伤

际影响。所以，脱口秀节目的知名度还应该说是取决于约谈的人物、话题和其所属的媒体（和国家），否则主持人就是有天大的本事也难以成功。但拉里·金的位子只有一个，可谈话节目却有成千上万，只要人们努力，优秀的人和节目总是可以脱颖而出的，至少是在特定的区域内成为明星总是可能的，如英国这样，因为人们日常关心的还是自己周围的事，而不是拉里·金。

由此联想到我们的谈话节目。我们的谈话节目一开始肯定是受了西方发达国家的脱口秀节目启发和影响才有的，因为这是电视发展的规律，有了电视就一定会有脱口秀。而且很快就出现了像崔永元这样的"秀星"。但如何把脱口秀做好却是无法克隆别人就行的，也不要指望我们的脱口秀能在现阶段在国际上产生影响，因为这受制于语言的使用范围等许多条件。但只要我们的节目贴近公民的生活，话题广泛，主持人素质高又懂得调动现场情绪但不是为搞笑而幽默，这样的节目能受到自己国家观众的喜爱，栏目就能成名牌，主持人就能成明星。

鸡尾酒

电视里选出的英国首相

　　英国的大选，主要是一场电视秀，说是电视里选出英国首相来一点不过分。那些英国记者主持人，真的是"无冕之王"，任何党派领袖都要看他们的脸色，特别是在名记名主面前措辞谨慎、表现谦恭，因为政治家在电视前的每一个失态都会给本党带来选票上的损失。一败涂地的话，本党领袖就得辞职。而记者们也利用这种优势，对政治家毫不客气，像审问似的提问，政治家稍微含糊或迟疑就会被记者追问："你是不是不知道？"如果回答得太啰嗦，也会被记者粗鲁地打断，因为这种采访都是现场直播，时间有限，口才不灵、脑子不清、心神不定的政治家就会遭到记者的粗暴待遇。缺乏人格魅力，在电视前表现不佳的政治家往往得不到什么选票，再有本事也只能当幕后大佬，甭想到台上风光。

　　大多数选民并不真疯狂地投身选举活动，他们没有那等闲功夫，还要忙于赶路搭车挣生活呢。他们真正有时间坐下来的时候就是晚饭时刻，火上咕嘟着汤，家人在饭桌上边吃边看电视上政治家们的表演，以此获得印象，并议论该投谁的票，主

挥霍感伤

意就这么定了。成千上万的家庭厨房里就这么产生了选票。

当然这样说有欠全面——它没有讲到政治策划和操作肮脏黑暗的一面。但不管你怎么黑暗地策划你的表演，最终老百姓投票是看你的表演效果如何。印象分很重要。比如：许多上年纪的人按说该投保守党的票，但他们没投。我问一个老人为什么，他说他讨厌保守党领袖黑格那口浓重的约克郡口音，那悠然自得的腔调让人觉得黑格不严肃——He sounds too jolly！我的妈，这么简单的理由就把黑格给"毙"了。这让我想起我们电视台直播四川綦江大桥惨案审判时的情景：那么严肃的场合，判官们都讲一口听起来很喜剧腔的地方话——sounds too jolly，让观众听着像听相声，时时发笑。诸如此类的人如果参加竞选上电视讲演去，肯定要落选的。

电视有声有色，但也很残酷，它能暴露你的所有缺点。前首相布莱尔或者说他的策划者们很懂这一套，总是将布莱尔隆重推出，讲最标准的英语，衣着永远得体高雅，出镜前据说还要略施粉黛，一是对付强烈的灯光，避免自己的脸部轮廓扁平，二是掩饰脸上的疲劳皱纹以显得年轻精神。里根总统晚年上镜头时甚至要往脸上扑粉，脂粉太厚以至于脸上往下掉粉渣儿。但为了英俊形象，也就顾不得许多了。

布莱尔为了显得自己青春年少，都老花眼了还装嫩拒绝戴眼镜呢，直到有一天念稿子时把青少年犯罪念成了教师犯罪，丢了大人，这才羞羞答答地戴上了眼镜。就是这一举动，也被工党的spin doctor（宣传策划者们）顺势变成了一大政治策划，举行了一个戴眼镜"仪式"让布哥在政治活动现场隆重地戴上眼镜并发表一番人之常情的演讲："没办法，我是老了点儿，

鸡尾酒

该遵从自然法则就遵从,现在我开始戴眼镜了。"于是满场掌声雷动,人们发现布哥很可爱,很有人情味。布莱尔特别会玩这套人情味把戏来反败为胜,赢得选票。那次他儿子非法饮酒被警察扣留,本是一次让他跌份丢选票的事,可人家就是能在电视上公开地痛心疾首,最终来一句:"当首相难,当爹更难啊。"这么一句话,人家能放下架子,就赢得了无数个普通父母的选票,谁让人家布莱尔和策划者们懂老百姓的心呢。这类"苦词儿"用好了用对了,反倒让他显得光彩夺目。关键时刻连布嫂怀孕生孩子都成了振奋人心的大好消息:瞧咱们首相,国事家事两不误,孩子们漂亮健康,老婆精干又温柔体贴,人近半百了还那么恩爱,别的政治家外遇出轨时,布哥布嫂仍如胶似漆,多好的模范夫妻啊。家弄得好,国也肯定能治好,全才。身为大律师的布嫂最拿手的一招儿就是温柔地在镜头前从身后将布莱尔揽住,将脸的一侧贴在丈夫背上,整个美丽的面庞娇艳地对着镜头。那般万种风情与恩爱集与一身的形象立即通过电视和报纸传向个个角落,让人赞不绝口。

当年英俊潇洒的布莱尔

大选一到,记者或者说电视台的大策划们就成了真正的导演,他们要想坏谁的事,那真是再容易不过了,提些让你丢面子的问题,曝光你的丑

挥霍感伤

闻,关键时刻恶心你一把,让你功亏一篑,功败垂成。这是新闻的需要。而电视台之间的竞争,各类媒体间的竞争,也逼得你比着劲地报道黑幕,把那些假模假式、两面三刀的政治家拉下马,就是胜利。

同样,演员们——政治家们——如果懂得利用电视,亦能操纵媒体。布莱尔

这个黑格在电视上与布莱尔PK,一开始就注定要失败

的那些形象策划者们特别懂得怎么反利用媒体,往往出奇制胜。结果是工党大选胜利后,其新闻策划官员得到了提升,而保守党的策划官员则忍辱隐退,被公开称为spin doctor(贬义词,意为政治说客)。这位报纸编辑出身的女强人终于在离职后利用自己的资料优势向媒体公开了保守党竞选期间的秘密,狠狠地打击了她痛恨的同党异类,不仅为她效忠的黑格报了一剑之仇,更重要的是她的泄密彻底影响了未来保守党的人事组织大计,堵了保守党内年富力强的自由派首领波蒂罗通向党魁的道路,防止了保守党的"变质"。结果野心勃勃要当党魁甚至下一任英国首相的波蒂罗从此彻底告别政坛,成了黑格的殉葬品。

那天布莱尔首相接受BBC大牌主持人杰里米·派克斯曼(Jeremy Paxman)的采访,这人总是居高临下,目空一切,当然和他个子高也有关系,这哥们一点不把首相放眼里,

鸡尾酒

总提些工党隐痛，逼得布莱尔大失风度，满脸堆笑地说："你怎么不问问我们都取得了哪些成绩？"杰里米不悦，耷拉着脸说：这是我在问您问题呢，首相先生，您怎么能要求我问您喜欢回答的问题？布莱尔顿时汗颜，自知失态，忙不迭地道歉，请记者继续提问，不敢再启发人家了。平日里趾高气扬、尖锐刻薄的布莱尔只能就范，居然也会不好意思地笑笑，既体现出了他诚实的普通人的一面，也现出了政治家在记者面前无奈的一面，该低头时就低头，该汗颜时就汗颜，在电视镜头面前再难堪也得忍，以给观众良好印象。而他的副首相就由于不懂得忍，居然和扔西红柿的选民撕扯扭打，造成了恶劣影响，日后遭到明升暗降处理。

布莱尔在主持人的逼问下就是不直接回答问题，赔着笑脸死扛，这真是不易。而记者那种不畏权贵的胆识也令人敬佩。事实上，保守党和工党都痛恨BBC的政治中立政策。但这个国家最终还是保留了BBC的公共电视地位，吃电视税，靠观众的钱养活自己，而不依附任何党派和财团，所以它腰杆甚硬。哪个党上台也拿它奈何不得。

中立归中立，该欺负人时媒体就欺负人，这也是媒体的一大通病，欺软怕硬特别是欺软。比如记者和主持人们对大家都不看好的保守党领袖黑格就墙倒众人推，既没好脸色，也没好腔调，纯粹是挖苦刁难讽刺一起上，弄得黑格强作欢颜，应接不暇，估计心中苦水汤汤。

记者们总在问黑格：你能赢吗？黑格坚定地说能。记者们便毫不客气地告诉他：民意测验都证明你肯定输了，你凭什么证明你能赢？如果你输了准备去干什么？

挥霍感伤

黑格仍坚持说：民意测验和投票是两回事，不撞南墙不认输。于是各主持人和记者都"表扬"黑格"有韧性"。这种表扬听着比批评还难受，黑格也只能忍了。

还有的记者提问时，黑格回答不很干脆，记者干脆讽刺说：你不清楚，是你的部下某某告诉你的吧？这个三十多岁就当上保守党领袖的黑格实在是不容易，秃顶、长相和口音都过富喜剧色彩，无论多么严肃的话让他说出都听着滑稽。比如他挑战布莱尔，要求上电视与布莱尔辩论，遭到拒绝后气愤地指责布莱尔胆小，居然用了俗语"chicken down"，用中文俗语说就是"草鸡"。那种喜剧的腔调非但没有刺痛布莱尔，反倒招来人们对黑格自己的嘲笑。但黑格就是在人们的嘲笑中坚持着，挺着，一条道走到黑。因为作为政治家他别无选择，一个四分五裂的保守党把他推出来当代表，他无论如何得扛到输为止。新闻界这些刻薄的记者们怎么会对这么个活靶子客气，乘机开涮吧，不涮你涮谁？新闻记者这个时候最痛快。

在竞选期间最吸引人的是BBC, ITV和4频道的大牌记者对政治家的专访，其中BBC2台的"新闻之夜"栏目的凌厉攻势最为叫座。这个栏目的两男一女主持人都是著名记者出身，全是冷面杀手，哪个政治家到他们面前都得加小心。布莱尔和黑格等政治明星对他们都是直呼其名，显得亲密无间，遭到主持人打断时不得不恳求："杰里米，请听我说完行吗？"这个栏目以深度新闻加直播采访见长，一直在收视率上名列前茅。每天晚上10：30，成了关心国家国际大事的人们必看的节目。大选期间似乎它的任务就是向政治家们发射火力强劲的问题，让他们充分曝光。在这样的节目里，谁懂得电视规律，谁口才

挥霍感伤

仪态万方的美女，如果一直保持其身段和美貌，绝对是撒切尔夫人之第二。天知道何以落到这个田地的。保守党里几乎唯一魅力十足的大臣波蒂罗却在年轻时沾上过同性恋毛病且不为此后悔，很给保守党添堵。这样算来，能在电视上给保守党挣分的政治明星还真是屈指可数。这种电视劣势保守党从开始就没警惕起来，因此丢分给工党就属自然了。

与此相反，工党有魅力十足的布莱尔"领衔主演"自然撑起了台面儿，其他配角儿——大臣们——也大多温文尔雅，女大臣里有两位半老徐娘但风韵不凡，口才上佳，其中一个还被拍马屁者捧为未来第一任工党女首相，果然风度口才紧逼撒切尔夫人。只有那个副首相比较农民，居然在公众扔西红柿时回以重拳，与选民"打"成一片，给工党丢了大人。工党一胜利，布莱尔就断然将这"经典拳击手"贬了职。

可见在这重要的得分场上，工党占了很大优势。

按说很多国计民生的大问题如果能得到充分的辩论，无疑是对英国人民有利的。但在一个月的时间里，大家全在表演，全在闹哄哄你刚唱罢我上台，媒体也无法免俗，一味地关注表象，关注纠纷，关注政治明星个人的魅力等，反倒淡化了很多实质问题。人们称这些现象为"选举罪恶"。人们开始怀念老式的选举方式：大街小巷和市政厅里真正辩论点什么，政治家走家串户与百姓实际接触，而不是这种坐着飞机蜻蜓点水似的作秀。但电视时代决定了这种老掉牙的方式行不通了。电视形象的魅力决定选民的投票方向。电视时代人们也懒了，能坐家里选举，谁还找那麻烦磨鞋底？就这么着吧。适应电视的人就赢，否则就输。这欺负人的电视！让人爱也让人恨。

鸡尾

好，脑子灵，谁能得高分。主持人们那滔滔不绝的问题像审犯人似的连珠炮般发射，被采访人稍有迟疑就被残酷地打断，下一个难题迅雷不及掩耳地又从主持人嘴里发射出来了。那女主持人绝对是要雌了男儿，动辄就断定：你是不是不清楚，是你的部下谁谁明白吧？对那个倒霉的黑格更是这副冷漠尖刻的腔调。

估计英国的政治家们早就让这帮记者练出来了，居然大都表现自如，对答如流，电脑般地滔滔不绝。三党领袖已经是身经百战的了，宠辱不惊，以不变应万变，始终笑脸相迎，软硬兼施。他们的部下如大臣和影子大臣更是不敢怠慢，对自己分内的工作上至各种政策，下至成串的数字报表全倒背如流，像应付考试一样，即使主持人几次喊停，他还在那里泉水般地流嘴冒数字，能抢几秒时间抢几秒，拖过去就是胜利，因为他们知道这是直播，时间有限。至于观众听不听他根本不在乎，他能战胜主持人才是最主要的。

那次保守党没能夺回唐宁街10号，一个主要原因就是保守党没几个头儿适合上电视，无论形象还是言谈举止，保守党推出的这几个人都比工党的人大逊其色。保守党的领袖黑格就不用提了，绝对和布莱尔在魅力上不可同日而语，因此成了布莱尔的丑陪衬。从电视"上相"角度说，保守党的影子大臣们能拿得出手的也不多。身为影子内政大臣的那员女斗士被称作保守党的"大令"，其实是黑色杀手，辩论起来伶牙俐齿，能让布莱尔胆寒，能灭掉成队的工党大臣们，可就是形象过于糙了点，不得观众欢心。为了防止得不偿失，竞选开始，该党就基本没让她闪亮登场，弄得英雄无用武之地。这女人年轻时可是

441

鸡尾酒

电视奖拼的是电视人的素质

以一线普通编导的身份担当"亚洲电视奖"时事专题片奖及主持人奖的评委，我能深切地体会到亚洲各国同行们参评的每一部专题作品背后的艰辛和智慧的付出，甚至什么样的镜头是以什么样的姿势拍摄下来的我都能感同身受。也正因此，我不是以一个"亚洲电视大国大台"的视角看待那些小国同行的作品。也正因此，我感到了惊讶。在这之前我听有些国内的同行高高在上地俯视亚洲小国的电视作品，似乎像谈论别国的乒乓球水平的口吻。但这次，我没有这种感觉，甚至觉得那种傲视别人的所谓专业人士过于故步自封了。

我的体会是，电视专题片固然离不开经济实力和过硬的技术条件，但最终拼的是记者和制作人的文化修养，是电视人的道德良知。如今各国的电视设备条件基本上都达到了相当的水准，即使是穷国，也不会很差，因为大家使用的电视设备都是国际品牌的。在这种情况下，电视人的"软件"就显得更加重要：片子总体的立意，视角的选择，镜头组接的流畅性，记者在片中的出镜表现，解说词的写作和解说语气等等，对这些的评价都是建立在感性和良知的基础上的，总之拼的是电视人的素质。切不可以

挥霍感伤

以为经济发达了，每分钟预算达到了多少美元，能用得起高档设备"玩镜头"，电视制作水准就自然高人一筹。

这次参评此类节目的作品，有关印度洋海啸的片子可以说不约而同扎堆。同样的海难镜头组接，同样的惨不忍睹，同样的悲剧氛围，有一个小国的电视台就做得明显感人，那个片子不是靠震撼人心的音乐烘托惨烈的海难镜头来感动观众，而是以一个记者深入现场采访在现场讲述取胜，那个记者没有英俊的外貌，没有我们习惯的"主持人"的主持腔，完全是一个前线记者的做派，整个片子全靠他的现场出镜吸引观众与他同喜同悲，这才是时事专题的做法。相比之下，很多其他片子的大广角、大航拍、高质量合成的音乐和高科技电脑制作都黯然失色。还有一个小国的片子讲述偷渡客的遭遇，那个长相一点都不亮丽的女主持人，干脆就混迹于偷渡客中间，蓬头垢面地跟随他们采访报道，甚至差点让海浪冲下小舢板，那种职业精神令人敬佩。评委们普遍看好这样的片子。在评主持人奖时，大家首先看中的是主持人与被采访人之间的交流与现场发挥，甚至有激烈的交锋更好。很多衣着华贵、外形标致、字正腔圆的主持人往往因为缺乏这方面的创造力而落选。为此，我暗自庆幸：幸亏我们的一些"国嘴"新闻播音员没有参赛，他们如果参赛肯定第一轮就被淘汰。

因为每个评审组只是评出每个奖项的前七名入围，然后再进行背对背投票选出前五名（每人从七名中选出自己中意的五名），所以最后是哪五名胜出暂时不得而知，但从入围的前七名的选定过程中基本能看出评委们的主流价值观，那就是电视是人做给人看的，穷国也能做出好的片子，富国未必能靠钱堆出感人的镜头。

跋

2009年11月底拙作付梓之前，传来不幸的消息：我们尊敬的杨宪益先生驾鹤西去。我写了一篇博客文章作为怀念和纪念，同时表达了一介书生对一个特殊时代历经苦难的文学前辈的敬意。同样敬仰杨先生的本书编辑建议就以这篇短文作为本书的跋，我欣然同意并感谢编辑的理解。

"去日苦多"的"最后的士大夫与革命者"杨宪益先生去了

"从古圣贤皆寂寞，是真名士自风流"（转引自王世襄先生给杨宪益先生的题字对联）。真正的大文学家和晚年的隐士杨宪益先生匆匆走了，"四九年后"翻译界的这位元老一走，一个由那些人组成的真名士的集团方阵濒临绝迹。一个鸿儒翻译家的时代即将结束。

杨先生在世的最后十年与这个世界若即若离，几近隔绝，直到前不久刚刚出版了《去日苦多》散文集。可惜，大家还没来得及祝贺。

2007年我试图采访他，有生以来第一次用了录音笔。但

挥霍感伤

可能我的切入点不对：我以为不应该再触动他的历史压痛点，只想了解一点有关英国现代文学的史料问题，以期得到这位鲜有的中国见证人的稀有答复（20世纪30年代在英国留学的名人大家健在的为数寥寥）。但这个愿望基本落空了。杨先生说他读的专业是古希腊文学，喜欢的是法国文学，后来改学英国文学，但那个年代英国大学的课堂上只讲古典文学，最多讲到狄更斯，而现代作家则不涉及，全靠自己业余读，因此他对英国现代文学印象不深。事实证明这个采访切入点确是个错误。他生活在英国，博览群书，英国当代文学是他日常的滋补，但学院派从来没有把英国当代文学当成一门专业来讲授，当代文学家的地位要等日后"盖棺定论"才能写进文学史供人研究。而在他九十多岁的高龄上请他谈一个甲子前在英国的业余读书印象似乎勉为其难。于是这个采访就匆匆收场，留下了巨大的遗憾。可我确实不想再重复无数人问过的他"去日苦多"的生命历程。于是我的翻译名家采访录里便缺少了一个重量级人物。

但那次采访我还是有个意外的收获。那时正值文化圈里人们对杨绛先生曾称钱锺书先生在英国获得的是副博士学位一说议论纷纷，后来杨先生又在清华大学亲口说钱先生不是副博士，是文学士。那日在场的人们也议论起这件事，多面露疑虑不解之情，甚至疑惑地小声自言自语：是啊，杨先生那么高深的学问家怎么会犯这样的错误呢？怎么连新华社公布的钱先生的学位也是用的英文B.Litt(Oxon)？这里面有什么难言之隐？

这个时候只听杨宪益先生不耐烦地一语中的："都不知道该怎么翻！"言外之意，这问题很简单。不得不承认这位老翻译家的话是真正的内行话。

跋

我为此专门做了一些搜索,发现这个B.Litt(Oxon)如果在钱先生的简历里用一个现成的中文名称翻译出来的确是个问题,因为这是一个在英国已经消失的古老的学位,高于学士,低于博士,但又不是明确的硕士(以后由于美国的学位标准和社会对学位的标准化与这个学位的内涵不符而取消了这个学位,用文学硕士代之)。估计50年代杨绛先生就用在中国人们熟知的苏联的"副博士"一词充数了。而到了90年代人们旧事重提时,她又用现在通行的"文学士"敷衍了,因为她不想解释这个纯牛津特色的、在现代和中国根本闻所未闻的"古董"学位。

还是杨宪益先生的一句话解开了这个数十年困扰人们的问题,很简单,是个翻译问题,他们都不知道怎么翻,连新华社的文稿也只用英文表达这个历史名词了。我们也只能说:文学士,不等于文学学士学位。

一句"不知道该怎么翻"道出了翻译之苦。

杨先生的散淡清雅是一以贯之的。即使那次老朋友巫宁坤先生从美国回来看望他,久别重逢,他也是那么平和地与他闲聊,到中午饭时分很自然地对大家说:家里有包子,蒸一蒸,就在家吃吧。分别时也是那么平静地说再来,就像街坊串门一样。

这个外表平静安详的老人一生惨遭各种生离死别,中年丧子,晚年丧妻,内心的痛苦是常人难以理解的。1999年底,夫人戴乃迭病逝,这位风华绝代的英国才女是因为爱上他才爱上中国文化才九死不悔地随他来中国的,竟然在史无前例的"文革"中被当成特务投入监牢四年,丈夫也锒铛入狱。回首往

挥霍感伤

事,杨先生后悔对戴乃迭照顾得太少、后悔自己带给戴乃迭那么多的苦难,带着深深的自责写下了这样的悼亡诗:

　　早期比翼赴幽冥,不料中途失健翎。
　　结发糟糠贫贱惯,陷身囹圄死生轻。
　　青春作伴多成鬼,白首同归我负卿。
　　天若有情天亦老,从来银汉隔双星。

但他隐忍,坚强,不给外人任何悲哀的印象。他是个伟大的人。

可惜认识杨先生太迟,没有机会找出新的切入点采访他,错过了一个记者不应该错过的机会。我期望的是有人能写出翔实的杨先生的传记来;让我们切实地认识他,认识他也是认识一个时代"士大夫兼革命者"及其家庭的命运,认识理想与现实的关系。一个"白虎星照命"的理想主义文学家,在一个非常的革命时代注定是悲剧人物。他晚年的平静最是心底波澜涌动的静水流深,可惜他不愿意再说,也没有力气再说什么了,他最终的气力用于撰写自传,可出版时还被做了删节,使他抱憾。

惟愿杨先生走好。

附录
我的（被）出版、盗版与退稿小史

1982	大学毕业。发表小说，2/1982《河北文学》。
1982—1985	读研究生。
1985	开始发表劳伦斯研究论文，4/1985《外国文学研究》。
	8月底出席澳大利亚青少年文学会议(IBBY—Loughborough Conference on Youth Literature)，发表演讲 Literature for Youth in China(中国的青年文学)。
1986	开始发表劳伦斯译文，5/1986《名作欣赏》。
1987	开始发表中篇小说，5/1987《芙蓉》。
1988	翻译劳伦斯的《美国经典文学研究》，章节在山东大学《美国文学》上发表。
	4月，慕尼黑，出席第一届国际青年图书馆大会，发表演讲 Literature for Children in China(中国的儿童文学)，并在该图书馆逗留二十天，做访问学者。期间写作大特写《哥们儿姐妹儿奔西

挥霍感伤

德》，发表于 5/1988《追求》杂志。

开始在《文汇读书周报》上发表随笔、书评、专访等。

1989 出版《恋爱中的女人》（北岳文艺版）。

出版《劳伦斯传》（合译，天津人民版）。

1991 出版《灵与肉的剖白》（劳伦斯散文随笔，以《美国经典文学研究》为主，漓江版）

1992 出版《虹》（漓江版）。

《恋爱中的女人》和《灵与肉的剖白》由台湾千华出版公司出繁体字版。

长篇小说处女作《混在北京》被几家出版社和大型文学杂志社退稿。

1993 出版《混在北京》（北方文艺版）。

出版《国际倒爷实录》（纪实文学集，时代文艺版）。

出版《劳伦斯随笔集》（海天版）。

出版《长满书的大树》（安徒生奖作家散文集，湖南少儿版）。

1994 《劳伦斯随笔集》繁体字版选本出版，书名《性与美》（台湾幼狮版）。

1995 发表代表性论文《D.H.劳伦斯：第二自我的成长》，《现代主义浪潮下》（社科版）。

《混在北京》改编成同名电影上映。

北方文艺出版社决定不再版《混在北京》，随由××出版公司重新排版。同时第二部《孽缘千里》由该公司发排，后因拒付其要求的两万至三万元

附 录

"出版启动金"条件而撤回书稿。

1996	出版《劳伦斯散文精选》(人民日报版,旧译重编)。
	出版《劳伦斯散文》(北岳文艺版,旧译重编)。
	《混在北京》德文版由德国 Eichborn Verlag 出版,德文书名 Verloren in Peking,法兰克福书展首发。
	电影《混在北京》获上海"影评人十佳电影奖"。
	电影《混在北京》获第十九届"大众电影百花奖"最佳故事片等三项奖。
1997	出版《孽缘千里》(安徽文艺版)。
	瑞士 Das Magazin 刊发长文《北京筒子楼》德文译文配采访录。
	9–11 月赴澳大利亚 Edith Cowan 大学语言文学与传媒学院任客座研究员,就香港回归、中国电视、中国翻译界和黑马小说、电影和劳伦斯翻译等开设公开讲座。
1998	出版《劳伦斯短篇小说集》(宁夏人民版)。
	四川某出版社因其《劳伦斯随笔集》严重侵权拙译,擅自使用二十五万字,经过与之严正交涉,对方同意以出版全部拙译劳伦斯随笔的方式代替赔偿。签约并在年底出版《劳伦斯散文随笔集》。
	某文艺出版社侵权拙译,将劳伦斯译文近二十万字收入其粗制滥造的《性爱之美》,交涉,赔偿。
1999	
August	《孽缘千里》德文版由德国 Eichborn Verlag 出

挥霍感伤

	版，书名 Das Klassentreffen oder Tausend Meilen Muhsal.
Sept.	《太阳——劳伦斯情爱小说》，四川人民出版社出版。
Oct.	《恋爱中的女人》增注修订本由译林出版社出版。德国《世界报》刊载随笔德文译文《我与革命》。
2000	
Jan.	《花季托斯卡纳》，劳伦斯散文集（增加三万字新译），中国广播电视出版社出版。
April	《生命之梦》，劳伦斯中短篇小说集，四川人民出版社出版。 《袋鼠》由译林出版社出版，附序言、评论和资料。 《虹》由译林出版社出版增注修订本，附1985年评论。
July	《混在北京》由中国社会科学出版社再版（增加序跋，稍作修订）。
Aug.	发现哈尔滨某出版社出版的《虹》严重抄袭拙译，交涉，其社长来京赔偿。
Dec.	《孽缘千里》由中国社会科学出版社再版（增加序言）。
2001	
Jan.	德国鲁尔大学汉学系讲座：黑马小说和翻译实践。
Feb.	英国诺丁汉大学亚洲电影节，放映《混在北京》，讲解。

附　录

	台湾猫头鹰出版社出版《恋爱中的女人》繁体字版。
May	捷克查理大学汉学系，放映《混在北京》，讲座：《政治－商业－文化语境下的中国当代文学写作》。
Aug.—Sept	美国奥米艺术中心勒迪希国际写作之家（Art Omi, Ledig House International Writers' Colony）客居作家。
Nov.	访英随笔集《情系英伦》由四川人民出版社出版。
2002	
Feb.	发现吉林延边出版社侵权出版拙译《虹》，赔偿。
June	发现某出版社擅自将《恋爱中的女人》一书收入其"中文图书馆"（CD Rom），经交涉，赔款。
Oct.	受法兰克福书展国际中心的邀请，10月初赴书展参加一个国际作家的辩论会：分裂世界中的文学视野(Literary Vision in a Divided World)。长篇散文《心灵的故乡》由中国社会科学出版社出版。
2003	
Mar.16	中国现代文学馆讲座"永远的憧憬与追求——故乡与劳伦斯的创作"，中央台10套现场录制但于2004年9月15日才在《百家讲坛》节目中播出。
Sept	完成长中篇小说《250演播室》，被一些杂志和出版社退稿。《心灵的故乡》由台湾先智出版繁体字版。

挥霍感伤

2004

Jan.14　译林出版社约译《查泰莱夫人的情人》。

April　漓江出版社结集出版拙译全部劳伦斯论文学艺术的随笔，仍命名为《劳伦斯文艺随笔》。

　　　湖南文艺出版社出版插图本劳伦斯散文集《性与美》。

Sept　有出版部门领导宣布几本禁书，《查泰莱夫人的情人》包括在内。但出版社没有通知停译。还是译完再说，但愿有生之年能看到它在中国出版。

Oct.　发现中国戏剧出版社侵权出版拙译《虹》，而且已经出版好几年了。传真联系方知是我的老师任社长期间出版的。罢，不予追究。

2005

Jan.　湖北人民出版社出版散文集《名家故居仰止》，均是域外游历思绪散记。

　　　接到刘硕良约稿翻译新版的《劳伦斯绘画集》，交稿后一直没出版，据说是长江文艺出版社被整顿，选题下马。

June.　中国社会科学院外文所冯季庆为柳鸣九先生主编的外国名家作品精选集编选劳伦斯作品，选拙译小说和散文各二十万字。

Sept.　《长满书的大树》彩图增补版由湖北少儿出版社出版。

2006

Jan.　十月文艺出版社出版旧译新编劳伦斯随笔

附 录

《书·画·人》，增两万字新译画论，附长序言一篇，论述其随笔写作。

Sept. 《劳伦斯论美国名著》由上海三联出版。

2007

Jan. 偶然在网上发现北岳文艺出版社早在2000年就再版了一次《虹》，一直没有给我样书和版税。电话去联系，北岳一定要我提供样书证据才答应支付稿费，理由是因为"合作出书"，社里没样书云云。经律师支付稿费。

Sept 高立志约整理当年采写的名家印象记修补出版一个集子，交稿，初定名为《心智的造访》。先在《长城》杂志上发几篇，如萧乾、赵萝蕤印象等。

Oct 中国书籍出版社出版《劳伦斯作品精粹》散文卷和中短篇小说卷。

2008

Jan. 人民文学出版社出版散文集《写在水上的诺贝尔》。

Feb. 中国社会科学出版社约整理博客文字准备出博客文集。已整理交稿。

人民文学出版社约整理一部二十万字的劳伦斯散文配前言。已出版。

May—Aug. 与中国国际广播出版社签约，出一本劳伦斯散文和一小册中英对照版劳伦斯散文。已出版。